AN EMBER IN THE ASHES

阿迪沙

馬林

阿尤

暮海

1. 維登斯山
2. 前哨基地
3. 拷夫監獄
4. 戴爾菲尼
5. 亞真山丘
6. 榭娃的小木屋
7. 艾斯蒂恩
8. 武人駐軍軍營
9. 岬凸
10. 武人駐軍軍營
11. 突襲者之窟
12. 阿特拉山口

納維內斯山脈
2
3
暮光森林
暮河
安蒂恩
1
4
泰亞斯河
5
6
帝
國
7
8
錫拉斯
雷河
9
10
賽拉
11
努爾
12
泰布
艾許
部落沙漠
賽拉山脈
納維恩

奇幻基地出版

灰燼餘火2
血夜

A TORCH AGAINST THE NIGHT

莎芭・塔伊兒 著

聞若婷 譯

Sabaa Tahir

獻給我的母親及父親、Mer和Boon，
我今日成就的一切，都歸功於你們。

第一部
逃亡

1

蕾雅

他們怎麼會這麼快就找到我們？

我後方的地下墓穴裡傳來憤怒的叫喊和尖銳的金屬回音。我的視線快速移向排列在牆邊的那些咧著嘴的頭骨，感覺好像聽見亡者的嗓音。

動作快，莫耽擱，它們似乎細聲細氣地在說，除非妳想加入我們的行列。

「蕾雅，快一點。」我的嚮導說。他在我前方匆匆穿越地下墓穴，身上的盔甲不時閃現光澤。「如果我們快一點就能甩掉他們。我知道一條通到城外的逃脫地道，只要能到達那條地道，我們就安全了。」

我們聽到後方傳來一個刮擦聲，我的嚮導那雙淺色的眼珠倏地轉向我的肩膀後頭。他的手化成金褐色的模糊影子，電光石火地抓向掛在他背後的希姆彎刀刀柄。

這是個充滿威脅性的簡單動作，提醒了我他不只是我的嚮導而已。他是伊里亞斯・維托瑞亞斯，全帝國最顯赫的家族之一的繼承人。他原本是一名面具武士——亦即武人帝國的菁英士兵。現在他是我的盟友——幫助我把哥哥戴倫從惡名昭彰的武人監獄救出來的唯一人選。

伊里亞斯一個箭步跨過來，與我並肩而立。再跨一步，他已經擋在我身前，以他如此高大的身材而言，他的動作真是異常地優雅。我們同時朝著我們才剛走過的地道張望。我的脈搏在耳內響得有如擂鼓。摧毀黑巖學院或從處決台上救下伊里亞斯所帶來的任何得意之情都消失無蹤了。帝國在追捕我們，如果被逮到，我們只有死路一條。

汗水浸透了我的上衣，然而儘管地道裡悶熱難耐，卻有股寒意爬過我的皮膚，使我頸後的汗毛全都豎了起來。我依稀聽到一聲嗥叫，像是由某種狡猾而飢渴的生物發出來的。

快呀，我的本能在朝我嘶喊，*快離開這裡。*

「伊里亞斯。」我悄聲說，但他伸出一根指頭輕觸我的嘴唇——*噓*——然後從繫在他胸前的六把刀之中抽出一把。我也從腰帶裡拔出匕首，伸長耳朵試圖聽到地道狼蛛的喀嗒聲和我自己的呼吸聲以外的聲音。遭到監視的那種發毛感消退了——取而代之的是更糟的：瀝青和火焰的氣味；還有愈離愈近、高低起伏的人聲。

帝國的士兵。

伊里亞斯碰了一下我的肩膀，然後先指了指他的腳，再指了指我的腳。*踩我踩過的位置。*他轉過身來快速地遠離那些聲音，我謹慎到不敢呼吸，亦步亦趨地跟著他。我們來到地道的一處分岔點，選擇了右邊那條地道。伊里亞斯對著牆上一個高度及肩的深坑點點頭，除了一具向側面翻轉的石棺之外，坑裡是空的。

「進去，」他低聲說，「鑽到最裡面去。」

我溜進壁窖，住在裡頭的一隻狼蛛發出響亮的喀喀聲，我硬是忍住不打冷顫。我背上掛著戴倫打造的彎刀，刀柄與石頭碰撞出清脆的噹噹聲。*蕾雅，別抖了——不管這裡有什麼爬行動物。*

伊里亞斯跟在我後頭爬進壁窖，他的個頭迫使他必須半蹲。在這狹窄的空間裡，我們的手臂輕輕相觸，他猛地吸了一口氣。不過我抬頭看的時候，他的臉是朝向地道的。

即使光線如此幽暗，他那雙灰色的眼睛和下巴銳利的線條仍然俊美無比。我感覺胃的底部震動了一下——我並不習慣看著他的臉。才不過一小時之前，我們剛從我在黑巖學院造成的混亂中逃出時，他的五官還是隱藏在銀色面具底下的。

他偏著頭傾聽士兵逼近的聲音。他們走得很快，說話聲在地下墓穴的牆壁間迴盪，彷佛猛禽類短促的呼叫聲。

「——大概往南去了。如果他有半顆腦袋的話。」

「如果他有半顆腦袋的話，」第二名士兵說，「他就該通過第四場試煉，而我們也不必被逼著有個庶民人渣當皇帝了。」

那些士兵走進我們這條地道，其中一人把他的提燈伸進我們對面的壁窖裡。「媽呀。」裡頭不知道暗藏著什麼東西，嚇得他快速縮回手。

下一個就輪到我們的壁窖了。我的五臟六腑扭成一團，握著匕首的手在發抖。

我身旁的伊里亞斯從刀鞘裡再抽出一把刀。他的肩膀是放鬆的，雙手也是鬆鬆地握著刀。可是當我看到他的臉——眉頭深鎖、下巴緊繃——我的心收緊了。他與我眼神交接，在那一瞬間，我看出他的痛苦。他並不想殺死這兩個人。

可是要是被他們看見了，他們會向這底下的其他衛兵示警，我們將身陷帝國士兵的重圍之中。我捏了捏伊里亞斯的上臂，他拉起兜帽蓋住頭，再用一條黑色方巾掩住面孔。

那名士兵愈靠愈近，腳步聲很沉重。我能聞到他——汗味、鐵味和土味。伊里亞斯握緊了刀子，他的身體收緊，像是等待出擊的山貓。我一手緊緊壓在我的臂鐲上——那是我母親送我的禮物。我用指尖摸到臂鐲熟悉的花紋，感到一陣安慰。

士兵走到了壁窖邊緣。他舉起提燈——

突然間，地道另一端傳來一聲悶響。兩個士兵立刻轉身，抽出武器，快步趕過去查探。才不過幾秒鐘工夫，他們的提燈光芒就消逝了，腳步聲也愈來愈微弱。

伊里亞斯吁出暗暗憋住的一口氣。「走吧，」他說，「巡邏隊在掃蕩這片區域，還會有更多人來的。我們得趕到逃脫地道才行。」

我們鑽出壁窖，這時一陣震動隆隆地傳遍地道，抖落了許多塵土，也使得骨頭和頭骨都咔啦咔啦地掉到地上。我踉蹌了一下，伊里亞斯抓住我的肩膀，推我貼著牆壁，他自己也在我旁邊背靠著牆。壁窖沒有崩塌，不過地道的天花板迸出不祥的裂紋。

「那究竟是什麼啊？」

「感覺像地動，」伊里亞斯跨離牆邊，打量著天花板，「只不過賽拉城不會有地動現象。」

我們更著急地穿過地下墓穴。我在踏出每一步時都預期聽到另一個巡邏隊的聲音、看到遠處的火把光亮。

伊里亞斯驀然停下腳步，我不由自主地撞上他寬厚的背。我們剛走進一間圓形的墓室，這裡的天花板低矮而呈拱形。我們前方有兩條岔出去的地道，其中一條有閃爍的火光，不過遠得看不清楚。墓室的牆壁布滿壁窖，每個壁窖都由一尊穿著盔甲的石雕看守著。在它們的頭盔底下，是冷冷盯著我們的頭骨。我打了個冷顫，貼近伊里亞斯一些。

可是他並沒有在看壁窖，或是地道，或是遠處的火把。

他瞪視著站在墓室正中央的小女孩。

她的衣著破爛，一手捂著腰側正在流血的傷口。她秀氣的五官表明她是學人，但我想看她的眼睛時，她卻垂下頭，一頭黑髮披散在臉前。可憐的小傢伙。淚水沿著她沾滿塵土的臉頰開出一條路。

「十層地獄啊，這裡愈來愈熱鬧了。」伊里亞斯咕噥道。他朝小女孩跨近一步，雙手前伸，像是在安撫一頭受驚的動物。「小可愛，妳不該在這裡的，」他的口氣很溫和，「只有妳一個人嗎？」

她發出細微的哭聲。「救救我。」她小聲說。

「讓我看看那個傷口，我可以包紮一下。」伊里亞斯單膝跪地，讓自己和她高度相當，我外公一向如此對待他的小病患。她躲著他，看向我。

我走上前去，本能在提醒我要提高警覺。小女孩看著我。「小傢伙，妳可以告訴我妳叫什麼名字嗎？」我問。

「救救我。」她又說。她迴避我眼神的模樣不知怎麼的讓我渾身不自在。不過話說回來，她遭人虐待過——很可能是帝國的傑作——而現在她面前有一個全副武裝的武人，一定嚇壞了。

女孩一吋吋地往後退，我瞥向有火光的地道。火把表示我們身處於帝國的領域，遲早會有士兵經過這裡。

「伊里亞斯，」我朝著火把點點頭，「我們沒有時間了，那些士兵——」

「我們不能就這麼丟下她不管。」他的表情明顯充滿罪惡感。他的朋友們死於第三場試煉的事，沉甸甸地壓在他心上；他不希望再害死一個人。假如我們把這女孩一個人留在這裡，她勢必會傷重而死。

「妳在城裡有家人嗎？」伊里亞斯問她，「妳需不需要——」

「銀子，」她歪著頭忽然說，「我需要銀子。」

伊里亞斯眉毛抬得老高。這怪不得他，我也覺得很詫異。

「銀子？」我說，「我們沒有——」

「銀子。」她像螃蟹般橫向挪移，我好像在她疲軟垂落的髮絲間看到一隻眼睛瞬間瞟了我一眼。好奇怪。

「硬幣。武器。首飾。」她掃視我的脖子、耳朵、手腕。在這番打量之下，她洩露了自己的本色。

我瞠視著她眼窩裡那兩團焦油般漆黑的圓球，手忙腳亂地想摸找我的匕首。可是伊里亞斯已經護在我前面，手裡擎著亮晃晃的彎刀。

「退後。」他朝著女孩低吼，擺出十足的面具武士架勢。

「救救我。」女孩再次讓頭髮遮住臉，兩手背到身後，怪異地模仿著可人的孩子。

「救救我。」

這時在她那張頗為甜美的臉上，她的嘴唇彎成可憎的冷笑，讓我看了不禁作嘔。她發出嗥叫——正是我先前聽到的低沉喉音。這就是我感應到在監視我們的東西。這就是我感覺存在地道內的東西。

「我知道妳有銀子，」這個怪物小女孩的嗓音之下潛藏著狂烈的飢渴，「給我，快給我，我需要它。」

「離我們遠一點，」伊里亞斯說，「否則我會砍掉妳的頭。」

女孩——或該說不管它是什麼——不理會伊里亞斯，只是牢牢盯著我。「小小的人類，妳不需要它。我會拿東西回報妳，很棒的東西。」

「妳是什麼東西？」我低聲說。

她倏然伸出雙臂，雙手散發著詭異的淡綠色光芒。伊里亞斯撲向她，但她閃身躲過他，手指牢牢地扣住我的手腕。我尖叫出聲，不到一秒的時間裡，我的手臂發著光，接著她就哀號著被向後拋，還抓著自己的手，好像它著火了似的。

我跌坐在地，伊里亞斯拉我站起來，同時向女孩擲出一把匕首。她躲過刀子，仍然不停地嚎叫。

「要詐的女孩！」她溜身躲開再次撲向她的伊里亞斯，她的眼裡只有我。「狡猾！妳問我是什麼東西，我倒要問問妳是什麼東西？」

伊里亞斯朝她揮過去，想用一支彎刀抹過她的脖子。不過他動作沒她快。

「凶手！」她快速轉身面向他，「殺手！死亡！死神！孩子，如果你的罪惡能化成水，那你會把自己淹死！」

伊里亞斯踉蹌後退，眼神滿是震驚。地道裡有光線閃爍，三團火把的光球迅速朝我們移動。

「有士兵要來了。」那個生物轉身面對我。「我會替妳殺了他們，眼睛像蜂蜜的女孩。把他們的喉嚨劃開。在先前的地道裡，我已經幫妳把其他人引開了，我願意再做一次。只要妳把銀子給我。他想要，如果我們拿去給他，他會獎勵我們。」

「他」是何方神聖啊？我沒問，只是舉起匕首作為答覆。

「愚蠢的人類！」女孩握緊拳頭。「他會從妳那裡拿過來的，他會找到方法的。」她轉朝地道。「伊里亞斯．維托瑞亞斯！」我忍不住畏縮。她的尖叫聲洪亮到大概能傳到安蒂恩。「伊里亞斯．維托——」

隨著伊里亞斯彎刀的尖端刺進她的心臟，她的話語戛然而止。

「穴妖、穴妖，」他說。她的身體由彎刀上滑落，咚的一聲落在地上，像是石塊落地。「喜歡黑暗怕刀子。」

「很老的順口溜了，」他把彎刀放回鞘中，「最近我才發現很實用。」

伊里亞斯一把握住我的手，我們奔向沒有光亮的那條地道。也許因為某種奇蹟，士兵們並沒有聽到女孩的叫聲。也許他們沒看見我們。也許，也許——

天底下沒那麼好的事。我聽到一聲吶喊，以及如雷的靴聲由我們後方傳來。

2

伊里亞斯

三個輔助兵、四個帝國軍，就在我們後方十五碼。我一邊往前衝，一邊扭回頭去評估他們逼近的速度，發現現在有六個輔助兵、五個帝國軍，而且距離只有十二碼。

每過一秒鐘，都會有更多帝國的士兵湧入地下墓穴。現在一定已經有飛毛腿把訊息帶到鄰近的巡邏隊，鼓聲會把警報傳遍整座賽拉城：*有人在地道裡看到伊里亞斯．維托瑞亞斯了。全體分隊回報。*那些士兵不需要確定我的身分；無論如何，他們都會追捕到底。

我急轉彎拐進左側的一條岔道，手裡拽著蕾雅一起跑，而我腦中的念頭接二連三地變換著，*要趁著還有機會時趕快甩掉他們，否則……*

*不，*我內心的面具武士陰沉地反對。*停下來，殺死他們。他們只有十一個人而已，簡單得很。你閉著眼睛都辦得到。*

我剛才應該立刻殺死墓室裡的妖精才對。要是海琳知道我不但沒能看穿它的真面目，還想要幫助那個怪物，一定會笑掉大牙。

*海琳。*我敢打賭她現在正在審問室裡。馬可斯——或該稱他為馬可斯皇帝——命令她處決我。但她失敗了。更糟的是，十四年以來她都是我最親密的摯友。這兩件事都是罪過，而且將伴隨著代價——因為馬可斯現在已經掌握了至高無上的權力。她會在他手裡受盡折磨。都怪我。

我彷彿又聽到妖精的聲音了：*死神！*

關於第三場試煉的記憶猛然掠過我的腦海。崔斯塔斯在德克斯的劍下奄奄一息。迪米崔斯倒下了。林德倒下了。

前方的喊叫聲將我拉回現實。*戰場是我的聖堂。*在我最需要的時候，外公的古老真言回到我腦中。*劍尖是我的祭司。死亡之舞是我的禱詞。致命一擊是我的解放。*

跟在我身旁的蕾雅氣喘吁吁，身體沉重地拖著跑。她拖慢了我的速度。*你可以把她留下，*我內心有個聲音悄悄地說。*你自己一個人行動會更快。*我粉碎了那個聲音。除了我承諾過會幫她忙，藉此交換我的自由，這個明顯的事實之外，我也知道她會無所不用其極地前往拷夫監獄——去救她哥哥——包括試著單獨上路。

那樣一來，她必死無疑。

「快一點，蕾雅，」我說，「他們離得太近了。」她往前衝。我們兩側布滿牆面的頭骨、骨頭、壁窖和蜘蛛網都慢慢地沒了，跟我們應該在的位置相比，我們現在往南偏離了一大段距離。我們老早就經過了我藏了好幾週份量補給品的那條逃脫地道。

地下墓穴隆隆作響並搖撼起來，震得我們兩人都跌倒在地。火和死亡的臭味穿過我們正上方的水溝蓋滲下來。片刻之後，空氣中傳來爆炸聲。我連想都懶得去想那可能是什麼，現在唯一重要的是我們後頭的追兵放慢了速度，因為他們和我們一樣對這不穩定的地道有所顧忌。我利用這個機會在雙方之間多拉開了幾十碼的距離。我切向右側的一條岔道，然後躲進一座半崩塌的壁龕深處的陰影裡。

「你覺得他們會發現我們嗎？」蕾雅低聲問。

「希望不會——」

我們剛才前進的方向閃現光亮，我聽到靴子碰碰地發出斷音。兩名士兵彎進地道來，手裡的火把把我們照得一清二楚。他們頓了一秒，也許是因為看到蕾雅以及看到沒戴面具的我而疑惑。接著他們看到我的盔甲和彎刀，其中一人便吹了個尖銳刺耳的口哨，它會將傳送範圍內每個士兵都吸引過來。

我的身體接管了局面。那兩個士兵都還來不及拔劍，我已經用飛刀刺穿了他們喉嚨柔軟的皮肉。他們默不吭聲地倒地，火把落地時在潮濕的墓穴地板濺起水珠。

蕾雅從壁龕爬出來，用手捂住嘴。「伊、伊里亞斯——」

我拉著她一同衝回壁龕裡，然後我解開固定住彎刀的繫帶。我還剩下四把飛刀。*不夠。*

「我會盡可能撂倒他們，」我說，「妳躲遠一點。不管局面看起來有多糟，妳都別插手，別試著幫忙。」我才剛把話說完，先前緊追在後的士兵就出現在我們左方的地道裡。還剩五碼。四碼。在我的腦中，刀子都已經飛了出去，都已經命中目標。我從壁龕裡衝出來，讓刀子脫手。領頭的四個帝國軍一個接著一個無聲地倒下，簡單得就像用鐮刀割稻。第五個人死於我的彎刀揮掃之下。溫熱的血液四濺，我感覺膽汁上湧。

別去想。別深究。只要清出一條路就對了。

前五個人後頭冒出了六個輔助兵。其中一人撲到我背上，我肘擊他的臉來擺脫他。片刻之後，另一個士兵衝向我。他吃了一嘴膝蓋，哀號著抓著自己骨折的鼻子和滿是鮮血的嘴巴。

迴旋、飛踢、側跨、出擊。

我身後傳來蕾雅的尖叫聲。一名輔助兵揪著她的脖子把她拖出壁龕，再拿一把刀抵住她喉嚨。他原本色迷迷的眼神轉為痛苦的嗥叫，因為蕾雅把匕首捅進他的腰側。她拔出匕首，他踉蹌退開。

我轉向最後三個士兵。他們落荒而逃。

我花了幾秒工夫收回我的刀子。蕾雅全身顫抖地環顧著我們周圍的屠殺場面：七個死了，三個受了傷、一邊呻吟一邊試圖站起來。

當她看向我的時候，看到我血淋淋的彎刀和盔甲而驚愕地瞪大了眼睛。我內心湧上巨大的羞愧，劇烈到我真希望能沉到地底下。現在她可看清我的真面目了，包括我內心深處最不堪的真相。*凶手！死亡！*

「蕾雅——」我才剛開口，一陣低鳴就沿著地道傳過來，地面也隨之顫動。我聽到水溝蓋另一側有尖叫聲、喊叫聲，還有一個巨大的爆炸聲所引起震耳欲聾的迴響。

「究竟搞什麼鬼——」

「是學人反抗軍，」蕾雅用蓋過噪音的音量喊道，「他們起義了！」

我沒機會問她怎麼會知道這則有趣的花邊新聞，因為就在這一刻，我們左方的地道閃現一抹洩露形跡的銀色。

「天啊，伊里亞斯！」蕾雅的聲音哽住了，眼睛瞪得老大。逼近我們的其中一個面具武士身材極為魁梧，看起來年紀比我大了十幾歲，面容很陌生。另外那個面具武士身材嬌小，幾乎像發育不良似的。她戴著面具的臉表情平靜，掩飾了她渾身散發出的冰冷怒氣。

我的母親。司令官。

我們右方傳來如雷的靴子踏地聲，還有哨音在召喚更多士兵前來。我們被困住了。

地道再次發出低鳴。

「躲到我背後去。」我厲聲命令蕾雅。她沒聽見。「蕾雅，該死，躲到——嗚——」

蕾雅直直撲向我的肚子，完全是出乎我預期的、毫不優雅而緊急的一個撲躍，撞得我往後跌進一座壁窖裡。我直接突破掩住壁窖的厚密蜘蛛網，仰身撞在一具石棺上。蕾雅的身體一半壓在我身上，一半卡在石棺和壁窖的牆壁之間。

蜘蛛網、壁窖和溫熱的女體弄得我腦中一片混亂，我只能勉強口齒不清地說：「妳瘋了——」

轟。我們剛才站立的那條地道的天花板，突然之間垮了下來，驚天動地的轟隆聲被城市裡的爆炸聲襯托得更加強烈。我把蕾雅翻過來壓在下面，我的兩隻手臂夾在她的頭兩側，以保護她不被爆炸所傷。不過說到底是壁窖救了我們。爆炸引發的一波塵土惹得我們咳個不停，我強烈地意識到要不是蕾雅急中生智，我們都會死於非命。

轟鳴聲停止了，陽光透過塵土照下來。城市裡迴盪著尖叫聲。我小心翼翼地撐起身體離開蕾雅，轉頭看向壁窖入口，它已經被石塊半掩住了。我瞥向殘餘的地道。說實在的它沒剩什麼了。坍方發生得十分徹底——一個面具武士都看不見了。

我手腳並用地爬出壁窖，半拖半攙地帶著仍在咳嗽的蕾雅通過碎石。她的臉上沾染著塵土和血——我確認過了，不是她的血。她摸找著水壺，我把壺嘴湊向她的唇。喝了幾口水後，她撐著身體站起來。

「我可以——我可以走。」

石塊堵塞了我們左方的地道，但是一隻穿著鎖子甲的手正在把石塊搬開。司令官的灰眼珠和金髮在塵土間熠熠發亮。

「走吧。」我拉起領子遮住頸後的黑巖學院菱形刺青。我們爬出毀損的地下墓穴，進入混亂不堪的賽拉城街道。

十層地獄啊。

似乎沒人注意到街道塌陷到地下墓穴這件事——每個人都忙著盯著直沖上炙熱藍天裡的那根火柱：總督公館熊熊燃燒著，像是蠻族火葬用的柴堆。在燻黑的大門周圍和宅邸前的大廣場上，有幾十個武人士兵正和幾百個穿著黑色衣服的叛軍激戰——那是學人反抗軍鬥士。

「往這裡走！」我轉向遠離總督公館，不小心撞倒了兩個正趕到現場的叛軍，我的目標是下一條街。可是那條街失火了，熊熊大火蔓延得很快，地上到處都是屍體。我握住蕾雅的手，奔向另一條小巷，卻發現它和上一條街一樣悽慘。

在清脆的武器相碰聲、尖叫聲和火焰的怒吼聲之上，賽拉城的鼓塔狂熱地擂著鼓，召喚依拉司翠恩區、異國區和兵器區的後援部隊。另一座鼓塔則回報著我的位置在總督公館附近，命令所有可用的部隊都投入追捕行動。

總督公館再過去一點，一顆淺金髮色的頭顱從坍方地道的碎石間冒了出來。*該死*。

我們站在廣場接近中央的位置，旁邊有一座覆滿灰燼的立馬噴水池。我讓蕾雅貼著噴水池站，自己則彎下腰去，焦急地想在司令官或某個武人發現我們之前找到逃生路線。可是看起來好像廣場周邊的每一棟建築、每一條街道都在燃燒。

看仔細點！現在司令官隨時都會躍入廣場上的混戰，並運用她駭人的技能在戰場上殺出一條通道，好揪出我們的下落。

我回頭看她，她正在甩落盔甲上的塵土，對混亂的場面不為所動。她那副寧靜的面容讓我頸後的汗毛都豎了起來。她的學校被毀了，她的兒子兼仇人逃走了，城市則變成徹底的災難，而她對這一切仍然淡然處之。

「那裡！」蕾雅抓住我的手臂，指著掩藏在一台翻倒的攤車後頭的小巷弄。我們伏低身子衝向它，感謝騷動讓學人和武人都沒空注意我們。

沒多久工夫，我們已經趕到小巷弄，正準備鑽進去時，我大膽回頭看了一眼——只是看一眼，確認她沒看見我們。

我在混亂間搜尋——目光穿透一群圍毆兩個帝國軍的反抗軍、掠過一個單挑十個叛軍的面具武士，一路看到地道的碎石處，我母親剛才站的位置。一名年邁的學人奴隸試圖逃離混亂，卻犯下從她面前經過的大錯。她隨興而殘暴地將彎刀刺入他的心臟。當她拔出刀子時，她並沒有看向那個奴隸，反而看著我，彷彿我們緊密相連，彷彿她知道我的每個念頭，她的目光穿越廣場刺過來。

然後，露出微笑。

3 蕾雅

司令官的微笑像一條蒼白而腫脹的蠕蟲。儘管我只在剎那間看到她，接著伊里亞斯就趕著我離開腥風血雨的廣場，我卻已經嚇得說不出話來。

我顛躓地前進，我的靴子仍裹著一層先前歷經地道屠殺而沾上的血。一想到事後伊里亞斯的表情——自我鄙夷的眼神——我不禁打了個冷顫。我想告訴他他所做的是為了救我們而必須做的事，但我無法開口。我用盡全力才忍住不作嘔。

人們受到折磨的聲音撕裂了空氣——武人和學人，成人和孩童，全都融合成單一的不和諧慘叫聲。我幾乎對此充耳不聞，注意力全集中在避開碎玻璃和倒塌在街道上的燃燒建築上。我扭回頭張望了十幾遍，預期司令官會赫然出現在我們身後。突然之間，我感覺又是一個月之前的我了。當時那個女孩拋下哥哥讓他被送進帝國大牢，那個女孩在被鞭打之後嗚咽抽泣。那個女孩沒有勇氣。

當恐懼占上風時，妳要用唯一比它更強大、更堅固的東西去對抗它：妳的靈魂、妳的心。昨天我聽到哥哥的朋友兼師父——鐵匠史匹洛．鐵勒曼對我說出這些話。

我試著把恐懼轉換成動力。司令官不是無堅不摧的。她甚至可能沒看見我——她的注意力完全集中在她兒子身上。我曾經從她手裡逃走過一次，我會再逃走一次。

腎上腺素在我體內奔竄，可是當我們從某一條街彎向另一條街時，我被一堆像是小金字塔的磚石給絆了一下，整個人撲倒在被煤灰染黑的卵石地上。

伊里亞斯不費吹灰之力地拉我站起身，好像我是羽毛做的。他望向前方、後方、附近的窗戶和屋頂，彷彿他也預期他的母親隨時會現身。

「我們得繼續前進，」我拽了一下他的手，「我們得想辦法出城。」

「我知道。」伊里亞斯拐了個彎，帶我們進入一座有圍牆的、灰撲撲的荒廢果園。「可是如果我們累垮了是沒辦法出城的。休息一下子沒關係。」

他坐了下來，我不情願地跪坐在他旁邊。賽拉城的空氣感覺很奇怪，彷彿被污染了，燒焦木頭的強烈氣味裡還混雜著更惡劣的東西——血、燃燒的屍體、出鞘的兵器。

「伊里亞斯，我們要怎麼去拷夫？」自從我們從他在黑巖學院的營房溜進地道後，這個問題就一直在我腦中盤桓。我哥哥自願讓武人士兵抓到他，好給我爭取到逃脫的機會。我不會讓他的犧牲以死亡作收——在這天殺的帝國之中，他是我僅存的家人了。「我們要躲在鄉下嗎？計畫是什麼？」

伊里亞斯定定地凝視我，灰色的眼珠顯得暗淡。

「本來我們應該走逃脫地道，從西城出來，」他說，「我們應該接著走北邊的山隘，搶劫一輛部落民的篷車，然後扮成貿易商。武人應該不會同時追捕我們兩個人——也應該不會往北邊找。可是現在……」他聳聳肩。

「你這是什麼意思？你還有計畫嗎？」

「有啦，我們要出城去，要逃離司令官。這是目前唯一要緊的計畫。」

「那之後呢？」

「一次解決一件事，蕾雅。我們的對手可是我母親。」

「我才不怕她。」我說，以免他以為我還是他幾週前在黑巖學院遇見的那個膽小如鼠的女孩。「已經不怕了。」

「妳應該怕她。」伊里亞斯語調平平地說。

鼓聲隆隆響起，連珠炮般的鼓聲響亮到震撼人的骨頭。我的頭隨著鼓聲的回音而陣陣發脹。

伊里亞斯歪頭傾聽。「他們在傳達關於我們的描述，」他說，「伊里亞斯・維托瑞亞斯：灰眼睛，身高六呎四吋，體重十五石，黑髮。最後一次現身的位置是黑巖學院以南的地道。配有武器，極度危險。與學人女性同行：金眼睛，身高五呎六吋，體重九石，黑髮——」他停口，「應該夠妳了解狀況了吧。蕾雅，他們在追捕我們，她在追捕我們。我們沒有出城的方法了。現在恐懼是明智的做法——它能讓我們保命。」

「城牆——」

「有重兵防守，因為學人起義的關係。」伊里亞斯說，「不用懷疑，現在戒備一定更加森嚴。她應該已經把訊息傳遍整座城市，說我們還沒越過城牆，各大城門的兵力都會加倍。」

「我們——你——不能強行突破嗎？也許挑一道比較小的城門？」

「是可以，」伊里亞斯說，「不過那表示要大開殺戒。」他移開眼神。

我能理解他為什麼迴避我的眼神，然而有一部分的我被黑巖學院磨鍊得又冷又硬，那部分的我則不以為然地想著多死幾個武人又怎麼樣。尤其是他都已經殺了那麼多人；尤其是我想到當這場革命無可避免地遭到終結時，那些武人將如何對付學人。

可是我良善的那部分對這種麻木不仁畏縮不已。「那地道呢？」我說，「應該會出乎士兵的意料之外。」

「我們不知道哪些地道塌了，如果終究有可能走進死胡同，我們到地底下去就沒有意義了。也許可以去碼頭，我們可以游泳渡河——」

「我不會游泳。」

「等我們有空檔的時候，提醒我要給妳補救教學。」他搖搖頭——我們的選擇愈來愈少了。「我們可以低調行事，等待革命的風波平息，然後等爆炸結束之後溜進地道裡。我知道一間安全屋。」

「不，」我很快地說，「帝國在三個星期前就用船載戴倫去拷夫了，那些運囚船速度很快，不是嗎？」

伊里亞斯點點頭。「他們會在兩週內抵達安蒂恩，從安蒂恩走陸路，十天之內可以到拷夫，如果沒遇上壞天氣的話。他現在可能已經到監獄了。」

「我們到那裡要多久？」

「我們得走陸路，同時還要避免被發現。」伊里亞斯說，「如果快的話：三個月。不過前提是我們要在冬雪來臨前趕到納維內斯山脈，要是沒趕到的話，要等到春天才能翻越山脈。」

「那我們不能耽擱了，」我說，「連一天都不能耽擱。」我再次回頭張望，試著壓抑愈來愈強烈的恐慌。「她沒跟過來。」

「表面上看來是如此，」伊里亞斯說，「但她太該死地精明了。」他望著我們周圍的枯樹深思，手裡不斷翻轉一把小刀。

「河邊有一棟廢棄的倉庫，靠在城牆邊。」他終於說道，「那棟建築是我外公的——很多年前他帶我去看過。倉庫後院有一扇門通往城外。但我好一陣子沒去過了，不曉得它還在不在。」

「司令官知道那個地方嗎？」

「外公絕對不會告訴她的。」

我想起我在黑巖學院的奴隸同伴伊薺，我剛進那間學校時，她曾經警告過我有關司令官的事。*她知道很多事，伊薺這麼說，她不該知道的事。*但我們必須出城，而我也貢獻不出更好的對策了。

我們出發，快速經過幾個沒被革命波及的區域，煞費苦心地溜過有人在戰鬥、火勢在延燒的區域。幾個鐘頭一晃而過，午後的天光暗去，宣告傍晚來臨。我身邊的伊里亞斯看起來很平靜，毀天滅地的場景似乎不曾影響他。

想想也真奇妙，一個月之前，我的外公外婆還活著，我哥哥還是自由之身，而我從沒聽過維托瑞亞斯這個姓氏。

從那之後起發生的一切，都像是噩夢一場。外婆和外公慘遭毒手，戴倫被士兵拖走，還嘶吼著要我快跑。

然後學人反抗軍答應幫我救哥哥，卻背叛了我。

另一張臉在我腦海中閃現，深色眼珠、英俊、嚴肅——一向那麼嚴肅，因此他的笑容格外珍貴。奇楠，那個髮色如火的叛軍違抗了反抗軍的命令，暗中為我安排了逃出賽拉城的方式，而我把那個機會讓給了伊薺。

希望他不要生氣。希望他會明白我為什麼不能接受他的好意。

「蕾雅，」我們抵達城東外圍時伊里亞斯說道，「我們快到了。」

我們從一處賣開特倉儲區附近的擁擠街區走出來。一座磚窯孤伶伶的尖頂，將一座座倉庫和倉儲場都籠罩在深沉的陰影中。白天的時候，這裡一定滿是熙攘的馬車、商人和裝卸工。可是暮色已至的這個時辰，這裡像是一片荒地。傍晚的寒意暗示著季節的更迭，北方送來一陣穩定的風。萬籟俱寂。

「那裡。」伊里亞斯指著嵌在賽拉城城牆上的一棟建物，它看起來和左右兩側的房舍沒什麼不同，除了房屋後頭隱約可見的院落已經長滿雜草這一點之外。「就是它。」

他觀察倉儲區良久。「司令官沒辦法在那裡頭藏進十幾個面具武士，」他說，「但我很懷疑她會不帶著他們。她可不會想冒著讓我逃掉的風險。」

「你確定她不會一個人來嗎？」風勢增強了，我交抱著手臂，身體微微顫抖。司令官一個人就夠可怕了，我不確定她還需要士兵來當後援。

「不確定。」他坦承，「在這裡等，我去確認一下。」

「我覺得我應該一起去耶，」我馬上緊張起來，「如果出了事——」

「那麼妳能活下來，即使我活不了。」

「什麼？不要！」

「如果確認是安全的，我會吹一聲口哨。如果有伏兵的話，兩聲口哨。如果是司令官在等我們，就吹三聲口哨，吹兩次。」

「如果真的是她呢？接下來要怎麼辦？」

「那妳就待著別動，如果我活下來，我會回來找妳。」伊里亞斯說，「如果我沒活下來，妳就得趕快離開了。」

「伊里亞斯，你這個笨蛋，我需要你才能去救戴倫——」

他用一根指頭抵住我的唇，用堅毅的目光吸引我的目光。

我們前方的倉儲區一片死寂，後方則是燃燒的城市。我還記得上一次像這樣凝望他的情境——後來我們就接吻了。從他洩露出的緊促呼吸聲看來，他應該也記得。

「人生是有希望的。」他說，「這是一個勇敢的女孩告訴我的。如果我出了事，也別害怕，妳會找到辦法的。」

在我的疑慮再次襲上心頭之前，他垂下手，快速地躍行穿過倉儲區，動作就像從磚窯上方升起的塵霧一樣輕盈。

我的目光追隨著他的動作，內心痛苦地意識到這個計畫有多麼漏洞百出。到目前為止能度過難關，都源自於意志力或純粹的運氣。我完全不知道該怎麼安全地到北方，只知道要信任伊里亞斯來做我的嚮導。我對於要花多大力氣才能闖進拷夫毫無概念，只能期望伊里亞斯會知道該怎麼辦。我所擁有的就只有內心的一股聲音，它叫我一定要去救哥哥，此外就是伊里亞斯給我的承諾，剩下來的全是期盼和希望。最脆弱不堪的東西。

不夠，這樣不夠。風把我的頭髮颳得亂拍，盛夏的風不該這麼冷冽。伊里亞斯消失在倉庫的後院裡，我的神經繃得都快斷了，儘管我不停深呼吸，我還是覺得吸不到足夠的氧氣。快呀，快呀。等待他的信號真是酷刑。

然後我聽到了。那聲音如此急促，我一時間還以為自己聽錯了。我希望自己聽錯了。

可是哨音又重複了一遍。

三聲短音。尖銳，突兀，充滿警告意味。

這表示，司令官找到我們了。

4 伊里亞斯

我母親憑藉熟練的狡猾將她的憤怒隱藏起來，將它裹上平靜的外衣，埋到深坑裡去。她踏實了坑上的泥土，再放上一塊墓碑，假裝它已經入土為安。

但我在她的眼裡看到憤怒，她的眼周微微悶燒，像是被火焰吞噬前一刻的紙張邊角捲曲發黑。

我痛恨自己與她血脈相連，要是我能把身上的血緣關係刷掉該有多好。她挺立在陰暗而高聳的城牆前，化作夜色中另一道暗影，唯一的區別是她面具的銀色幽光。

她旁邊正是我們的逃脫路線，一扇爬滿乾枯藤蔓而幾乎難以辨認的木門。儘管她手裡沒有任何武器，她所要傳達的訊息卻昭然若揭。如果你想離開，就要先過我這一關。

十層地獄啊。希望蕾雅聽到我的警示哨音了，希望她保持安全距離。

「你可真夠久的，」司令官說，「我等了好幾個鐘頭。」

她撲向我，手心裡快速出現一把長刀，彷彿像是從她的皮膚裡變出來的。我躲過她的攻擊——千鈞一髮——然後用我的彎刀劈向她。她連擋都懶得擋下我的兵器，只是跳舞般地避開我的攻擊，然後朝我擲出一支流星鏢。它以毫釐之差掠過我。在她還沒來得及再拿一支流星鏢時，我衝向她，朝她胸口送出一腳，踢得她仰躺在地。

趁她掙扎著起身時，我掃視周圍看看有無伏兵。城牆上空無一人，四周的屋頂也是空蕩蕩的，外公的倉庫裡沒有傳出半點聲響。然而我怎麼也不相信她沒有安插殺手埋伏在近處。

我聽到右側傳來拖曳的腳步聲，於是揚起彎刀，預期會遭到箭矢或長矛的攻擊。但聲音來源是司令官的馬，牠被繫在一棵樹上。我認出維托瑞亞家族的馬鞍——牠是外公的其中一匹良駒。

「草木皆兵啊。」司令官揚起一道銀色的眉毛，同時爬起身來。「省省吧，我是一個人來的。」

「這是為什麼？」

司令官朝我射出更多流星鏢。她趁我閃躲時迅速溜到一棵樹後，讓我隨後回擊的飛刀傷不到她。

「小子，如果你認為我需要一支軍隊才能毀了你，」她說，「那你可搞錯了。」接著她解開軍服的領口，我看到軍服底下刀槍不入的活金屬衫，不禁皺眉癟嘴。

是小琳的金屬衫。

「我從海琳．亞奇拉那裡拿來的，」司令官抽出彎刀，以優雅而輕鬆的姿態迎接我的攻勢，「在我把她交給黑武士審問之前。」

「她什麼都不知道。」我躲避著母親的攻擊，她在我周圍舞動。*逼她轉攻為守，然後快速重擊她的頭把她打暈。偷走那匹馬。逃跑。*

我們的彎刀相擊之時，司令官發出一種怪異的聲響，奇特的聲音填滿了倉儲區的寂靜。過了一下子，我才意識到那是笑聲。

我從沒聽過我母親笑。從來沒有。

「我知道你會來這裡。」她手持彎刀朝我飛撲而來，我屈身由她下方溜過去，感覺她的刀風由我臉前幾吋處掠過。「你會考慮要從城門脫逃。然後是地道、河流、碼頭。到最後，這些選項都太麻煩了，尤其是帶著你的小拖油瓶朋友。你想起這個地方，而且以為我不知道有這個地方。笨哪。」

「她在這裡，你知道嗎？」司令官發出不悅的嘶聲，因為我不但阻擋了她的攻擊，還在她手臂上劃破一個小傷口。「那個學人奴隸，躲在房子裡觀戰。」司令官哼了一聲，提高了音量。「頑強地緊巴著生命不放，就像隻蟑螂一樣。我猜是先知他們救了妳吧？我真該更徹底地毀了妳才對。」

快躲起來啊，蕾雅！我在腦中吶喊，不過嘴巴沒發出聲音，以免害她胸前插了一把我母親的流星鏢。

現在倉庫位於司令官的背後了。她微微喘氣，眼裡閃著殺氣。她想了結這件事了。司令官舉起刀子虛晃一招，可是當我格擋時，她趁機掃踢我的腿，然後刀子兜頭砍下。我用滾的躲開，驚險地躲過被刺穿的死法，可是另外兩支流星鏢咻咻地飛向我，儘管我打掉一支，另一支卻咬進我的二頭肌。

我母親背後的陰暗處有金色的影子一閃而過。不要，蕾雅，別蹚混水。

我母親拋下彎刀，拔出兩把匕首，一心要解決我。她用盡全力躍向我，運用點擊方式來讓我受傷，想讓我在不知不覺間嚥下最後一口氣。

我閃躲得太慢了。一把刀刺進我肩膀，我向後退，卻沒來得及避開她朝我臉上踢來的狠狠一腳，我被踢得跪倒在地。

突然間，我眼前出現兩個司令官和四把刀。*你死定了，伊里亞斯。*我腦中迴盪著驚喘聲——那是我自己的呼吸聲，短淺而痛苦。我聽到她冷冷地笑著，像是石頭擊碎玻璃的聲音。她走過來取我的命。完全是黑巖學院的訓練——她的訓練，讓我本能地舉起彎刀來阻擋她。可是我的力氣已經耗盡，她接連打掉我兩手的彎刀。

我用眼角餘光看到蕾雅慢慢靠近，手裡拿著匕首。*停止，該死。她會在一瞬間殺了妳。*

可是我才眨了一下眼睛，蕾雅就消失了。我想我一定是幻想看到她了——剛才那一踢讓我心智不正常了，可是這時候蕾雅再度出現，她手裡有沙子飛向我母親的眼睛。司令官別過頭去，我忙亂地在泥地上摸找我的彎刀。我舉起一把彎刀的同時，我母親與我四目相接。我預期她戴著臂鎧的手腕會舉起來擋住我的劍，我預期將死在她得意洋洋的勝利之下。

然而她眼中卻閃現一種我認不出來的情緒。

我的彎刀擊中她的太陽穴，這一擊能讓她睡上至少一小時。她像一袋麵粉倒在地上。

我和蕾雅低頭盯著她看，憤怒和混亂的情緒占據我心。我母親有哪件壞事沒做過？她鞭打、殺戮、刑求、奴役。現在她無助地躺在我們面前，要殺死她太容易了。我內心的面具武士慫恿我下手。*現在別心軟啊，傻瓜。你會後悔的。*

這樣的念頭讓我心生反感。不能殺死自己的母親，不能在這種情況下殺死她，不管她是怎樣的魔頭。

我看到有個動靜閃了一下。倉儲區的影子裡有個人影潛伏著。是個士兵嗎？也許——不過他懦弱到不敢出來戰鬥。也許他看見我們了，也許沒看見。我不會等著找到答案。

「蕾雅，」我抱住母親的腿把她拖進屋子裡，她好輕。「去牽馬。」

「她——她是不是——」她低頭看著司令官的身體，我搖搖頭。

「馬，」我說，「把牠的繫繩解開，帶牠到門那裡。」她聽命行事，我從背包裡的那綑繩索割下一段，把我母親的腳踝和手腕都綁住。等她甦醒之後，這繩子就綁不了她太久了。不過再加上她頭部受到的重擊，我們應該能爭取到時間，在她能派出追兵之前遠離賽拉城。

「伊里亞斯，我們必須殺了她。」蕾雅的聲音在顫抖，「她一醒過來就會來追殺我們，我們絕對到不了拷夫的。」

「我不會殺她的。如果妳要動手就快一點，我們沒時間了。」我轉過頭去，再度掃視我們後方的陰暗。不管剛才是誰在監視我們，現在都已經不在了。我們必須作好最壞的打算：那是一個士兵，而他將敲響警報。

賽拉城的壁壘上沒有部隊在巡邏。*總算來點好運了。*

狠狠拉了幾下之後，覆滿藤蔓的木門開了，門的鉸鍊處發出響亮的嘎吱聲。片刻之後，我們已經穿過了厚厚的城牆。這時候，我的視野突然有了疊影。*該死的頭部重擊。*

蕾雅和我躡手躡腳地穿過一片廣大的杏桃林，馬兒踢躂踢躂地跟在我們身旁。她負責牽馬，我則舉著彎刀走在她前方。

司令官選擇和我單挑。也許是出自她的自傲——她渴望向她自己也向我證明，她能夠單槍匹馬地毀滅我。不管出於什麼理由，她至少會布署幾組人馬在這裡逮我們，以防我們突破城牆。要說我對我的母親至少有一點了解的話，那就是她永遠都有備案。

我對今晚墨黑的夜色心懷感激。要是有月亮的話，高明的弓箭手從城牆上就能輕易射中我們。不過現在我們完全融入樹影之中。然而我還是不信任黑暗。我等待蟋蟀和夜行動物安靜下來，等待我的皮膚襲上一股寒意，等待聽見靴子的刮擦聲或是皮革的摩擦聲。

可是我們穿過果園的一路上，都沒有看到帝國的任何徵兆。

我們接近林木線時，我帶我們放慢了腳步。附近有一條雷河的支流在奔流。沙漠裡僅有的兩處燈光分屬於兩座駐軍軍營，它們彼此之間和離我們之間都有好幾哩遠。

兩座軍營之間迴盪著鼓聲，陳述著賽拉城內的部隊動態。遠方傳來馬蹄頓地聲，我緊繃神經——不過蹄聲離我們愈來愈遠。

「不太對勁，」我對蕾雅說，「我母親應該會安排巡邏隊在這裡才對。」

「也許她以為不需要。」蕾雅有點沒把握地低語，「她以為她能殺了我們。」

「不，」我說，「司令官永遠有備案。」

我突然間好希望海琳在這裡。我簡直能看見她皺起銀色的眉毛，用她的心智仔細地、耐心地拆解糾結成一團的事實。

蕾雅對著我偏頭。「伊里亞斯，司令官也會犯錯，」她說，「她低估了我們兩個。」

確實，然而我內心的細微不安感卻揮之不去。該死，我的頭好痛，感覺有點想吐，也想睡覺。思考啊，伊里亞斯。在我敲暈我母親前一刻，我在她眼裡看到的是什麼？一種情緒，一種她通常不會展現的情緒。

片刻之後，我突然想通了。滿足。她很得意。

可是她本來想殺了我，為什麼又會因為我把她敲暈而感到滿足呢？

「蕾雅，她沒有犯錯。」我們踏上果園以外的空曠土地，我審視著在一百哩外的賽拉山脈上方醞釀的暴風雨說。「她是故意放我們走的。」

然而我不明白為什麼。

5

海琳

誓死盡忠。

這是亞奇拉家族的家訓，我出生不久，父親便對著我低聲傳授了這句話。這句話我至今已經複誦了上千遍，從未質疑，從未猶豫。

而現在身處於黑巖學院的地牢裡、癱軟在兩個帝國軍之間的我，又想起了這句話。誓死盡忠。

向誰盡忠？我的家族？帝國？還是我的心？

讓我的心「地獄去吧，要不是因為我的心，我也不會落得這步田地。

「伊里亞斯．維托瑞亞斯是怎麼逃走的？」

我的審問者硬生生地打斷我的思緒。他的聲音就和幾個鐘頭前一樣毫無感情，當時司令官剛把我和他一起丟進這座地窖。先前她帶著一群面具武士，在黑巖學院的營房外頭堵到我。我束手就擒，不過她還是把我打暈了。從那一刻起到現在之間的某個時間點，她設法剝掉了帝國具有神聖地位的先知送給我的銀衫。那件銀衫吸附在我的皮膚上以後，使我幾乎刀槍不入。

也許我該訝異她竟然有辦法把它從我身上剝下來吧，不過我卻不覺得驚訝。我和整個帝國的其他人有一點不同：我從來不會犯下低估司令官這個錯誤。

「他是怎麼逃走的？」審問者又回到這個問題上了。我忍住不嘆氣。這個問題我已經回答了一百遍。

「我不知道。前一秒我正要砍掉他的頭，下一秒只聽到耳鳴聲。等我看向處決平台的時候，他人已經不見了。」

審問者朝箝住我的兩個帝國軍點點頭。我繃緊神經。

什麼都別告訴他們。無論發生什麼事。伊里亞斯逃走的時候，我承諾要掩護他最後一次。要是帝國得知他是走地道離開的，或是他帶著一名學人同行，或是他把面具給了我，那些士兵就會更容易追蹤他。他絕對沒辦法活著出城。

帝國軍把我的頭往後按進一桶污水裡。我閉緊嘴巴和眼睛，放鬆身體，儘管我的每一個部位都渴望掙脫箝制住我的人。我遵照司令官在審問訓練課上教我們的方法，將心思集中在一幅影像上。

伊里亞斯逃走了，在某個遙遠的、陽光普照的地方微笑著，終於找到了他長久渴望的自由。

我的肺有如燒灼般刺痛。伊里亞斯逃走了，伊里亞斯自由了。我溺死了。伊里亞斯逃走了，伊里亞斯自由了。

帝國軍把我的頭從水桶裡拉出來，我深深吞了一口空氣。

審問者有力的手把我的臉往上托，強迫我直視那對綠色眼珠，在他銀色的面具襯托下，那對閃著幽光的眼睛不帶任何感情。我預期會看到一絲憤怒——或至少是焦躁，畢竟他已經花了好幾個小時問同樣的問題、聽到同樣的回答。但他很冷靜，幾乎是溫和的。

我在腦中給他取了個外號叫北方佬，因為他膚色黝黑、兩頰凹陷、眼睛細長。他剛從黑巖學院畢業幾年，作為黑武士都嫌年輕，更別說還負責審問工作了。

「他是怎麼逃走的？」

「我剛才說過了——」

「爆炸發生後，妳為什麼會在優等生的營房裡？」

「我以為我看到他了，但我跟丟了。」這算是另一種版本的實話。我到最後確實弄丟了他。

「他是怎麼引爆火藥的？」北方佬鬆開我的臉，繞著我慢慢踱步，他幾乎完全融入陰影，只有工作服上縫的一塊紅布章還若隱若現——它是一隻尖聲啼叫的鳥，是帝國禁衛軍黑武士的象徵符號。「妳什麼時候幫了他的忙？」

「我沒幫他忙。」

「他是妳的盟軍，妳的好友。」北方佬從口袋掏出什麼東西，它發出叮的一聲，但我看不到是什麼東西。「他該被處決的那一刻，剛好就發生一連串爆炸，學院幾乎被夷為平地。難道妳以為有任何人會相信這只是巧合嗎？」

看我緘默不語，北方佬示意帝國軍再把我壓進水裡。

我深吸一口氣，驅逐腦中一切念頭，只留下他獲得自由的畫面。

然而，就在我被壓進水裡的那一刻，我想到了她。

那個學人女孩。那一頭烏溜溜的長髮，那曼妙的曲線，那雙該死的金色眼眸。他牽著她的手飛奔穿過院子。她說出他的名字，從她的唇間說出來，悅耳得就像一首歌。

我吞了一大口水，嚐起來有死亡和尿的味道。我雙腳亂蹬，反抗著抓住我的帝國軍。冷靜。審問者就是這樣摧毀他們的囚犯的。只要出現一道裂縫，他就會往裡頭卡住楔子，不停地搥打，直到我迸裂開來。

*伊里亞斯逃走了，伊里亞斯自由了。*我試著在腦中看到他，但那幅景象已經被他們兩人緊緊纏繞的畫面所取代。也許溺死也沒那麼可怕。

在我的世界變暗的時候，帝國軍拉我出水。我吐出滿口的水。*撐住，亞奇拉。現在正是他突破妳心防的時機。*

「那女孩是誰？」

這問題來得猝不及防，在那該死的一瞬間，我無法掩飾臉上的驚愕——或理解。

一半的我暗罵伊里亞斯笨到被人看見和那女孩同行，另一半的我則試著碾碎由我內心深處萌發的驚懼。審問者觀看著我眼中輪番上演的各種情緒。

「很好，亞奇拉。」他的嗓音細微而致命，我立刻聯想到司令官。伊里亞斯曾說，她說起話來愈輕聲細語，代表她處於愈有威脅性的狀態。我終於看見北方佬從工作服裡拿出來的是什麼東西了。兩組連成一排的金屬環，他把它們套到手指上。黃銅手指虎，這是一種凶殘的武器，能把單純的毆打升級成緩慢而血腥的謀殺。

「我們何不從這裡開始呢？」

「開始？」我已經在這個鬼地方待了好幾個鐘頭了。「你說開始是什麼意思？」

「這個——」他比了比水桶和我瘀青的臉，「——只是我認識妳的方式。」

*十層地獄啊。*他一直在保留實力。他一點一滴地累積疼痛，削弱我的意志力，尋找一

個切入點，等我洩露蛛絲馬跡。

伊里亞斯逃走了，伊里亞斯自由了。伊里亞斯逃走了，伊里亞斯自由了。

「可是現在，血伯勞，」北方佬的話雖然音量很小，卻切穿了我在腦中唸誦的話語，「現在我們要來看看妳是用什麼做的。」

時光化為模糊的影子，幾個鐘頭流逝了。還是已經過了幾天？幾週？我分不清楚。在這底下見不到陽光，也聽不到鼓聲或鐘聲。

再撐久一點，在一頓特別狠毒的毆打之後我這麼告訴自己。再撐一小時，再堅持一個鐘頭。再半個鐘頭。五分鐘。一分鐘。再一分鐘就好。

可是每一秒鐘都充滿疼痛。我快要輸掉這場戰役了。我從大段消失的時間、從我含糊不清的囈語中感覺得出來。

地牢的門開了，又關了。信差們出現，交頭接耳一番。北方佬的提問隨之改變，卻永遠沒有盡頭。

「我們知道他帶著那個女孩走地道逃跑。」我一隻眼睛腫得睜不開，不過北方佬說話的時候，我用另一隻眼睛狠狠瞪他。「他在地底下殺死了半排士兵。」

噢，伊里亞斯。他會為了這些死亡折磨自己，不會將之視為必要之惡，而會當作一種選擇——錯誤的選擇。他會讓那些人的血跡留在手上很久很久，換作是我會更早就把血跡洗掉。可是一部分的我因為北方佬已經知道伊里亞斯是怎麼逃走的而鬆了口氣，至少我就不用再撒謊了。當北方佬問起蕾雅和伊里亞斯的關係時，我可以誠實地說我一無所知。我只需要撐得夠久，活到北方佬肯相信我的時候。

「告訴我他們的事——應該沒這麼難吧？我們知道那女孩是反抗軍的一員，她吸收了伊里亞斯嗎？他們是戀人嗎？」

我聽了想笑。你問我我問誰啊。

我試著回應他，但我痛到只能呻吟。帝國軍把我甩在地上，我蜷成一團，可悲地想藉此保護我斷掉的肋骨。我氣若游絲，咻咻地喘著氣。不曉得我是不是死期將至了。我想著先知們。他們知道我在這裡嗎？他們在乎嗎？他們一定知道，然而他們完全不想幫我。

但我還沒死呢，而且我也沒讓北方佬嚐到甜頭。只要他還在問問題，就代表伊里亞斯是自由的，和他在一起的女孩也是。

「亞奇拉。」北方佬聽起來……不太一樣，很疲倦。「妳快沒時間了。告訴我那女孩的事。」

「我不——」

「否則的話，我奉命把妳活活打死。」

「奉皇帝的命？」我咻咻地喘道。我很詫異，我還以為馬可斯在宰了我之前，會親自對我做出各種恐怖的事。

「下命令的人是誰不重要。」北方佬說。他蹲下來，綠色眼珠與我相視。這一回，它們不那麼冷靜了。

「亞奇拉，他不值得妳這樣。」他說，「告訴我我需要知道的事。」

「我——我什麼都不知道。」

北方佬等了一下，看著我。當我保持沉默之後，他站起身，戴上黃銅手指虎。

我想到伊里亞斯不久前還待在這座地牢裡，不曉得他在大限將至的時分，心裡都在想什麼？他來到處決台的時候，態度看起來好安詳，好像他坦然接受了自己的命運。真希望我能借用一點他的坦然。*再見，伊里亞斯。希望你找到你要的自由。希望你找到喜悅。天知道我們其他人是沒這個機會了。*

北方佬背後的地牢門哐啷一聲打開了，我聽到我熟悉的、痛恨的腳步聲。

馬可斯．弗拉皇帝，他來親手結束我的生命了。

「皇上。」北方佬恭敬地行了個軍禮。帝國軍拖我跪起身，讓我的頭自然垂落，充當表現敬意。

在幽暗的地牢光線下——再加上我受限的視力——我看不清馬可斯的表情。但我看得出他身後那個淺色頭髮的高個子是什麼人。

「爸爸？」天殺的，他來這裡做什麼？馬可斯要用他當籌碼嗎？他打算折磨他直到我吐露資訊？

「陛下。」我父親稟告馬可斯的語氣平滑如鏡，完全沒有高低變化，好像他的心情平靜無波。但他的眼睛快速瞥向我，眼中滿是驚恐。我擠出僅存的一點力氣狠狠瞪他。*爸爸，別讓他瞧見，別讓他察覺你的真實感受。*

「等一下，亞奇拉斯族長。」馬可斯揮揮手打發我父親，轉而望向北方佬。「哈波中尉，」他說，「怎麼樣？」

「啟稟陛下，她對那女孩一無所知，也沒有參與破壞黑巖學院。」

原來他的確相信我。

毒蛇揮手要抓住我的帝國軍退下。我命令自己不要癱倒在地。馬可斯握住我的頭髮，拽得我站起身來。北方佬面如石像地看著。我咬緊牙關，挺起肩膀。我迎向疼痛來源，預期——不，是希望——馬可斯的眼神裡只有憎恨。

但他用他那種有時候會展現的詭異平靜態度望著我。好像他對我的恐懼了解得極為透徹，一如他自己的恐懼。

「亞奇拉，真的嗎？」馬可斯說，我別開目光。「伊里亞斯．維托瑞亞斯，妳唯一的摯愛——」這些話從他嘴裡說出來顯得好污穢，「——帶著個學人蕩婦從妳的鼻尖底下溜走，而妳對她一無所知？譬如說她是怎麼從第四場試煉活下來的？或是她在反抗軍裡扮演什麼角色？是哈波中尉的威脅太不夠力了嗎？也許我能想到更好的。」

站在馬可斯身後的父親臉色變得更加蒼白。「陛下，求求您——」

馬可斯充耳不聞，他把我用力一推，背貼著潮濕的地牢牆壁，然後他用自己的身體壓著我。他的嘴唇貼向我的耳朵，我閉上眼睛，全心全意地希望父親沒有目睹這一幕。

「我該另外找個人來凌虐嗎？」馬可斯喃喃道，「一個我們可以用他的血來洗澡的人？還是我該讓妳做點別的事？希望妳認真觀察哈波的手段，妳當血伯勞會常常用得到。」

我的噩夢——他不知怎麼地很清楚知道的噩夢——以駭人的清晰度浮現在我眼前：破

碎的孩子、被掏空的母親、化為灰燼的屋舍。而我站在他的身邊，我是他忠誠的指揮官、他的支持者、他的愛人。沉迷於眼前的一切，渴望眼前的一切，渴望他。

徹底的噩夢。

「我什麼都不知道。」我啞聲說，「我忠於帝國，我一向忠於帝國。」不要刑求我的父親，我很想補上這一句，但我逼自己不要求情。

「陛下，」父親的語氣加重了一點，「關於我們的協議？」

協議？

「等一下，族長，」馬可斯柔聲呢喃，「我還沒玩夠呢。」他湊近我，這時他臉上掠過一種奇怪的表情——訝異，也許是懊惱。他甩了一下頭，好像馬在甩開蒼蠅，然後他退後了。

「給她鬆綁。」他對帝國軍說。

「這是怎麼回事？」我試著站直身體，可是我的腿撐不住。父親趕在我倒地前接住我，把我的手臂搭到他寬闊的肩膀上。

「妳可以走了。」馬可斯牢牢地盯著我。「亞奇拉斯族長，明天十點鐘來向我報到，你知道該到哪裡找我。血伯勞，妳要和他一起來。」

他在離開之前暫停腳步，用一根手指慢慢掠過我臉上的血。他眼裡帶著飢渴，把手指湊到嘴邊，舔掉指尖的血。「我有任務要交辦給妳。」

然後他就走了，北方佬和帝國軍也隨著他離去。一直等到他們的腳步聲漸漸消失在通往地牢外的樓梯上方，我才敢讓頭垂下來。

疲倦、疼痛和驚訝奪去了我的每一分力氣。

我沒有背叛伊里亞斯。我撐過審問了。

「來吧，丫頭，」父親極其溫柔地攬著我，好像我才剛出生，「我們帶妳回家。」

「你為了我做了什麼交易？」我問，「你拿什麼當交換條件？」

「沒什麼大不了的。」父親試著替我分擔更多體重，但我不配合。我只是用力地咬著嘴唇，咬到見血。隨著我們一點一點地步出囚室，我把全副注意力都集中在嘴唇的疼痛上，而不是虛弱的雙腿和灼痛的骨頭上。我是堂堂武人帝國的血伯勞，我要用自己的雙腳走出這座地牢。

「爸，你給了他什麼？錢財？土地？我們家毀了嗎？」

「不是金錢，是影響力。他是庶民出身，沒有家族作後盾。」

「各大家族都起來反對他了嗎？」

父親點點頭。「他們要求他辭去帝位——也有刺殺他的呼聲。他的敵人太多了，沒辦法把他們盡數打入大牢或殺掉。他們勢力太龐大了。他需要影響力，而我給了他，用來換妳的命。」

「可是怎麼個給法？你要輔佐他嗎？借兵給他用？我不明白——」

「現在這不重要。」父親的藍眼珠炯炯發光，我發現當我直視他的眼睛，喉嚨裡不禁哽住了。「妳是我女兒，如果他開口要求，我會割下背上的皮膚給他。丫頭，靠在我身上，省點力氣吧。」

馬可斯從父親身上榨出的好處不可能只有一點影響力而已。我好想逼他說明一切，可是當我們爬上樓梯時，我感到一陣天旋地轉。我的狀況太差了，沒辦法和他爭辯。我讓他扶我走出地牢，可是我難以擺脫不安的預感：不論他為我付出了什麼代價，那代價都太高了。

6 蕾雅

我們真應該殺了司令官才對。

穿過賽拉城的果園之後，是寂靜的沙漠。學人革命的唯一跡象，是映在清澈夜空前的橙色火光。一縷涼風從東方帶來了雨的氣味，山脈上空閃著暴風雨的電光。

*折返吧，殺了她。*我內心天人交戰。如果凱銳絲·維托瑞亞放我們走，一定有什麼邪惡的目的。再說她還害死了我的父母和姊姊。她奪走了伊薺一隻眼睛。她凌虐廚子、凌虐我。她率領了一整個世代極為危險而卑鄙的禽獸，將我的同胞毆擊成為卑躬屈膝的人間幽魂。她罪該萬死。

但是我們已經離賽拉城城牆有好一段距離了，現在要折返已經太遲了。戴倫比起報復那個瘋婆子要來得重要得多，而找到戴倫意謂盡快遠離賽拉城。

我們一走出果園，伊里亞斯就躍上馬背。他的目光未曾有片刻的鬆懈，他的一舉一動都充滿戒備。我感覺得出來，他也在自問與我相同的問題：*司令官為什麼要放我們走？*

我接住他的手，把自己拉上馬背坐在他身後，這親密的接觸使我臉頰發熱。馬鞍很巨大，但伊里亞斯並不是小個子。老天，我的手該往哪兒擺？扶著他的肩嗎？還是他的腰？我還在舉棋不定的時候，他已經用鞋跟一夾馬肚，馬兒立刻向前撲騰。我慌亂地抓住伊里亞斯盔甲上的一根帶子，他伸出手來把我拉向他，讓我漲紅了臉。我環抱住他的腰，身體貼向他寬闊的背，空曠的沙漠不斷向後飛逝，看得我頭暈目眩。

「壓低身體，」他扭回頭說，「駐軍軍營不遠了。」他搖搖頭，彷彿要甩掉眼睛裡的什麼東西，接著一陣顫慄掠過他的身體。觀察外公治療病患的多年經驗，促使我伸手摸了摸伊里亞斯的脖子。他體溫很高，不過原因可能是他之前和司令官激戰。

他的顫慄消退了，他敦促馬兒加速前進。我回頭望向賽拉城，等待大批士兵從城門湧出，或是伊里亞斯身體一綳，說他聽到鼓聲在傳遞我們的所在位置。但是我們順利通過軍營，周圍除了開闊的沙漠外別無一物。打從見到司令官以來便緊攫住我的焦慮感，現在極其緩慢地緩和下來。

伊里亞斯藉著星光認路。十五分鐘後，他讓馬兒放慢速度到慢跑。

「北方是沙丘區，騎馬通過那裡等於是酷刑。」我挺直身體好在馬蹄聲之外聽到他在說什麼，「我們要往東走。」他朝著山脈點點頭。「我們應該會在個把鐘頭內遇上那場暴風雨，它會沖走我們的足跡。我們的目標是山麓丘陵——」

我們誰也沒瞧見黑暗中潛伏著一個影子，直到它已經猛竄到我們面前。前一秒鐘，伊里亞斯還坐在我前面，他的臉離我只有幾吋，我湊上去仔細聽他說明。下一秒鐘，我只聽見他的身體撞擊沙漠地面的悶響。馬兒人立而起，我緊緊攀住馬鞍，努力待在馬背上，但是有隻手扣住我的手臂，把我也拉下馬來。那隻手帶著不像人類的冰冷觸感，嚇得我想放聲尖叫，但我只勉強驚呼了一聲。感覺像是被冬天給抓住了一般。

「給——我。」那東西用粗啞的嗓音說道。我只看到一個隱約像是人類的形體，上身飄散著一縷一縷的黑暗。死亡的惡臭籠罩我，嗆得我氣塞喉堵。伊里亞斯在幾呎外，一邊咒罵一邊對抗著更多影子。

「銀——子。」抓住我的影子說，「給我。」

「滾開！」我一拳打在濕冷的皮膚上，感覺從拳頭到手肘都被寒意給凍結了。影子消失無蹤，我突然間可笑地在和空氣搏鬥。不過一秒之後，有一束冰冷的東西繞住我的脖子用力擠壓。

「給——我！」

我不能呼吸了。我情急地踢腿，靴子踢到了什麼東西，影子放開我，我氣喘咻咻。一聲尖銳的叫聲擊碎寧靜的夜，一顆鬼怪般的頭顱由我身旁飛過，那是拜伊里亞斯的彎刀之賜。他想到我這裡來，可是又有兩個怪物從沙漠衝出，阻擋他的去路。

「是幽靈！」他朝我大吼，「砍頭！妳得砍掉它的頭！」

「我可不是該死的劍客啊！」幽靈又現身了，我從背後抽出戴倫的彎刀，逼它不敢靠近。不過當它一醒悟到我根本不會用刀時，就撲上前來，用指頭掐進我的脖子，掐得我破皮流血。那股寒意、那種疼痛令我尖叫，我的身體變得麻痺、無力，戴倫的刀從我手中落下。

鋼鐵一閃，隨後是讓人血液變冷的尖叫，然後那個失去頭顱的影子便倒了下去。沙漠突然安靜了下來，只聽得到我和伊里亞斯急促的呼吸聲。他抄起戴倫的彎刀，趕到我身邊，檢視著我脖子上的抓痕。他抬起我的下巴，他的手指好熱。

「妳受傷了。」

「不礙事。」他的臉上也有傷，而他並沒有抱怨，所以我退離他，並接過戴倫的刀。

伊里亞斯彷彿第一次注意到它。他驚訝得張大嘴巴。他舉起彎刀，試著在星光下看清楚。

「十層地獄啊，這是鐵勒曼的刀嗎？怎麼會——」他背後的沙漠裡傳來啪嗒聲，我們兩人都舉起武器。黑暗中並沒有冒出什麼東西來，不過伊里亞斯大步走向馬兒。「我們先離開這裡再說，妳可以在路上告訴我。」

我們朝東方奔馳。我們在騎馬的時候，我才意識到，除了先知把我們鎖在他房間裡那一夜我告訴伊里亞斯的事情之外，他對我幾乎一無所知。

這未嘗不是件好事，我內心謹慎的那部分說。*他知道得愈少愈好。*

我還在琢磨要對戴倫的刀和史匹洛・鐵勒曼的事透露多少，伊里亞斯就從馬鞍上扭回身來。他的嘴唇彎成狡獪的笑容，好像他能感覺到我在遲疑。

「蕾雅，我們現在同在一條船上了，妳最好還是向我全盤托出。還有——」他朝我的傷點點頭，「——我們已經並肩作戰過了。向戰友說謊會帶來霉運喔。」

*我們現在同在一條船上。*自從我逼他發誓要幫我那一刻起，他所做的一切都印證了這句話的真實性。他有權知道他戰鬥的目標，他有權知道關於我的真相，不管真相是多麼詭異和出人意料。

「我哥哥不是普通的學人，」我開始說，「而且……嗯，我也不太算是普通的奴隸……」

❦

走了十五哩、過了兩個鐘頭後，馬兒繼續邁著步伐，伊里亞斯則沉默地坐在我前面。

他一手握著韁繩，一手則扶著匕首。低低籠罩的雲層飄著雨霧，我裹緊了斗篷來抵禦濕氣。

能說的我全都毫無保留——突搜、我父母的遺澤、史匹洛的友誼、麥森的背叛、先知的幫助。這些話讓我一吐為快。也許我已經太習慣祕密的重量了，以致於直到我解除了負擔，才注意到它是那麼地沉重。

「你不高興了嗎？」我終於問道。

「我母親，」他的聲音很低沉，「她殺了妳父母。我很抱歉，我——」

「你母親的罪與你無關。」我詫異之餘說道。不管我以為他會說什麼，都不是這句話。「你不必替她道歉，不過……」我望向沙漠——好空，好靜。都是假象。

「現在你明白我為什麼非要去救戴倫不可了嗎？他是我僅有的了。他為我做了什麼——而我對他又做了什麼——拋下他——」

「妳必須去救他，我懂。可是蕾雅，他不只是妳哥哥，妳一定了解吧。」伊里亞斯回頭望著我，灰眼珠目光炯炯。「帝國的鋼鐵技術是從來沒人能挑戰武人的唯一理由。從馬林到南方的所有武器，統統敵不過我們的刀劍。妳哥哥可以用他所知道的事推翻帝國，難怪反抗軍想要他，難怪帝國要把他送進拷夫而非殺了他，他們想要知道他有沒有把技術散播出去。」

「他們不知道他是史匹洛的學徒，」我說，「他們以為他是間諜。」

「如果我們可以救他出來，把他帶到馬林——」伊里亞斯在一條被雨水灌飽的小溪邊停下馬，示意我下馬，「——他就能為馬林人、學人和部落民製造武器了。他能改變一切。」

伊里亞斯甩甩頭，滑下馬背。當他的靴子接觸到地面時，他的腿突然一軟。他抓住馬鞍的鞍橋，臉色白得像月亮一樣，他一手按著太陽穴。

「伊里亞斯？」我摸到他的手臂在顫抖。他打了個冷顫，就像我們剛離開賽拉城時那樣。「你是不是——」

「司令官狠狠踢中我一腳，」伊里亞斯說，「沒什麼大不了的，只是沒踩穩而已。」他的臉色恢復了，他伸手到一只鞍囊裡，抓了滿手的杏桃給我，個個飽滿到果皮都迸裂了。他一定是在經過果園時採的。

香甜的果實在我口中爆開時，我突然一陣心痛。吃著杏桃，我不可能不想到我那眼睛晶亮的外婆和她的果醬。

伊里亞斯張開嘴彷彿想說什麼，但又臨時改變心意，轉身到溪邊去裝水。不過我還是感覺得出來他在醞釀要問我的問題，不曉得我能不能回答得出來。*妳在我母親辦公室裡看到的是什麼生物？妳覺得先知為什麼要救妳？*

「妳跟奇楠在棚屋裡的時候，」他終於開口，「是妳親他？還是他親妳？」

我噴出嘴裡的杏桃，嗆咳了起來，伊里亞斯從溪邊趕過來幫我拍拍背。我猶豫過要不要告訴他這一吻的事，不過後來我判定既然我的性命都要交託給他了，最好還是不要隱瞞任何事。

「我告訴你我的人生故事，而你第一個問題竟然是這個？為什麼——」

「妳想是為什麼呢？」他偏著頭、揚起眉毛，我的胃一陣翻騰。「不管怎麼說，」他說，「妳——妳——」

他臉色再度轉白，臉上掠過奇怪的表情。他的額頭冒出了一顆顆的汗珠。「蕾、蕾雅，我覺得不太——」他的話變得含糊不清，腳下一個踉蹌。我抓住他的肩膀，試圖扶他站直。我的手沾濕了——而且不是因為雨水。

「天啊，伊里亞斯，你在出汗——好多汗。」我握住他的手，他的手又濕又冷。「看著我，伊里亞斯。」他低頭瞪視我的眼睛，瞳孔急速變大，接著他的身體劇烈地顫慄起來。他蹣跚地走向馬兒，可是當他想抓住馬鞍的時候，卻抓了個空，身體栽倒下去。我在他一頭撞上溪邊的石頭前趕過去撐住他的手臂，然後盡可能輕柔地讓他躺平。他的手在抽搐。

這不可能是頭被踢了一腳所造成的。

「伊里亞斯，」我說，「你有哪裡被割傷了嗎？司令官有沒有用刀子對付你？」

他一手按住二頭肌。「只是輕輕劃了一下，沒什麼大不——」他眼神浮現醒悟，他轉頭看我，試著說話。但他還沒能講出任何話來，他就癲癇發作了，接著他像塊石頭一樣癱在地上，失去了意識。沒差——我已經知道他想說什麼了。

司令官給他下了毒。

他的身體靜止得嚇人，我握住他的手腕，他斷斷續續、極不規律的脈搏讓我方寸大亂。儘管他汗如泉湧，他的身體卻是冷的，沒有發燒。天啊，這就是司令官放我們走的原因嗎？當然是，蕾雅，妳這笨蛋。她不必追捕你們或安排埋伏。她只需要割傷他——毒藥就會完成剩下的工作了。

可是毒藥並沒有順利完成使命——至少沒有馬上。我外公處理過許多被毒刀劃傷的學人，多數人在受傷後一個小時之內就會死去。但是伊里亞斯甚至是在幾小時以後，才開始對毒性起反應。

她用得不夠多。或是割得不夠深。那不重要，重要的是他還活著。

「對不起。」他呻吟道。我一開始還以為他在對我說話，但他眼皮仍是閉著的。他舉起雙手，似乎想擋住什麼東西。「我並不想。我的命令——應該要——」

我扯下一塊斗篷的布，塞進伊里亞斯嘴裡，以免他咬斷自己的舌頭。他手臂上的傷口淺而紅，我觸摸他的傷口時，他狂亂揮動手腳，嚇了馬兒一大跳。

我翻找著包袱裡的藥瓶和草藥，終於找到可以用來清理傷口的東西。我一清完傷口，伊里亞斯的身體就癱軟下來，而他一直痛苦得扭曲的臉也放鬆了。

他的呼吸仍然短淺急促，不過至少他沒有抽搐了。他的睫毛如深色的月牙，襯著他臉上的金色皮膚。他在睡夢中看起來比較年輕，比較像我在滿月慶典那晚曾經共舞的男孩。

我伸出手放在他下巴上，他的下巴長滿粗糙的鬍渣，散發溫暖的生命力。他渾身都流瀉著活力——在他戰鬥時，在他騎馬時。即使是現在，他的身體對抗著毒性，他仍滿是生命力。

「加油啊，伊里亞斯。」我俯向他，在他耳邊說話。「反抗吧，醒來吧。醒來啊。」

他驀地睜開眼睛，吐掉我塞在他嘴裡的布，我迅速抽回擱在他臉上的手。我如釋重負。負傷清醒永遠都比負傷昏迷來得好。他立刻顫巍巍地站起身，然後又彎下腰來乾嘔。

「躺下來。」我推他跪下，模仿外公對待病患那樣摩擦他寬闊的背。撫摸比藥草和膏藥具有更好的療效。「我們得弄清楚是哪種毒藥，才能去找解毒劑。」

「太遲了。」伊里亞斯在我的撫摩之下放鬆了一會兒，然後拿起水壺一飲而盡。喝完水之後，他的眼神清澈了一些，他試著站起來。「多數毒藥都必須在一小時內服用解毒劑，不過如果這個毒藥會殺死我的話，我應該已經死了。我們繼續上路吧。」

「去哪兒呢？」我質問，「山麓丘陵嗎？那裡沒有城市也沒有藥師。伊里亞斯，你中毒了耶。就算解毒劑沒有用，好歹你也需要治療痙攣的藥，否則你到拷夫的一路上都會一直暈過去，」我說，「只不過你在我們到之前就會死了，因為沒人能長期承受那種抽搐。所以你給我坐下來，讓我好好想想。」

他訝異地瞪著我，坐下來。

我仔細探究我跟在外公身邊當治療師助手的那些年，關於一個小女孩的記憶在我腦海裡冒出來。她症狀發作時會一陣陣地抽搐和昏厥。

「泰勒絲汁。」我說。外公給女孩服用一打蘭（注）的藥，才不到一天，她的症狀就緩解了；兩天之內，症狀完全解除。「它會讓你的身體有機會對抗毒藥。」

伊里亞斯齜牙咧嘴。「賽拉城或納威恩有泰勒絲汁。」

只不過我們不能回賽拉城，而納威恩與拷夫是反方向。

「突襲者之窟呢？」我想到這個選項，胃就恐懼得揪成一團。那塊山巖是匯集了社會人渣的罪惡淵藪——攔路強盜、賞金獵人、腐敗到骨子裡的黑市投機客。外公為了找稀有的藥草而去過幾次，每次他去那裡，外婆都徹夜不眠。

伊里亞斯點點頭。「雖然那裡險惡得很，不過出沒的人都和我們一樣不想受到注意。」

注：一打蘭（drachm）等於八分之一液量盎司（fluid ounce）。

他再度起身，雖然我很佩服他體力驚人，卻也對他無情對待自己身體驚駭不已。他笨拙地摸索著韁繩。

「蕾雅，我馬上又要發作了。」他拍了拍馬兒的左前腿後方，牠坐下來。「用繩子把我綑在馬上，直直朝東南方走。」他爬上馬鞍，看起來很危險地歪向一邊。

「我感覺到他們要來了。」他低聲說。

我迅速轉身，預期會聽到帝國巡邏隊的馬蹄聲，可是只聽到一片寂靜。當我回頭望向伊里亞斯，他的目光定定地鎖定在我頭上方遠處的某個點。「有好多聲音，在叫我回去。」幻覺。另一個癲癇發作的症狀。我用伊里亞斯背包裡的繩子把他綁在馬上，裝滿水壺，然後爬上馬背。伊里亞斯頹軟地靠在我背上，再度昏了過去。他那股融合雨味和香料味的氣味襲向我，我吸了口氣穩定心神。

我汗濕的手指抓不牢馬韁。馬兒彷彿能感應到我對騎馬一竅不通，牠揚起頭來扯著馬勒。我在衣服上揩了揩手，握緊手中的韁繩。

「不行喔，你這壞馬。」我回應牠叛逆的哼聲，「接下來幾天就是我和你要相處了，所以你最好聽話一點。」我輕輕踢了一下馬肚，牠小跑前進，讓我鬆了口氣。我們轉朝東南方，我加強了鞋跟的力道，然後我們便在夜色中奔馳。

7 伊里亞斯

人的聲音包圍著我，那是喃喃低語的聲音，令我聯想到剛剛甦醒的部落民營地：男人輕聲安撫馬匹，孩子點燃早餐的柴火。

我睜開眼睛，預期會看到部落民沙漠的陽光，即使在黎明時分就已燦爛無比的陽光。結果我卻仰望著茂密的樹冠。

喃喃聲化作寂靜，空氣裡瀰漫著濃郁的松針和鋪著柔軟苔蘚的樹皮的植物氣味。光線很暗，但我隱約看得出許多巨樹坑坑巴巴的樹幹，有些樹甚至大如房屋。在上方的樹枝之外透出一小片一小片的藍天，天色迅速轉灰，彷彿有暴風雨正在逼近。

有什麼東西在樹木之間竄了過去，我轉頭細看時已消失無蹤。樹葉沙沙作響，像是一整個戰場的鬼魂在交頭接耳。我先前聽到的喃喃聲忽起忽落、時有時無。

我站起身。儘管我預期疼痛會貫穿我的四肢，我卻沒有任何感覺。疼痛莫名消失是很異常的——是不對勁的。

不管我現在在哪裡，這裡都不是我該來的地方。我應該和蕾雅在一起，在前往突襲者之窟的路上。我應該清醒地對抗司令官的毒藥才對。我出於直覺伸手到背後去拿彎刀，結果摸了個空。

「在鬼魂的世界裡可沒有頭好砍，你這殺人如麻的混蛋。」

我認得那個聲音，不過我幾乎沒有聽過它用這麼尖酸刻薄的語氣說話。

「崔斯塔斯？」

我的朋友看起來和生前一樣，髮色漆黑如墨，愛人名字的刺青襯著他蒼白的皮膚顯得十分顯眼。伊莉雅。他看起來一點也不像鬼魂，但他一定是鬼魂，我親眼看到他在第三場試煉中，死於德克斯的刀尖之下。

他的觸感也不像鬼魂——我之所以會醒悟到這一點，是因為他在打量我片刻後，突然一拳重擊我的下巴。

傳遍我腦袋的疼痛彷彿遭到抑制，痛感只有正常程度的一半。不過我還是倒退三步。隱藏在這一拳後頭的恨意，比拳頭本身還更震撼我。

「這一拳是因為你讓德克斯在試煉中殺了我。」

「對不起，」我說，「我應該阻止他的。」

「沒差啦，反正我已經死了。」

「我們在哪裡啊？這是什麼地方？」

「等候地。顯然這裡專門收留還沒有準備好繼續前進的亡靈。林德和迪米崔斯都走了，不過我還在，我只能被困在這裡聽著這些哭訴聲。」

哭訴聲？我想他指的是在樹木間飛竄的鬼魂所發出的喃喃聲吧，在我聽來，那種聲音並不會比嘩嘩的海潮聲擾人。

「可是我沒有死啊。」

「她還沒有來對你發表她小小的演說嗎？」崔斯塔斯問道，「歡迎來到等候地——鬼魂的國度。我是捕魂者，我來幫助你跨越到另一邊去。」

崔斯塔斯看我迷惘地搖搖頭，對我閃現惡意的笑容。「這樣啊，她很快就會來啦，她會試著強迫你繼續前進。這裡由她管轄。」

他揮手比向森林，以及仍在樹木間低語的靈魂。這時他臉色一變——整個臉扭曲了起來。

「她來了！」他以異常的速度消失在樹林間。我戒備地轉過身，看到一個影子從附近的樹幹上脫離。

我兩手鬆鬆地垂放在身側——準備好擒拿、壓制、毆擊。那個身影朝我靠近，移動的方式一點都不像人類。太流暢了、太迅速了。

可是當它來到幾呎之外，它慢了下來，變成一名身形苗條的黑髮女子。她的臉龐沒有皺紋，但我猜不出她的年齡。她的黑色虹膜和古老的目光透露她是一種我不了解的事物。

「哈囉，伊里亞斯．維托瑞亞斯。」她渾厚的嗓音帶有奇特的口音，似乎不習慣講賽拉語。「我是捕魂者，很高興總算和你見面了。我已經觀察你好一陣子了。」

是喔。「我得離開這裡。」

「你很樂在其中嗎？」她語氣輕柔，「你造成的傷害？疼痛？我看得到，」她用目光描畫著我頭和肩膀周圍的空氣，「你把它們帶著走。為什麼呢？你會因此而感到快樂嗎？」

「不，」這種想法令我反感，「我不是有意的——我不想要傷害別人。」

「然而你卻摧毀了所有接近你的人。你的朋友、你的外公、海琳．亞奇拉。你傷害了他們。」她暫時停頓，讓她所說的恐怖事實能在我心裡沉澱。「我平常不會觀察另一邊的人，」她說，「但你與眾不同。」

「我不該在這裡，」我說，「我並沒有死。」

她審視我良久，然後她偏著頭，好似一隻好奇的小鳥。「可是你確實死了啊，」她說，「只是你還不知道而已。」

我的眼睛驀然睜開，眼前是一片雲層厚密的天空。時間是上午，我身體向前彎，頭在蕾雅的脖子和肩膀之間的區域擺來盪去。我們周圍是起伏有致的低矮丘陵，丘陵間散布著波羅蜜樹和風滾草，除此之外幾乎是一片荒涼。

蕾雅駕著馬往東南方小跑，直直朝著突襲者之窟去。我的動靜令她扭回身來。

「伊里亞斯！」她拉慢馬兒，「你昏過去好幾個鐘頭了。我——我還以為你搞不好不會再醒來了。」

「別停下馬。」我在幻覺中感覺到的體力現在一點不剩，但我逼自己坐直身體。暈眩感兜頭襲來，我的舌頭在口腔裡顯得十分笨重。待在這裡，伊里亞斯，我對自己說；別讓捕魂者把你拉回去。「讓我們持續移動——那些士兵——」

「我們騎了一整夜。我看到過一些士兵，不過他們離得很遠，而且是往南走的。」她眼窩底下有了黑眼圈，她的手也微微顫抖。她已經累壞了。我接過她手中的韁繩，她向後靠在我身上，閉上眼睛休息。

「伊里亞斯，你去了哪裡？你還記得嗎？我見過別人毒性發作，他們或許會暈過去幾分鐘，甚至一小時。可是你失去意識的時間久得多。」

「奇怪的地方，一座森、森林——」

「伊里亞斯．維托瑞亞斯，你敢再給我昏倒看看。」蕾雅扭過身來搖我的肩膀，我啪地睜開眼睛。「少了你我辦不到。你看看地平線，看到什麼沒有？」

我強迫自己往上看。「雲、雲層。有暴風雨要來了，很大的暴風雨。我們需要找個遮蔽處。」

蕾雅點點頭。「我能聞到暴風雨的味道，」她向後瞥，「讓我想到你。」

我試著揣摩這是褒是貶，不過很快就放棄了。天啊，我好累、好累。

「伊里亞斯。」她用一手撫著我的臉，強迫我迎視她的金色眼眸，那對眸子就和母獅的眼睛一樣懾人。「保持清醒。你有個養母生的弟弟——告訴我他的事吧。」

人聲在呼喚我——等候地伸著飢渴的爪子把我往回拖。

「山恩。」我喘著氣說，「他、他的名字叫山恩。他很霸道，就和麗拉瑪米一樣。他今年十九歲——比我小一歲。」我喋喋不休地講下去，試圖甩開等候地的冰冷指爪。我在講的時候，蕾雅把水壺塞進我手裡，要我喝水。

「保持清醒。」她不斷地說，我把這句話當作汪洋中的浮木一般緊抓著不放。「不要回到那個地方。我需要你。」

幾小時後，暴風雨到了，儘管在暴雨中騎馬是很狼狽的事，淋得一身濕倒是逼得我更加清醒了些。我引導馬兒走進一道遍布著大石塊的低矮山谷裡。暴雨猛烈到我們的視野只剩幾呎——這表示帝國的士兵也一樣像是瞎了眼睛。

我下了馬，花了老半天試著照料馬匹，但我的手不聽使喚。一種陌生的情緒占據我：恐懼。我把它碾碎。伊里亞斯，你會成功對抗毒藥的。要是它能取你性命，你早就死了。

「伊里亞斯？」蕾雅來到我身旁，表情盡是擔憂。她在兩顆大石頭之間搭起一塊油布，等我處理好馬匹後，她就帶著我到油布底下，要我坐下來。

「她說我會傷害別人，」我們窩在一起時，我衝口而出，「我讓他們受傷害。」

「這是誰說的？」

「我會傷害妳，」我說，「我會傷害所有人。」

「停下來，伊里亞斯。」蕾雅握起我的雙手。「我救你出來，正是因為你沒傷害我。」她停頓了一下，我們周圍的雨像是一片冰冷的簾幕。「伊里亞斯，努力保持清醒吧，上一回你離開了好久，而我需要你留下來。」

我們離得好近，近到我能看見她下唇中央的凹痕。她的髮髻裡有一綹長髮鬆脫，垂落在她修長的金色頸項上。我願意付出極大的代價，能在如此貼近她的同時，不必應付遭人下毒、追捕、受傷或鬼魂糾纏等狀況。

「再告訴我一個故事吧，」她喃喃道，「聽說五年生能去南方諸島，那裡漂亮嗎？」看我只是點點頭，她戳了戳我。「那裡是什麼樣子？水很清澈嗎？」

「水是藍色的。」我試著對抗口齒不清，因為她說得沒錯：我必須保持清醒。我必須帶我們兩個到突襲者之窟，我必須拿到泰勒絲汁。

「可是不是——不是深藍色的，而是一千種不同的藍。還有綠。就像——就像有人把小琳的眼睛變成了海洋。」

我的身體微微顫抖。不——別又來了。蕾雅兩手捧著我的臉頰，她的觸碰讓我內心掠過一股強烈的渴望。

「保持清醒。」她說。她的手指涼涼的，壓在我發熱的皮膚上。天空中劃破一道閃電，照亮了她的臉龐，使她金色的眼睛顏色變深了，賦予她一股神祇般的威嚴。「再說一件你記得的事給我聽，」她要求，「美好的回憶。」

「妳。」我說，「我——我第一次見到妳。妳很美，可是漂亮的女孩多得是，所以——」找到你要說的話，逼你自己留在這裡，「那不是妳這麼突出的原因。妳和我一樣……」

「保持清醒，伊里亞斯。留在這裡。」

我的嘴巴罷工了。在我視野邊緣潛伏的黑暗慢慢密合。

「我沒辦法留下來……」

「加油啊，伊里亞斯，加油！」

她的聲音愈飄愈遠，世界暗了下來。

❦

這一回，我發現自己坐在森林的地面上，一堆柴火散發的暖意驅走了刺骨的寒意。捕魂者坐在我對面，慢條斯理地往火焰中添柴。

「亡者的哭號聲並不會讓你心煩。」她說。

「如果妳回答我的問題，我就也回答妳的問題。」我馬上回嘴。看她點了頭，我便繼續說下去。「在我聽起來並不像哭號聲，更像是有人在說悄悄話。」我以為她會有所回應，卻什麼都沒等到。「換我了。我毒性發作的時候——不應該會一下子暈過去好幾個鐘頭。是妳在搞鬼嗎？妳故意把我留在這裡嗎？」

「我告訴過你了：我一直在觀察你。我想要有機會和你說話。」

「讓我回去。」

「很快就讓你回去。」她說，「你還有別的疑問嗎？」

我一陣煩躁，很想大聲兇她——但我需要解答。「妳說我死了是什麼意思？我知道我沒死，我還活著。」

「活不了多久了。」

「妳能看到未來嗎？像先知一樣？」

她抬起頭，她的嘴彎成野獸般的咆哮狀，看起來絕對不是人類會有的表情。

「不要刺激這裡的生物，」她說，「這是神聖的疆界，是亡者尋求平靜的所在。而先知和死亡是完全相反的存在。」她放鬆下來。「伊里亞斯，我是捕魂者，我跟亡者打交道。而死亡已經認領了你——在那裡。」她輕點我的手臂，正是被司令官的流星鏢劃傷的位置。

「毒藥殺不死我，」我說，「而且要是蕾雅和我能拿到泰勒絲汁的話，發作也殺不死我。」

「蕾雅，那個學人女孩。另一個等待燒掉世界的餘火。」她說，「你也會傷害她嗎？」

「絕對不會。」

捕魂者搖搖頭。「你跟她愈來愈親密了。難道你看不出來你在幹什麼嗎？司令官在你身上下了毒，而反過來說呢，你本身就是毒藥。你會毒害蕾雅的喜悅、她的希望、她的人生，就像你毒害其他人一樣。如果你在乎她，就別讓她太在乎你。你就和在你體內肆虐的毒藥一樣，是沒有解毒劑的。」

「我不會死的。」

「單憑意志力是無法扭轉命運的。想想看吧，伊里亞斯，你會想通的。」她帶著悲傷的笑容戳著柴火。「也許我還會再召喚你來這裡，我有好多疑問……」

我突如其來地跌回真實世界，力道猛得我牙齒都撞痛了。夜晚籠罩著一層濃霧，我一定量過去好幾個鐘頭了。我們的馬踩著穩定的步伐向前小跑，但我感覺得出來牠的腿在發抖。我們很快就需要停下來休息了。

蕾雅渾然不覺我已經醒了，仍繼續駕著馬。我的心智不如在等候地時那般清晰，不過我還記得捕魂者說的話。想想看吧，伊里亞斯，你會想通的。

我在腦中一項一項地搜尋我所知的毒藥，一邊暗罵自己沒能更認真地聽黑巖學院的百夫長講解毒物課程。

夜草。幾乎只是一筆帶過，因為即使對面具武士而言，在帝國內它都是違禁品。

自從一世紀前，有人用夜草暗殺皇帝之後，帝國就立法禁止使用這種毒藥了。夜草的藥效絕對是致命的，不過使用高劑量時，致命的速度很快；使用低劑量時，唯一的症狀是嚴重的癲癇發作。

我記得總共會有三到六個月的發作期。然後就是死亡。沒有治療方法，沒有解毒劑。

我終於明白司令官為什麼要讓我們逃離賽拉城，為什麼不乾脆割開我的喉嚨。因為她不需要。

她已經殺死我了。

8 海琳

「斷了六根肋骨，二十八處撕裂傷，十三處骨折，四處肌腱拉傷，腎臟瘀血。」

清晨的陽光透過我的兒時臥房窗戶灑進來，照得我母親的淺金色頭髮熠熠發亮。她正在轉述治療師的診斷結果。我藉著置於我們面前那面精雕細琢的銀鏡望著她——那是我在少女時代她送給我的禮物。平滑無瑕的鏡面，出自位於遙遠南方某座城市的特殊技藝，那是座有許多吹玻璃工匠的島嶼，我父親曾造訪當地。

我不應該在這裡，我應該在黑武士的營房裡，為了覲見馬可斯・弗拉皇帝作準備，再過不到一小時我就要去見他了。然而我卻坐在亞奇拉大宅的絲質地毯和淡紫色布幔之間，讓我的母親和妹妹照料我，而不是由軍醫做這件事。*妳被審問了五天之久，她們都快擔心死了，*父親堅持道。*她們想見妳。*我實在沒有力氣抗拒他的要求。

「十三處骨折沒什麼大不了的。」我的聲音十分沙啞。我在受審問的過程裡努力克制不尖叫，而克制不住的那些時候，使我現在喉嚨刺痛無比。母親縫著一道傷口，在她打結的時候，我偷偷地皺眉忍痛。

「媽，她說得對，」十八歲的莉薇雅是亞奇拉家最年幼的一員，她對我露出苦笑，「情況還可能更糟：他們可能會剪了她的頭髮。」

我用鼻子噴氣——因為開口笑出來太痛了；連母親都露出笑意，一邊將藥膏輕塗在我的傷口上。只有漢娜依然面無表情。

我瞄了她一眼，她繃著下巴移開了目光。我這個大妹從來就學不會壓抑她對我的厭惡，不過自從我第一次拿彎刀威嚇她之後，她至少學會了隱藏情緒。

「自作自受。」漢娜壓低嗓音惡毒地說，她這話完全在我意料之內，我倒是訝異她憋到現在才說。「真是令人作嘔。他們應該不必對妳刑求，才能問出那個——那個怪物的事情。」伊里亞斯。我很慶幸她沒唸出他的名字。「妳應該主動告訴他們——」

「漢娜！」母親叱喝道。莉薇雅背脊挺得直直的，怒目瞪著她。

「我朋友伊莉雅再過一星期就要結婚了，」漢娜嚷道，「她未婚夫因為妳的朋友而死掉了，結果妳卻不肯幫忙抓到他。」

「我不知道他在哪——」

「騙人！」漢娜顫抖的聲音中蘊含著累積多年的怨怒。十四年來，我就讀學院的事一直是優先事項，超過她或小莉所做的任何事。十四年以來，我父親對我的關心一直勝過另外兩個女兒。她的恨意對我來說就和我的皮膚一樣熟悉。不過那不代表我的心痛會減弱一分一毫。我在她眼裡是一個競爭對手，她在我眼裡則是大眼睛金頭髮的小妹妹，曾是我最好的朋友。

直到我進入黑巖學院。

別理她，我告訴自己。我可不能在去見毒蛇的同時，耳邊還迴盪著她的指控。

「妳應該留在牢裡的。」漢娜說，「妳不值得爸爸去找皇帝，五體投地為妳求饒。」

天啊，父親。不。他不該作踐自己的——不該為了我這麼做。我低頭看著自己的手，感覺到眼中漲滿熱辣辣的淚而怒不可遏。該死，我馬上要去面對馬可斯了，我可沒時間處理罪惡感或眼淚啊。

「漢娜，」母親的聲音硬如鋼鐵，和她平素的溫柔判若兩人，「出去。」妹妹叛逆地抬高了下巴，然後轉身從容地離開，彷彿是她自己決定要走的。老妹，妳可以當個優秀的面具武士呢。

「小莉，」過了一下子母親說道，「去看著她，別讓她拿奴隸出氣。」

「可能已經晚了一步。」小莉邊咕噥邊走了出去。我想起身，母親一手按在我肩膀上，以我想不到的力量推我坐回座位。她用一種有刺激性的藥膏搽在我頭皮上一道很深的難纏傷口。她涼涼的手指把我的臉往左轉再往右轉，她的眼神和我一樣悲傷。

「唉，丫頭啊。」她低聲說。我突然覺得好心慌，好想撲進她的懷裡，永遠都不要離開這個避風港。

然而我把她的手推開。

「夠了啦。」讓她以為我不耐煩總好過知道我太軟弱，我不能讓她看見受傷的一面，我不能讓任何人看到這一面。因為堅強是我現在唯一的本錢了，因為我再過不了多久就要去見毒蛇了。

我有任務要交辦給妳，他先前這麼說。他會要我做什麼呢？鎮壓革命行動？懲罰造反的學人？太簡單了。我腦中浮現了更糟的可能選項，我試著不去深究。

我身旁的母親嘆了口氣。她眼中湧現淚水，我身體一僵。我應付眼淚的能力，大概就和應付告白一樣差勁。但她的淚沒有落下來。她硬起心腸——作為面具武士的母親，這是她被迫學會的課題——然後伸手去取我的盔甲。她默默地幫忙我穿上。

「血伯勞，」幾分鐘後父親來到房門口，「時間到了。」

馬可斯皇帝住進了維托瑞亞大宅。伊里亞斯的家。

「不消說，一定是司令官的主意。」父親說，身穿維托瑞亞家族顏色的衛兵為我們打開宅邸的大門。「她會希望把他拴在身邊。」

真希望他選的是別的地方，哪裡都好。我們穿過中庭的時候，回憶排山倒海地朝我襲來。伊里亞斯無所不在，他的存在感強烈到我深信只要我一轉頭，他就會在咫尺之外，瀟灑而優雅地把肩膀向後擺，嘴裡妙語如珠。

但是他當然不在這裡，他的外公崑恩也不在。取代他們位置的是幾十名維托瑞亞家族的士兵，正在監守著圍牆和屋頂。在崑恩帶領下，維托瑞亞的正字標記是高傲和蔑視，現在這些特質已不復存。在中庭中蕩漾的情緒，轉變為隱而不顯的陰沉恐懼。某個角落裡隨興地立起一根鞭刑柱，柱子周圍的卵石地上噴灑著新鮮的血跡。

不曉得崑恩現在人在哪裡。希望是安全的地方。在我協助他逃到賽拉城以北的沙漠前，他對我提出了警告。丫頭，妳要當心背後。妳很強大，她會為此而殺了妳。當然不會光明正大地做，妳的家族太重要了，她沒辦法這麼做。但她會找到方法的。我根本不必問他指的是誰。

父親和我走進大宅。在我們畢業之後，伊里亞斯就是在這座門廳迎接我的。我們孩提時曾從大理石樓梯上狂奔而下，崑恩曾在客廳裡宴請賓客，客廳後方是餐具室，我和伊里亞斯就在那裡偷看他。

等到士兵護送著父親和我前往崑恩的圖書室時，我心煩意亂地設法控制住思緒。馬可斯能夠以皇帝的身分命令我做事已經夠糟了，我不能再讓他看出我在回憶伊里亞斯。他會利用這項弱點來滿足他的私欲——我很清楚這一點。

亞奇拉，妳是個面具武士，拿出面具武士的氣魄來。

「血伯勞。」我進門後馬可斯抬頭說道，我的頭銜由他的嘴說出來，有種莫名的屈辱意味。「亞奇拉斯族長。歡迎。」

我不確定該預期進門後會見到什麼景象，也許是馬可斯懶洋洋地躺在一群被揍得滿臉瘀青的後宮之間吧。

然而他卻穿著全套盔甲，披風和武器都血跡斑斑，好像他才剛離開格鬥場。當然了，他一向熱愛格鬥時的血腥和腎上腺素。

窗邊站著兩名維托瑞亞家的士兵。司令官在馬可斯身旁，指著攤在他們面前桌上的一張地圖。在她傾向前的時候，我瞥見她的軍服底下閃著一抹銀色。

那個賤人正穿著從我身上偷走的短衫。

「陛下，我剛才說到，」司令官對我們點了個頭打招呼，然後就接續他們剛才的對話，「我們必須處理一下拷夫的典獄長西賽利亞斯。他和上一任血伯勞是表親，從審問拷夫犯人得來的情報都會與他分享，正是因為如此，血伯勞才能嚴密控制住內部的分歧。」

「司令官，我沒辦法同時搜查妳的叛徒兒子、鎮壓鼠輩的革命、支配各大依拉司翠恩家族、應付邊境攻擊，還要挑戰全帝國權力最大的其中一人。」馬可斯很自然地擺起高姿態。「妳知道典獄長掌握了多少祕密嗎？他只要動動嘴皮子就能組織起一支軍隊來。在我們搞定帝國其餘部分之前，先不要動典獄長。妳可以退下了。亞奇拉斯族長，」馬可斯斜睨我父親，「你和司令官一起退下吧，關於我們的……安排，將由她來處理細節。」

安排。釋放我的條件。父親還是沒告訴我是什麼條件。

但我現在不能問。父親跟在司令官和那兩個維托瑞亞家的士兵後頭出去了，書房門在他們身後砰然關上。房間裡只剩下馬可斯和我。

他轉過身來打量我。我無法迎視他的目光。每次當我直視他那對黃色眼珠，都會看到我的噩夢。我以為他會享受我的軟弱，會在我耳邊低語我們兩人都見過的黑暗事物，這是他幾週以來一直在做的事。我等著他靠近，等著他出手。我知道他是什麼貨色，我知道他這幾個月來對我構成什麼威脅。

但他繃緊下巴，一手微微抬起，好像打算揮趕一隻蚊子。然後他取得了自制力，他的太陽穴有一根血管在微微鼓動。

「亞奇拉，看來妳和我被綁在一起了，因為我們是皇帝和血伯勞。」他不屑地對我吐出這些話，「至少要等到我們其中一人死了為止。」

我很訝異他的語氣竟然這麼不以為然。他那對貓眼定定地望著遠處。他的身邊少了寨克，看起來不像完整存在的人。他在寨克身邊顯得比較……年輕。仍然殘酷，仍然惡劣，可是比較放鬆。現在的他看來比較成熟、比較堅韌，更可怕的是，或許也比較精明了。

「那你為什麼不乾脆讓我死在牢裡？」我說。

「因為看妳父親求我很爽。」馬可斯咧嘴而笑，瞬間展露出原本的他。他的笑容很快又消失了。「也因為先知們似乎對妳格外心軟。坎恩來找了我一趟，堅持說殺了妳會為我自己帶來毀滅。」毒蛇聳聳肩。「說實話，我很想割開妳的喉嚨，就只為了看看會怎麼樣。也許我還是會這麼做，不過暫時呢，我要交辦妳一件任務。」

控制自己，亞奇拉。「陛下，聽憑吩咐。」

「黑武士——現在是妳的手下了——到現在還是沒能捉拿到叛逃的伊里亞斯·維托瑞亞斯。」

不。

「妳了解他，妳知道他的思考模式。妳要追捕他，用鐵鍊把他拴回來。然後妳要在公開場合凌虐並處決他。」

追捕。凌虐。處決。

「陛下。」*我做不到。我不能。*「我是血伯勞，我應該負責鎮壓革命——」

「革命已經鎮壓完畢了，」馬可斯說，「不需要妳幫忙。」

我就知道會這樣，就知道他會派我去抓伊里亞斯。我知道，因為我已經夢到了。可是我沒料到會這麼快。

「我才剛成為黑武士的頭頭，」我說，「我需要時間去了解我的部下，還有我的職責。」

「可是妳首先要為他們立下榜樣，而最好的榜樣不就是逮到帝國內的頭號叛徒嗎？別擔心其他黑武士，妳去出任務的時候，由我來指揮他們。」

「為什麼不派司令官去？」我努力壓抑情急的語氣。我愈是急切，他就愈是得意。

「因為我需要心狠手辣的人來摧毀革命。」馬可斯說。

「你的意思是你身邊需要盟友。」

「少蠢了，亞奇拉。」他嫌惡地甩甩頭，開始踱起方步。「我沒有盟友。我有的是欠我東西的人、有所求的人、利用我的人和我利用的人。以司令官來說，我和她是互相利用、互有所求，所以她會留在這裡。她建議派妳去追捕伊里亞斯，當作忠誠度測驗，我贊同她的提議。」

毒蛇停止踱步。

「妳宣誓成為我的血伯勞，成為執行我意志的劍。現在是妳證明忠心的機會。禿鷹在盤旋了，亞奇拉，別誤以為我笨到看不出來。維托瑞亞斯脫逃是我登上帝位後的第一樁失敗，而那些依拉司翠恩已經在利用這件事來攻擊我了。因此，我需要看到他的屍體。」他與我四目相接，他傾身向前，緊緊摳住書桌的指節毫無血色。「而我要妳成為殺死他的人，我要妳看著他眼裡的光熄滅，我要他知道他在這世界上最在乎的人一劍刺穿他的心臟，我要妳餘生中的每一天都被這影像糾纏。」

馬可斯的眼裡不光是有憎恨。在難以覺察的一瞬間，他的眼裡流露愧疚。

他要我和他一樣。他要伊里亞斯和寨克一樣。

馬可斯的雙胞胎弟弟的名字懸浮在我倆之間，只要我們說出口，這縷幽魂就會死而復生。我們兩人都知道在第三場試煉的戰場上發生了什麼事。所有人都知道。寨克瑞亞斯．

弗拉被殺了——被站在我面前的男人刺穿了心臟。

「好吧，陛下。」我說話的聲音有力而順暢。我受的訓練發揮作用了。馬可斯顯露的訝異神色讓我覺得值回票價。

「妳立刻就開始吧。妳每天都要向我報告——司令官選了一名黑武士協助我們掌握妳的進度。」

想也知道。我轉身準備離去，我朝門把伸出手時，感覺胃部在翻攪。

「還有一件事，」馬可斯說，迫使我轉回身來，我咬緊牙關，「妳想都別想告訴我妳抓不到維托瑞亞斯。他夠狡猾，能夠輕易躲開賞金獵人，可是妳和我都很清楚，他絕對逃不出妳的手掌心。」馬可斯歪著頭，冷靜自持，滿懷惡意。

「血伯勞，祝妳追捕愉快。」

我的腳帶著我離開馬可斯和他可怕的命令，走出崑恩．維托瑞亞斯的書房大門。我的禮服盔甲底下，有一處傷口滲出血來，穿透了敷料。我用一根手指掠過傷處，輕輕按了一下，然後加重力道。疼痛像是一根長矛貫穿我的軀幹，使我的視野限縮到只能看到近在眼前的東西。

我必須追蹤伊里亞斯。逮住他、凌虐他、殺死他。

我的雙手緊握成拳頭。伊里亞斯為什麼非得打破他對先知、對帝國立下的誓言呢？

他明明見識過邊境以外的生活：在南方國度，君主國的數量比人民還多，每個懦弱的國王都在算計著要征服其他國家；西北方呢，凍原上的野人拿嬰兒和女人作交易，換取火藥和酒；至於大荒原以南，卡喀斯的蠻族活著就是為了姦淫擄掠。

帝國是不完美，但是五個世紀以來，我們一直堅強地抵抗著邊界之外那些不毛之地的落後傳統。伊里亞斯明明知道的。而他仍然背棄了他的同胞。也背棄了我。

那不重要。他對帝國造成了威脅，我必須處理這個威脅。

可是我愛他呀，我怎麼能殺死我愛的人呢？

我曾經是那樣的女孩、也是滿懷希望的女孩，更是脆弱的小鳥——那個女孩拍著她的翅膀，在困惑中擺著頭。先知和他們的承諾怎麼說？妳會殺了他，妳的朋友，妳的戰友，妳的一切，妳唯一曾經——

我要那個女孩安靜。專心點。

維托瑞亞斯已經離開六天了。如果他單獨行動又沒沒無聞，想要逮住他會像試圖逮住煙一樣困難。可是他逃跑的消息——以及獎賞——會逼得他更謹慎行事。讓賞金獵人試試逮住他，這樣夠嗎？我噗哧一笑。我看過伊里亞斯潛入這類唯利是圖的小人營地，偷走半數人的財物，而他們渾然未覺。即使他受了傷，即使他遭到追捕，他都遠勝那些人。

可是還有那女孩在。她動作慢，又缺乏經驗，會讓他分心。

分心，他會分心。因為她，他會分心，因為他和她——因為他們——

別往那裡想，海琳。

高亢的嗓音將我的注意力往外拉，遠離我內心的脆弱。我聽到司令官在客廳裡說話，不禁緊張起來。她剛剛是和我父親一同離開的，難道她竟敢對亞奇拉家族的族長大小聲嗎？

我大步走向前，準備推開敞開一條縫的客廳大門。身為血伯勞有一個好處，就是我的位階優於所有人，僅次於皇帝而已。只要馬可斯不在場，我大可以狠削司令官一頓，她也不能拿我怎麼樣。

這時我停止動作，因為回應她的並不是我父親的聲音。

「我說過妳想要支配她的欲望會帶來麻煩。」

那個聲音讓我顫慄。它也讓我聯想到某個東西：第二場試煉中的妖精，因為它們說話的聲音像風聲。不過那時候的妖精聲音是夏季的暴風，而這個聲音卻像冬天的勁風。

「如果廚子冒犯了您，您可以自己殺了她。」

「我有我的極限，凱銳絲。她是妳一手打造出來的，妳最好當心一點。她已經為我們帶來損失了。反抗軍首領很重要，現在他卻死了。」

「他是可以取代的。」司令官停頓了一下，斟酌著用詞。「恕我直言，主君，您怎麼能責怪我太執著呢？您可沒告訴我那個奴隸女孩是什麼人啊。您為什麼對她那麼感興趣？她對您來說有何重要？」

一陣漫長而緊繃的沉默。我退後一步，無論和司令官在房間裡的是什麼，都令我心中警鈴大作。

「啊，凱銳絲，看來妳在工作之餘也忙得很哪？在查她的事？她是誰……她的父母是誰……」

「一旦我知道該找什麼之後，要查出真相就很簡單了。」

「那女孩不干妳的事，我受夠妳問東問西了。幾場小小的勝利就讓妳膽子大起來了啊，司令官。別讓勝利沖昏頭了，妳有妳的命令，去執行吧。」

我恰好在司令官走出房間前一秒躲了起來。她沿著走廊大步離去，我一直等到她的腳步聲隱沒，才從牆角後頭出來——結果發現眼前赫然是另外那名說話者。

「妳在偷聽。」

我的皮膚感覺又濕又冷，我發覺自己緊抓著彎刀的刀柄。站在我面前的人似乎是個衣著樸素的平凡人，他戴著手套，帽兜壓得低低的，將他的臉籠罩在陰影裡。我只看了他一眼就立刻移開目光，生物本能朝著我尖叫，要我趕快走開，但我驚慌地發現我動彈不得。

「我是血伯勞，」我的頭銜沒辦法賦予我任何力量，但我還是挺了挺肩膀，「我愛在哪裡聽人說話隨我高興。」

那個人偏過頭來吸了吸鼻子，好像在嗅聞我周圍的空氣。

「妳天賦異稟。」男人的語氣微微訝異，他陰沉至極的嗓音令我顫慄。「一種療癒的力量。是被妖精喚醒的。我聞得出來。冬天的藍和白及初春的綠。」

老天啊。我好想忘記我曾用在伊里亞斯和蕾雅身上的那種耗盡心力的奇怪力量。

「我不知道你在說什麼。」我體內的面具武士接管了局面。

「如果妳不小心一點的話，它會毀滅妳。」

「你又懂什麼？」這人到底是誰啊——還是他根本不是人？

那個人抬起一隻戴著手套的手，按在我肩膀上，然後唱出一個音，很高的音，像是鳥嗚。有鑑於他的嗓音那麼低沉，這著實出乎我的意料。火像長矛一樣貫穿我的身體，我咬緊牙關忍住不尖叫出聲。可是當火燒般的感覺減退時，我身體原本的疼痛也隨之緩和了，男人指了指遠端牆面上的一面鏡子。我臉上的瘀青沒有完全消失，可是顏色變淡了許多。

「我懂。」那個生物對我張大嘴巴的驚愕表情沒什麼反應，「妳應該找個老師。」

「你是在自告奮勇嗎？」我一定是瘋了才會這麼說，不過那東西發出一個古怪的聲音，可能是笑聲。

「不是。」他又吸了吸鼻子，彷彿在考慮。「也許……有朝一日吧。」

「你是什——誰？」

「我是死神，女孩。我要去拿取屬於我的東西。」

聽到這話，我鼓起勇氣望向男人的臉。我立刻明白這是錯誤舉動，因為在他該有眼睛的位置，卻是兩顆有如地獄之火的熾亮星辰。當他迎向我的目光，一種孤寂感流竄在我的心裡。然而稱之為孤寂是不足以形容的，我感覺到失親之痛，感覺被摧毀了，好像我所在乎的每個人、每件事都被人從我懷裡奪走，拋向蒼穹、散逸無蹤。

那生物的目光就像不斷翻攪的深淵，在我的視線化為一片火紅、踉蹌向後靠在牆壁上之時，我醒悟到，我凝視的並不是他的眼睛，而是我的未來。

我在短暫的片刻間看到了我的未來。痛苦，折磨，恐怖。我愛的一切，我珍惜的一切，都濺滿鮮血。

9

蕾雅

突襲者之窟伸入天空，狀似一隻巨靈之拳。它遮蔽了地平線，投射的陰影使得籠罩著薄霧的沙漠顯得分外陰沉。從這裡望去，它看起來寂靜而荒涼，然而太陽早已西沉，我信不過自己的眼力。在那塊巨巖有如迷宮般錯綜複雜的裂縫深處，就是聚集帝國人渣的突襲者之窟。

我瞥向伊里亞斯，發現他的兜帽滑下來了。我替他重新拉上來，他卻動也不動，憂慮的情緒頓時使我的腸胃糾結成一團。

過去三天以來，他時而清醒時而昏迷，可是他最後一次的癲癇發作得特別嚴重。緊接癲癇而來的昏厥持續了超過一整天——目前為止這是最久的一次。我的醫術不像外公那麼精湛，可是就連我都知道情況不妙。

伊里亞斯先前至少還會喃喃自語，像是在對抗毒性。可是他已經好幾個鐘頭沒有吐出半個字了。要是他能說點什麼我會很高興，即使他又提到海琳．亞奇拉和她如海洋顏色的眼睛——不知為何，這樣的評語令我覺得很不快。

他的生命正在悄悄溜走，而我不能任由事情發生。

「蕾雅。」聽到伊里亞斯的聲音，我驚訝得差點摔下馬。

「謝天謝地。」我回頭看，發現他滾燙的臉龐蒼白扭曲，淺色眼珠因發燒而亮晶晶的。

他抬頭看看突襲者之窟，再看看我。「我就知道妳能帶我們到這裡。」在這短暫的片刻，他又是原來的他了：親切、活力充沛。他越過我的肩膀看了看我的手指——緊抓著轠繩四天而磨破了皮——然後從我手裡接過皮繩。

在尷尬的幾秒鐘時間裡，他舉著手臂不敢碰到我，好像他靠得太近會冒犯到我。所以我主動靠向他胸膛，這幾天來我第一次感覺如此安全，好像突然套上了一層鎧甲。他放鬆了，手臂垂下來靠著我的臀部，那個重量讓我背脊有種酥軟的感覺往上竄。

「妳一定累壞了。」他喃喃地說。

「我沒事。雖然你很重，不過把你拖上馬和拖下馬還是比應付司令官要輕鬆十倍。」

他的笑聲有氣無力，不過我內心的某個結還是因為他的笑聲而舒展開來。他讓馬兒轉向北方，踢了踢馬肚讓牠加速至慢跑，直到前方的道路開始向上攀升。

「快到了，」他說，「我們要去突襲者之窟北側的岩石區——那裡有很多地方可以讓妳躲藏，等我去取泰勒絲汁回來。」

我扭回頭朝他皺眉。「伊里亞斯，你隨時都可能昏過去。」

「我可以對抗癲癇。我只需要幾分鐘時間進入市場而已。」他說，「市場就在突襲者之窟的中心，那裡應有盡有，我應該能找到一間藥材行。」

他臉色一苦，手臂也變得僵硬。「走開。」他喃喃道——不過顯然不是對我說話。我斜睨著他，他裝作若無其事，開始問我這幾天都發生了什麼事。

可是當馬兒爬上突襲者之窟北邊岩石嶙峋的地面時，伊里亞斯的身體突然猛力抽動了一下，好像被操偶師拽起的傀儡，接著他就迅速倒向左側。

我立刻抓起韁繩。感謝老天，我先前已用繩索把他綁在馬背上了，因此他不至於會摔下馬去。我在馬鞍上扭過身子，用彆扭的姿勢一手環抱著他，試著讓他坐穩，以免驚嚇到馬兒。

「沒事的。」我的聲音在顫抖。我幾乎抱不住他，但眼看著他抽搐得愈發劇烈，我表現出外公那種治療師不動如山的鎮定。「我們會拿到藥汁，一切都會很好。」他的脈搏狂飆，我一手按在他心口，深怕他的心臟會爆開來——它應該沒辦法再承受這樣的情形太久。

「蕾雅。」他勉強開口說道，他的眼神狂亂而渙散。「得由我去拿，別一個人進去，太危險了。我自己去就好，妳會受傷的。我總是——傷害——」他身體向前一彎，氣息微弱。他昏過去了。誰知道這回會持續多久？慌亂像膽汁一樣湧上我的喉嚨，但我硬把它吞回去。

突襲者之窟再險惡都無所謂，我勢必要走一遭。如果我不能設法拿到泰勒絲汁的話，伊里亞斯會撐不過去的。他的脈搏極度不規律，而且癲癇症狀已經持續了四天。

「你不能死啊。」我搖晃他，「聽到了沒？你不能死，否則戴倫也死定了。」

馬蹄在石頭上打滑，牠人立而起，差點扯掉我手裡的韁繩，也差點把伊里亞斯拋下去。我下馬捺著性子安撫牠，哄牠繼續前進，此時濃霧轉變成寒冷刺苦的討厭細雨。

我幾乎看不見舉在眼前的手，但我試著往好處想。如果我看不見自己往哪裡走，那幫突襲者也看不到誰在靠近。不過我仍然謹慎地邁步，威脅感由四面八方壓迫著我。從我正在走的這條荒涼的泥巴路可以清楚地看到突襲者之窟，我看出它不是由一塊石巖組成的，而是兩塊石巖，中間有一道像是被巨斧劈開的裂縫。裂縫中央延伸著一道狹窄的山谷，山谷內閃爍著火把的光芒。那裡一定就是市場了。

突襲者之窟東邊是一片無主的荒地，深不見底的峽谷裡伸出許多細如手指的岩山，它們不斷往上延伸，直到彼此交融在一起，形成賽拉山脈最低層的山脊線。

我用目光搜索著周圍大大小小的溝壑峽谷，直到瞧見一座大到能容納伊里亞斯和馬兒的山洞。

等我把馬兒拴在一塊凸出的岩石上，並且把伊里亞斯拖下馬背，我已經累得氣喘吁吁。雨水將他淋得渾身濕透，可是現在沒有時間替他換上乾衣服了。我細心地用斗篷裹住他，然後在他的背包裡翻找硬幣，感覺自己像個賊。

等我找到以後，我緊握了一下他的手，然後取走他的一條方巾，學他在賽拉城裡那樣蒙住自己的臉。我嗅到了香料和雨水的氣味。

我拉起兜帽，悄悄溜出了山洞，希望我回來時他還活著。

如果我能回來。

突襲者之窟中心的市場裡，擠滿部落民、武人、馬林人，甚至是侵擾帝國邊境、眼神狂野的蠻族。南方來的貿易商在人群裡穿梭，一身鮮豔繽紛的衣著與繫在背上、胸前、腿邊的武器形成強烈對比。

我沒看見任何學人，連奴隸都沒有。不過我倒是看見有滿多人表現得如同我的感覺一般鬼鬼祟祟，因此我微彎著身體溜進人群，並且確保我的刀柄顯眼地露出來。

我混入人群才不出幾秒，就有人一把抓住我的胳臂。我看都沒看就揮出刀子，聽到一聲悶哼，我立刻掙脫逃開。我把兜帽拉得更低一點，並弓起身子，就像在黑巖學院裡一樣。這地方不過是另一座黑巖學院罷了，只是味道比較重，然後除了殺手之外，還有竊賊和強盜。

這地方瀰漫著酒水和動物糞便的臭味，隱藏在臭味底下的還有甲斯的刺鼻氣味；甲斯是一種迷幻劑，在帝國內屬於違禁品。狹路兩側擠著搖搖欲墜的低矮屋舍，多數都嵌在山巖的天然裂縫裡，以防水帆布充當屋頂和牆壁。舉目所及，山羊和雞的數量幾乎和人類一樣多。

屋舍的外觀或許寒酸，但是屋內陳設的貨品可不簡單。離我幾碼遠之處有一群男人，正在為一托盤雞蛋大小的燦亮紅寶石和藍寶石討價還價。有些攤位擺滿一大片一大片易碎而黏稠的甲斯，其他攤位則堆放著整桶的火藥，看起來隨興到令人膽戰心驚。

一支箭咻的一聲劃過我的耳旁，我跳開十步以外，這才發現我並不是被當成箭靶，而是一群裹著毛皮的蠻族站在一名兵器商旁邊試弓，隨興地往每個方向射箭。有人打起架來，我想從旁邊擠過去，可是人群聚集過來觀戰，我根本進退不得。照這樣下去，我永遠別想找到藥材行了。

「——聽說有六萬馬克的賞金，從沒聽過有賞金這麼優渥的目標——」

「皇帝不想像個傻瓜。維托瑞亞斯是他下令處決的第一人，結果就搞砸了。跟他在一起的女孩是誰？他為什麼要和學人走在一起？」

「也許他要參與革命。我聽說學人知道賽拉鋼的祕密了，史匹洛・鐵勒曼收了一名學人少年為徒。也許維托瑞亞斯和鐵勒曼一樣受夠了帝國。」

*老天啊。*我逼自己繼續前進，儘管我迫切希望能聽下去。鐵勒曼和戴倫的事怎麼會走漏消息？這對我哥哥來說又代表什麼？

代表他剩下的時間可能比妳以為的還少。動作快。

鼓聲顯然把我和伊里亞斯的描述帶到很遠的地方了。現在我腳步迅速，在無數的攤位間搜尋藥材行的蹤跡。我逗留得愈久，我們就身陷愈大的險境。押在我們頭上的賞金數目高到我懷疑這裡還會有任何一個人沒聽說過這回事。

我終於在主要道路岔出去的一條小巷子裡，瞥見一間門上刻著杵和臼圖案的小屋。我轉向那間屋子，途中經過一群部落民，他們正在帆布篷下和兩個馬林人一起喝著熱騰騰的茶。

「——簡直就像地獄來的怪物。」其中一個薄唇、疤面的部落民壓低嗓門說，「不管我們怎麼奮戰，它們就是一直再出現。幽靈，該死的幽靈。」

我差點煞住腳步，不過在停下來前一刻，仍然保持緩慢前進。原來別人也看到了那些異界生物。我的好奇心主導了我，因此我彎下腰來假裝綁鞋帶，其實伸長了耳朵要聽他們對話。

「一週前，南島附近又沉了一艘阿言驅逐艦。」其中一個馬林人說。她抿了一口茶，打了個冷顫。「大家以為是海盜，可是唯一的生還者瘋瘋癲癲地說是海妖什麼的。我原本不相信，可是現在……」

「突襲者之窟這裡還有食屍魔，」疤面部落民說，「看見的不光是我一個——」

我忍不住瞟過去，結果彷彿受到我的目光吸引，那個部落民快速瞄了我一眼，然後移開了視線。接著又猛然移回我這個方向。

我一腳踩進水窪，滑了一跤，兜帽從頭上滑落。該死。我忙亂地站穩腳跟，用力拉起兜帽蓋到眼睛上緣，同時扭回頭偷看。那個部落民仍然看著我，黑眼睛還瞇了起來。

蕾雅，走為上策！我匆匆離開，拐進一條又一條小巷弄，然後才敢大膽地回頭察看一眼。沒有部落民的蹤影。我如釋重負地吁出一口氣。

雨勢變大了，我繞回去藥材行附近。我躲在小巷子裡往外偷窺，看看那個部落民和他的朋友們是否還在茶攤那裡。但他們似乎已經離開了。我趁他們還沒回來——也趁沒有人看到我——迅速鑽進藥材行。

藥草的氣味兜頭襲來，其中還摻雜著某種令人不快的苦味。屋頂低到我差點撞到頭，天花板上吊著幾盞部落民的傳統吊燈，其散發光芒的細緻花形設計與店內土氣而陰暗的陳設形成強烈對比。

「Epkah kesiah meda karun?」

一名大約十歲的部落民孩童站在櫃台後頭對我說道。她的頭頂掛著一束一束的藥草，身後的牆上則擺滿閃著幽光的小藥水瓶。我打量那些藥水瓶，搜尋熟悉的品項。女孩清了清喉嚨。

「Epkah Keeya Necheya?」她又說了一次。

我對她說了什麼毫無概念，搞不好她說的是我臭得跟馬一樣。但我沒時間玩猜謎遊戲了，所以我壓低嗓音，暗自期盼她聽得懂我說的話。

「泰勒絲汁。」

女孩點點頭，在一兩格抽屜裡翻找了一番，然後搖搖頭，繞過櫃台出來巡視著貨架。她撓了撓下巴，對我豎起一根指頭，意思好像是要我等一下，接著就閃身溜出一扇後門。在那扇門闔上之前，我瞥見一間有窗戶的儲藏室。

一分鐘過去了，然後又一分鐘。快呀。我已經離開伊里亞斯至少一小時了，而且我要再花半小時才能回到他身邊，這還是假設女孩有泰勒絲汁呢！萬一他又癲癇發作怎麼辦？萬一他又喊又叫，曝露位置給剛好經過的人聽到了呢？

門開了，女孩走回來，手裡捧著一個裝滿琥珀色液體的矮罐子：泰勒絲汁。她小心翼翼地從櫃台後頭取出另一個較小的藥瓶，用詢問的眼神望著我。

我舉起兩手，比了兩次。「二十打蘭。」應該夠讓伊里亞斯撐上一陣子。孩子以讓人心焦的緩慢動作量出我要的量，每隔幾秒她就會抬起眼皮迅速瞟我一眼。

等她總算用蠟封好瓶口後，我伸手要拿，但她抽回手，朝我擺動四根手指頭。我在她手心裡放下四枚銀幣，她搖頭。

「Zaver!」她從錢包裡取出一馬克金幣，在空中揮了揮。

「四馬克？」我忍不住喊道，「妳乾脆說妳要該死的月亮算了！」女孩只是抬高了下巴。我沒時間討價還價，只好掏出錢來，重重地放在櫃台上，然後伸手討泰勒絲汁。

她遲疑著，目光掃向前門。

我一手抽出匕首，另一手搶過藥瓶，齜牙咧嘴地衝出小屋。可是暗摸摸的巷子裡唯一的動靜，就是一頭在啃食某種垃圾的山羊。牠對著我咩了一聲，便轉回去享用大餐了。

然而我還是很不安。那個部落民女孩的舉止很詭異。我拔腿狂奔，避開主要的大路，一直鑽在市場周邊泥濘而光線稀微的小巷裡。我趕到了突襲者之窟的西側邊緣，全副注意力都擺在回頭張望，以致於沒看見前方有個削瘦的黑影，直到我一頭撞上他。

「不好意思。」一個柔滑的嗓音說。甲斯的臭味和茶味撲面而來。「我沒看見妳。」

那熟悉的聲音令我皮膚發冷。是那個部落民，臉上有疤的那個。他與我四目交接，他瞇起眼睛。「一個有雙金色眼睛的學人女孩來突襲者之窟做什麼？也許是要逃離什麼？」天啊，他果然認出我來了。

我朝他右邊衝，但他擋住我。

「別擋我的路。」我朝他亮出刀子。他笑了笑，一手搭在我肩上，另一手俐落地拿走我的刀。

「妳會戳瞎自己的眼睛，小母老虎。」他用單手旋轉我的匕首。「我是古拉部落的希凱。那妳是……？」

「不干你的事。」我試著掙脫，但他的手就像老虎鉗一樣。

「我只想聊一聊嘛，陪我一起走吧。」他收緊捏住我肩膀的手。

「放開我。」我踹他的腳踝，他皺著臉鬆開我。可是我衝向一條暗巷的入口時，他一把抓住我的手臂，接著又握住我的另一手手腕，並且把我的袖子往上一撩。

「奴隸的手銬。」他伸出一根手指撫過我手腕上磨破皮仍未痊癒的部位，「最近才解掉的。有意思。妳想聽聽我的理論嗎？」

他彎腰湊近我，黑眼珠亮晶晶的，好像他要分享一個笑話。「我認為會在野外隨便亂逛、有著金色眼睛的學人女孩很少很少，小母老虎。妳身上的傷讓我知道妳曾在打鬥現場。妳身上有煤灰的氣味——也許來自賽拉城的火災？還有那瓶藥——嗯，那是最耐人尋味的一部分了。」

我們的互動引來了好奇的目光——甚至不止是好奇而已。不遠處一個馬林人和一個武人，他們身上都穿著代表賞金獵人的皮鎧甲，興味盎然地望著我們。其中一人朝我們靠近，但部落民押著我往巷子另一頭走，遠離他們兩人。他朝著暗影處吼了一個字。片刻之後，兩個男人由影中現身——想必是他的馬屁精——然後轉身去攔阻賞金獵人。

「妳是武人在獵捕的學人女孩。」希凱打量著攤位之間那些可能潛伏威脅的陰暗處。「和伊里亞斯．維托瑞亞斯一起走的女孩。他一定是出了什麼事情，否則妳不會一個人在這裡，還迫切想拿到泰勒絲汁，甚至願意花上二十倍的價格來買。」

「你怎麼會知道得這麼清楚？」

「這裡的學人並不多，」他說，「所以有學人出現時，我們會格外留意。」

該死。一定是藥材行的女孩向他通風報信。

「好了，」他露出滿嘴牙齒獰笑，「帶我去找妳倒楣的朋友，否則我就在妳肚子上捅一刀，然後把妳丟到岩石裂縫裡面，放妳慢慢等死。」

那兩個賞金獵人在我們後方與希凱的手下爭執得面紅耳赤。

「他知道伊里亞斯．維托瑞亞斯在哪裡！」我對賞金獵人大喊。他們伸手探向武器，市場裡也有許多人猛然抬起頭來。

部落民嘆了口氣，幾乎是懊悔地看了我一眼。我一等到他把注意力轉向賞金獵人，立刻踢了他的腳踝並扭身掙脫。

我在一座座帆布篷底下鑽來鑽去，打翻了一籃貨品，還差點撞得一名馬林老太太四腳朝天。有那麼一會兒工夫，我脫離了希凱的視線。我前方矗立著一堵石牆，右方則是一排帳篷。左手邊則是木板箱疊成的金字塔，顫巍巍地靠著一輛毛皮馬車的側邊。

我從堆積如山的毛皮頂端拽走一件，然後鑽到馬車底下，用毛皮把自己蓋住，才剛把腳縮到毛皮底下，希凱就衝進了這條巷子。他掃視這片區域，四周一片寂靜。然後腳步聲愈靠愈近……愈靠愈近……

*消失吧，蕾雅。*我在黑暗中往後縮，抓著我的臂鐲尋求力量。*你看不到我。你只能看到影子，只能看到黑暗。*

希凱把木板箱踢開，讓一絲光線透入馬車底下。我聽到他彎下腰來，聽到他在窺看車底時發出的呼吸聲。

我什麼都不是，只是一堆毛皮，沒什麼重要的。你看不見我，你什麼都看不見。

「吉坦！」他大聲叫喚手下，「伊米爾！」

兩個男人急匆匆的腳步聲逼近，片刻之後，提燈的光芒驅走了馬車底下的黑暗。希凱一把扯開毛皮，我直視他得意洋洋的臉龐。

只不過他的得意之情幾乎立刻便轉為困惑。他望了望毛皮，再轉回來看向我。他舉高提燈，把我照得一清二楚。但他並沒看著我，就像看不見我，像是我隱形了。

但那是不可能的。

在我這麼想的同一瞬間，他眨了眨眼，一把抓住我。

「妳消失了，」他悄聲說，「而妳又出現了。妳想用魔法唬弄我嗎？」他用力搖晃我，弄得我牙齒都在打架。「妳是怎麼辦到的？」

「滾開！」我想用指甲抓他，但他伸直手臂抓住我，與我保持安全距離。

「妳不見了！」他惡狠狠地說，「然後妳又在我眼前出現。」

「你瘋了！」我咬他的手，他把我拉近，強迫我面向他的臉，低頭怒瞪我的眼睛。

「你抽太多甲斯了！」

「再說一次。」他說。

「你瘋了。我從頭到尾都在這裡。」

他搖搖頭，彷彿他聽得出來我沒說謊，卻仍然不相信我。他放開我的臉，我試著扭身逃開——沒成功。

「夠了。」他說，而他的忠僕把我的手綁在身前。「帶我去找那個面具武士，否則妳就受死吧。」

「我要分一杯羹。」我突然心生一計。「一萬馬克。還有我們要單獨過去——我不要你的手下跟著。」

「沒妳的份，」他說，「我的人也不會離開我身邊。」

「那你自己想辦法找到他吧！在我肚子上捅一把刀，然後就滾吧。」

我盯住他的眼睛，就像外婆以前對付要買果醬時開價太低的部落民貿易商，她會盯著他們的眼睛威脅自己要離開了一樣。我的心跳得就像噠噠的馬蹄聲。

「五百馬克，」部落民說，我張口想要抗議，他舉起一手，「還有安全抵達部落民土地的承諾。這是一樁好交易，小妮子，接受吧。」

「那你的手下呢？」

「他們要留下來，」他審視著我，「不過會保持距離。」

外公曾經對我說：貪心的人有個毛病，那就是以為每個人都和他們一樣貪心。希凱也不例外。

「用部落民的方式向我保證你不會誆我，」連我都知道這種誓言有多麼重大，「否則我不會信任你。」

「我向妳保證。」他把我往前一推，我踉蹌了一下，差點摔倒。豬玀！我咬著嘴唇忍住沒罵出口。

讓他以為他唬住我了吧，讓他以為他贏了吧。他很快就會察覺自己犯了錯：他發誓不作弊。

但我可沒有。

10 伊里亞斯

意識滲入我的心智的那一瞬間，我立刻察覺不要睜開眼睛方為上策。

我的手腳都被繩子綁住，而我是呈側躺姿勢。我的口腔裡有股怪味，像是鐵和草藥的味道。我渾身都痛，但腦袋感覺比這幾天以來都要清醒。幾呎之外，是大雨淅瀝瀝打在岩石上的聲音。我在一座山洞裡。

可是氣氛感覺不太對。我聽到急促而緊張的呼吸聲，還聞到部落民貿易商所散發的羊毛長袍和鞣製皮革的氣味。

「你不能殺他！」蕾雅在我面前，一邊的膝蓋抵著我的額頭，說話聲近到我都能感覺她的氣息拂在我臉上。「武人要活逮他，為了──為了面見皇帝。」

某個跪在我頭頂附近的人用塞德語咒罵了一聲，冰冷的鋼鐵嵌進我的喉嚨。

「吉坦──布告是怎麼說的？要交活的才能領到賞金嗎？」

「我他媽不記得了啦！」這個聲音來自我的腳邊。

「就算你要殺他，至少再等個幾天吧。」蕾雅的語氣聽起來冷酷而實際，不過潛藏在底下的是和烏德琴琴弦一樣緊繃的情緒。「以現在的天氣來說，他的屍體很快就會腐爛了。帶他回到賽拉城要花至少五天的時間。要是武人認不出他的臉，我們誰也別想拿到一個子兒。」

「希凱，宰了他。」站在我膝蓋邊的第三個部落民說，「如果他醒過來，我們就死定了。」

「他不會醒過來的，」他們喚作希凱的男人回應，「瞧瞧他——一條胳膊和一條腿已經進了棺材了。」

蕾雅的身體慢慢壓向我的頭，我感覺玻璃抵著我的嘴唇，幾滴液體流出來——嚐起來有鐵和草藥的味道。泰勒絲汁。一秒後玻璃瓶消失了，回到蕾雅藏匿它的位置。

「希凱，聽我說——」她開口，但突襲者把她往後一推。

「小妮子，這是妳第二次那樣往前傾了，妳在打什麼歪主意？」

時間到了，維托瑞亞斯。

「哪有啊！」蕾雅說，「我跟你一樣想拿到賞金啊！」

一——我先想像攻擊的手法——要攻擊哪裡、如何動作。

「妳為什麼要往前傾？」希凱對著蕾雅咆哮，「別想騙我。」

二——我活動左手臂的肌肉準備出擊，因為我的右手臂壓在身體底下。我無聲地吸了一口氣，讓氧氣填滿身體的每個部位。

「那瓶泰勒絲汁在哪裡？」希凱突然想起來而兇狠地說，「交給我！」

三——蕾雅還沒能回應部落民，我便用右腳蹬地作為支撐點，然後屁股往後一滑，遠離希凱的刀刃，再用被綁住的雙腳撂倒我腳邊的部落民，在他砰然倒地之際翻身躍起。接下來我撲向站在我膝蓋邊的部落民，趁他還沒能舉起刀子時就用頭槌撞他。他的刀子掉了，我轉身接住，慶幸他至少還常常磨刀。我鋸了兩下便擺脫了手腕的束縛，再鋸兩下，腳踝也脫困了。我撞倒的第一個部落民手忙腳亂地爬起身，衝向山洞外頭——顯然是去搬救兵。

「住手！」

我霍地轉身面向最後一個部落民——希凱——他正把蕾雅壓在他胸前，一手箝住她的兩腕，一手持刀抵在她喉間，眼神殺氣騰騰。

「放下刀子，兩手舉高，否則我殺了她。」

「你儘管動手啊。」我用流利的塞德語說。他繃緊了下巴，卻不動如山。看來他是個不會輕易被唬住的人。我謹慎斟酌用語。「你殺了她之後，我會立刻殺了你。到時候你死了，而我自由了。」

「你看我敢不敢。」他把刀子往蕾雅脖子裡壓，滲出血來。她的眼神四處亂跳，努力想看到什麼東西——任何東西都好——是能用來反抗他的。「我在這座山洞外頭布署了一百個人——」

「如果你在外頭有一百個人，」我聚精會神地看著希凱，「——你早就叫他們進——」

我話講到一半突然往前飛躍，這是外公最愛的一招。在戰鬥時，只有蠢蛋才會注意聽別人說話，他曾經這麼說。戰士懂得利用這一點。我把部落民的右手往蕾雅的反方向扭，同時用身體撞開她。

然而就在這一瞬間，我的身體背叛了我。

這番攻擊引起的腎上腺素由我身體中流乾，就像水流下排水孔；我踉蹌後退，視線變成了疊影。蕾雅從地上抓起什麼東西，轉身面向部落民，他對她露出惡毒的笑容。

「小妮子，妳的英雄體內還有毒素在作用呢。」他陰險地說，「現在他救不了妳囉。」他撲向她，同時揮出刀子，打算就此殺了她。蕾雅往他眼睛撒了一把泥土，他怒吼著轉開臉。但他止不住身體往前的衝力。蕾雅舉起刀子，只聽到令人作嘔的噗的一聲，部落民已經自己戳在刀尖上了。

蕾雅驚呼一聲，鬆手放開刀子，身子向後退開。希凱伸出手揪住她的頭髮，她張開口發出無聲的尖叫，目光定在希凱胸前的刀子上。她望向我的臉，她的臉上滿是驚恐，因為希凱竟然拚盡最後一絲生命也要殺了她。

我的身體總算又有了力氣，我把他推離她身邊。他放開她，好奇地望著自己突然無力的手，好像那不是他的手似的。然後他就重重地倒在地上，死了。

「蕾雅？」我喊她，但她彷彿入定一般緊盯著屍體。*這是她第一次殺人*。我想起自己第一次殺人，腸胃糾結成一團——那是一個蠻族男孩。我還記得他塗成藍色的臉龐，以及他腹部那道很深的傷口。我太了解蕾雅此時此刻的心情了。鄙夷、驚駭、恐懼。

現在我的能量都恢復了。身體到處都痛——胸口、手臂、腿，但癲癇沒有發作，眼前也沒有幻覺。我又喚了蕾雅一聲，這次她抬頭了。

「我並不想這麼做，」她說，「他——他就這樣衝過來，結果刀子——」

「我知道。」我柔聲說。她不會想談這件事的，因為她的心智正處於求生模式——而這種模式不允許她深究。「告訴我在突襲者之窟發生了什麼事，」我可以讓她分心，至少稍微分心，「告訴我妳怎麼拿到泰勒絲汁的。」

她很快地講了一遍，邊講邊幫忙我把那個昏過去的部落民綁起來。我聽她說的時候，心情半是驚愕、半是驕傲，因為她真是有膽識。

我聽到山洞外傳來貓頭鷹的嗚嗚叫聲，而在這樣的天氣裡，是不可能有貓頭鷹出沒的。我悄悄挪到洞口。

洞外的岩石間沒有任何動靜，但是一陣風把汗水和馬匹的臭味帶到我面前。顯然希凱說山洞外有一百個人在待命並不是虛張聲勢。

我們後方是南邊，那裡全是厚實的岩石。賽拉城在西邊。山洞面朝北邊，對著一條蜿蜒通往沙漠的窄路，沿著這條路一直走，會到達能讓我們安全穿越賽拉山脈的隘口。東邊則是一條向下通往岬凸的小路，岬凸是一段半哩長的陡峭岩山區，即使在晴朗的天氣裡都險惡如地獄，更別說在大雨傾盆的狀況下了。過了岬凸以後會遇到賽拉山脈的東麓，沒有小徑、沒有隘口，只有荒山野嶺，最後會逐漸隱沒在部落民的沙漠裡。

十層地獄啊。

「伊里亞斯，」蕾雅一臉緊張地來到我身邊，「我們應該離開這裡，等一下部落民就要醒了。」

「有個麻煩，」我用下巴指了指黑暗，「我們被包圍了。」

五分鐘後，我把蕾雅和我用繩索相連，並且把希凱的跟班（仍然綁著）移到洞口。我將希凱的屍體固定在馬背上，還脫掉他的斗篷便於他的手下能認出他來。蕾雅刻意不去看屍體。

「馬兒，再見囉。」蕾雅撫摸著馬兒，不捨地對著牠的耳朵說。「謝謝你載我，離開你我很傷心。」

「我會再偷一匹馬給妳。」我無奈地說，「準備好了嗎？」

她點點頭，我回到洞穴後方，用打火石點燃火種。我生起一小簇火苗，用來燃燒我蒐集來的少許雜草和木塊，它們大部分都是濕的。濃密的白煙鼓脹起來，迅速填滿山洞。

「蕾雅，就是現在。」

蕾雅使出全力拍向馬屁股，促使牠載著希凱聲勢驚人地衝出山洞，奔向在北邊守株待兔的部落民。躲在西邊獨立岩石後頭的人馬紛紛現身，因為看到煙霧和他們首領的屍體而大喊大叫。

這表示他們沒在看蕾雅和我。我們兜帽拉得低低的，悄悄溜出山洞，藏匿在煙、雨和黑暗之中。我把蕾雅拉過來趴在我背上，然後檢查一下我綁在一塊隱密不顯眼的石山上的繩索，接著悄無聲息地垂降到岬凸底下，雙手抓著繩索往下爬，直到抵達十呎深的一塊被雨淋得濕滑的石頭。蕾雅跳下我的背，發出了細微的刮擦聲，希望部落民沒聽到。我扯了扯繩索把它拽下來。

上頭的部落民邊咳邊走進煙霧瀰漫的山洞，我聽到他們邊咒罵著、邊解開他們朋友的束縛。

跟上，我用嘴形對蕾雅說。我們慢慢移動，腳步聲被部落民震天價響的靴聲和叫喊聲給蓋了過去。岬凸的岩石又尖又滑，鋸齒狀的石頭尖端嵌進我們的靴底、勾住衣服。

我的心思回到六年前，當時海琳和我在突襲者之窟附近露營待了一季。

所有五年生都必須來突襲者之窟待兩個月，監視這裡的突襲者。突襲者恨死我們了；被他們逮到的下場是慢慢被折磨而死——這也是司令官之所以要派學生來的原因之一。

海琳和我駐紮在同一個營地——私生子和娘們，兩個邊緣人。司令官一定對這樣的配對方式洋洋得意，她認為我們之中有人會死。可是友情讓小琳和我更強大，而不是更脆弱。

我們把在岬凸跳躍當作遊戲，我們輕盈得像是羚羊，彼此挑戰做出愈來愈瘋狂的跳躍動作。她如此從容地跟隨我的跳躍，你絕對猜不到她怕高。當時的我們真是愚蠢，竟然如此確信我們不會摔下來，確信死亡不會找上我們。

現在我可懂事多了。

你已經死了，只是你還不知道而已。

我們穿過石原時，雨勢漸漸變小了。蕾雅始終沉默不語，雙唇抿得緊緊的。我感覺得出來她滿懷心事，一定是在想希凱的事吧。不過她還是跟上我的步伐，只有一次露出遲疑——那時候我躍過一道五呎寬的間隙，而底下是兩百呎深的裂縫。

我輕而易舉就跳過去了，我回頭看，她臉色白得像紙一樣。

「我會接住妳。」我說。

她用金色的眼眸盯著我，恐懼和決心在她內心拉鋸。然後她毫無預警地一跳，身體的衝力撞得我向後倒。我懷裡全都是她——腰、臀、散發甜味的蓬鬆秀髮。她飽滿的嘴唇微啟，像是想要說什麼，不過我應該回應不出什麼聰明的說法，畢竟她有太多部分正壓在我太多部分上。

我推開她，她踉蹌了一下，臉上閃現受傷的表情。我不知道自己為什麼這樣做，只覺得與她太靠近是不對的，不公平的。

「快到了，」我轉移話題地說，「跟緊我。」

我們快走到山脈邊、離突襲者之窟已經有一段距離時，雨完全停了，轉變為濃霧。石原的地勢趨緩，成為凹凸不平的台地，凸出的岩石間點綴著樹木和灌木叢。我示意蕾雅停步，側耳傾聽有無追兵。什麼都沒有。霧氣像一條厚毛毯蓋在岬凸上方，在我們周圍的樹木間飄移，使它們顯得分外陰森，蕾雅因而湊近我。

「伊里亞斯，」她小聲說，「我們要從這裡轉往北方嗎？還是要繞回去山麓丘陵那裡？」

「我們沒有裝備來爬這裡以北的山，」我說，「而希凱的人大概會爬滿山麓丘陵，等著抓我們。」

蕾雅的臉發白。「那我們要怎麼去拷夫？如果我們從南方搭船，會耽擱——」

「我們往東，」我說，「進入部落民的土地。」

我沒給她機會反對，就跪下來在泥土上粗略地畫出山脈和周圍區域的地圖。「這裡離部落民的土地大約有兩星期路程，如果路上耽擱的話會再久一點。三週後，努爾會開始舉辦秋季聚會，每個部落都會到場——買賣東西、交換東西、談親說媒、慶祝新生。聚會結束後，會有超過兩百支車隊離開城市，每支車隊都有數百個人。」

蕾雅露出醒悟的眼神。「我們跟他們一起走。」

我點點頭。「數以千計的馬匹、篷車和部落民同時出發。假如真的有人追蹤我們到了努爾，也會跟丟的。有些車隊會往北走，我們找一支願意掩護我們的車隊，躲在他們中間，趁冬雪開始前去拷夫。扮成一個部落民貿易商和他的妹妹。」

「妹妹？」她交起雙臂。「我們長得一點也不像。」

「還是妳比較想當我老婆？」我朝她揚起眉毛，忍不住脫口而出。她的雙頰湧現紅暈，並沿著她的脖子往下蔓延。不曉得那紅暈還會不會再往下？

停止，伊里亞斯。

「我們要怎麼說服部落民不要拿我們去換賞金？」

我把玩著口袋裡的木製硬幣，那是一位名叫阿芙雅，來自努爾部落的聰明女子欠我的好處。「交給我處理吧。」

蕾雅考慮了一下我的提案，終於點頭同意。我站起身聆聽、感覺周圍的大地。現在實在太暗了，沒辦法再繼續走——我們需要找個地方紮營過夜。我們留意著腳下爬上台地，進入上方的陰暗森林，直到我找到一個好地點：一處在凸出的大石塊底下的空地，周圍長滿原始的松樹，那些坑坑巴巴的樹幹上全是苔蘚。我正在清理大石塊底下散落的石頭和樹枝時，感覺蕾雅一手搭在我肩膀上。

「我得告訴你一件事。」她說，我望向她的臉，一瞬間忘了呼吸。「我進到突襲者之窟的時候，」她說下去，「我很怕毒藥會……」她搖搖頭，然後說道。「很高興你沒事了。我知道你為我做這件事冒了多大的風險，謝謝你。」

「蕾雅——」妳讓我活下來，也讓妳自己活下來。妳就和妳母親一樣勇敢。絕對別讓任何人動搖妳這份信念。

也許說完這些話之後，我可以讓她緩緩靠過來，用一根手指沿著她鎖骨的金色曲線往上滑向修長的頸部。把她的頭髮攏成一個髻，再慢慢拉她過來，很慢、很慢地——

這時疼痛刺穿我的手臂，像是在提醒我。你會摧毀所有接近你的人。

我可以向蕾雅隱瞞真相，在我的大限來臨前完成任務，然後消失無蹤。可是反抗軍對她保密，她哥哥向她隱瞞和史匹洛共事的事，她也一直不知道殺害她父母的凶手身分。

她的人生充滿祕密。她值得知道所有真相。

「妳應該坐下來。」我與她拉開距離。「我也有事要告訴妳。」她靜靜地聽我坦承司令官對我做了什麼，還有等候地和捕魂者的事。

等我說完了，蕾雅的手在顫抖，說話的聲音小到我幾乎聽不見。

「你——你會死？不，不。」她抹了抹臉，深吸了一口氣。「一定有什麼辦法，某種解藥，某種方式——」

「並沒有。」我保持就事論事的口吻，「我很確定。不過我還有幾個月時間，希望能有六個月。」

「我從來沒有像恨司令官一樣這麼恨過誰，從來沒有。」她咬住下唇，「你說她故意放我們走，這就是原因嗎？她要你慢慢死掉？」

「我想她是要確保我會死，」我說，「不過目前我對她來說，活著比死了有用處。至於原因我就不知道了。」

「伊里亞斯。」蕾雅蜷縮在她的斗篷裡。我考慮了一會兒，就朝她挪近，我們靠在彼此身上取暖。「我不能要求你把最後幾個月的生命花在闖進拷夫監獄的瘋狂行動上，你應該去找你的部落家人……」

你會傷害別人，捕魂者這麼說。我的確傷害了好多人——在第三場試煉中死於我的手或我的命令的弟兄；被抛下來任馬可斯蹂躪的海琳；因為我而必須逃離家園流浪異地的外公；甚至是在第四場試煉中被迫面臨屠宰的蕾雅。

「我幫不了被我傷害的那些人，」我說，「我改變不了我對他們做的事。」我傾身向她。我需要讓她了解我說的每個字都是真心誠意的。

「妳哥哥是這片陸地上唯一知道怎麼製造賽拉鋼的學人。我不知道史匹洛・鐵勒曼會不會在自由之地與戴倫重逢，我甚至不知道鐵勒曼是不是還活著。但我知道如果我能把戴倫弄出大牢，如果救他的命代表他可以給帝國的仇敵一個為自由奮戰的機會，那麼也許我就能稍微彌補我為這世界帶來的邪惡。他的命——以及他能拯救的所有性命——為了補償我所取走的性命。」

「伊里亞斯，萬一他已經死了呢？」

「妳說妳在突襲者之窟聽到別人提到他？提到他和鐵勒曼的關聯？」她再告訴我一次他們是怎麼說的，我深思著。「武人需要確保戴倫沒有把他與鐵匠的知識分享給別人，萬一有的話，也要確保知識不會散播出去。他們留他活口是為了審問。」不過我不知道他能否撐過審問的過程，尤其是我想到拷夫的典獄長和他從囚犯身上得到答案的變態手段。

蕾雅轉頭看著我。「你有幾分把握？」

「如果我沒有把握，但妳知道他有機會——哪怕是只有一絲機會——還活著的話，難道妳不會想努力救他嗎？」我從她眼中看到了答案。「蕾雅，我有沒有把握並不重要，」我說，「只要妳想救他，我就會幫妳。我發了誓，就不會違背誓言。」

我把蕾雅的雙手握在手裡。冰涼、有力。我願把她的手緊握不放，親吻她掌心的每一個硬繭，嚙咬她的手腕內側讓她喘息。我願把她拉近，看看她是否也希望臣服於我們之間燃燒的火苗。

但這樣有什麼意義呢？好讓她在我死去時傷心欲絕嗎？這是錯的，是自私的。我慢慢退離她，邊退邊緊盯著她的眼睛，好讓她明白我這麼做有多麼不得已。她眼中湧現受傷的情緒：困惑。

然後是接受。

我很慶幸她懂了。我不能靠近她——在那方面不行。我不能讓她靠近我。這麼做只會帶來悲傷和痛苦。

而她已經承受了太多。

11 海琳

「別動她，夜臨者。」我感覺一隻強壯的手抬起我的手臂，迫使我離開牆面站直身體。坎恩？

一縷縷白髮像蛇一般從先知的兜帽裡頭探出來。他枯槁的五官都籠罩在黑袍的陰影中，血紅的眼睛肅穆地望著那個生物。*夜臨者*，他如此稱呼它，就像麗拉瑪米以前說過的古老故事。

夜臨者發出細微的嘶聲，坎恩瞇起眼睛。

「我說別動她，」先知站到我面前，「她不是行走在黑暗中之人。」

「不是嗎？」夜臨者輕笑了兩聲，斗篷一個迴旋，他就消失了蹤影，只留下繚繞的火焰氣味。坎恩轉頭看我。

「幸會，血伯勞。」

「幸會？*幸會？*」

「來吧，我們可不希望讓司令官或她的走狗聽到我們談話。」

我仍然因為在夜臨者眼中看到的景象而顫抖著身體。坎恩和我走出維托瑞亞大宅時，我振作了一下。我們一走出大門，我立刻轉身面向先知。我完全是憑著有生以來對先知抱持的敬意，才沒有情急地一把揪住他的袍子。

「你保證過的。」先知了解我的每個想法，所以我沒有掩飾嘶啞的嗓音，也沒有抵抗眼中的淚水。就某方面來說，這樣反而是種解脫。「你承諾過如果我遵守誓言的話，他就會好好的。」

「不，血伯勞。」坎恩帶領我遠離大宅，走進一條滿是依拉司翠恩宅邸的寬闊大道。我們走近一棟豪宅，它原先一定美輪美奐，現在卻徒具燒盡的空殼——毀於幾天前學人革命最激烈的時刻。坎恩信步走進還在飄著煙的殘骸。「我們承諾的是如果妳遵守誓言，伊里亞斯就能在試煉中活下來。而他確實活下來了。」

「如果他反正會在幾週之內死在我手上，那他撐過試煉又有什麼意義？我不能拒絕馬可斯的聖旨，坎恩。我宣誓效忠了，你逼我宣誓效忠了。」

「海琳．亞奇拉，妳知道這間房子裡原本住著什麼人嗎？」

不意外，他要轉移話題了。難怪伊里亞斯一向對先知們很感冒。我逼自己轉頭去看。這間房子很陌生。

「是面具武士羅倫特．馬利亞納斯和他的妻子伊娜，」坎恩用腳把一塊焦黑的櫟木挪開，然後撿起一只粗略雕刻的木馬，「他們的孩子：露西亞、阿瑪拉以及達里恩。這屋子中有六個學人奴隸，其中一個是席亞德，他把達里恩視為親生兒子一樣疼愛。」

坎恩把木馬翻正，輕柔地放回地上。「這是兩個月前席亞德為那男孩刻的，當時是達里恩的四歲生日。」我的胸口有種緊縮的感覺。他出了什麼事？

「學人們拿著火把和瀝青攻擊房子時，五個奴隸試著逃離，然而席亞德衝去找達里恩。他找到了孩子，孩子抓著他的木馬，驚恐地躲在床底下。席亞德把他拉出來，可是火勢蔓延得太快了。他們很快就死了，無一倖免，甚至包括想逃走的那些奴隸。」

「你為什麼要對我說這些？」

「因為帝國之內充滿這樣的房子，充滿這樣枉死的性命。妳認為達里恩或席亞德的命，比伊里亞斯卑賤嗎？並不是吧。」

「坎恩，這我知道。」我同胞的性命有怎樣的價值難道還需要他來提醒？我感到氣惱。「但是假如伊里亞斯終究難逃一死，我在第一場試煉中所做的一切還有意義嗎？」

坎恩拿出他所有的氣勢來震懾我，我不禁退縮。

「妳會獵捕伊里亞斯，妳會找到他。妳在這趟旅程中學到的事——關於妳自己的、關於妳的土地的、關於妳的敵人的——這些知識對帝國的存亡至關重要。也關乎妳自己的命運。」

我有種想嘔吐在他腳邊的感覺。我信任你。我相信你。我照你的心意做事。而我忙了半天，換來的卻是恐懼成真。獵捕伊里亞斯——殺死他——這甚至不是我噩夢中最可怕的一部分。最可怕的是我在做這些事的時候會有什麼感覺。我內心湧現的情緒讓我的夢變得好強烈：我在折磨好友時得到的快感；我聽到站在我身邊滿意觀看的馬可斯發出的笑聲時會有的愉悅。

「別讓絕望占領妳。」坎恩的語氣變柔和了，「忠於妳的心，就能好好服務帝國。」

「帝國。」開口閉口總是帝國。「那伊里亞斯呢？那我呢？」

「伊里亞斯的命運掌握在他自己手裡。來吧，血伯勞。」坎恩舉起一手懸在我頭上，像是要賜福給我。「這就是擁有信念的意義，也就是信奉比妳自己更偉大的事物。」

我不由自主地嘆了一口氣，抬手抹去臉上的淚水。這就是信仰的意義啊。真希望沒有這麼難。

我看著他飄離我身邊，往房屋殘骸的深處退去，最後終於消失在一根燒焦的柱子後頭。我沒跟過去，我知道他已經離開了。

黑武士的營房坐落在城市裡的賣開特區。它是一棟長形的石造建築，上頭沒有什麼標誌，只有門上嵌著一塊展翅血伯勞的銀質浮雕。

我一進門，室內的六個面具武士立刻停止手邊的動作，向我行軍禮。

「你，」我看向離我最近的黑武士，「去找費里斯．坎德蘭中尉和德克斯．艾崔亞斯中尉來。他們到了以後，分配床位和武器給他們。」那個武士還來不及做任何反應，我便對著下一個人說話。「你，」我說，「蒐集維托瑞亞斯逃走那一晚的所有報告給我。每一樁攻擊、每一起爆炸、每一個死亡的士兵、每一間被劫掠的商店、每一項目擊者的供詞——全部都要。血伯勞的寢室在哪？」

「報告長官，在那裡面。」士兵指著房間盡頭的一扇黑門，「亞維塔斯．哈波中尉在裡面，他比妳早一點到。」

亞維塔斯．哈波。一股寒意拂過我的皮膚。是刑求我的人。當然了，他也是黑武士的成員。

「他媽的他要幹嘛？」

那個黑武士一時之間很訝異。「我想是要接受命令吧。皇帝指派他加入妳的特別小組。」

你的意思是司令官指派了他吧。哈波是她的眼線。

哈波在指揮官寢室裡我的辦公桌邊等待。他以讓人不安的淡然態度向我行禮，好像過去五天不是他在地牢裡折磨我。

「哈波，」我在他對面坐下，兩人之間隔著辦公桌，「回報。」

哈波沉默了半晌。我毫不掩飾不悅地嘆了口氣。

「你被指派進入這個小組對吧？告訴我我們對叛徒維托瑞亞斯的行蹤掌握了多少情報，中尉。」我盡可能輕蔑地講出最後兩個字，「還是你做獵人的本領和審問者一樣蹩腳？」

哈波對我的嘲諷無動於衷。「我們有一條線索：一出城的地方發現了一具面具武士的屍體。」他頓了頓，「血伯勞，妳還好進行這項任務的人員了嗎？」

「你，還有另外兩個人，」我說，「德克斯．艾崔亞斯中尉和費里斯．坎德蘭中尉。他們今天會正式加入黑武士。我們會視情況需要請求增援。」

「我沒聽過這兩個人。血伯勞，一般而言，負責選擇新進人員的是——」

「哈波。」我傾向前。他別想掌控我，永遠都不會再發生了。「我知道你是司令官的眼線，皇帝告訴過我。沒辦法甩掉你，但不代表我就得聽命於你。我身為你的指揮官，命令你別再囉嗦費里斯和德克斯的事。現在帶我順一遍我們掌握到維托瑞亞斯脫逃的情報。」

我預期他會反唇相譏，然而他只是聳了聳肩，不知怎麼的，這讓我更加怒不可遏。哈波詳細地敘述伊里亞斯的逃亡經過——他殺死了哪些士兵、城市裡有哪些人看到他。

他報告到一半，有人敲門，德克斯和費里斯走進來，讓我鬆了一口氣。費里斯的金髮亂七八糟的，德克斯的深色皮膚則蒙上一層灰。他們有微微燒灼痕跡的披風和血跡斑斑的盔甲，明顯地述說著他們過去幾天都在做什麼。他們看到我的狀態時瞪大了眼睛：身上滿布割傷和瘀傷，慘兮兮的。不過德克斯馬上就跨出一步。

「血伯勞。」他行了個禮，我忍不住露出笑容。這就是德克斯，即使他眼前是破碎受創的老友，他也不會忘了規矩。

「十層地獄啊，亞奇拉，」費里斯一臉驚駭，「他們把妳怎麼了？」

「二位中尉，歡迎，」我說，「我想傳令兵應該告訴你們任務的內容了吧？」

「妳要殺了伊里亞斯，」費里斯說，「海——」

「你們準備好效命了嗎？」

「當然，」費里斯接著說，「妳需要妳能信任的部下，可是海——」

「這一位——」我用蓋過他的音量說，以防他說出什麼能讓哈波呈報給皇帝和司令官的話柄，「——是亞維塔斯．哈波中尉，他是刑求我的人，也是司令官的眼線。」費里斯立刻閉緊嘴巴。「哈波也被指派參與這項任務，所以你們要留意在他面前說了什麼話，你們說的話全都會呈報給司令官和皇帝。」

哈波不太自在地換了個姿勢，我心中掠過一陣得意。

「德克斯，」我說，「有一個同袍正在準備要把伊里亞斯逃走那一晚的報告彙整給我。你原本是他的副官，由你評估報告裡有沒有任何重要的資訊。費里斯，你跟著我行動。哈波和我要去查城外的一條線索。」

我很慶幸兩個朋友都淡然地接受了我的命令，他們所受的訓練讓他們保持面無表情。德克斯告退，費里斯也離開去備馬。哈波站在那兒，歪著頭打量我。我無法解讀他的表情——或許是好奇吧。他伸手到口袋裡，我身體緊繃起來，回想起他在審問我的期間曾用在我身上的黃銅手指虎。但他只是取出一枚男人的戒指。沉重的銀質戒指，刻著一隻鳥的圖紋，牠展開雙翅，鳥喙張大尖叫。是血伯勞的官戒。

「這是妳的了。」他又取出一條鍊子。「萬一太大的話。」

的確太大了，不過珠寶匠可以調整。也許他在等我道謝，然而我取走戒指、不理會鍊子，逕自從他身旁走過去。

陳屍在賽拉城外乾涸沼地上的面具武士，聽起來是個頗有展望的起點。沒有足跡，不是埋伏。可是當我一看到屍體——吊在一棵樹上，身上有明顯的施虐痕跡——我就知道殺他的人不是伊里亞斯。

「血伯勞，維托瑞亞斯是個受過司令官訓練的面具武士，」我們回城的路上哈波說道，「難道他不像我們其他人一樣善於屠殺嗎？」

「維托瑞亞斯不會把屍體留在顯眼的地方，」費里斯說，「不管是誰幹的，那人都希望有人發現這具屍體。如果他不希望我們追蹤他，何必做這件事？」

「為了聲東擊西，」哈波說，「騙我們往西而不是往南。」

他們爭辯起來，我陷入長考。我認得這個面具武士，他是伊里亞斯要被處決時獲派守衛的四人之一。卡西亞斯．普利托瑞亞斯中尉，一個兇狠的掠食者，偏好年輕女孩。他在黑巖學院當過一段時間的搏擊課百夫長，當時我十四歲，我待在他附近時總是一手按在匕首上提防著。

馬可斯把另外三名負責看守伊里亞斯的面具武士送去拷夫坐牢六個月作為讓他脫逃的懲罰，為什麼卡西亞斯例外？他怎麼落得這個下場的？

我的念頭轉到司令官身上，不過這說不通啊。要是卡西亞斯惹她生氣，她會公開折磨他再殺死他——這樣更能強化她的威名。

我感覺頸部有種搔刮感，好像有人在監視我。

「會唱歌的小鳥……」

那聲音距離很遠，被風傳送到我耳邊。我在馬鞍上霍地轉身。沙漠一片空曠，只有一團風滾草滾了過去。費里斯和哈波放慢馬匹，疑惑地回應我的眼神。

繼續走，亞奇拉。什麼事也沒有。

獵捕進入第二天，進度還是零，第三天也一樣。德克斯在報告中一無所獲。飛毛腿和鼓聲訊息帶來假線索：納威恩有兩個人被殺了，有個目擊者堅稱伊里亞斯就是凶手。有人回報看到一名武人和一名學人入住小旅館——最好是伊里亞斯會笨到去住該死的旅館啦。

第三天快結束時，我疲憊又沮喪。馬可斯已經傳過兩次信，詢問我是否有任何進展。

我應該像前兩夜一樣睡在黑武士的營房，但我受夠了那間營房，更尤其受夠了感覺哈波把我的一舉一動都回報給馬可斯還有司令官。

我在將近午夜時分抵達亞奇拉大宅，可是整間屋子燈火通明，屋外的道路上排列著幾十輛馬車。我走奴隸的通道進去以避開家人，結果與小莉打了個照面，她正在監督僕人們準備延遲的晚餐。

她看到我的表情時嘆了口氣。「從妳的窗戶進去吧。一樓被叔叔伯伯們占領了，他們一定會想找妳說話的。」

叔伯們——我父親的兄弟和堂兄弟——是亞奇拉家族幾個主要家庭的家長。都是好人，可惜話太多。

「媽媽在哪兒？」

「跟嬸嬸她們在一起，試著控制住她們的歇斯底里。」小莉揚起一眉。「她們並不喜歡亞奇拉家族和弗拉家族結盟這回事。爸爸要我負責晚餐。」

好讓她能多聽多學，一定是這樣沒錯。莉薇雅和漢娜不同，她對經營家族有興趣。父親不是傻子；他知道她可以發揮多高的價值。

我走後門離開，小莉喊道：「當心漢娜，她最近怪怪的，很得意，好像她知道什麼我們不知道的事似的。」

我翻了個白眼。最好是漢娜會知道任何我在乎的事啦。

我跳上彎向我房間窗戶的樹。悄悄地溜進去和溜出來——即使在負傷的狀態下——對我來說都是小事一樁。我以前休假時就經常溜出來和伊里亞斯見面。儘管從來不是為了我想要的理由。

我邊進房間時暗自叱責自己。他不是伊里亞斯，他是叛徒維托瑞亞斯，妳必須獵捕他。也許假如我不斷重複這些話，就不會再那麼心痛了。

「會唱歌的小鳥。」

聽到這聲音讓我全身都麻痺了——是我在沙漠裡聽到的同一個聲音。那瞬間的驚愕是我的敗筆，一隻手啪地蒙住我的嘴，耳邊響起低語。

「我有個故事要講，仔細聽，妳或許會得到有用的東西。」

女性。強而有力的手。結滿老繭。沒有口音。我動了動身體想甩開她，但鋼鐵的觸感抵在我喉嚨上，讓我不敢再輕舉妄動。我想起沙漠裡那具面具武士的屍體。不管這人是誰，她都能痛下殺手，而她並不怕殺了我。

「很久很久以前，」奇怪的聲音說，「有一個女孩和一個男孩想要逃離充滿火焰和恐怖的城市。在這座城市裡，他們在半籠罩於陰影中之處找到救贖。而那裡有一個披著銀皮、心臟如同她的巢穴一樣黑的女惡魔在等待著。他們在無眠的苦難之塔底下與惡魔奮戰，最後把惡魔打倒，勝利地脫逃了。很好聽的故事，不是嗎？」箝制我的人把臉湊近我的耳朵，「故事的場景就是這座城市，會唱歌的小鳥。」她說，「找到故事，妳就能找到伊里亞斯．維托瑞亞斯。」蒙住我嘴巴的手放了下來，刀子也是。我轉身看到那個人影快速竄過我的房間。

「等一下！」我轉過身，兩手舉在空中。人影停下腳步。「沙漠裡死去的面具武士，」我說，「是妳下的手？」

「那是給妳的訊息，會唱歌的小鳥。」女人用沙啞的嗓音說，「這樣妳才不會笨到和我打。不用為那個人感到難過，他是殺人魔兼強暴犯，罪該萬死。對了，說到這個，」她歪著頭，「那個女孩——蕾雅，不准碰她。要是她受到一絲傷害，天塌下來我也會把妳開膛剖肚。」

說完這番話，她又開始移動。我跳起身拔刀出鞘。太遲了，那女人已經鑽出敞開的窗戶，沿著屋頂飛速奔離。可是我還是瞥見一眼她的臉——因仇恨而凝肅，布滿令人難以置信的疤痕，我一眼就認得出來。

司令官的奴隸，應該已經死了的人。

大家叫她「廚子」。

12 蕾雅

離開突襲者之窟後隔天清晨，伊里亞斯叫醒我，我發現自己兩手都濕漉漉的。即使處於天將亮未亮的陰暗光線下，我都能看見部落民的血沿著我的手臂往下淌。

「伊里亞斯，」我焦急地在斗篷上抹著掌心，「這血怎麼都擦不掉？」他身上也沾滿了血。「你全身都是——」

「蕾雅。」他立刻來到我身邊，「只是霧而已。」

「不，血——到處都是。」到處都是死亡。

伊里亞斯牽起我的手，舉到幽微的星光下。「妳瞧，是霧氣在皮膚上凝結成水珠。」

我終於回到現實中，他慢慢地拉我站起身。只是一場噩夢而已。

「我們得動身了。」他朝石原點點頭，透過樹木望去，一百碼外的石原依稀可見。「有人在那裡。」

我沒看到岬凸那裡有任何人，除了被風吹得吱嘎作響的樹枝和早起鳥兒的啁啾聲之外，也沒聽到任何聲響。不過我還是緊繃到渾身發痛。

「士兵嗎？」我低聲問伊里亞斯。

他搖搖頭。「不確定。我看到金屬的光芒閃了一下——可能盔甲或是武器。絕對是某個在跟蹤我們的人。」看到我惴惴不安的神色，他很快地笑了一下。「不要一臉憂慮嘛，成功的任務多半是由一連串千鈞一髮的災難所組成的。」

如果我以為伊里亞斯昨晚離開突襲者之窟的步調就算是匆忙的話，那我可錯了。泰勒絲汁現在讓他幾乎恢復了原有的體力。才過沒幾分鐘，我們已經將石原拋在後頭，踏上山路，速度快到好像夜臨者正緊追在後。

台地地形變化莫測，到處是高水位的沖溝和溪流。不久後，我發現光是要跟上伊里亞斯的腳步，就得耗盡所有的注意力。這倒不是壞事。在希凱的事後，及在得知司令官對伊里亞斯做了什麼之後，我一心只想要把記憶塞進腦中最陰暗的深處。

一遍又一遍，伊里亞斯審視著我們後方的小路。

「我們要不是甩掉他們了，」他說，「就是他們非常高明地隱匿了行跡。我覺得是後者。」

除此之外伊里亞斯就沒說什麼話了。我猜他是刻意保持距離，為了保護我。我有一部分能理解他的用意——甚至尊敬。可是與此同時，我又深切地感覺到失去了他的陪伴。我們一起逃出賽拉城、我們一同對抗幽靈、我在他毒性發作時照料他。外公常說在某人歷經最低潮的時刻陪在他們身邊，會在雙方之間締結出一種連繫。那是一種責任感，不像是負擔，倒更像是恩賜。我現在覺得自己和伊里亞斯有所連繫了，我不希望他把我隔絕在外。

第二天剛過完一半，天空下起傾盆大雨，我們被淋得渾身濕透。山裡的空氣變冷了，我們的步調也愈來愈慢。每一秒鐘都長得像是永恆，而我必須與我迫切想要抑制住的念頭為伍。司令官給伊里亞斯下毒、希凱死去、戴倫在拷夫監獄裡，被惡名昭彰的典獄長給凌虐著。

到處都是死亡。

在寒冷刺骨的凍雨裡被迫前進，讓人生變得單純。走了三週之後，我的世界已經限縮到只能吸進一口空氣、強迫自己跨出下一步，然後再找到意志力重複這些動作。每當夜幕降臨，伊里亞斯和我會累得癱在地上，渾身濕透地顫抖著。早晨的時候，我們抖落斗篷上的霜，再度踏上旅程。我們現在把自己逼得更緊了，希望能多爭取一點時間。

我們終於從高山往下走時，雨勢減緩了，冷冽的霧氣籠罩森林，空氣黏稠得有如蜘蛛網。我的長褲在膝蓋處磨破了，上衣也撕裂了好幾處。

「真奇怪，」伊里亞斯碎碎唸，「我從沒看過離部落民土地這麼近的地方出現這樣的天氣。」

我們的速度慢到像用爬的，離太陽下山還有一小時的時候，他放慢速度。

「在這種爛泥巴裡走下去不是辦法，」他說，「我們明天應該就會到努爾了，先找個地方紮營吧。」

不！停下來會讓我有時間思考——有時間想起一些事。

「天根本還沒暗呢，」我說，「跟蹤我們的人怎麼辦？我們應該可以——」

伊里亞斯直直地盯著我。「我們要停下來，」他說，「我已經好幾天沒看到跟蹤我們的人的跡象了。雨總算停了，我們需要休息和熱騰騰的食物。」

幾分鐘後，他看到一處高地。我隱約看到高地頂端有一堆巨石。我按照伊里亞斯的要求負責生火，而他則隱身到其中一塊巨石後頭。他去了好久，等他回來時，他已經把鬍鬚剃得清潔溜溜。他刷洗掉在山上沾染的泥土，並且換了一身乾淨衣服。

「你確定這是好主意嗎？」我把柴火照料得燃起一簇可觀的小火苗，但忍不住緊張地朝樹林裡張望。如果跟蹤我們的人還在——如果他們看到煙——

「霧氣隱藏了煙的痕跡，」他朝其中一塊大石頭點點頭，很快地打量我一眼，「那裡有一道泉水，妳應該去清洗一下，我來找晚餐。」

我臉上一熱——我知道自己成了什麼模樣。工作服破破爛爛，膝蓋以下都沾滿泥巴，臉上滿是刮痕，頭髮狂亂粗野。我全身散發濕葉子和泥土的氣味。

我在泉水邊脫下了破裂的、髒污的上衣，捏起乾淨的一角來擦洗身體。我摸到一片乾掉的血跡，是希凱的。我急忙把上衣拋開。

別去想了，蕾雅。

我回頭偷瞄，但伊里亞斯已經走開了。我內心有一部分對和他在滿月慶典上共舞時，他強壯的手臂和熾熱的眼神念念不忘，這部分的我希望他還待在這裡。看我，用觸摸來撫慰我。若是能感覺到他溫暖的手撫著我的皮膚、撩著我的髮絲，我會欣然接受並因而分心。那是一種饋贈。

一小時後，我把皮膚刷到發紅，然後穿上乾淨但潮濕的衣服。烤兔肉的氣味讓我口水直流。我預期伊里亞斯一看到我就會站起身。每次當我們不在走路或吃東西的時候，他都會離開我去巡查。不過今天他只是向我點點頭，我便安坐在他身邊——盡量靠近火邊——然後梳理著打結的頭髮。

他指著我的臂鐲。「很漂亮。」

「是我母親給我的，在她去世前不久。」

「那個圖案，我覺得好像在哪裡看過。」伊里亞斯歪著頭，「可以借看一下嗎？」

我抬起手取下臂鐲，卻停了一下，內心湧現一股奇異的不情願。

別傻了，蕾雅，他馬上就會還妳。

「只……只借一下下喔，好嗎？」我遞過去，緊張不安地看著他在手中翻轉臂鐲，仔細研究在失去光澤的表面下勉強可見的圖案。

「銀子，」他說，「妳覺得那些異界生物能感應到它嗎？妖精和幽靈都一直在討銀子。」

「不知道耶。」他交還給我時我快速地接了過來，戴回手臂後全身才放鬆。「但我寧死也不願放棄這個，它是我母親給我的唯一一件東西了。你——你有任何你父親的東西嗎？」

「什麼都沒有。」伊里亞斯聽起來並不惋惜，「連個名字都沒有。也好啦，不管他是誰，我都不認為他是好人。」

「為什麼呢？你很善良啊，而這可不是從司令官身上遺傳來的。」

伊里亞斯露出悲傷的笑容。「只是一種預感。」他拿一根樹枝戳著火堆。「蕾雅，」他柔聲說，「我們應該談談那件事。」

喔，天啊。「談哪件事？」

「讓妳煩心的事。我可以猜猜看，不過由妳主動告訴我或許更好。」

「你現在想要談了？可是這幾個星期你連看都不肯看我一眼？」

「我有看妳，」他答得很快，聲音低沉，「即使是在我不該看的時候。」

「那你怎麼都不說話？你覺得我很——很可怕嗎？因為希凱的事？我並不想——」我

把剩下的話吞回去。伊里亞斯拋下樹枝，朝我一吋吋地挪近。我感覺他用手指捧起我的下巴，讓我抬頭直視他。

「蕾雅，天底下最不可能批判妳為求自保而殺人的人就是我了。瞧瞧我這個人，瞧瞧我的人生。我沒打擾妳，是覺得妳可能在獨處中更能找到平靜。至於不……看妳，是因為我不想要傷害妳。我再過幾個月就會死了，幸運的話還有五個月。我最好還是跟妳保持距離，這一點我們都很清楚。」

「好多死亡，」我說，「無所不在。這樣活著還有什麼意義？我能逃過這種命運嗎？再過幾個月你就……」我說不出口，「希凱也是。他想殺我——然後……然後他卻死了。他的血好熱，他看起來還活著，可是——」我壓抑住打冷顫的衝動，挺直了背脊。「算了。我讓這件事主宰了我的心緒。我——」

「妳的情緒賦予妳人性，」伊里亞斯說，「即使是負面情緒也是有作用的，不要把它們鎖起來，如果妳不理會它們，它們只會變得更喧鬧、更激烈。」

我的喉中湧上一個硬塊，它急切地撓抓著，像是被困在我體內的嚎叫。

伊里亞斯將我拉過去擁入懷中，我靠在他的肩膀上，這時潛伏在我體內的聲音跑出來了——介於尖叫和痛哭之間的聲音，野獸般的奇怪聲音。我對未來的挫折和恐懼；我對一直有種窒礙感的憤怒；我對永遠無法再見到哥哥的驚惶。

哭了好久好久以後，我退離他的身體。我抬頭看伊里亞斯，他的表情很陰鬱，他抹去我的淚水，他的氣味襲向我，我刻意將它吸入體內。

他毫無保留的坦率表情消退了，我簡直能看出他像是築起一道牆。他垂下雙臂，向後挪了挪身體。

「你為什麼要這樣？」我試著壓抑惱怒的情緒，卻失敗了。「你把自己關起來，把我隔絕在外，不想讓我靠近。你怎麼不問問我想要什麼？伊里亞斯，你不會傷害我的。」

「我會，」他說，「相信我。」

「我不相信你，在這件事上不相信。」

我挑釁地朝他一吋吋靠近。他繃緊下巴，卻沒有移動。我直視他的眼睛，試探地抬起手撫摸他的唇。這兩片嘴唇永遠都像在微笑般地彎著，即使在他的雙眼燃著慾望的光芒時，例如現在。

「這樣不對。」他喃喃說。我們離得好近，我都能看到他臉頰上沾著一根脫落的長睫毛了，也能看見他的髮色黑中帶藍。

「那你為什麼不阻止我呢？」

「因為我是個傻瓜。」我們呼吸著彼此的氣息，他的身體放鬆了，他的手終於滑上我的背，我閉上眼睛。

這時他所有的動作忽然凝結。我啪地睜開眼睛。伊里亞斯的注意力集中在樹林那裡。一秒後，他一氣呵成地站起身並抽出彎刀。我連忙站起來。

「蕾雅，」他繞過我，「跟蹤我們的人追來了。妳去躲在大石頭中間，還有——」他與我四目相接，口氣突然轉為命令，「——如果任何人接近妳，妳要奮力一搏。」

我抽出刀子，閃身到他後頭，試著看他所看到的、聽他所聽到的。我們周圍的森林寂靜無聲。

咻。

一支箭從樹木之間飛出來，直直對準伊里亞斯的心臟。他彎刀一落便打掉那支箭。另一發攻擊緊接而來。咻——然後再一支、又一支。伊里亞斯全都擋下來了，直到他腳邊累積了一小座斷箭組成的森林。

「我可以陪你耗一整夜。」他說，我嚇了一跳，因為他的聲音完全不帶任何情感。面具武士的聲音。

「放那個女孩自由，」有人在樹木間咆哮，「你自己離開。」

伊里亞斯扭回頭看看我，挑起一邊眉毛。

「妳朋友？」

我搖頭。「我沒有任何——」

一個人影從樹林裡現身——一身黑衣，戴著大兜帽，手裡的弓已經搭好一支箭。在濃密的霧氣裡，我看不清他的面孔，不過有種熟悉的感覺。

「如果你是為了賞金而來——」伊里亞斯開口，但弓箭手打斷他的話。

「並不是，」他兇悍地說，「我是為了她來的。」

「嗯，你不能帶走她。」伊里亞斯說，「你可以繼續浪費你的箭，或是我們直接打一架。」伊里亞斯用迅雷不及掩耳的速度把其中一把彎刀轉了個方向，將刀柄遞向那個人，他那副公然羞辱人的自大態度讓我不禁皺眉。如果攻擊我們的人原本已經有了火氣，現在一定更是怒不可遏。

那個人放下弓箭，盯著我們瞧了片刻，然後搖搖頭。

「她說得對，」他用空洞的語氣說，「他沒有挾持妳，妳是自願跟著他的。」

天啊，現在我知道他是誰了。我當然認得他。他把兜帽往後一掀，火焰般的頭髮便冒了出來。

奇楠。

13 伊里亞斯

我正試著想通滿月慶典上那個紅髮男是怎麼——還有為什麼——一路翻山越嶺地跟蹤我們而來，樹林裡又有一個人蹣跚地走了出來，她一頭金髮在腦後紮成了亂糟糟的辮子，臉上和眼罩上都沾染著泥巴。她和司令官同住時本來就瘦巴巴的，現在更像是瀕臨餓死的邊緣。

「伊薺？」

「伊里亞斯。」她對我露出無力的笑容，「你看起來……嗯……瘦了？」她皺起額頭，打量我被毒藥影響了的外貌。

蕾雅喉中迸出一聲尖喊，從我身旁衝過去，一手摟住紅髮男，另一手環住司令官的前奴隸，把他們兩人都撲倒在地，大家又是笑又是叫。

「天啊，奇楠、伊薺！你們沒事——你們還活著！」

「是活著沒錯，」伊薺白了紅髮男一眼，「至於沒事就很難說了。妳這位朋友趕路趕得很沒人性。」

紅髮男沒回應她的抱怨，眼光定在我身上。

「伊里亞斯，」蕾雅察覺他的目光，站起身來清了清喉嚨，「你認識伊薺，而這位是奇楠，他是我——朋友。」她說到「朋友」兩個字時像是不確定它算不算精確的形容詞。

「奇楠，這位是——」

「我知道他是誰。」紅髮男打斷她的話，我克制著想揍他一拳的衝動。

伊里亞斯啊，你若是和她朋友才認識不到五分鐘就把他打暈——要保持和平可就難了。

「我想要搞懂的是，」紅髮男接著說，「妳究竟怎麼會和他走在一起。妳怎麼能——」

「我們何不先坐下來呢？」伊薺抬高嗓音說，然後一屁股坐到火邊，我也在她旁邊坐下，一邊用眼神留意奇楠，他把蕾雅拉到一旁，神態急切地對她說話。我讀著他的唇形：他在說他要陪她一起去拷夫。

這個主意糟透了，我非得打回票才行。如果說讓蕾雅和我安全地走到拷夫已經幾乎是不可能的任務了，要藏四個人更是瘋狂的想法。

「伊里亞斯，告訴我你有吃的東西。」伊薺壓低音量說，「也許奇楠光靠偏執就能活，但我已經好幾個星期沒吃上一頓飽飯了。」

我把我沒吃完的兔肉遞給她。「抱歉，剩下的不多了。」我說，「我可以再幫妳抓一隻。」我的注意力一直放在奇楠身上，看他愈來愈激動，我忍不住微微抽出彎刀。

「他不會傷害她的，」伊薺說，「你可以放輕鬆。」

「妳怎麼知道？」

「你真該看看他發現她和你一起走了的時候他是什麼模樣。」伊薺咬了一口兔肉，打了個冷顫。「我以為他要殺人了——應該說殺我吧。蕾雅把她在駁船上的船位讓給我，跟我說兩週後奇楠會來找我。可是我才離開賽拉城一天，他就來找我了，也許他有預感吧，我也不曉得。他最後總算冷靜下來了，不過我覺得從那時候起，他連覺都沒睡過。有一回他把我藏在一座村子的安全屋，然後在外面奔波一整天蒐集資訊，尋找任何關於你們的線索。他一心一意只想找到她。」

原來他迷戀她。真是好極了。

我還想追問下去，像是伊薺覺得蕾雅對他是不是也有意思。但我管住了自己的嘴巴。不管蕾雅和奇楠之間是怎樣一筆帳，我都不能在乎。

我在包包裡翻找更多食物給伊薺時，蕾雅來到火邊坐下來。奇楠也跟了過來，他看起來吹鬍子瞪眼睛的，我將之視為好兆頭。但願蕾雅告訴他我們兩個好得很，他可以回去當他的叛軍了。

「奇楠要跟我們一起走。」蕾雅說。該死。「至於伊薺嘛——」

「——也要同行。」瘦弱女孩說，「這是朋友該做的，蕾雅。再說我也沒別的地方可去。」

「我不知道這樣妥不妥當耶。」我修飾用詞——奇楠是個火爆浪子，不代表我也要像個傻瓜。「把四個人弄到拷夫去——」

奇楠哼了一聲。他的拳頭毫不意外地緊握著弓，想要一箭射穿我喉嚨的意圖昭然若揭。「蕾雅和我不需要你。你想要逃離帝國獲得自由是吧?拿去啊。離開帝國吧，走啊。」

「不行。」我取出整組飛刀開始磨刀子。「我承諾過蕾雅了。」

「一個信守諾言的面具武士啊，我倒想見識見識。」

「那你儘管看個夠吧。」冷靜，伊里亞斯。「聽著，」我說，「我知道你想幫忙，可是有愈多人同行，只會讓事情複雜化——」

「我不是要你把屎把尿的奶娃，武人。」奇楠嗆道，「我可是跟蹤你到這裡了，不是嗎？」

也是。「你究竟是怎麼跟蹤我們的？」我的語氣很客氣，但他的反應像是我揚言要謀害他未出世的孩子。

「這裡可不是武人的審問室，」他說，「你不能逼我透露任何事。」

蕾雅嘆了口氣。「奇楠……」

「別這麼玻璃心。」我朝他咧嘴而笑。伊里亞斯，別太過分了。「只是出於專業的好奇心而已。如果你能跟蹤我們，也可能有人在跟蹤你們。」

「沒有人跟蹤我們。」奇楠咬牙切齒地說。天啊，他再這樣磨下去，連牙根都要露出來了。「而且找到你是很容易的事，」他繼續說，「叛軍的追蹤技巧就和面具武士一樣好，應該說更好。」

我的皮膚有種不安的發癢感。胡扯。面具武士可以在岬凸追蹤山貓，而這樣的技能背後可是累積了十年苦功。我從沒聽說哪個叛軍能做到同樣的事。

「別管那些啦。」伊蕥打破緊繃的氣氛，「我們到底要怎麼辦呢？」

「我們先替妳找個安全的地方，」奇楠說，「然後蕾雅和我會繼續前往拷夫，把戴倫救出來。」

我繼續盯著火焰。「你要怎麼做呢？」

「不是只有該死的面具武士才知道該怎麼闖進監獄。」

「既然戴倫還在中央監獄的時候你都沒能把他救出來，」我說，「恕我不能苟同你這句話。從拷夫救人出來的難度大概是一百倍吧。而且你不像我一樣了解那裡的典獄長。」我差點提到那個老頭子的恐怖實驗了，還好及時把話吞了回去。戴倫現在落在那個怪物手裡，我可不想害蕾雅提心吊膽。

奇楠轉頭看蕾雅。「他知道多少？關於我？關於起義的事？」

蕾雅不安地動了動身體。「他什麼都知道了。」最後她終於說，「而且我們不能丟下他。」她臉色一正，直視奇楠的眼睛。「伊里亞斯了解那座監獄，他可以幫忙我們溜進去，他在那裡當過守衛。」

「他是個該死的武人啊，蕾雅。」奇楠說，「天啊，妳知道他們現在正在對我們做什麼嗎？他們把數千個學人趕在一起，數千人。有些人被當作奴隸，但大部分都被殺了。只因為一場起義，武人就要把他們眼睛所見的學人趕盡殺絕。」

我覺得反胃。他們當然會如此。現在由馬可斯當家作主，而且司令官痛恨學人。這次的革命是她的完美藉口，讓她能一償夙願消滅他們。

蕾雅臉色發白。她望向伊薺。

「是真的。」伊薺小小聲地說，「我們聽說叛軍叫不打算參戰的學人都離開賽拉城，但很多人沒走，而武人就找上他們，把他們都殺光。我們自己也差點被抓到。」

奇楠轉頭看蕾雅。「他們對學人毫不留情，而妳卻想帶著一個武人同行？要是我不知道怎麼進到拷夫的話，那另當別論。可是我有辦法，蕾雅，我發誓。我們不需要面具武士。」

「他不是面具武士。」伊薺勇敢地發言，我掩藏自己的訝異。想到我母親對待她的方式，我萬萬沒想到她會為我說話。伊薺聳聳肩回應奇楠難以置信的眼神。「至少現在不是了。」

奇楠投射給她的兇狠目光讓她有點退縮，我的火氣也上來了。

「他只是沒戴著面具，」奇楠說，「不表示他就洗心革面了。」

「說得有理。」我迎視紅髮男的目光，用冰冷的疏離回應他熾熱的怒火——這是我母親的賤招之一。「是我體內的面具武士殺了地道裡的士兵，讓我們能逃出城。」我傾身向前。「也是我體內的面具武士會帶蕾雅進到拷夫，把戴倫給救出來。她知道是這樣，所以才選擇來放我自由，而不是跟你一起逃走。」

如果紅髮男的眼神能點火，我現在已經快要身陷第十層地獄了，不過也讓我感到得意。這時我瞥見蕾雅的臉，頓時覺得很慚愧。她看看我又看看紅髮男，一臉的猶豫和苦惱。

「爭吵無濟於事，」我逼自己說，「更重要的是，不該由我們來決定。這不是我們的任務，紅髮男。」我轉向蕾雅，「告訴我妳想怎麼做。」

她臉上浮現的感激之情，讓我在毒發身亡前很可能必須忍受這個白痴叛軍，幾乎成為值得的事。

「如果是四個人的話，我們還是可以借助部落民去北方嗎？這是可行的嗎？」

我隔著柴火凝視她深金色的眼瞳，這是我這麼多天以來極力避免做的事。當我這麼做之後，我才想起來為什麼不敢看她：她體內的火焰，那股熱切的決心——都在召喚著我內心深處的、亟欲破籠而出的什麼東西。打從心底對她的渴望緊緊攫住我，頓時忘了伊薺和奇楠的存在。

我的手臂突然感到一陣劇烈的刺痛，提醒了我眼前該做好什麼事。要說服阿芙雅掩護蕾雅和我就夠困難的了，遑論現在有一個叛軍、兩個逃跑的奴隸，再加上帝國的通號通緝犯？

我想說這是不可能的，但司令官訓練我從字典裡劃掉這個詞。

「妳確定這是妳要的？」我在她眼中搜尋懷疑、猶豫，但我只看到火。十層地獄啊。

「我確定。」

「那我來想辦法。」

那天晚上，我見到了捕魂者。

我發現自己與她並肩而行，沿著一條窄路穿過等候地的樹林。她穿著連身裙和涼鞋，看起來完全不受凜冽的冷風所苦。我們周圍的樹節瘤累累，看起來很古老。樹幹之間有許多半透明的人影在飛快地竄動著。有些只是雪白的輕煙，有些則有更完整的輪廓。有一會兒我很確定看見崔斯塔斯了，他的面容憤怒扭曲，但沒過多久他又消失了。人影們的低語聲很輕，融匯成單一的喃喃音流。

「時候到了嗎？」我問捕魂者。我以為我還有更多時間的。「我死了？」

「沒有。」她古老的雙眼打量我的手臂。在這個世界裡，它沒有疤痕，平滑無瑕。

「毒性在擴散，不過速度很慢。」

「我為什麼又回到這裡了？」我不希望自己又開始癲癇發作——我不希望讓她掌控我。「我不能留下來。」

「你總是這麼愛問問題啊，伊里亞斯。」她微笑，「人類在睡夢中會到等候地外圍徘徊，並不會進去。但是你一腳站在活人的世界、一腳跨進死人的世界，我利用這一點把你召喚到這裡。伊里亞斯，不用擔心，我不會耽擱你太久的。」

樹林間有個人影輕飄飄地靠近——是個女人，但身影淡到我看不出她的面貌。她在樹枝間窺探，又望向樹叢底下。她的嘴巴一開一闔，好像在自言自語。

「你聽得到她說話嗎？」捕魂者問。

我試著在其他鬼魂的低語聲中傾聽，但聲音實在太繁雜了。我搖搖頭，捕魂者露出我難以解讀的表情。「再試試。」

這次我閉上眼睛，專注在那女人身上——只在她身上。

我找不到——在哪裡——別躲呀，親愛的——

「她在——」我睜開眼睛，其他人的喃喃聲立刻淹沒了她的聲音。「她在找某個東西。」

「是某個人。」捕魂者糾正我。「她不肯繼續前進。已經好幾十年了。她在很久以前傷害了某個人，不過好像不是有心的。」

捕魂者這是不怎麼含蓄地在提醒我上次見面時她對我提出的要求。「我照妳的話做了，」我說，「我跟蕾雅保持距離。」

「很好，維托瑞亞斯，我一點都不想出手傷害你。」

一股寒意竄下我的脊椎。「妳可以那樣做？」

「我能做的事可多了，也許在你結束生命之前，我可以示範給你看。」她用手按在我手臂上，它立刻像火一樣燒起來。

我醒來的時候天色還很暗，我的手臂疼痛異常。我捲起袖子，預期看到受傷的地方呈現糾結的痂。

可是幾天前早已癒合的傷口，現在卻綻開鮮嫩的肉，還流著血。

14

海琳

（兩週前）

「妳瘋了。」費里斯說。他、德克斯和我正盯著倉庫後頭泥土上的痕跡。我覺得他這話不無道理，但痕跡是不會騙人的，而這裡的痕跡述說著一場好戲。

一場打鬥。一方高大，一方矮小。矮小者幾乎擺平高大者，直到矮小者被打暈了——至少我是這麼猜測的，因為附近沒看到屍體。高大者和其同伴把矮小者拖進倉庫，然後騎馬從後側圍牆的出入口離開了。馬蹄鐵刻著維托瑞亞家族的家訓：戰無不勝。我回想廚子講的奇怪故事：他們把惡魔打倒，勝利地脫逃了。

即使已經過了好幾天，這些痕跡依然清晰。沒人侵擾過這個地方。

「這是個圈套。」費里斯舉高火把，照亮空蕩蕩的場地中陰暗的角落。「那個瘋廚子想誘騙妳來這裡，她好暗算我們。」

「是謎語才對，」我說，「我一向擅長解謎。」這次的謎語比多數謎語花了我更長時間——廚子來訪已經是好多天前的事了。「況且一個老太婆對上三個面具武士也算不上什麼暗算。」

「她比妳占得先機，對不對？」費里斯額前的鬈髮一簇一簇地豎立著，每次他情緒激動的時候好像都會這樣。「說起來她究竟為什麼要幫妳？妳是面具武士，而她是逃跑的奴隸。」

「她對司令官沒有好感，而——」我指了指地面，「——顯然司令官在隱藏什麼事。」

「而且這裡看起來沒有埋伏，」德克斯轉身面向我們後方牆壁上的一扇門，「倒是有半籠罩於陰影中之處的救贖。這扇門朝向東方，一天中只有一半的時間會籠罩在陰影內。」

我朝著磚窯點點頭。「而那是無眠的苦難之塔。在這裡工作的學人大多數都在它的陰影中出生和死亡。」

「可是這些痕跡——」費里斯開口。

「全帝國只有兩個披著銀皮的女惡魔，」我說，「其中一個那天晚上正被亞維塔斯・哈波凌虐。」姑且這麼說吧：哈波沒有受邀參與這場小小的外出行程。

我再次審視著痕跡。司令官為什麼沒帶幫手？她為什麼沒告訴任何人她那天晚上見到伊里亞斯了？

「我得找凱銳絲談一談，」我說，「查清楚是不是——」

「這主意糟透了。」我身後的黑暗裡傳來一個溫和的嗓音。

「哈波中尉。」我向眼線打招呼，一邊怒瞪德克斯。他苦著一張臉，英俊的臉龐充滿不安。他應該要負責確保哈波沒有跟著我們才對。「還是喜歡躲在暗處是吧。我想你會把這裡的事都報告給她聽？」

「不需要我開口，妳問她時自然就會洩露一切了。如果司令官想隱瞞這裡發生了什麼事，一定有她的理由。我們在透露對她起疑之前，應該先弄清楚她的理由是什麼。」

費里斯噗哧一笑，德克斯則翻了個白眼。

還用你說嗎，笨蛋。我就是打算做這件事。可是沒必要讓哈波知道這一點。事實上，他把我想得愈笨愈好，他可以告訴司令官我威脅不到她。

「哈波，沒有所謂的我們。」我別過頭不看他。「德克斯，查一下那天晚上的報告——看看這附近有沒有人看到什麼。崑恩不喜歡看到馬廄裡有各式各樣的馬。費里斯，你和哈波去追查那匹馬。牠可能是黑色或栗色的，身高至少十七掌寬。」

「我們會去查那匹馬，」哈波說，「別去找司令官吧，血伯勞。」

我不理他，俐落地躍上馬背，然後直奔維托瑞亞大宅。

我抵達維托瑞亞宅邸時還不到午夜。這裡的士兵比起我前幾日造訪時數量少了許多，看來皇帝要不就是另外找到了住處，要不就是微服出巡去了。很可能在妓院裡。或是在哪裡殺害孩童取樂。

我在士兵的護送下穿過熟悉的走廊，在這短暫的片刻間想到馬可斯的父母。他和寨克都從來不提起他們。他父親是錫拉斯北方一座村莊裡的蹄鐵匠，母親則是烘焙師。他們對於一個兒了被另一個兒子殺死，而活下來的兒子現在登基為帝，不知道有什麼感受？

司令官在崑恩的書房裡和我會面，她請我坐下。我沒坐。

她在崑恩的書桌後坐下，我試著不盯著她瞧。她穿著一件黑袍，身上刺青的藍色迴旋圖案——在黑巖學院經常成為議論的話題——在她的頸間隱約可見。我只看過她穿軍服的樣子，少了軍服，她的氣勢似乎減弱了三分。

她彷彿感應到我在想什麼，眼神變得銳利起來。「血伯勞，我欠妳一句謝謝，」她說，「妳救了我父親的命。我並不想殺他，但不殺他，他又不可能輕易交出維托瑞亞家族的領導權。把他送出城讓他保住了尊嚴——同時又能更平順地進行權力轉移。」

她才不是在謝我呢。她得知她父親逃離賽拉城的時候簡直氣炸了。她這是要讓我知道她知道是我幫了他的。她是怎麼發現的？要說服崑恩不要闖進黑巖學院的地牢救出伊里亞斯，簡直就是不可能的任務；而從看守他的衛兵眼皮底下把他偷偷送出去，更是我生平完成過難度最高的一件事。我們很小心——小心到不能再小心。

「自從那天早上伊里亞斯．維托瑞亞斯逃出黑巖學院以後，妳有沒有見過他？」我問。她沒有洩露一絲情緒。

「沒有。」

「妳原本的奴隸——學人蕾雅，在同一天逃離黑巖學院之後，妳有沒有見過她？」

「沒有。」

「妳是黑巖學院的司令官以及皇帝的輔臣，凱銳絲。」我說，「可是我身為血伯勞，階級在妳之上。妳應該了解我能把妳丟去接受審問，把妳給滅了吧？」

「少拿階級那一套來壓我，小姑娘。」司令官輕聲說，「妳到現在還沒死的唯一原因，是因為我——不是馬可斯——我還用得著妳。可是——」她聳聳肩，「——如果妳堅持要有人被滅掉，我當然會從善如流。」

我還用得著妳。

「維托瑞亞斯逃走那一晚，妳是不是在東城牆那裡一棟倉庫和他見到面，和他打鬥，結果打輸、被敲暈，接著他和那個奴隸就騎馬逃走了？」

「我剛才已經回答過了。」她說，「血伯勞，還有什麼事嗎？學人的革命已經蔓延到錫拉斯了，天一亮我就要帶兵去鎮壓。」

她的嗓音極為輕柔，可是在一瞬間，她的眼裡有什麼東西一閃而逝。一簇深如井的怒火。它消失得就和出現時一樣快速，現在我甭想再從她身上問出什麼資訊了。

「祝妳在錫拉斯好運，司令官。」我轉身要走的時候，她說話了。

「在妳走之前，血伯勞，我該向妳說聲恭喜，」她讓自己發出細微的蔑笑，「馬可斯正在完成最後的文件。妳妹妹要和皇帝結親的事讓他深感榮幸，他們的後代會是合法的依拉司翠恩——」

我衝出門穿過中庭，腦中奔騰著令我反胃的情緒。我耳邊響起我問父親他拿什麼換取我的自由時，他是怎麼回答的。沒什麼大不了的，丫頭。還有幾天前的晚上，莉薇雅告訴我漢娜怪怪的。好像她知道什麼我們不知道的事似的。

我旋風般經過衛兵面前，跳上馬背。我滿腦子只有：不要是小莉。不要是小莉。不要是小莉。

漢娜很強韌、很陰沉、很易怒。可是小莉——可人、幽默、充滿好奇心。馬可斯會看出這一點，然後摧毀她。他會樂在其中地摧毀她。

我狂奔回到家，我的馬都還來不及停住身體，我就急著滑下馬背穿過大門——直接闖進擠滿面具武士的中庭裡。

「血伯勞，」其中一人上前一步，「妳要在這裡等——」

「讓她過來。」

馬可斯從容地走出我家大門，母親和父親隨侍在他兩側。*天啊，不要。*這幅景象實在太過突兀，我真想用鹼液把它從我眼睛上洗掉。漢娜跟在後頭，下巴抬得高高的，她眼中的光采讓我感到困惑。是她嗎？是的話，她為什麼很高興的樣子？我從來沒在她面前隱藏過對馬可斯的輕蔑啊。

他們走進中庭之後，馬可斯彎下腰親吻漢娜的手，完全展現出行為得體、出身高貴的追求者該有的樣子。

*該死的離她遠一點，你這豬玀。*我想尖叫出聲。我咬住舌頭。*他是皇帝，而妳是他的血伯勞。*

他挺起身後，對我母親低下頭。「定個日子吧，亞奇拉族長夫人。不要等太久。」

「陛下，您的家人要出席嗎？」母親問。

「為什麼這麼問？」馬可斯彎起嘴唇，「怕他們太庶民了，不能參加婚禮嗎？」

「陛下，當然不是。」母親說，「只是我聽人說您的母親非常虔誠，我想她會嚴格遵守先知們建議的四個月守喪期。」

馬可斯臉上蒙上一層陰影。「當然，」他說，「這段時間剛好能讓你們證明亞奇拉家族是值得的。」

他走向我，看到我眼中的驚恐，他咧嘴一笑，他剛因為想起塞克而心痛，因此這個笑容格外兇狠。「小心點啊，血伯勞，」他說，「妳妹妹要成為我的人了，妳可不希望她出什麼事吧？」

「她——你——」我結巴地說，馬可斯揚長而去，他的一眾衛兵也跟著走了。我們家的奴隸在他們身後把大門關上時，我聽到漢娜輕聲笑了起來。

「血伯勞，妳不祝賀我嗎？」她說，「我要成為皇后了。」

她是個傻瓜，但她仍然是我妹妹，我愛她。我不能放任這種狀況繼續下去。

「爸，」我咬牙切齒地說，「我要跟你談一談。」

「妳不該來這裡的，血伯勞。」父親說，「妳還有任務在身呢。」

「爸，你看不出來嗎？」漢娜霍地轉身面向我，「破壞我的婚事對她來說比找到叛徒更重要。」

父親看起來比昨天老了十歲。「家族裡的各家家長已經在結親文件上簽名了。」他說，「我必須救妳啊，海琳，這是唯一的方法。」

「爸，他是個殺人犯、強暴犯——」

「每個面具武士不都是嗎？血伯勞？」漢娜的話像搧了我一耳光。「我聽過妳和妳的私生子朋友說馬可斯的壞話，我知道我要面對什麼狀況。」

她快速走到我面前，我這才發現她現在和我一樣高了，不過我不記得這是什麼時候發生的事。「我不在乎。我會成為皇后，我們的兒子會是王位繼承人，而亞奇拉家族的命運永遠都很穩固了。全因為我。」她眼中煥發勝利的光輝。「妳可以一邊思考這些，一邊追捕妳稱為朋友的叛徒。」

別揍她，海琳。忍住。父親扶著我的手臂。「走吧，血伯勞。」

「小莉呢？」我問。

「因為發燒而隔離在她房間。」父親說，我們躲進他書滿為患的書房裡。「妳媽和我不想冒險讓馬可斯挑中她。」

「他這麼做是為了牽制我。」我試著坐下，卻忍不住又站起來踱步。「大概是司令官給他出的主意。」

「海琳，不要低估了咱們的皇帝。」父親說，「凱銳絲想讓妳死，她試過要說服馬可斯處死妳。妳了解她，她不是願意協商的人。皇帝瞞著她來找我。依拉司翠恩都反對他，他們利用維托瑞亞斯和奴隸女孩脫逃的事，來質疑他坐上帝位的正當性。他知道他需要盟友，所以提議用妳的命來換取與漢娜結親——以及亞奇拉家族的完全支持。」

「我們為什麼不乾脆支持另一個家族呢？」我說，「一定有幾個家族在覬覦王位吧。」

「每個家族都在覬覦王位，大亂鬥已經展開了。問題是要選誰好呢？西賽利亞家族殘暴又控制欲強；魯菲亞家族會在兩週之內掏空帝國金庫。不管讓哪個家族來統治，其他所有家族都會反對。他們會為了爭奪王位而自相殘殺，有一個差勁的皇帝總比內戰要好。」

「可是爸，他是——」

「丫頭，」父親高聲說道——他鮮少這麼做，我不禁噤聲，「妳必須效忠帝國，馬可斯是由先知選出來的，因此他就是帝國，而他迫切需要一場勝利。」父親俯向書桌。「他需要伊里亞斯，他需要公開處決，他需要各個家族看到他強大而能幹。」

「妳現在是血伯勞了，丫頭。妳必須以帝國為優先——優先於妳的心願、妳的友情、妳的希望，甚至優先於妳的妹妹和妳的家族。我們是亞奇拉，丫頭。誓死盡忠。說出來。」

「誓死，」我輕聲重複著。即使這代表我妹妹將被毀滅，即使這代表要讓一個狂人領導帝國，即使這代表我得凌虐和殺死我最好的朋友，「盡忠。」

隔天早上我回到空蕩蕩的營房時，德克斯和哈波都沒提起漢娜的婚事。他們也夠識相，沒有評論我的壞情緒。

「費里斯在鼓塔，」德克斯說，「他查馬的事有進展了。至於妳要我檢查的報告嘛……」我朋友不安地動了動身體，淺色的眼珠盯著哈波。

哈波幾乎露出笑意。「那些報告頗有蹊蹺，」他說，「那天晚上的鼓聲下達了自相矛盾的指令。武人部隊雜亂無章，因為叛軍破解了我們的密碼，把所有公報都攪得一團亂。」

德克斯驚訝得張大嘴巴。「你是怎麼知道的？」

「我是一週前注意到的，」哈波說，「不過一直到今天我才想到其中的關聯。血伯勞，在那天晚上的混亂中，有兩道命令沒引起注意。兩道命令都把看守東城的人馬調到別處，結果就是那整個區域都無人巡邏。」

我暗罵一聲。「是凱銳絲下的命令，」我說，「她故意放他走，因為她想要我被獵捕維托瑞亞斯的行動綁住。少了我礙事，她就能毫無阻礙地指揮馬可斯了。而且——」我瞥向哈波，「——你會告訴她我看穿她的計謀了，對不對？」

「從妳走進維托瑞亞大宅質問她的那一刻起，她就知道了。」哈波用他冷淡的目光盯住我。「她並沒有小看妳，血伯勞。她也不該小看妳。」

門突然被猛力推開，費里斯笨重地走進門，並低下頭以免撞到門框。他遞給我一張紙條。「突襲者之窟南邊的一座守衛站傳來的。」

黑色牡馬，十八掌高，維托瑞亞家族標記，四天前在進行例行營地突搜時發現的。馬鞍上有血。馬的狀態很差，顯示出日夜趕路的跡象。持有牠的部落民遭到訊問，但堅持是那匹馬自己走進他的營地的。

「真見鬼，維托瑞亞斯跑去突襲者之窟做什麼？」我說，「幹嘛往東走？逃出帝國的最快路線是往南才對。」

「可能是聲東擊西，」德克斯說，「他可以在城外換馬，然後再轉往南方。」

費里斯搖搖頭。「那你怎麼解釋馬的狀態還有牠被發現的地點？」

我讓他們爭論起來。一股寒風吹進敞開的營房大門，掀動放在桌上的報告，帶來碾碎的樹葉、肉桂和遙遠的沙漠氣味。想必是有個部落民貿易商駕著貨車轆轆地經過吧。他是這麼多天來我在賽拉城內看到的第一個部落民，其他人都出城去了，一部分是因為學人起義，一部分是為了努爾的秋季聚會。沒有部落民會錯過那場盛事。

我突然像被閃電擊中。秋季聚會。每個部落都會參加，包括塞夫部落。在那麼多人、動物、馬車和家族之間，伊里亞斯可以輕易地通過武人間諜的監視，藏身在他的收養家庭裡。

「德克斯，」我打斷他們的討論，「送一封信到阿特拉山口的駐軍軍營，我要召集一支完整的部隊，準備好在三天後出發。還有，給我們的坐騎備好馬鞍。」

德克斯揚起銀色的眉毛。「我們要去哪？」

「努爾，」我邊說邊走出門朝馬廄前進，「他要去努爾。」

15 蕾雅

伊里亞斯建議我們好好休息一夜，但我怎麼都睡不著。奇楠同樣靜不下來；我們大家都躺平後的一小時左右，他又爬起身，消失在樹林裡。我嘆了口氣，心裡很清楚我還欠他一個解釋。拖延處理這件事，會使得拷夫之行比原本更加寸步難行。我站起來，冷得直打哆嗦，不禁拉緊身上的斗篷。我經過負責守夜的伊里亞斯時，他輕聲開口。

「我中毒的事，」他說，「別告訴他或伊薺，拜託妳。」

「我不會說的。」我慢下腳步，想起我們幾乎接吻的事，猶豫著是否該表示什麼。可是我轉頭看他時，他刻意直視著森林的方向，寬闊的肩膀繃得很緊。

我跟著奇楠進入樹林，在他就快要脫離我的視線時，三步併作兩步奔上去拉住他的手臂。

「你還在生氣，」我說，「對不起——」

他甩開我的手，霍地回轉過身來，眼中閃著陰鬱的火光。

「對不起？老天，蕾雅，妳能想像我發現妳不在船上時，我有什麼感想嗎？妳明知道我失去過什麼，可是妳還是這樣做了——」

「我是不得已的，奇楠。」我沒想到他會受傷，我以為他能夠理解。「我不能讓伊薺面對司令官的狂怒，我不能讓伊里亞斯死去。」

「所以妳這樣做完全不是他的意思囉？伊薺說是妳的主意，但我不相信。我猜想他——怎麼說——用了某種手段。結果現在我發現你們兩人一個鼻孔出氣。我以為妳和我……」

他扠起手臂，豔紅的髮絲拂在臉上，他移開視線不看我。天啊，他一定瞧見伊里亞斯和我在火邊的那一幕了。我該作何解釋？我沒想到還會再見到你。我一團糟，我的心也一團糟。

「伊里亞斯是我的朋友。」我避重就輕地說。真的是這樣嗎？我們離開賽拉城的時候，伊里亞斯的確是我的朋友。現在我卻不確定他是什麼了。

「蕾雅，妳這是把希望寄託在一個武人身上，妳發現了嗎？十層地獄啊，他還是司令官的兒子耶，那個女人殺了妳的家人——」

「他不是那種人。」

「他當然是那種人，他們全都是那種人。蕾雅，妳和我——我們不必靠他就能完成這件事。聽著，我之前不想在他面前透露，因為我不信任他，不過反抗軍是對拷夫有所了解的，裡頭還有我們的人呢。我能把戴倫救出來。」

「奇楠，拷夫不是中央監獄，甚至不是黑巖學院。它是惡名昭彰的拷夫，從來沒有人越獄成功。所以請你別再遊說我了，這是我的選擇，我選擇相信他。你如果願意的話就跟我一起來，有你這樣的人同行是我的福氣。不過我是不會離開伊里亞斯的，他是我救出戴倫的最大希望。」

奇楠一時之間像是還想說什麼，不過最後他只是點點頭。

「那就照妳的意思做吧。」他說。

「我還有事要告訴你。」我從沒跟奇楠說過我哥哥為什麼被抓，不過既然關於戴倫和鐵勒曼的謠言都已經傳到了突襲者之窟，那麼他遲早會聽說我哥哥的技能的，還不如由我告訴他的好。

「伊薺和我在路上有聽到了一些風聲，」我解釋完後他說，「不過我很高興妳主動告訴我。我——我很高興妳信任我。」

他與我四目相交，我們之間迸出一簇火花，猛烈而強大。在霧氣的襯托下，他的眼珠很黑，非常黑。*我可以消失在裡頭。*這個念頭不由自主地躍入我的腦海。*就算永遠找不到出路我也不在意。*

「妳一定累壞了吧。」他有點遲疑地抬起手撫摸我的臉。他的撫觸很溫暖，當他的手指抽開時，我有種空虛的感覺。我想起他在賽拉城是怎麼吻我的。

「我馬上就回來。」他說。

我回到空地，伊薺還在沉睡，伊里亞斯沒理會我，一手放鬆地擱在他腿上的彎刀之上。即使他聽見了我和奇楠的對話，也沒露出絲毫的跡象。

我的被窩是冷的，我縮在裡頭瑟瑟發抖。有好長一段時間，我清醒地躺著，等待奇楠回來。可是時間一分一秒地過去，他還是不見蹤影。

我們在上午過了一半時抵達賽拉山脈的邊界，太陽高掛在東方的天空。伊里亞斯打頭陣，我們沿著彎曲的小路出了山，再沿著蜿蜒的山徑下到山麓丘陵。山麓丘陵後方是整片開闊的部落沙漠，有如一座黃金熔化成的海洋，而十幾哩之外有一座綠色小島：努爾。好幾條由馬車組成的長火車像蛇一般爬向那座城市，準備參加秋季聚會。綠洲後方延伸著好幾哩的沙漠，沙漠間散布著條紋狀的高原，像是巨大的岩石哨兵般聳入天空。一陣勁風沿著沙漠地面迅疾地捲過來，再颳上了山麓丘陵，帶來油、馬和烤肉的氣味。

寒風囓咬著我們——山中的秋季已經提早到來了。不過看到伊里亞斯汗如雨下的模樣，你會以為現在是賽拉城的盛夏。今天早晨他悄悄告訴我，泰勒絲汁昨天就用完了。他原本健美的金色皮膚，現在呈現令人擔憂的蒼白。

打從我們出發起便一直對著伊里亞斯皺眉頭的奇楠，現在過去和他並肩走。「你要告訴我們，該怎麼找到願意載我們去拷夫的車隊嗎？」

伊里亞斯斜睨著叛軍，卻沒有回應。

「在一般人的認知裡，部落民對外人的接受度並不高。」奇楠逼問他，「不過收養你的家庭是部落民對吧？希望你不是打算找他們幫忙，武人一定會監視他們的。」

伊里亞斯的表情從「你想幹嘛」轉變為「滾開」。

「不，我並沒有打算去努爾找我的家人。至於去北方的事嘛，我有個欠我人情的……

朋友。」

「朋友，」奇楠說，「是誰——」

「紅髮男，我說句話你別介意，」伊里亞斯說，「我並不認識你，所以請包涵我不信任你。」

「彼此彼此。」奇楠繃緊下巴說道，「我只是想提議我們不要利用努爾，而是使用反抗軍的安全屋。我們可以繞過努爾以及勢必會在努爾巡邏的武人士兵。」

「在學人起義事件後，所有叛軍大概都被聚集起來審問了。除非你是唯一知道那些安全屋的鬥士，否則它們的位置都已經曝光了。」

伊里亞斯加快腳步，奇楠刻意落後，隔著好遠的距離走在我後頭，讓我明白最好別去煩他。我追上伊蒡，她湊向我。

「他們忍住沒把對方的臉皮扯下來耶，」她說，「這是好的開始，不是嗎？」

我憋住不笑出來。「妳覺得他們多久以後才會宰了對方？還有誰會先動手？」

「兩天之後會全面開戰。」伊蒡說，「我賭奇楠會先動手，這傢伙是個火爆浪子。但是伊里亞斯會贏，畢竟他是面具武士。不過——」她歪著頭，「——他看起來狀況不太好耶，蕾雅。」

伊蒡一向能看穿許多事，超出別人對她的預期。我確定她會注意到我閃爍其詞，所以我刻意簡單地回應她。

「我們今天晚上就會到努爾了，」我說，「他休息休息就會沒事的。」

可是接近傍晚時分，東方颳來一股強風，讓我們在進入山麓丘陵的時候進度慢了下來。當我們走到通往努爾的沙丘區時，月亮已經高掛，頭頂的銀河是一片熾亮的銀色。可是我們都已經對抗風勢到精疲力竭了。伊薺的步伐減緩到跌跌撞撞，奇楠和我則累得直喘氣。就連伊里亞斯都在苦苦掙扎，他停下來休息的次數頻繁到我開始為他憂心。

「我不喜歡這風，」他說，「沙漠裡的沙塵暴要到深秋才會開始。可是從我們離開賽拉城後，天氣一直都很怪異——下雨而不是出太陽，濃霧而不是晴朗的天空。」我們交換眼色。我懷疑他和我有同樣的想法：感覺起來，有什麼東西不希望我們接近努爾……或拷夫、或戴倫。

努爾的油燈亮如燈塔，就在東方幾哩外發著光，我們朝光源直線前進。可是我們才朝沙丘走了一哩左右，就有一股低沉的嗡鳴聲橫越沙漠而來，在我們的骨頭裡迴盪。

「那是什麼鬼啊？」我問。

「沙子在移動，」伊里亞斯說，「大幅度移動。沙塵暴要來了，動作快！」

沙子不安分地迴旋著，高高揚起形成一團沙雲，然後又被風捲走。又走了半哩路之後，風勢猛烈到我們幾乎看不出努爾的燈光在哪裡了。

「太誇張了！」奇楠喊道，「我們應該回到山麓丘陵去，找個可以避風的地方過夜。」

「伊里亞斯，」我提高音量壓過風聲，「那樣做的話我們會耽誤多少進度？」

「如果我們要等的話，就會錯過聚會了。我們需要人群的掩護才能神不知鬼不覺地通過。」而且他需要泰勒絲汁。我們無法預料捕魂者的行為，要是伊里亞斯又開始抽搐、昏厥，天曉得那個生物會讓他在等候地待上多長時間？運氣好的話幾小時，運氣不好，幾天都有可能。

伊里亞斯突然猛烈地打了個冷顫，全身劇烈地抽了一下——明顯到只要有眼睛的人都會注意到。我立刻趕到他身邊。

「保持清醒，伊里亞斯。」我在他耳邊低語，「捕魂者想召喚你回去，不要讓她得逞。」

伊里亞斯咬緊牙關，抽搐消退了。我明顯察覺伊薺困惑的目光投射過來，還有奇楠起了疑心。

奇楠跨近一步。「蕾雅，怎麼——」

「我們繼續走。」我抬高嗓門讓他和伊薺都能聽到。「現在延遲進度，可能代表之後會有幾週的差別：因為有可能提早開始下雪，北方的隘口可能會封閉。」

「來。」伊里亞斯從他的背包裡抽出一疊手帕交給我。我把手帕發給大家，他則把一條繩子切成十呎一段。他的肩膀又是一陣顫慄，他咬牙切齒地與之對抗。*不要屈服啊*。我意有所指地瞟了他一眼，伊薺則湊了過來。*現在不是時候*。他把伊薺綁在自己身上，正準備把我綁在伊薺身上時，她搖搖頭。

「蕾雅在你另外一邊。」她的目光迅速瞥了奇楠一眼，快到我都不確定有沒有看錯。我懷疑昨天晚上她是不是聽見奇楠要求我跟他一起走了。

光是待在原地就讓我吃力得全身發抖。風在我們周圍尖聲呼嘯，狂暴得就像喪禮時的哭墓聲。這聲音讓我聯想到賽拉城外沙漠裡的幽靈，我不禁要想這片沙漠是否也有異界生物出沒。

「讓繩子保持緊繃狀態——」伊里亞斯的手擦過我的手，他的皮膚是滾燙的，「——

否則我不知道我們是不是走散了。」恐懼像支利刃刺向我，但他低下頭來靠近我。「別害怕，我是在這片沙漠裡長大的，我會帶我們到努爾。」

我們朝東移動，每個人都低著頭抵擋暴風的侵襲。沙塵遮蔽了星星，我們腳下的沙丘移動的速度快到我們都歪歪倒倒，每一步都在掙扎。我的牙齒上、眼睛裡、鼻孔裡全都是沙——我不能呼吸了。

伊里亞斯和我之間的繩子繃緊了，是他在把我往前拉。伊薺在他另一邊，她彎起蘆葦般細瘦的身軀抵抗強風，手抓著圍巾捂住臉。一聲尖叫迴盪在我耳邊，我遲疑著——伊薺？

只是風聲而已。

這時候我以為在我身後的奇楠，從我左側用力一拉繩子。強勁的力道拽得我倒下來，身體整個陷入又深又軟的沙子裡。我掙扎著想站起身，但風就像一隻巨大的拳頭把我往下壓。

我用力拉扯連接我和伊里亞斯的那條繩子。他一定察覺我跌倒了，我隨時都會感覺到他的手把我拉近他，拉我站起身。我朝著暴風嘶吼他的名字，然而我的聲音完全對抗不了它的狂暴。我們之間的繩子扯動了一下。

然後可怕的是，它變得癱軟，而我把繩子往回拉，卻發現另一端什麼也沒有。

16 伊里亞斯

前一秒，我還用盡每一分力量對抗強風，拖著蕾雅和伊薺前進。

下一秒，蕾雅和我之間的繩子就癱軟下去。我把繩子往回收，只收回三呎就到了盡頭，我雙腿一軟。

蕾雅不見了。

我撲向我希望她在的位置。什麼也沒有。*十層地獄啊。*我剛才打繩結時太急了——一定是其中一個繩結鬆開了。*沒關係，我的心智在吼叫，找到她就是了！*

風聲有如尖叫，我想起我在試煉時曾經對打過的沙妖。一個有如人形的輪廓在我面前直立而起，眼睛散發著毫無約束的惡意之光。我心中一驚，踉蹌後退——*這鬼東西是從哪裡冒出來的*——然後探索記憶。*沙妖、沙妖，唱首歌能逼瘋它。*舊童謠回到我腦海中，我大聲唱出來。*管用吧，拜託管用吧。*那雙眼睛瞇了起來，一時之間，我以為唱歌沒有用。接著眼睛的光便暗淡了。

可是蕾雅——還有奇楠——仍然在那裡，毫無防備。我們應該等沙塵暴過去的，那個可惡的叛軍說得對。要是蕾雅被沙子活埋——要是她死在這裡，就因為我需要該死的泰勒絲汁……

她是在我們被分開前一刻跌倒的。我跪到地上，伸出雙臂往外掃。我抓到一塊布，然後是一片溫熱的皮膚。我如釋重負，把對方拉過來。是她——我可以從她身體的形狀和重量分辨出來。我把她拉近，瞥見她掩在圍巾底下的臉，她驚恐地環抱住我。

「我抓牢妳了。」我說，儘管我想她是聽不到的。我感覺伊薺從旁邊推了我一下，然後我看到一抹紅髮——是奇楠，他仍然和蕾雅以繩索相連，他彎著腰咳出肺裡的沙。

我雙手顫抖著重新綁好繩子。我在腦中聽見伊薺叫我把蕾雅綁在我自己身上。繩結很緊，繩索很完整，沒有任何磨損。它不應該鬆開的。

先別管那麼多了，快走吧。

沒過多久，地面就從變幻莫測的沙子轉為綠洲堅硬的鵝卵石。我的肩膀擦到一棵樹，沙子之間隱隱透出搖曳的亮光。伊薺在我旁邊跌坐在地，不停抓著她的獨眼。我把她抱起來，頂著風往前走。她身體顫抖，無法控制地咳個不停。

一個光點變成兩個，然後又變成十幾個——這是一條街。我的手臂在發抖，差點把伊薺摔下地。還不行！

黑暗中隱約現出一輛圓形部落民馬車的笨重影子，我掙扎著朝它走去。我向上天祈求它是空的，主要是因為我現在可能沒有力氣把任何人敲暈。

我把車門拉開，解開綁住我和伊薺的繩結，然後把她推進車內。奇楠跟在她後頭跳上車，我半抬半推地讓蕾雅也上去了。我迅速解開我倆之間的繩結，卻注意到繩子末端沒有磨損的痕跡，繩子斷開的位置非常平整。像是被割斷的。

會是伊薺嗎？不，她在我旁邊。而蕾雅是不會這麼做的。奇楠呢？他有這麼迫切想要把蕾雅帶離我身邊嗎？我的視線變模糊了，我甩甩頭。當我再看向繩子，它磨損的程度就像老舊拖網漁船的泊船繩索。

幻覺。去找藥材行，伊里亞斯。現在就去。

「照顧伊薺，」我對蕾雅喊道，「幫她清洗眼睛──她得了沙盲症。我會從藥材行帶點有幫助的東西回來。」

我砰地關上馬車門，轉身回到風暴中。我全身一陣顫慄，幾乎都能聽到捕魂者的聲音了。回來吧，伊里亞斯。

努爾城內有著厚牆的建築物擋住了足夠的沙，讓我能看得清街上的路標。我謹慎地前進，留意著士兵的蹤影。部落民沒有瘋狂到在這樣的風暴中還在外頭走動，可是不管什麼樣的天氣，武人都還是會巡邏。

我轉過一個街角，注意到一面牆上貼了張海報。我湊近一看，不禁咒罵一聲。

馬可斯．弗拉皇帝陛下敕令：

【活捉通緝犯】

伊里亞斯．維托瑞亞斯：殺人犯、反抗軍共犯、帝國之叛徒

賞金：六萬馬克

最後行蹤：朝帝國東方行進，與賽拉城的蕾雅同行，此女為反抗軍成員及間諜

我扯下這張告示揉成一團，讓它被風捲走──卻發現幾呎外還有一張──又一張。我退後一步。該死的整面牆上貼滿了告示，我身後的牆上也是。告示無所不在。

去拿泰勒絲汁。

我踉蹌離開，就像第一次殺了人後的五年生。我花了二十分鐘才找到一間藥材行，又笨拙地花了漫長的五分鐘才撬開門鎖。我用顫抖的手點亮一盞燈，發現這間藥材行的老闆以字母順序排列他的藥品，不禁感謝上蒼。等我找到泰勒絲汁的時候，我已經喘得像一頭缺水的動物，可是我一吞下藥汁，立刻覺得鬆了口氣，神智也變得清明，一切資訊都湧了進來——風暴、伊薺的沙盲症、我把其他人留在馬車裡。還有那些海報，天殺的「通緝令」海報。我的臉、蕾雅的臉，到處都是。如果說光是一面牆上就有幾十張海報，天知道整座城裡會有多少張？

那些海報意謂一件事：帝國懷疑我們在這裡。所以努爾的武人數量會比我預期中多得多。真該死。

現在蕾雅一定已經等得心焦了，但她和其他人必須再等久一點。我把藥材行的所有泰勒絲汁都掃光，還拿了能讓伊薺緩解眼睛疼痛的藥膏。片刻後我回到被沙子沖刷過的努爾街道，回想起我當五年生的時候在這裡度過的時光，當年我負責監視部落民，然後在武人的駐軍軍營回報我的發現。

我爬上屋頂前往駐軍軍營，暴風吹得我瞇起眼睛。沙塵暴的威力仍足以讓理智的人留在屋內，但已經沒有像我們剛抵達時那麼惡劣了。

武人的堡壘是由黑色石頭建造而成的，在努爾城沙色的建築群中顯得極為突兀。我接近堡壘時，沿著它對街一座屋頂陽台的邊緣偷偷前進。

由明亮的燈火和穿進穿出的士兵判斷，這棟建築明顯塞滿了人。而且不光是只有輔助兵和帝國軍而已。在我觀察敵情的那一小時裡，我至少看到十幾個面具武士，還包括一個穿著純黑盔甲的面具武士。

黑武士。現在海琳是血伯勞了，表示黑武士是她的部下。他們在這裡做什麼？

另一個穿黑色盔甲的面具武士由軍營裡走出來，他身材高大，有一頭亂糟糟的淺金色頭髮。費里斯。那頭鬈髮化成灰我都認得。

他對著一名在裝馬鞍的帝國軍喊話。

「——派飛毛腿去每一個部落，」我聽到他說的話，「任何人只要敢窩藏他，都是死罪。你一定要確實傳達這條訊息，士兵。」

另一個黑武士出來了。他的手和下巴的膚色比一般人深，但除此之外，我從這個位置看不出更多細節。「我們需要在塞夫部落周圍設一條哨兵線，」他對費里斯說，「以防他去找他們。」

費里斯搖搖頭。「那是伊——維托瑞亞斯最不可能去的地方。他不會讓他們身陷險境的。」

十層地獄啊。他們知道我在這裡。而且我想我知道原因。幾分鐘後，我的懷疑獲得證實。

「哈波。」海琳的嗓音冷如鋼鐵，我聽到時不禁吃了一驚。她從營房內大步走出，似乎絲毫不受風暴的影響。她的盔甲閃著黝黑的光澤，淺金色的頭髮在夜色中格外顯眼。當然了。若說有任何人能推敲出我會怎麼做、會去哪裡，那個人非她莫屬。

我壓低身子，確信她會感應到我——確信她會打從骨子裡知道我就在附近。

「你親自向飛毛腿下令，我要他們善於辭令。」她對姓哈波的那個黑武士說，「他們應該見各個部落的酋長——『札爾達』或說書人『可哈尼』。叮囑他們別找孩子說話——部落民很保護他們的孩子。還有，老天，叫他們千萬不要多看他們的女人一眼，我可不希望因為哪個白痴輔助兵沒辦法管好他的鹹豬手，害我得要處理一場戰爭。費里斯，在塞夫部落周圍布置哨兵線，還有派個人跟蹤麗拉瑪米。」

費里斯和哈波都離開去執行小琳的命令了。我以為她會回到營地裡避風。然而她朝風暴裡跨了兩步，一手按在彎刀上。她的嘴巴抿成憤怒的一條線。

我看著海琳，感到胸口發疼。我會有停止想念她的一天嗎？她在想什麼呢？是不是想起了我們一起在這裡的時光？她究竟為什麼會來獵捕我呢？她一定知道司令官給我下毒了。如果我反正是死路一條，抓不抓我又有什麼差別？

我想下去找她，抓住她給她個大大的擁抱，忘掉我們是敵人的事。我想告訴她捕魂者和等候地的事，還有現在我既然已經嚐到了自由的滋味，我唯一的心願就是能想辦法保住它。我想告訴她，我想念崑恩，還有迪米崔斯、林德和崔斯塔斯。

我想。我想。我想。我想。

我強迫自己爬到屋頂中間，然後跳到隔壁的屋頂，趁我還沒做出蠢事前離開。我有我的任務，海琳也是一樣。我必須比她更想成功完成任務，否則戴倫只有死路一條。

17 蕾雅

伊薺在睡夢中翻來覆去，呼吸聲粗濁而吃力。她揮出一臂，手敲在馬車裡精雕細琢的木板上。我輕撫她的手腕，低聲說著撫慰的話。在幽微的燈光下，她看起來如死人一樣蒼白。

奇楠和我盤腿坐在她身旁。我將她的頭墊高，好讓她呼吸得更順暢，先前我也已經替她沖洗過眼睛了，不過她仍然睜不開眼皮。

我吁出一口氣，回想起風暴之猛烈，以及我在它凌厲的指爪下感覺自己多麼渺小。我以為我會抓不住地面，被拋進黑暗之中。面對風暴的蠻橫，我比一粒塵埃還不如。

蕾雅，妳應該等的，妳應該聽從奇楠的建議。萬一沙盲症不會痊癒怎麼辦？伊薺將因為我而永遠失去視力。

振作一點。伊里亞斯需要泰勒絲汁，而妳需要伊里亞斯才能找到戴倫。這是一項任務，妳是任務的領導人，任務難免要付出代價。

伊里亞斯究竟到哪兒去了？他已經離開了好久好久，再過一兩個鐘頭天就要亮了。儘管外頭風勢仍然很強，卻沒有惡劣到會讓人足不出戶的地步。這輛馬車的主人遲早會現身，到時候我們不能還在這裡。

「伊里亞斯中毒了，」奇楠輕聲說，「對吧？」

我試著維持面無表情，但奇楠嘆了口氣。風勢又起，颳得馬車的高聳車窗格格作響。

「他需要藥物，所以你們才會去突襲者之窟，而沒有直接往北走。」他說，「天啊，情況有多嚴重？」

「很嚴重。」伊薺用沙啞的聲音說，「非常嚴重。是夜草的毒。」

我不可思議地盯著伊薺瞧。「妳醒著！謝天謝地。不過妳是怎麼知道——」

「廚子的樂趣之一，就是告訴我如果有機會的話，她要用哪些毒藥來對付司令官。」伊薺說，「她在描述藥效時講得挺詳細的。」

「他會死的，蕾雅。」奇楠說，「夜草是致命的毒藥。」

「我知道。」真希望我不知道。「他也知道。所以我們必須來到努爾。」

「那妳還是打算和他一起做這件事？」要是奇楠的眉毛再抬得高一點，就要融入他的髮線了。「先別管光是和他在一起就很危險，或是他母親殺了妳父母的事，或是他是面具武士的事，或是他的同胞正在把我們趕盡殺絕的事。他已經是個死人了，蕾雅。誰知道他能不能活著走到拷夫？而且天知道他為什麼會想去？」

「他知道戴倫能徹底改變學人的處境，」我說，「他和我們一樣對帝國的邪惡作為不以為然。」

奇楠嗤之以鼻。「我很懷疑——」

「別說了。」這話輕如耳語。我清了清喉嚨，伸手按著母親的臂鐲。力量。「拜託你。」

奇楠遲疑了一下，然後握住我的手，而我把手握成拳頭。

「對不起。」他的眼神難得不帶有防備。「妳的身心受盡煎熬，我卻坐在這裡落井下石。我不會再提了。如果妳想這樣做，那我們就這樣做吧。我是為了妳而來的，妳需要什麼我都奉陪。」

我不由自主地發出安心的嘆息，並點點頭。他用手指描畫我胸口的K——我在司令官手下當奴隸時被刻下的印記，現在它是淡淡的疤了。他的手指往上移到我的鎖骨、我的臉。

「我好想妳。」他說，「真奇怪啊？三個月前，我還根本不認識妳呢。」

我審視他堅毅的下巴，他耀眼的頭髮披在額頭上的樣子，他手臂鼓起的肌肉。他的氣味令我嘆息，檸檬和柴煙的氣味，如今對我來說已十分熟悉。他是怎麼在我心中占據如此重要的地位的？我們幾乎不了解彼此，然而待在靠近他的地方，我的身體就會整個緊繃起來。我身不由己地靠向他的撫觸，他掌心的溫熱對我有種吸引力。

門突然打開，我向後彈，伸手去拿匕首。不過來者是伊里亞斯。他斜睨著奇楠和我。他把我們留在馬車時看起來很病態的膚色，現在已經恢復了正常的金色色澤。

「我們遇到問題了。」他爬上馬車，攤開一張紙：那是一張「通緝令」，上頭駭人地精確描述出伊里亞斯和我的樣貌。

「他們怎麼知道的啊？」伊薺問，「他們在追蹤我們嗎？」

伊里亞斯低頭看著馬車地板，用靴頭在塵土裡畫圈圈。「海琳・亞奇拉在這裡。」他的語氣異常平淡，「我看到她在武人的軍營裡了。她一定是猜到了我們要去哪裡，她在塞大部落周圍布置了哨兵線，還派出幾百個士兵來搜我們。」

我與奇楠眼神交會。光是和他在一起就很危險。也許來到努爾確實是個壞主意。

「我們必須趕緊找到你朋友，」我說，「才能和其他部落民一起離開。該怎麼做才好呢？」

「我本來打算等到天黑，然後喬裝行動。可是亞奇拉會預期我們這麼做，所以我們反其道而行：藏身在光天化日之下。」

「光天化日之下，我們該怎麼藏起一個學人叛軍、兩個奴隸、一個逃犯？」奇楠問。

伊里亞斯伸手到包包裡取出一副手銬。「我有個主意，」他說，「但你們不會喜歡的。」

「你的主意，」我低聲向伊里亞斯抱怨，同時跟在他身後穿過人潮洶湧的努爾街道，「幾乎跟我的主意一樣在玩命。」

「安靜，奴隸。」他用下巴指了指一群在鄰近街道齊步行軍的武人。

我閉上嘴巴，我腳踝和手腕上的沉重鐐銬發出叮叮噹噹的聲響。伊里亞斯錯了，我不光是不喜歡這個計畫，我根本恨死它了。

他穿著奴隸販子的紅上衣，手裡握著的鐵鍊連接到我脖子上的鐵頸圈。我的頭髮凌亂糾結地披散在臉上，伊薺跟在我後頭，她的眼睛仍用紗布包著。我和她之間以三呎長的鐵鍊相連，她必須依靠我低聲指引的方向才不致於跌倒。奇楠跟在她身後，他臉上滿是汗珠。我能體會他的心情：好像我們真的要被帶去拍賣場一樣。

我們順從地排成一排跟著伊里亞斯走，頭低垂著，身體委靡，這是別人預期中的學人奴隸模樣。關於司令官的記憶湧入我腦海：她以殘酷的專注把她的名字首字母刻在我胸前時，她那雙淡色的眼珠；她毆打我的時候，態度隨興得就像丟一把零錢給乞丐。

「振作一點，」伊里亞斯回頭瞄我，也許他感覺到我愈來愈慌亂了，「我們還沒穿過這座城呢。」

伊里亞斯就像我們在努爾城裡看到的其他幾十個奴隸販子一樣，以自信而輕蔑的態度帶著我們走，三不五時還會大聲喝斥我們。他碎碎唸抱怨空氣裡滿是沙塵，又用鄙夷的眼光看著部落民，好像他們是蟑螂。

他用一條圍巾裹住臉的下半部，我只能看見他的眼睛，在晨光下它們幾乎是透明無色的。他的奴隸販子上衣穿在身上鬆鬆的，若是換作幾週前肯定不是這樣。與司令官的毒藥對抗，讓他失去了健壯的體態，現在他削瘦而稜角分明。這種銳利的線條感增添了他的俊美，卻讓我幾乎感覺像看著他的影子，而不是真正的伊里亞斯。

努爾滿布塵土的街道上，擠滿在各個營地間往返的人群。儘管場面混亂，卻很奇怪地亂中有序。每個營地都以各個部落的代表色布置，左邊是帳篷區，右邊是攤商區，傳統式部落民馬車則排放在外圍。

「呃，蕾雅。」伊薺在我後頭小聲地說，「我聞到武人的味道了，鋼鐵和皮革和馬匹，感覺他們好像無所不在。」

「的確如此。」我盡量不掀動嘴皮地回應。

帝國軍在搜查商店和馬車；面具武士大聲咆哮著命令，冷不防地闖進一間間民宅。我們前進的速度很緩慢，因為伊里亞斯採用迂迴的路線穿過街道，好避開巡邏隊。打從一開始到現在，我的心幾乎像是哽在喉嚨裡。

我徒勞地找尋著自由的學人身影，期望有些同胞躲過了帝國的屠殺。可是我看到的所有學人都被鐵鍊拴著。極少有人在談論帝國的現況，可是在我聽不懂的塞德語之間，我總算聽到兩個賣開特用賽拉語在交談。

「——連孩子都不放過。」那個賣開特貿易商邊說邊察看後方，「聽說錫拉斯和賽拉城的街道都被學人的血染紅了。」

「接下來就換部落民了，」他的同伴是個穿皮衣的女人，說道：「然後他們會來對付馬林。」

「他們可以試試看啦，」男人說，「我倒想看看那些淡色眼珠的混蛋怎麼通過森林——」

我們經過了他們身邊，聽不到他們的對話了，但我有種作嘔的感覺。錫拉斯和賽拉城的街道都被學人的血染紅了。天啊，有多少我的老鄰居和熟人都死了？外公的病人又死了多少？

「所以我們才要做這件事。」伊里亞斯回頭瞟了我一眼，我這才發現他也聽到賣開特的對話了。「所以我們才需要妳哥哥。集中注意力吧。」

我們正要穿越一條特別擁擠的大街時，前方不過幾碼外，轉進一支由一個穿黑色盔甲的面具武士帶領的巡邏隊。

「巡邏隊，」我低聲向伊薺示警，「低下頭去！」她和奇楠立刻低頭盯著自己的腳。伊里亞斯肩膀一僵，但他以幾乎悠閒的態度漫步前進。他下巴有一束肌肉在跳動。

那個面具武士很年輕，膚色是和我一樣的金褐色。他的身材和伊里亞斯一樣瘦，不過身高比較矮，有一對像貓一樣尾端向上的綠眼睛，顴骨凸起，看起來就像他盔甲上的硬板一樣銳利。

我從沒見過他，不過沒差。他是個面具武士，因此當他的目光掃過我時，我發現自己無法呼吸。恐懼貫穿我心，我眼前只剩下司令官，我唯一的感覺是她的鞭子抽在我背上，還有她冰冷的手箝住我的喉嚨。我動彈不得。

伊薺撞上我的背，奇楠則撞上她的背。

「繼續走啊！」伊薺焦急地說。附近的人都轉頭來看。蕾雅，為什麼偏偏是現在？天啊，妳振作一點。可是我的身體不聽使喚。手銬腳鐐、頸圈、鐵鍊的聲音——全都壓得我喘不過氣，儘管我的心智尖聲要我繼續前進，我的身體卻只記得司令官。

連接到我頸圈的鐵鍊猛力一拉，伊里亞斯以武人特有的滿不在乎的殘忍語氣朝我咒罵。我知道他是在演戲，但我還是大大地畏縮，展現出我以為已經被埋藏起來的驚恐反應。伊里亞斯霍地轉過身來，像是要揍我一般地把我的臉朝他拉去。在旁觀者看來，這只是一個奴隸販子在管教他的財產。他的嗓音很輕柔，音量只有我聽得見。

「看著我。」我迎向他的目光。司令官的眼睛。不，是伊里亞斯的眼睛。「我不是她。」他抬起我的下巴，雖然在旁觀者眼裡這動作充滿威脅，實際上他的手卻柔得像風。「我不會傷害妳，但妳不能讓恐懼控制妳。」

我垂下頭深呼吸。那個面具武士現在在看我們，他的整個身體都是靜止的。我們離他只有幾碼遠，幾呎遠。我隔著髮絲偷窺他。他的注意力快速掠過奇楠、伊薺和我，然後停留在伊里亞斯身上。

他盯著他不放。天啊。我的身體又快要凍結了，但我逼自己邁步。伊里亞斯馬虎地、漫不經心地對面具武士點點頭，便繼續往前走。面具武士在我們後頭，但我還能感覺到他在看，他隨時準備撲上來。

接著我聽到靴子離開的聲音，我回頭看，他已經繼續往前走了。我吁出一口我都不知道自己憋著的氣。安全了，妳安全了。

暫時如此。

直到我們快走到努爾城東南方的營地時，伊里亞斯似乎才終於放鬆了。

「低頭，蕾雅。」伊里亞斯低聲說，「我們到了。」

這座營地範圍很廣，營地邊緣矗立著好多棟有陽台的沙色屋舍，屋子前面的空地則是由綠金相間的帳篷所構成的城市。這裡的市場規模比起賽拉城的任何一處市場都毫不遜色——甚至可能還更大。所有攤位都掛著同樣的翠綠色帳幔，上頭有著金光閃閃的秋葉圖案。天知道這麼多錦緞要花多少錢啊。不管這是哪個部落，它都財大勢大。

身穿綠袍子的部落民在營地中繞行，引導人群從兩輛馬車形成的臨時閘門穿進穿出。我們一路進入居住區都沒有人過來詢問，這裡擠滿照顧爐火的男人、準備貨物的女人、追逐母雞和玩伴的孩子。伊里亞斯走向最大的一座帳篷，看到兩名守衛過來攔阻而整個人緊繃起來。

「交易奴隸是晚上的活動，」其中一人用帶有口音的賽拉語說，「晚點再來。」

「努爾部落的阿芙雅在等我。」伊里亞斯沒好氣地說，聽到這名字我嚇了一跳，想起幾週前史匹洛鋪子裡那個嬌小的黑眼睛女子——也就是滿月慶典那晚曾經優雅地和伊里亞斯共舞的女子。他就是信任她能帶我們去北方？我還記得史匹洛說的話。她是全帝國最危險的女人之一。

「她白天不見奴隸販子。」另外那個部落民加重語氣說，「只有晚上才見。」

「如果你們不讓我進去見她，」伊里亞斯說，「我很樂意通知面具武士說努爾部落要反悔貿易協議。」

兩個部落民不安地互看一眼，其中一人便消失在帳篷裡。我想警告伊里亞斯要當心阿芙雅，想告訴他史匹洛是怎麼說的。但剩下的守衛毫不鬆懈地盯著我們，我沒辦法偷偷傳話。

才過了一下子，部落民就揮手要我們進到帳篷裡。伊里亞斯轉身面向我，像是要調整我的手銬，不過實際上他把鑰匙塞進我手裡。他掀開帳篷門簾大步走進去，好像他是這座營地的主人。伊薺、奇楠和我趕緊跟上。

帳篷內鋪滿手工編織的小地毯，十幾盞彩色油燈將幾何圖案投射到絲綢材質的靠墊上。五官精緻、膚色黝黑、兩肩垂著黑紅相間髮辮的努爾部落的阿芙雅，坐在一張粗糙的木桌後頭。這張桌子很笨重，在她周圍璀璨閃耀的財富之間顯得格格不入。她用手指撥著一只算盤的珠子，然後把計算結果填進她面前的簿子裡。她身邊坐著一個看似百無聊賴、年齡和伊薺差不多、面貌和阿芙雅同樣醒目秀美的男孩。

「奴隸販子，我讓你進來，」阿芙雅頭也不抬地說，「只是為了親自告訴你：假如你敢再踏進我的營地，我會親手把你開膛剖肚。」

「我好傷心啊，阿芙雅。」伊里亞斯說，同時有個小東西從他手裡飛到阿芙雅腿上。

「妳不像我們第一次見面時那麼友善。」伊里亞斯的語氣油滑、挑逗，我不禁臉頰發熱。

阿芙雅一把抓起硬幣，看到伊里亞斯解開臉上的圍巾，她愕然地張大嘴。

「吉布藍——」她對男孩說，但有如電光石火，伊里亞斯從背後抽出兩把彎刀，然後衝上前。他的刀子各抵住一人的喉嚨，眼神平靜且嚇人地冷漠。

「妳欠我一個人情，努爾部落的阿芙雅。」他說，「我是來討債的。」

男孩不確定地望向阿芙雅。

「讓吉布藍去外面坐。」阿芙雅的語氣很理智，甚至是溫和的。可是她擱在桌上的雙手握成了拳頭。「他和這件事無關。」

「妳償還我人情的時候，我們需要有個妳部落的見證人。」伊里亞斯說，「吉布藍很適合。」阿芙雅張開嘴，卻什麼也沒說，顯然被驚呆了，於是伊里亞斯繼續說下去。「努爾部落的阿芙雅，榮譽使妳必須聽我的要求，榮譽也使妳必須幫助我。」

「去他的榮譽——」

「真有趣，」伊里亞斯說，「妳們的長老團對此會有什麼感想？部落民的國度中唯一的『札爾達菈』——史上最年輕的獲選者——把她的榮譽棄之如敝屣。」他用下巴指了指從她袖口探出頭的精緻幾何紋身——顯然那是她的地位象徵。「今天早上在酒館裡待了半小時，我就知道了所有關於努爾部落的有用資訊，阿芙雅。妳的位子並不穩固啊。」阿芙雅的嘴唇抿成一條堅硬的線。伊里亞斯踩到她的痛處了。

「長老們會明白這是為了部落好。」

「不，」伊里亞斯說，「他們會說如果妳在判斷時出了錯，威脅到部落的話，就表示妳不適合當首領。譬如說犯了把人情硬幣送給一個武人的錯。」

「那個人情是要送給未來的皇帝的！」阿芙雅的怒火驅使她站起身來。伊里亞斯把刀子更深地壓向她的脖子，但這個部落民似乎渾然不覺。「而不是送給一個叛徒逃犯，而且顯然他還變成了奴隸販子。」

「他們不是奴隸。」

我拿出鑰匙解開手銬腳鐐，然後也幫伊薺和奇楠解鎖，藉此證實伊里亞斯的說法。

「他們是同伴，」他說，「是我要求幫忙的一部分。」

「她不會同意的，」奇楠壓低音量對我說，「她會把我們出賣給該死的武人。」

我從沒感覺這麼曝露在危險之下。阿芙雅只要喊一句話，幾分鐘內我們就會被士兵淹沒。

我身旁的伊薺全身緊繃，我抓住她的手捏了一下。「我們必須信任伊里亞斯，」我小聲說，既是想讓她安心也是想讓我自己安心，「他知道自己在做什麼。」不過我還是摸了摸藏在斗篷底下的匕首。要是阿芙雅背叛我們的話，我不會毫無抵抗就屈服的。

「阿芙雅，」吉布藍緊張地吞了吞口水，打量著抵在他喉間的刀，「也許我們應該先聽聽他怎麼說？」

「也許，」阿芙雅咬牙切齒地說，「你應該對你不懂的事閉緊嘴巴，只要勾引那些『札爾達』的女兒就好。」她轉頭看伊里亞斯，「放下刀子，告訴我你要什麼——還有原因。你不解釋的話，我就不幫忙。我才不在乎你拿什麼來威脅我。」

伊里亞斯沒理會她的第一項命令。「我要妳親自護送我的同伴和我安全地離開努爾，在冬季降雪之前到拷夫監獄，並且協助我們把蕾雅的哥哥戴倫劫出監獄。」

搞什麼鬼？不過幾天前他才跟奇楠說我們不需要任何人幫忙，現在他卻想把阿芙雅也拉進來？就算我們安然無恙地到了監獄，她也會在我們抵達的那一刻出賣我們，讓我們永遠消失在拷夫裡頭。

「你這個要求大概包含三百個忙吧，你這混蛋。」

「人情硬幣的用法就是完成一口氣能提出的要求。」

「我知道人情硬幣該死的用法。」阿芙雅用指節在桌面上敲了兩下，轉頭看著我，彷彿這才第一次注意到我。

「史匹洛．鐵勒曼的小朋友，」她說，「我知道妳哥哥是誰，ㄚ頭。史匹洛告訴我了——根據謠言散播的範圍來看，他還告訴了其他幾個人。每個人都在悄悄議論知道賽拉鋼祕密的那個學人呢。」

「是史匹洛散布謠言的？」

阿芙雅嘆了口氣，放慢速度說話，好像在應付一個煩人的小孩子。「史匹洛希望帝國相信妳哥哥把他知道的事傳給別的學人了，在武人從戴倫那裡問出名字之前，他們都會讓他活著。另外，史匹洛一向信奉愚蠢的英雄故事，他大概希望這個說法能激勵學人——讓他們長點骨氣。」

「連妳的同夥都在幫我們，」伊里亞斯說，「妳更應該也幫我們了。」

「我的『同夥』失蹤了，」阿芙雅說，「已經好幾個星期都沒人見過他了。我相信是武人抓了他——而我一點也不想有同樣的下場。」她對伊里亞斯抬了抬下巴。「如果我拒絕你的要求呢？」

「妳能有今天的地位，可不是靠毀約得來的。」伊里亞斯放下雙刀，「答應我的要求吧，阿芙雅。拖延戰術只是白白浪費時間。」

「我不能一個人決定，」阿芙雅說，「我得和部落中的一些人討論一下才行。我們至少需要另外幾個人同行，看起來才有說服力。」

「這樣的話，妳弟弟要留在這裡，」伊里亞斯說，「硬幣也是。」

吉布藍張開嘴想抗議，但阿芙雅只是搖搖頭。「吉布藍，拿點吃的喝的給他們。」她抽了抽鼻子，「還有洗澡水。不要讓他們離開你的視線。」她滑步般由我們身邊經過，掀開帳篷門簾走出去，用塞德語對門口的守衛說了什麼，然後我們就只能等待了。

18 伊里亞斯

幾小時後，暮色轉為夜色時，阿芙雅總算掀開了帳篷門簾走進來。吉布藍兩腳蹺在姊姊的書桌上，厚顏無恥地和伊薺還有蕾雅調情，看到她進來馬上跳起身，就像小兵深怕被上級長官責罵。

阿芙雅打量著伊薺和蕾雅，她們已經清洗乾淨，換上飄逸的綠色部落服飾。她們緊挨著彼此坐在角落，伊薺的頭靠在蕾雅肩上，兩人沒完沒了地說著悄悄話。金髮女孩的紗布已經拿掉了，但她眨眼時小心翼翼的，眼睛仍然因為在風暴中的侵襲而發紅。奇楠和我穿著部落民國度常見的黑長褲和連帽背心，阿芙雅贊許地點點頭。

「至少你們看起來——或聞起來——不再像蠻族了。你們都吃過東西了？喝的呢？」

「我們該有的都有了，謝謝妳。」我說。

當然，除了我們最需要的那樣東西之外，也就是她不會把我們交給武人的保證。你是她的客人，伊里亞斯。別惹毛她。「嗯，」我修正道，「幾乎都有了。」

阿芙雅的笑容有如強光一閃，眩目得就像從部落民馬車廉價鍍金處反射回來的陽光。

「我願意幫你的忙，伊里亞斯．維托瑞亞斯。」她說，「我會護送你們在冬雪來臨前安全抵達拷夫監獄，之後並給予你們任何需要的幫助，來救出蕾雅的哥哥戴倫。」

我謹慎地打量她。「不過……」

「不過——」阿芙雅抿起嘴巴，「——我不會讓我的部落獨力承受這個重擔。」

「進來。」她用塞德語喚道，另一個人穿過帳篷布簾走了進來。她皮膚黝黑、身材臃腫、臉頰飽滿，有一雙長著長睫毛的黑眼睛。

她用歌唱般的聲音開口說話。「我們道別離，卻不是真的各別東西，因為當我想起你的名——」

我熟知這首詩，她在我小時候睡不著的夜晚有時候會唱這首歌。

「——你長伴我在回憶裡，」我說，「直到我們再相聚。」

女人張開雙臂，作出試探的邀請。「伊利亞司，」她低聲說，「我的兒子，好久不見。」

自從凱銳絲．維托瑞亞把我拋棄在麗拉瑪米的帳篷裡以後，我生命中頭六年的歲月都是被這位「可哈尼」當作親生兒子般撫養長大的。我的養母看起來就和我上一回見到她時一樣，那已經是六年半以前的事了，當時我是五年生。雖然現在她比我矮，但她的擁抱就像一張溫暖的毛毯，我撲進「可哈尼」安全的臂彎裡，彷彿又成了個小男孩。然後我才醒悟到她在這裡代表什麼，以及阿芙雅做了什麼。我放開瑪米，大步走向那個部落民，她臉上得意的表情讓我的怒氣愈來愈強。

「妳怎麼敢把塞夫部落牽扯進來？」

「你怎麼敢強迫我償還人情而危及努爾部落？」

「妳是個走私者，把我們弄到北方並不會危及妳的部落，只要妳夠小心就不會。」

「你是帝國的逃犯，要是我的部落被逮到幫助你的話，武人會把我們給毀滅。」現在阿芙雅的笑容消失了，她又成了在滿月慶典上認出我來的精明女人，那個用出色的速度帶曾經沒落的部落重返榮耀的無情領袖。

「你害我進退兩難，伊里亞斯．維托瑞亞斯。我只是回敬你一招。再說了，我雖然可能可以把你安全地偷渡到北方，但我不能把你弄出被武人哨兵線包圍得密不透風的城市。麗拉『可哈尼』主動說要幫忙。」

那是當然的，如果瑪米認為我需要幫助，她什麼都肯為我做。但我不願意看到任何我關心的人因為我而受傷害。

我發現我的臉離阿芙雅只有幾吋之遙。我瞪視著她冷如鋼鐵的黑眼睛，憤怒使我皮膚發燙。瑪米一手擱在我手臂上，我這才後退。

「塞大部落不能幫我們，」我轉身面向瑪米，「因為那太愚蠢、太危險了。」

「阿芙雅將，」瑪米用塞德語中的暱稱叫她，「我跟我這個莽撞的兒子單獨談一談，妳何不先幫其他幾位客人準備一下？」

阿芙雅尊敬地朝瑪米行了個半鞠躬禮——她至少還曉得我的養母在族人之間擁有多高的地位——然後示意要吉布藍、伊薺、蕾雅和奇楠跟她離開帳篷。蕾雅回頭看著我，皺著眉頭，然後才跟著阿芙雅走了。

我回頭望向麗拉瑪米時，她打量著蕾雅的方向面露笑容。

「屁股不錯，」瑪米說，「你們會生很多孩子。不過她能逗你笑嗎？」瑪米挑著眉毛，「我知道部落裡有一大堆女孩子都——」

「瑪米，」我分辨得出她想轉移我的注意力，「妳不該來這裡的，妳應該盡快回到馬車那裡。有人跟蹤妳嗎？要是——」

「別吵。」瑪米揮揮手要我安靜，然後舒服地坐到阿芙雅的一張長沙發上，並拍拍身旁的座位。看我沒乖乖過去，她鼻孔張大了。「伊利亞司，你或許長得比以前大了，可是你還是我兒子，我叫你坐你就坐好。」

我屈服地走過去他身邊坐下。「天啊，孩子。」她捏了捏我的手臂，「你都吃什麼啊？草嗎？」她搖搖頭，語氣轉為正經。「親愛的，你在賽拉城最後那幾週都發生了什麼事？我聽說的事可真……」

我一直把試煉的事鎖在內心深處，自從我和蕾雅在黑巖學院的營房裡度過那一夜後，我就沒提過這些事。

「那不重要——」我開口道。

「那些事改變了你，伊利亞司。它很重要。」

她圓潤的臉龐滿是慈愛。要是她知道我做了什麼，她的臉會布滿驚恐。這件事傷害她的程度，是武人永遠無法企及的。

「一直都那麼害怕內在的黑暗，」瑪米牽起我的手，「你不明白嗎？只要你對抗黑暗，你就站在光明中。」

沒有那麼簡單，我很想喊道，我不是以前那個男孩了，我成了別的人，會讓妳作嘔的人。

「你以為我不知道他們在那間學校裡都教你什麼嗎？」瑪米問，「你一定認為我是個傻瓜吧。告訴我，解除你的重擔。」

「我不想傷害妳，我不希望任何人再因為我而受傷害。」

「孩子生來就是要讓母親傷心的，兒子。告訴我吧。」

我的腦袋命令我保持沉默，但我的心尖叫著想被聽見。畢竟是她主動要求的，她想知道，而我想告訴她。我想讓她知道我是什麼樣的人。

所以我說了。

❦

我講完之後，瑪米沉默著。我唯一沒告訴她的是司令官的毒藥究竟有多毒。

「我真蠢，」瑪米低聲說，「還以為你媽把你留下來等死，就表示你能避開武人的邪惡。」

*可是我母親並沒有把我留下來等死，不是嗎？*我在遭處死前一晚從司令官那裡得知了真相：她並沒有把我丟給禿鷹。凱銳絲．維托瑞亞抱過我、餵過我，然後把剛出生的我帶到瑪米的帳篷裡。那是我母親對我展現出的最後——也是僅有的——善意。

我幾乎要把這些話對著瑪米說出口了，但她悲愴的表情讓我把話嚥了回去。反正現在講這些也是多餘的。

「唉，我的兒子啊。」瑪米嘆了一口氣，我相信我害她臉上的皺紋又多了幾條。「我的伊里亞斯——」

「是伊利亞司，」我說，「對妳來說，我是伊利亞司。」

她搖搖頭。「伊利亞司是以前的你，」她說，「伊里亞斯是我眼前這個長大成熟的男人。告訴我，你為什麼非得幫這個女孩不可？為什麼不讓她和那個叛軍去就好，你和你的家人一起留在這裡？你以為我們不能保護你不被武人逮去嗎？我們部落沒有人敢出賣你的，你是我兒子，你舅舅還是『札爾達』呢。」

「妳有沒有聽到謠言說有個學人能鍛造賽拉鋼？」瑪米戒慎地點點頭。

「那是真的，」我說，「那個學人就是蕾雅的哥哥。如果我能把他劫出拷夫，妳想想這對學人來說有多大的意義──對馬林人、對部落民來說也是。十層地獄啊，到時候你們終於能反抗帝國──」

帳篷布簾被人猛然掀開，阿芙雅走進來，蕾雅戴著厚重的兜帽跟在後頭。

「不好意思，『可哈尼』，」她說，「該動身了。有人通報武人妳進到我們的營地來，現在他們想找妳談話。他們很可能會在妳出去的途中攔截妳。我不知道──」

「他們會問幾個問題就放我走。」麗拉瑪米站起身，抖振一下長袍，下巴抬得高高的。「我不會拖拖拉拉的。」她靠近阿芙雅，直到兩人之間只隔著幾吋距離。阿芙雅的腳跟重心微微偏移。

「努爾部落的阿芙雅，」瑪米輕聲說，「妳要遵守妳的誓言。塞夫部落承諾會助妳一臂之力，但假如妳或妳的族人為了賞金而背叛我兒子，我們會視為引戰行為，而我們將詛咒你們七代的子孫，才會認定復仇完成。」

這項威脅的程度之深令阿芙雅瞪大眼睛，但她只是點點頭。瑪米轉身面向我，踮起腳尖吻了我的額頭。我會再見到她嗎？會再感覺到她溫暖的手、在她眼中所散發我不值得擁有的寬恕中尋求慰藉嗎？會的。

不過要是她為了救我而招致武人的怒火，一切指望都化為烏有了。

「瑪米，別這麼做。」我求她，「不管妳打算做什麼，都別做。想想山恩和塞夫部落，妳是他們的『可哈尼』，他們不能失去妳。我不希望——」

「伊里亞斯，我們擁有你六年。」瑪米說，「我們陪你玩、抱你、看你學走路、聽你學說話，我們深愛著你。然後他們把你從我們身邊奪走。他們傷害你、逼你受罪、逼你殺人。我不在乎你身上流著誰的血，你是部落的男孩——而你被搶走了，我們卻什麼也沒做。塞夫部落必須做這件事，我必須做這件事。我已經等了十四年，不管是你或任何人都不能剝奪這個機會。」

瑪米揚長而去，她走了之後，阿芙雅用頭指了指帳篷後方。「去那裡，」她說，「記得把臉藏好，連我的族人都不能看見。只有瑪米、吉布藍和我知道你是誰，在我們出城之前必須維持這個狀態。你和蕾雅要和我待在一起，吉布藍已經負責帶著奇楠和伊薺了。」

「去哪裡？」我說，「我們要去哪裡？」

「說書人的舞台，維托瑞亞斯。」阿芙雅朝我揚起一眉。「『可哈尼』要用一個故事來救你。」

19 海琳

努爾城感覺起來就像該死的火藥桶，我派到街上的每個武人士兵都像是等著被點火的炸藥。

儘管我用公開鞭打和降級來威嚇這些士兵，他們仍然已和部落民爆發了十幾場爭執。而且毫無疑問，還會有更多火爆場面再度上演。

部落民對我們出現在這裡的反對聲浪著實沒道理。他們在海岸邊與蠻族海盜船隊開戰時，倒是頗為樂意有帝國撐腰。然而我們此番進到部落城市來搜捕罪犯，簡直像是放出一支精靈大軍來迫害他們似的。

我在城市西邊武人軍營的屋頂陽台上來回踱步，俯瞰底下萬頭攢頭的市場。伊里亞斯他媽的可能在任何地方。

假如他真的在這裡。

我可能猜錯了——伊里亞斯溜到了南方，而我還在努爾浪費時間——這卻帶給我奇怪的安心感。如果他不在這裡，我就不能抓到他或殺了他。

他在這裡。而妳必須找到他。

可是自從到了阿特拉山口的軍營以來，什麼事都不對勁。前哨基地兵力稀缺，我還得從周圍的守衛崗哨搜括後備軍，才能湊成一支足以搜索努爾的部隊。我抵達綠洲的時候，發現這裡的兵力也不足，而且他們對其他同袍被派去哪裡一問三不知。

我總共就只有一千兵力，大部分是輔助兵，再加上十幾個面具武士。要搜索膨脹到十萬人口的城市，這個人數遠遠不夠。我的能力範圍只能在綠洲周圍設下哨兵線，不讓任何馬車未經搜查就離開。

「血伯勞。」費里斯那金髮的頭從通往軍營的樓梯間冒出來。「我們抓到她了，她在牢房裡。」

我壓抑著畏懼，跟費里斯一同走下窄梯進入地牢。我上回見到麗拉瑪米時，還是沒戴面具、身材瘦高的十四歲少女。伊里亞斯和我完成五年生的課程，要回到黑巖學院的途中，曾經在塞夫部落住了兩個星期。儘管作為五年生的我，在本質上就是個武人間諜，瑪米對待我卻只有無限的慈祥。

而我馬上就要用審問來回報她了。

「她三小時前走進努爾營地，」費里斯說，「德克斯在她離開時把她逮個正著。被派去跟蹤她的五年生說她今天已經造訪了十幾個部落。」

「給我那些部落的情報，」我對費里斯說，「規模、盟友、貿易路線──所有資料。」

「哈波正在跟我們的五年生間諜談話。」

哈波。不曉得伊里亞斯對這個北方佬會有什麼想法。詭異得像十層地獄，我想像他這麼說，悶葫蘆。我可以聽到我的朋友在我腦袋裡說話──他不高不低的熟悉嗓音讓我同時感到興奮和平靜。要是伊里亞斯和我一起在這裡，準備獵捕某個馬林間諜或蠻族殺手，那該有多好。

他的名字是維托瑞亞斯，我第一千次提醒自己。他是個叛徒。

德克斯在地牢裡背對著牢房站著，下巴繃得緊緊的。由於他在五年生的時候也在塞夫部落住過，我很訝異他的身體顯得如此緊繃。

「當心她，」他壓低音量說，「她想搞鬼。」

瑪米坐在牢房裡那張孤零零的堅硬帆布床上，彷彿它是王座；她背脊挺直，下巴抬高，用一隻手拎著長袍以免沾地。我到的時候她站了起來，但我揮揮手要她坐下。

「海琳，親愛的——」

「妳應該稱呼指揮官為血伯勞，『可哈尼』。」德克斯低聲說道，同時意有所指地瞟了我一眼。

「『可哈尼』，」我說，「妳知道伊里亞斯．維托瑞亞斯人在哪裡嗎？」

她上下打量我，明顯露出失望的表情。這個女人給了我延長月經週期的草藥，讓我在黑巖學院的生活不那麼悲慘。這個女人不帶有一絲諷刺意味地說，在我的大喜之日，她要宰殺一百頭山羊來為我祝賀，還要用我的人生編一個「可哈尼」故事。

「我聽說妳在獵捕他，」她說，「也看到了妳派出的孩子間諜。但我始終不相信。」

「回答問題。」

「妳怎麼能獵捕幾週前還是妳最好同伴的男孩?他是妳的朋友啊，海——血伯勞，妳的戰友。」

「他是逃犯，罪犯。」我把手背到身後，手指交握，將血伯勞的戒指不停轉動。「而他會像其他罪犯一樣面對制裁。妳窩藏了他嗎？」

「沒有。」看我仍然目不轉睛地盯著她，她用鼻孔深吸一口氣，怒氣上升。「妳在我的餐桌上吃了鹽和水，血伯勞。」她緊握住帆布床邊緣，手上的肌肉看起來堅硬無比。「我不會用謊言侮辱妳。」

「可是妳會隱瞞真相，這是有差別的。」

「就算我窩藏他好了，妳又能怎麼辦？跟整個塞夫部落對抗嗎？妳得殺光我們每個人才行。」

「不值得為了一個人賠上整個部落。」

「但值得為他賠上整個帝國嗎？」瑪米傾向前，一雙黑眼珠兇狠無比，髮辮拂在她臉上。「值得為他賠上妳的自由嗎？」

妳天殺的哪裡知道我已經用自由換取了伊里亞斯的性命？

反駁的話已經幾乎脫口而出，但我受的訓練發揮效果，讓我又把話吞回去。只有弱者才急於填滿靜默。面具武士善於利用靜默。我扠起手臂，等著她說下去。

「妳為伊里亞斯放棄了很多事。」瑪米鼻孔翕張，她站起身，身高比我矮了好幾吋，但在盛怒之下顯得很高大。「我又怎麼不能用我的命來換他的命？他可是我的兒子。妳跟他又有什麼牽絆？」

只有十四年的友情和一顆被踐踏的真心。

可是那不重要，因為瑪米在怒火攻心之下，已經給了我所需要的資訊。

因為她怎麼可能知道我為伊里亞斯放棄了什麼？即使她聽說了試煉的過程，也不可能知道我為他做出了什麼犧牲。

除非是他親口告訴她的。這表示她見過他了。

「德克斯，送她上樓吧。」我在她背後朝他打信號：跟著她。他點點頭，送她出去。我跟在他後頭，發現哈波和費里斯在軍營的黑武士營房等我。

「那根本不叫審問嘛，」費里斯埋怨道，「而是見鬼的茶敘。妳能從談話中得到哪門子情報？」

「你應該在管束五年生的，費里斯，而不是偷聽。」

「我是被哈波帶壞的。」費里斯朝黑髮男點點頭，對方只是聳聳肩回應我的怒視。

「伊里亞斯在這裡，」我說，「瑪米說溜嘴了。」

「是關於妳的自由那部分。」哈波喃喃道。他充滿自信的斷言讓我不安——我痛恨他似乎總是一語中的。

「聚會已經瀕臨尾聲了，天亮之後各個部落會開始出城。如果塞夫部落要把他弄出去，就會在那時候行動。而他勢必會出城去，他不會冒著被人瞧見的風險留下來——畢竟賞金太豐厚了。」

門上傳來叩響。費里斯打開門，門外站著一個身穿部落服飾的五年生，他的皮膚上沾滿沙子。

「長官，五年生梅里亞斯報告。」他俐落地行了個軍禮，「血伯勞，德克斯·艾崔亞斯中尉派我來。您剛才審問的『可哈尼』正朝城市東牆的說書人舞台走，其他塞夫部落的人也在朝那裡出發。艾崔亞斯說快點過去——還有要帶支援。」

「道別故事。」費里斯從牆上一把取下我的彎刀遞過來。「那是各部落離開前最後一項活動。」

「有幾千人會出席聆聽，」哈波說，「是個藏匿逃犯的好地方。」

「費里斯，加強哨兵線。」我們衝到軍營外頭人滿為患的街道上，「把所有巡邏隊都召回。沒有人可以不經過武人檢查哨就離開努爾。哈波，你跟著我。」

我們往東走，跟著川流不息的人潮往說書人舞台前進。

我們在部落民之中很醒目——而且別人對我們的態度不像我所習慣的那麼勉強容忍。我們經過的時候，我聽到不只一個人喃喃辱罵我們。哈波和我互看一眼，於是他向我們遇到的部隊比手勢，直到我們身後跟了二十幾個輔助兵。

「血伯勞，告訴我，」我們快到舞台時哈波說道，「妳真的認為妳能抓他嗎？」

「我在格鬥時打敗過維托瑞亞斯上百次——」

「我不是指妳能不能打倒他，我指的是當那一刻到來，妳能不能明知道會發生什麼事，還是把他拴上鐵鍊、送去給皇帝？」

不能。見鬼、天殺的，不能。我問過自己同樣的問題上百遍了。我能不愧對帝國嗎？我能不愧對人民嗎？我不怪哈波問這個問題，但我還是用咆哮的方式回應他。

「我看我們就走著瞧吧，不是嗎？」

前方的說書人劇場坐落在陡斜的梯田狀圓形場地底部，整個空間被幾百盞油燈照得燈火通明。舞台後方有一條大馬路，馬路另一側則是廣闊的馬車場，停滿了聽完道別故事後就要直接離開的人的馬車。

空氣彷彿因為期待的情緒而劈啪作響，這種等待的氛圍使我用力到指節泛白地抓緊彎刀。現在是什麼狀況？

哈波和我抵達時，劇場裡已經塞滿幾千人。我立刻就明白德克斯為什麼需要支援了。這個圓形場地有超過二十個出入口，只見部落民不停地穿入穿出。我把聚集來的輔助兵分派到每個出入口。片刻之後，德克斯過來找我。他臉上汗如雨下，前臂的褐色皮膚上淌著血跡。

「瑪米有什麼詭計，」他說，「她去找過的每個部落都來了。我帶來的輔助兵已經跟他們爆發十幾場打鬥了。」

「血伯勞。」哈波指著舞台，它被五十個全副武裝的塞夫部落男人圍了起來。「妳看。」塞夫戰士們移動位置，讓一個趾高氣揚的人通過。是麗拉瑪米。她登上舞台，群眾要彼此安靜。當她舉起雙手時，僅有的殘餘耳語聲也止息了——連孩子們都不發出半點聲音。我能聽到沙漠上的風聲。

有司令官在的場合也會出現類似的靜默。不過瑪米似乎是用人們的尊敬而非畏懼來取得這樣的效果。

「歡迎，各位兄弟姊妹。」瑪米的聲音悠悠地傳上梯田狀的圓形場地。我默默感謝黑巖學院的語言百夫長，花了六年時間教我們塞德語。

「可哈尼」轉身面向她身後黑暗的沙漠。「朝陽很快會在新的一天升起，我們必須向彼此道別。但我要送給你們一個故事，讓你們帶到沙漠裡，展開下一段旅程。一個被鎖在地窖裡的故事，一個你們都將參與其中的故事，一個正在搬演的故事。」

「讓我告訴你們，關於塞夫部落的伊利亞司，也就是我的兒子，被可怕的武人從塞夫部落偷走的故事。」

哈波、德克斯和我並不乏人注意，守在出入口的武人也是。群眾發出噓聲和怪叫，全都衝著我們而來。有些輔助兵作勢要拿武器，但德克斯用手勢示意他們不要輕舉妄動。三個面具武士加上兩班輔助兵對上兩萬個部落民，不能稱之為打鬥，而是找死。

「她想幹嘛？」德克斯低聲說道，「她為什麼要講伊里亞斯的故事？」

「他是個安靜的灰眼珠寶寶，」瑪米用塞德語說，「被人留在炙熱的部落民沙漠中等死。眼看著這麼漂亮而健壯的孩子，被他惡劣的母親拋棄，曝露在野外，是何等扭曲之事！我收留他當作自己的親生骨肉，各位兄弟姊妹，我對這件事引以為傲，因為他在我最需要的時候，在我的靈魂尋求意義卻找不到答案的時候，來到我的面前。我在這孩子的眼裡找到了慰藉，在他的笑聲裡找到了喜悅。可惜這些都是短暫的。」

我已經看到瑪米的「可哈尼」魔力在群眾身上發揮作用。她口中的孩子深受部落寵愛，簡直就是出身部落的孩子，好像伊里亞斯的武人血統只是旁枝末節。她講述著他的童年時代，以及他被帶走的那個晚上。

片刻之間，我發現自己也被故事吸引。然而當瑪米話鋒轉向試煉的事時，我的好奇轉變為警覺。她講到先知和他們的預言；她講到帝國對伊里亞斯的心靈和身體施加的暴行。群眾聚精會神地傾聽，情緒隨著瑪米的情緒而起起伏伏——震驚、同情、厭惡、驚恐。及憤怒。

這時候我才終於明白麗拉瑪米想做什麼。

她要引發一場暴動。

20

蕾雅

瑪米震撼人心的嗓音迴盪在整個劇場內，眩惑了所有聽眾。雖然我聽不懂塞德語，不過她身體的動作和手勢——再加上伊里亞斯臉色發白——讓我知道這個故事與他有關。

我們在說書人劇場階梯式座位大概一半的高度那裡找到空位。我坐在伊里亞斯和阿芙雅中間，周圍全是努爾部落的男男女女。奇楠和伊薺跟著吉布藍在十幾碼外等待，我瞥見奇楠伸長脖子想確認我沒事，所以我向他揮揮手。他的黑眼珠瞟向伊里亞斯，然後又回到我身上，後來伊薺對他悄聲說了什麼，他便移開了視線。

我們都穿著阿芙雅給的綠金相間衣服，從遠處看來，我們和努爾部落的其他人是難以區別的。我往兜帽更深處縮了縮，暗自慶幸風勢增強了。幾乎所有人都拉起了兜帽，或是用布蒙住臉，用來保護自己不被窒人的沙塵侵襲。

我們不能直接帶你們到馬車那裡，阿芙雅在我們加入她的族人一同走向劇場時這麼說。*有很多士兵在馬車場巡邏——並且攔查每個人。所以瑪米要製造一點小小的混亂。*

瑪米的故事有了個出人意料的轉折，滿座的人都倒抽一口氣，伊里亞斯則面露痛苦的表情。自己的人生故事被講給這麼多人聽，感覺已經夠奇怪了，況且還是充滿這麼多磨難、這麼多死亡的故事？我握住他的手，他縮了一下，像是想把手抽走，不過隨即放鬆了。

「不要聽，」我說，「看著我就好。」

他不情願地抬起目光。他淺色眼珠流露的熱切讓我的心都快要停了，但我不讓自己轉移視線。他散發出一股讓我心痛的孤寂。他快死了，他自己知道。也許生命中最孤寂的狀態莫過於此。

此時此刻，我只希望能讓這股孤寂淡去——哪怕只有一下子也好。所以我模仿戴倫以前想逗我開心時會做的事：我扮了個鬼臉。

伊里亞斯訝異地瞪著我，然後咧嘴而笑，整張臉都開朗起來——然後他自己也做了個滑稽的表情。我噗嗤一笑，正準備繼續挑戰他，卻一眼看到奇楠正在望著我們，嚴肅的眼神裡滿是壓抑的怒氣。

伊里亞斯順著我的目光望過去。「他好像不喜歡我。」

「他對剛認識的人都沒有好臉色。」我說，「他最初見到我時，還揚言要殺了我、把我塞進壁窖裡呢。」

「真是迷人。」

「他已經改變了，其實變了不少。我本來以為他是不可能會變的，可是——」阿芙雅用手肘戳我，讓我臉皺了一下。

「要開始了。」

伊里亞斯的笑容消失了，因為我們周圍的部落民都開始竊竊私語。他打量守在離我們最近的劇場出口的武人，他們多半手都按在武器上，懷疑地望著群眾，好像眼前的人群隨時會站起來把他們吃掉。

瑪米的手勢愈來愈誇張和激烈。群眾群情激憤，範圍似乎開始擴大，推擠著劇場的牆壁。空氣裡瀰漫著緊張的氣氛，並且不斷擴散，像是隱形的火焰，但凡接觸到它的人都像變了個人。才不過幾秒工夫，竊竊私語變成憤怒的碎唸。

阿芙雅面露微笑。

瑪米指著群眾，極具說服力的嗓音讓我的手臂都起了雞皮疙瘩。

「Kisaneh kithiya ke jeehani deka?」

伊里亞斯靠向我，附在我耳邊低語。「是誰在帝國的暴政下受苦受難？」他替我翻譯。

「Hama!」

「我們。」

「Kisaneh bichaya ke gima baza?」

「誰眼看著孩子被人從父母懷裡奪走？」

「Hama!」

我們下方幾排處，有個男人站起身，指著我原本沒注意到的一小群武人。其中一人膚色白皙，頭上盤著金色髮辮：海琳．亞奇拉。男人朝他們吼了什麼。

「Charra! Herrisada!」

圓形劇場對面有個部落民女人站起來，喊著同樣的話。劇場底端也有另一個女人站起身。很快就有另一個離我們不過幾碼遠的低沉聲音加入她。

突然之間，這兩個詞在每張嘴之間來回傳遞，群眾瞬間從出神狀態轉為暴戾，快得就像浸飽了瀝青的火把著火一般。

「Charra! Herrisada!」

「土匪，」伊里亞斯用平板的語氣翻譯，「禽獸。」

伊里亞斯和我周遭的努爾部落民紛紛站起身，對著武人喊出辱罵的言詞，抬高了嗓門加入其他幾千個做著同樣舉動的部落民。

我回想起昨天耀武揚威地穿行在部落民市場裡的武人，終於明白這股怒氣不光是為了伊里亞斯而爆發，而是一直在努爾城裡醞釀著。瑪米只是順水推舟。

我一向以為部落民和武人是一丘之貉，即使他們也不是心甘情願的。也許我想錯了。

「跟緊我。」阿芙雅站起來，目光在一個個出口之間快速轉移。我們跟著她，伸長耳朵想在喧鬧的人群聲之中聽見她在說什麼。「只要一開始見血，我們就朝最近的出口移動。努爾的馬車已經在馬車場待命了，還有另外十幾個部落會同時出發，這應該能引發連鎖效應，使得剩下的部落也跟著走。」

「我們怎麼知道什麼時候——」

一聲令人血液凝結的號叫聲撕裂空氣，我踮起腳尖看，看到在我們遙遠下方的出口前，有個武人士兵砍倒了一個離得太近的部落民。部落民的血滲進劇場的沙地，尖叫聲再起，源自一個跪在男人身旁俯向他、全身顫抖不已的老婦人。

阿芙雅一刻也不浪費。整個努爾部落行動一致地衝向最近的出口。我突然之間不能呼吸了，人群收攏擠壓——衝撞、推擠、朝各個方向移動。我的目光跟丟了阿芙雅，只能轉身去找伊里亞斯。他抓住我的手把我拉近，但是人實在太多了，我們被硬生生拆散。我一眼看見人群之間有個空隙，試著頂開別人走到那裡，但我無法穿透團團包圍我的人牆。

讓妳自己變小。變成一點點。消失。如果妳消失了，妳就能呼吸了。我的皮膚有種麻癢的感覺，我再次向前推。我從幾個部落民身邊擠過，他們回頭看，露出異樣的疑惑表情。我現在能輕鬆地穿過他們了。

「伊里亞斯，快來呀！」

「蕾雅？」他霍地轉身，盯著人群瞧，然後往錯誤的方向推進。

「在這裡，伊里亞斯！」

他轉身面向我，可是似乎沒看到我，然後他抱住頭。天啊——毒性又發作了？他在口袋裡摸找，然後喝了一口泰勒絲汁。

我從部落民之間往回推進，直到緊挨在他身邊。「伊里亞斯，我就在這裡啊。」我勾住他的手臂，他簡直嚇得魂不附體。他像剛中毒那時甩甩頭，然後仔細打量我。「妳當然在這裡，」他說，「阿芙雅——阿芙雅人呢？」他穿過人群，試圖追上那個部落民，但我到處都沒看到她。

「你們兩個在搞什麼啊？」阿芙雅出現在我們旁邊，一把抓住我的臂膀。「我到處找你們。跟緊我！我們得閃人了！」

我跟著她，但伊里亞斯的注意力被某個在圓形劇場下方的東西猛然拉過去，他急煞住腳步，盯著不斷湧向前的人海看。

「阿芙雅！」他說，「努爾的車隊在哪裡？」

「馬車場北區，」她說，「跟塞夫部落中間隔了兩個車隊。」

「蕾雅，妳可以跟著阿芙雅嗎？」

「當然，可是——」

「她看見我了。」他放開我的手，擠向人群中，近在十幾碼之外，亞奇拉那頭熟悉的淺金色髮辮盤髮在陽光下閃耀著。

「我去分散她的注意力，」伊里亞斯說，「妳快去車隊那裡，我會跟妳會合。」

「伊里亞斯，該死——」

但他已經跑不見了。

21 伊里亞斯

當我隔著人群與海琳四目相接——當我看到她認出我時那張銀色臉龐掠過的震驚之情——我沒有時間思考，也沒有時間存疑。我直接行動，把蕾雅交到阿芙雅手裡，然後穿過人群，遠離她們，朝小琳前進。我需要把她的注意力從阿芙雅和努爾部落身上引開。要是她認出哪個部落收留了蕾雅和我，就算有一千場暴動都阻止不了她的獵捕行動。

我會讓她分心，然後再消失在人群裡。我回想起在黑巖學院時我的營房中她的面容，當她迎向我的目光時，她掙扎著要隱藏起受傷的情緒。之後我就屬於他了。記住，伊里亞斯，今天以後，我們是敵人。

暴動造成的混亂震耳欲聾，可是在嘈雜聲中，我看出一種奇怪的隱藏秩序感。儘管到處都是喊叫、嘶吼、尖叫的人，我卻沒看到落單的孩童、被踩踏的軀體或是匆忙間遺落的物品——這些都是真正的混亂該有的特徵。

這場暴動是瑪米和阿芙雅所精心策劃的。

遠處傳來武人軍營的隆隆鼓聲，正在呼求支援。小琳一定傳了訊息到鼓塔。可是如果她要士兵來這裡鎮壓暴動，勢必會難以維持城市周圍的哨兵線。

我現在才恍然大悟，這本來就是阿芙雅和瑪米的用意。

一旦馬車周圍的哨兵線撤走，阿芙雅就能讓我們安全地躲藏著出城。我們的車隊會是離開努爾的幾百支車隊之一。

海琳進到舞台附近的劇場，和我之間縮短了一半的距離。但她只有一個人，在沸騰的憤怒人海中，她是一座穿著盔甲、戴著銀色面具的小島。德克斯不知所蹤，和她一同進到劇場來的那個面具武士——哈波——則從某一個出口出去了。

落單的事實並不會讓海琳卻步。她以專心一志的決心朝我走來，這種態度對我來說再熟悉不過了。她往前推進，她的身體聚集起一股無法阻擋的力量，驅使她像鯊魚追著血淋淋的獵物般通過部落民。但是人群往內收束。一根根手指伸向她的斗篷、她的脖子。有人伸手按在她肩上，她身體一扭，抓住那隻手，將它啪地折斷，動作一氣呵成。我幾乎能聽見她的邏輯在運轉：*繼續走會比跟他們全部人對打來得快*。

她的行動處處受阻、遲緩難行。直到這時我才聽到她的彎刀出鞘時發出的呼咻聲。現在她成了血伯勞，帝國中面容嚴肅的騎士，她的刀鋒為她開出一條血路。

我回頭瞥了一眼，看到蕾雅和阿芙雅從一個出口離開劇場。我再看回海琳時，她的彎刀飛舞著——不過還不夠快。大量部落民攻擊她——有幾十人之眾——多到她沒辦法同時招架。人群彷彿有了自己的生命，對她的利刃毫不畏懼。我目睹了她恍然覺悟的那一瞬間——她在那瞬間知道不管自己動作再快，對方的人數都多到她難以抗衡。

她迎向我瞪視的目光，眼中怒火燃燒。然後她身體一矮，被她周圍的人拖倒在地。

我的身體又一次在腦袋還沒轉過來之前就行動了。我從人群中的一個女人身上扯下她的斗篷——她甚至沒察覺斗篷不見了——然後強硬地突破人群，我唯一的念頭就是趕到海琳身邊，把她拉出來，不讓她被活活打死或踩死。*伊里亞斯，你這是做什麼？她現在是你*

的敵人耶。

這想法令我作嘔。她是我最好的朋友，我不能就這樣拋棄一切。

我蹲到地上，越過長袍、腿和武器往前撲，用斗篷裹住海琳。我一手環住她的腰，另一手切斷她的彎刀繫帶和飛刀套。她的武器落在地上，她嗆咳起來，將血沫噴在盔甲上。我撐住她的體重，她的腿拚命想找回力量。我們通過一圈部落民，然後再一圈，直到我們快速遠離那群仍然嘶吼著要讓她流血的暴動者。

留下她，伊里亞斯。帶她出來後就留下她。分散注意力的目的已經達到了，你的事做完了。

但我現在如果把她留下，任何部落民都可能在她還走不了路的時候就攻擊她，那我等於沒把她拖出來。

我繼續走，一邊將她的身體撐直，直到她能自己站立。她咳著、發抖著，我知道她的所有本能都在命令她吸氣，要她讓心跳平穩下來——要她活命。可能正因為這個原因，她並沒有抗拒我的幫忙，直到我們穿過一個劇場出口，走到出口外一條空蕩蕩、遍布塵土的小巷子中間。

她終於把我推開，一把扯下斗篷。在她把斗篷甩在地上的同時，她的臉上閃過了上百種情緒，除了我之外，沒有人會看到或能解讀的情緒。光是這一點就消弭了我們之間橫亙的幾天、幾週、幾哩。她的手在發抖，我注意到她戴著戒指。

「血伯勞。」

「不要。」她搖搖頭，「不要這樣叫我。每個人都這樣叫我，但你不可以。」她上下打量我。「你——你看起來糟透了。」

「這幾個星期我過得很慘。」我注意到她手上和手臂上的疤，還有她臉上已經褪了色的瘀青。我把她交給黑武士審問，司令官說過。

而她存活下來，我在心中暗想。現在快離開這裡吧，在她殺了你之前。

我後退一步，但她快速伸出手臂，涼涼的手扣住我的手腕，她的手勁強如鋼鐵。我找尋她淡色的眼珠，為她眼中赤裸裸的混亂情緒而吃了一驚。伊里亞斯，走啊！

我扯回我的手臂，結果她眼中片刻之前敞開的門又砰然闔上了。她的表情轉為漠然。她伸手到背後取她的武器——摸了個空，因為我已經把它們卸掉了。我看到她膝蓋微彎，準備撲向我。

「你被逮捕了——」她躍起，我避向一旁，「——奉皇帝——」

「妳不能逮捕我。」我一手環住她的腰，想把她拋到幾碼外。

「最好是。」她把手肘深深地戳進我肚子。我彎下腰去，她扭身掙脫我的掌握。她的膝蓋飛向我額頭。

我接住她的膝蓋往回推，然後肘擊她的臉來反制她。「我才剛救了妳一命耶，小琳。」

「就算沒有你我也能全身而退——嗚——」我用頭頂她，她的背撞在牆上，猛然呼出一口氣。我用大腿固定住她的腿，以防她攻擊我的下盤，然後我在她還沒來得及用頭槌把我撞暈之前，先拿刀抵住她喉嚨。

「去你的！」她試圖掙脫，我把刀子更往裡壓。她的目光落在我嘴巴上，她的呼吸變得急促。她打了個冷顫，轉移目光。

「他們快把妳擠扁了，」我說，「妳會被活活踩死。」

「那又怎麼樣？馬可斯命令我帶你去安蒂恩進行公開處決。」現在換我嗤之以鼻了。「十層地獄啊，妳為什麼還沒暗殺他？那可是幫這世界一個大忙呢。」

「唉，閉嘴啦。」她朝我啐了一口，「我早就知道你不會懂。」

小巷外的街道傳來咚咚的震動——是武人士兵接近的帶有節奏的腳步聲。來鎮壓暴動的支援部隊。

海琳利用我分神的空檔，試圖強力掙脫我的掌控。我沒辦法再壓制她太久了，如果我還想離開這裡時沒有半個武人軍團緊追在後的話。*該死。*

「我得走了，」我在她耳邊說，「但我不想傷害妳，我實在很厭倦傷害別人了。」我感覺到她的睫毛輕柔地刷著我的臉頰，還有她抵在我胸前穩定起伏的呼吸動作。

「伊里亞斯。」她輕喚我的名字，這個詞滿是渴望。

我向後退。一秒鐘前她的眼睛還藍得像煙，現在卻加深為風暴般的深紫。*愛上你是我身上發生過最悲慘的事。*幾週前她曾對我這麼說。現在看到她飽受折磨的眼神，並且知道又是我害的，讓我好恨自己。

「我要放開妳了。」我說，「如果妳想撂倒我，妳就做吧。不過我放開妳之前想先說句話，因為我們都知道我已經不久於世了，如果我始終沒告訴妳，我會恨死自己。」她臉上掠過困惑的表情，我趕在她開始問東問西前一連串地說下去。「我很想妳。」我希望她能聽懂我的真意。*我愛妳。很抱歉。真希望我能修正這一切。*「我永遠都會想妳，即使等我變成了鬼。」

我放開她，朝後跨出一步。然後再一步。我轉身背對她，她發出哽咽的聲音，讓我的心揪緊成一團；我走出小巷。

我離開時只聽見了自己的腳步聲。

馬車場亂成一團，部落民在把孩子和貨物往馬車裡扔，牲畜躁動地揚起上半身，女人大喊大叫。空氣裡揚起一團濃濃的塵土，是數百支車隊同時駛向沙漠的結果。

「謝天謝地！」我剛走到阿芙雅高聳的馬車邊就被蕾雅瞧見了，「伊里亞斯，為什麼——」

「你這白痴。」阿芙雅揪住我脖子後頭，以驚人的力氣把我拖上馬車丟到蕾雅身邊，而她還比我矮了一呎多呢。「你在想什麼啊？」

「我們不能冒險讓亞奇拉看到我混在努爾部落裡面。她是個面具武士，阿芙雅。她會查出妳的身分，妳的部落會陷入危險。」

「你仍然是白痴。」阿芙雅怒瞪我，「把頭低好，待著別動。」

她跳到駕駛座，一把撈起韁繩。幾秒鐘後，拉這輛馬車的四匹馬都往前猛衝，我看向蕾雅。

「伊薺和奇楠呢？」

「跟著吉布藍。」她朝十幾碼外的一輛亮綠色馬車點點頭。我認出駕駛那張輪廓鮮明的臉是阿芙雅的小弟。

「妳還好吧？」我問她。蕾雅的臉漲紅了，一手指節泛白地握著匕首的刀柄。

「只是很慶幸你回來了。」她說，「你──你和她說到話了嗎？跟亞奇拉？」

我正準備回答，突然想起一件事。「塞夫部落。」我掃視沙塵瀰漫的馬車場。「妳知道他們逃出來了沒嗎？麗拉瑪米逃離士兵了嗎？」

「我沒看見耶，」她轉向阿芙雅，「妳有沒有──」

部落民面露不安，我看到她的視線。馬車場另一頭有幾輛披掛著銀綠相間布簾的馬車，它們熟悉得就像我自己的臉。那是塞夫部落的代表色，塞夫部落的馬車。現在被武人團團包圍。

他們把部落成員拖下馬車，強迫他們跪下。我認出我的家人。阿克比舅舅、希拉舅媽。天殺的，還有我的弟弟山恩。

「阿芙雅，」我說，「我得做點什麼，那是我的部落啊。」我伸手拿武器，一吋一吋地爬到馬車和駕駛座之間敞開的門邊。跳下去。用跑的。從背後偷襲他們。先撂倒最強壯的那個──

「停。」阿芙雅用老虎鉗般的手抓住我的手臂。「你救不了他們，除非曝露你自己的身分。」

「天啊，伊里亞斯。」蕾雅一臉震驚，「火把。」

其中一輛馬車──我在裡頭成長的那輛漂亮的、裝飾著壁畫的「可哈尼」馬車──被熊熊烈火吞噬。瑪米花了好幾個月的心血繪製用來裝飾它的孔雀、魚和冰龍。我有時候會捧著顏料罐幫忙她，或是幫忙洗畫筆。一下子全沒了。其他馬車也一輛接一輛地被點火燃燒，直到整個營地化作天空前的一塊黑色污漬。

「他們大部分都逃走了。」阿芙雅輕聲說，「塞夫部落的車隊規模有將近一千人。一百五十輛馬車，其中只有十幾輛被逮到了。伊里亞斯，就算你可以去幫他們，那裡可是有至少一百個士兵啊。」

「輔助兵，」我咬著牙說，「很容易對付。如果我能把劍分給舅舅們和山恩——」

「這是塞夫部落的計畫，伊里亞斯。」阿芙雅不肯退讓。在這一刻，我好恨她。「如果那些士兵看到你是從努爾的馬車下來的，我的整個部落都完蛋了。這兩天瑪米和我計劃的一切——她為了把你弄出去而要求的所有援助——全都會白費。你要求的幫助是有交換條件的，伊里亞斯，而這就是代價。」

我回頭看。我的部落家人全都窩在一起，頭垂得低低的。像是鬥敗的公雞。只有一個人例外。她還在反抗，推著抓住她手臂的輔助兵，毫無懼色地挑戰他們。是麗拉瑪米。

我無能地看著她掙扎，看到一個帝國軍用彎刀刀柄敲她的太陽穴。她消失在我視線範圍之前，我看到的最後一幕，就是她跌向沙地時在空中揮舞想扶住東西的手。

22 蕾雅

逃離努爾所帶來的安心感，緩和不了我對塞夫部落下場的愧疚。我根本沒打算找他說話，我能說什麼呢？「抱歉」既麻木不仁又不得體。他默默地待在阿芙雅的馬車後方，凝望著努爾方向的沙漠，彷彿能用意志力改變家人的命運。

我給他獨處的空間。很少有人願意讓人看見他們的痛處，而悲傷是最痛的一種情緒。再說我自己所感覺到的愧疚，也幾乎讓我承受不住。我一遍又一遍地看到瑪米傲然的身軀像是一袋被倒空的穀物袋般癟了下去。我知道應該向伊里亞斯確認她出了什麼事，但現在這樣做似乎太殘酷了。

夜幕低垂之時，努爾已經成為我們身後袤廣的黑暗沙漠中一團遙遠的光點，今晚那些燈光似乎變得暗了些。

儘管我們混在一支超過兩百輛馬車的車隊中逃離，不過後來阿芙雅又把她的部落重新分組了十幾次。月亮高掛天空時，我們這一支車隊只剩下五輛馬車，還有另外四個她的族人，包括吉布藍在內。

「他並不想來。」阿芙雅打量著她的弟弟，他在十幾碼之外，端坐在他的馬車駕駛座上。那輛馬車貼滿幾千面小小的鏡子，此刻映照著月光，像是一條會嘎吱作響、轆轆前進的銀河。「可是我信不過他，怕他會讓自己或努爾部落惹上麻煩。這個蠢小子。」

「我懂妳的意思。」我喃喃道。吉布藍哄騙伊薺坐到他旁邊，整個下午我都看到她害羞地笑著。

我回頭隔著車窗望進阿芙雅的馬車。馬車內部光潔的壁板反映著幽微的油燈光芒。伊里亞斯坐在其中一張鋪了絲絨的長椅上，呆呆地瞪著後車窗外頭。

「說到傻子，」阿芙雅說，「妳和紅毛小子是怎麼回事？」

天啊，這個部落民的眼睛還真利。我得記住這一點。奇楠從我們上一回停下來餵馬喝水之後就跟里茲一起坐，里茲是阿芙雅部落中一個沉默的銀髮老人。奇楠和我還沒有機會交談，阿芙雅就吩咐他幫忙里茲照料補給品馬車。

「我不知道我們是怎麼回事。」我並不太想對阿芙雅從實招來，但我怕她一下子就拆穿我的謊言。「他吻過我一次，在一個木棚裡。之後他就跑去幫忙學人起義了。」

「那個吻一定很厲害。」阿芙雅喃喃道，「那伊里亞斯呢？妳總是盯著他瞧。」

「我沒有——」

「也怪不得妳，」阿芙雅好像沒聽見我說話似的自顧自說下去，還回頭讚許地瞄了伊里亞斯一眼，「那個顴骨啊——嘖嘖。」我的皮膚發熱，我扠起手臂，皺起眉頭。

「啊，」阿芙雅閃了一下奸笑，「我們占有欲都挺強的喔？」

「我沒有什麼好占有的。」北方吹來一股冰冷的風，我瑟縮在單薄的部落民衣服裡。

「他已經很清楚地向我表示過，他只是我的嚮導，沒別的了。」

「他的眼睛有不同的說法。」阿芙雅說，「不過我算哪根蔥，怎能對一個武人和他用錯地方的高尚情操說三道四？」部落民舉起手並吹了聲口哨，命令車隊在一處高原邊停下來。高原底部矗立著一堆樹，我還瞥見泉水的波光和聽見一頭動物匆匆溜開時腳爪發出的刮地聲。

「吉布藍、伊薺，」阿芙雅的喊聲傳到營地另一端，「你們負責生火。奇楠——」紅髮小子從里茲的馬車上跳下地，「——幫忙里茲和瓦娜照料牲口。」

里茲用塞德語對他女兒瓦娜喊了什麼。她瘦得像竹竿，膚色和父親一樣是深褐色，身上有著辮形紋身，表示她是年輕的寡婦。阿芙雅部落的最後一名成員是齊赫，他是個青年，年齡和戴倫差不多。阿芙雅用塞德語對他吼了一句命令，他毫不遲疑地去執行了。

「女孩。」我突然醒悟到阿芙雅在對我說話。「去跟里茲要一頭羊，然後讓伊里亞斯把羊宰了，我明天要拿羊肉去交易。還有找他說說話，別讓他再縮在自己的世界。」

「我們應該讓他靜一靜。」

「如果妳要把努爾部落拖進這個欠考慮的救哥哥行動裡，伊里亞斯就必須想出一個傻瓜也能懂的有效計畫。我們在到達拷夫之前有兩個月時間——應該夠了。但他如果繼續耍憂鬱可辦不成事，所以開導開導他吧。」

說得倒容易。

幾分鐘後，里茲指給我看一頭腿受傷的山羊，我便牽著牠去找伊里亞斯。他引導瘸腿山羊走到樹邊，車隊其他人看不到的位置。

他並不需要幫忙，但我還是提著油燈跟過去。山羊對我發出悲悽的鳴叫。

「我一向痛恨宰殺動物。」伊里亞斯用磨刀石磨刀。「好像牠們都知道自己大禍臨頭。」

「外婆以前在家也會宰殺動物。」我說，「外公有些病人會用雞來當醫藥費。她常說：謝謝你付出生命，讓我延續我的生命。」

「很好的想法，」伊里亞斯跪下來，「卻不會讓看著牠死去變得容易一些。」

「可是牠是瘸的——瞧。」我用油燈照亮山羊受傷的後腿。「里茲說我們得把牠留下，那牠就會渴死。」我聳聳肩。「如果牠橫豎都得死，還不如死得有價值一點。」

伊里亞斯用刀抹過山羊的脖子，牠蹬了蹬腿，鮮血潑灑在沙地上。我移開目光，想起部落民希凱，想起他的血又熱又黏，想起血的氣味——很刺鼻，像是賽拉城的冶煉場。

「妳可以走了。」伊里亞斯用面具武士的口氣打發我。他的聲音比颳在我們背上的風更冷。

我迅速退開，思索著他說的話。卻不會讓看著牠死去變得容易一些。愧疚的情緒再次淹沒我。我想他說的並不是山羊。

我想轉移自己的注意力，於是去找奇楠，他自告奮勇要煮晚餐。

「還好嗎？」我來到他身邊時他問道。他朝伊里亞斯的方向瞥了一眼。

我點點頭，奇楠張開嘴彷彿想說什麼，不過或許是察覺到我情願沉默著，因此他只是遞給我一盆麵糰。「幫忙揉麵好嗎？」他說，「我超不會做餅。」

我很感激能有工作，所以馬上動手揉了起來，從這單純的動作獲得了安慰，也因為只需要把麵糰擀成圓餅再用鐵鍋煎熟而覺得放鬆。奇楠一邊哼歌一邊往湯鍋裡丟紅辣椒和扁豆，這歌聲出乎我意料之外，我乍聽到的時候忍不住微笑。他的歌聲就像外公的補藥一樣有緩和情緒的效果，過了一會兒之後，他講起阿迪沙的大圖書館，那是我一直嚮往造訪的地方；還有在阿尤延伸好幾個街區的風箏市集。時光飛快地流逝，我感覺心上的重擔好像減輕了一點。

伊里亞斯宰殺完山羊時，我正把最後幾塊微焦的膨鬆煎餅鏟進一個籃子裡。奇楠舀出一碗碗的辣扁豆燉湯。我才剛吃了第一口就忍不住嘆息。在有寒意的秋天晚上，外婆總會做燉湯和煎餅。光是聞著這些食物的氣味就讓我的悲傷似乎遠離了一些。

「奇楠，這太棒了。」伊薺遞出碗來討第二碗湯，然後轉頭看我。「廚子以前常煮這種湯。不曉得——」她搖搖頭，沉默了一會兒。「真希望她也來了，」伊薺終於說，「我好想她。我知道妳聽了一定覺得奇怪吧，畢竟她表現出那副模樣。」

「其實不會耶。」我說，「妳們愛著對方，妳跟著她很多年，她一直照顧著妳。」

「確實。」伊薺輕聲說，「司令官買下我們之後，在從安蒂恩到賽拉城的路上，她的聲音是鬼車上唯一的聲音。廚子把她那一份配餐給我，在凍死人的晚上抱著我。」伊薺嘆了口氣。「希望我還能再見到她。我走得太匆忙了，蕾雅，我從來沒告訴過她……」

「我們會再見到她的。」我說。這是伊薺需要聽見的話。而且天知道呢，也許我們真的會再相遇。「還有，伊薺——」我捏了捏她的手，「——不管妳有什麼話沒說出口，廚子都明白。我確定她打從心裡明白。」

奇楠端來兩杯茶給我們，我啜了一口，甜甜的滋味讓我閉上眼睛，吸著小豆蔻的香氣。火堆對面的阿芙雅舉起茶杯湊到嘴邊，然後立刻把茶呸了出來。

「我的老天爺啊，紅髮小子，你把我整罐蜂蜜都浪費在這上頭了嗎？」她不屑地把茶湯倒在地上，但我緊握住杯子，深深地飲了一口。

「好茶應該要甜得能噎死一頭熊。」奇楠說，「這是人人皆知的道理。」

我咯咯笑，對他露出笑容。「我哥以前泡茶給我喝的時候也會這麼說耶。」

我一想到戴倫——以前的戴倫——笑容就淡去了。我哥哥現在成了什麼人？他什麼時候從會泡甜死人的茶給我喝的男孩，變成藏有太沉重的祕密、不能與小妹分享的男人？

奇楠安適地坐到我身邊。北方吹來呼嘯的風，與我們的火拉扯搏鬥著。我靠向鬥士，享受著他的體溫。

「妳還好嗎？」奇楠低頭湊向我。他握住一綹拂在我臉前的髮絲，將它塞到我耳後。他的手指在我的頸背處流連，我屏住呼吸。「自從……」

我望向別處，又覺得冷了，我伸手摸向我的臂鐲。「奇楠，這值得嗎？天啊，伊里亞斯的媽媽、弟弟、幾十個族人。」我嘆氣，「到底有沒有必要？萬一我們救不出戴倫呢？或者萬一……」他已經死了。

「家人值得讓人為他們死、為他們殺人。當其他的一切都灰飛煙滅時，為他們奮鬥是支持我們活下去的唯一力量。」他朝我的臂鐲點點頭，他的臉上有種悲傷的嚮往。「妳需要力量的時候總會摸著它，」他說，「因為那就是家人給我們的東西。」

我放下按在臂鐲上的手。「有時候我根本沒發現我這麼做，」我說，「很蠢。」

「這是妳與他們保持聯繫的方式，沒什麼蠢的。」他頭仰起來，望著月亮。「我沒有任何家人的遺物，真希望我有。」

「有時候我記不起莉絲的臉，」我說，「只記得她的頭髮和媽媽一樣是淺色的。」

「她也繼承了妳母親的脾氣。」奇楠微笑說，「莉絲比我大四歲。天啊，她可真愛使喚人。她老是誘騙我替她幹活兒……」

這個夜晚突然沒那麼寂寞了，因為我早逝姊姊的回憶在我周圍舞動著。伊薺和吉布藍在我另一側相依偎，部落民男孩說了什麼，逗得我朋友開心地嬌笑著。里茲和瓦娜取來他們的烏德琴，他們的琴聲很快就伴入了齊赫的歌聲。那是一首塞德語歌曲，但我想他們肯定是想起了他們愛過和失去過的人，因為才聽了幾個音，我的喉嚨就有種哽咽的感覺。

我不假思索地朝黑暗中搜尋伊里亞斯的身影。他坐得離火稍遠，把斗篷緊裹在身上。他的注意力集中在我身上。

阿芙雅意有所指地清了清喉嚨，然後用頭往伊里亞斯的方向指了指。跟他談談。

我望回他那裡，於是每當我望進他的眼睛時會感覺到的暈眩衝擊，再度席捲了我。

「我馬上回來。」我對奇楠說。我放下茶杯，拉緊身上的斗篷。在我這麼做的同時，伊里亞斯俐落地站起身離開火堆，消失的速度之快，我甚至沒看到他在越過圍成一圈的馬車後往黑暗裡的哪個方向走。他傳遞的訊息很明確：別來煩我。

我頓住了，感覺自己像個笨蛋。片刻之後，伊薺湊到我身邊來。

「跟他談談，」她說，「他需要談談，只是他不知道而已。妳也需要。」

「他在生氣。」我低聲說。

我朋友牽起我的手緊握了一下。「他受傷了，」她說，「而妳能體會那種感受。」

我走向馬車外圍，掃視著沙漠，直到在高原底部瞥見他的一只腕甲所映出的反光。我走到離他還有幾呎距離時，聽見他嘆了口氣，並且轉身面向我。他的臉被月亮照亮，臉上帶著淡然客套的平板表情。

硬著頭皮上吧，蕾雅。

「對不起，」我說，「為了先前發生的事。我——我不知道用塞夫部落的苦難來換取戴倫的性命是不是對的，尤其是這也不能保證戴倫就能活命。」我先前設想好了一番表達同情的謹慎得體言詞，可是現在我一開了話頭，似乎就停不下來了。「謝謝你家人犧牲的一切，我只希望不要再發生類似的事了。可是——可是我沒辦法確保悲劇不再重演，所以我感覺很沮喪，我了解失去家人的心情。總之，我很抱歉——」

天啊，現在我只是在喋喋不休。

我吸了一口氣。詞句突然間顯得陳腐而無用，因此我上前一步抓起伊里亞斯的雙手，這是因為我想起外公的話。蕾雅，撫觸具有療癒效果。我緊握住他，試著把我所有的心情都灌注在這樣的撫觸裡。希望你的族人安然無恙，希望他們能從武人手裡活下來。我真的、真的很抱歉。抱歉是不夠的，卻是我僅有的。

過了一會兒，伊里亞斯吁出一口氣，低下頭抵住我的額頭。

「告訴我那天晚上妳在黑巖學院、我的房間裡曾經說過的話，」他喃喃道，「妳外婆以前對妳說過的話。」

「只要活著——」我說的時候彷彿能聽到外婆和藹的聲音，「——就有希望。」

伊里亞斯抬起頭，向下望著我，他眼中的冷漠被那股赤裸裸的、難以遏制的火焰所取代。我屏住呼吸。

「妳可別忘了，」他說，「永遠都別忘了。」

我點點頭。時間一分一秒過去，我倆誰也沒後退，只是在寒涼的夜色和星辰靜謐的陪伴中尋求慰藉。

23 伊里亞斯

我才剛睡著就進入了等候地。我呼出的氣息在我面前凝結成霧，我發現自己仰躺在厚厚的落葉鋪成的地毯上。我瞪視著頭頂密如蛛網的枝椏，即使光線昏暗，我仍能看出樹葉呈現秋天的豔紅。

「像血一樣。」我立刻認出了崔斯塔斯的嗓音，連忙爬起身來，發現他倚著一棵樹，怒目瞪著我瞧。打從我幾週前第一次進入等候地以來，就沒再見過他了，我還期望他已經繼續前進了。

「像我的血一樣。」他抬頭望著茂密的樹葉，臉上掛著苦澀的笑容。「你應該知道，就是德克斯刺我時噴出來的血。」

「很抱歉，崔斯塔斯。」我簡直像一隻頭腦簡單的羊，咩叫著毫無意義的話。但他眼裡的怒氣實在太反常了，我願意說任何話來緩和它。

「伊莉雅好一些了，」崔斯塔斯說，「那個叛徒。我還以為她至少會哀悼幾個月呢。結果我去看她時，發現她又能吃東西了。吃東西。」他來回踱步，他的臉色變得陰鬱，使他成為和我所認識的崔斯塔斯不同，是更醜陋也更暴戾的版本。他壓低嗓音嘶鳴。

十層地獄啊。這個人和現實生活中的崔斯塔斯迥然相異，我都懷疑他是不是被附身了。鬼魂也會被附身嗎？通常不是鬼魂去附身活人嗎？

一時之間我很氣他。你已經死了，伊莉雅可沒死。但這種感覺一閃即逝。崔斯塔斯永遠見不到他的未婚妻了，永遠抱不到他的孩子，或是和好朋友一同歡笑，他現在擁有的只是回憶和苦澀。

「伊莉雅愛你。」崔斯塔斯霍地轉朝向我，憤怒得臉孔扭曲，我舉起雙手。「你也愛她。你真的希望她絕食而死嗎？你希望看到她來這裡，心裡知道是你的死亡害她來的嗎？」

他眼中的狂亂減弱了幾分。我想到以前的崔斯塔斯，我在現實生活中認識的崔斯塔斯。那才是我要開導的對象。但我沒有機會。他像是知道我的用意，一轉身就消失在樹林間。

「你能安撫亡者。」捕魂者的聲音從我上方傳來，我抬頭看到她坐在一棵樹上，像個孩子窩在樹木巨大而充滿節瘤的樹枝構成的搖籃裡。她的頭上戴著紅葉編成的花環，有如一頂冠冕，她的黑眼珠閃著幽光。

「他跑走了，」我說，「我可不會稱這為『安撫』。」

「但他跟你說了話。」捕魂者跳下地，樹葉地毯吸收了她落地的聲響。「多數靈體痛恨活人。」

「妳為什麼一直把我找回這裡？」我低頭看她，「只是覺得好玩嗎？」

她蹙起眉頭。「這次不是我找你來的，伊里亞斯。」她說，「你是自己找上門的。你的死亡正在迅速逼近，或許你的心智想要更了解即將面臨的事物。」

「我還有時間，」我說，「四個月——也許五個月，如果我運氣好的話。」

捕魂者憐憫地望著我。「我不像有些人能預見未來。」她噘起嘴唇，我察覺她指的是先知們。「但我的力量也不容小覷。我第一次帶你來到這裡的那晚，曾在星辰間探尋你的命運，伊里亞斯。你活不過『拉塔那』。」

「拉塔那」——意思是「夜晚」——最初只是部落民的一個節日，不過後來擴大成整個帝國的共同節日。對武人來說，它是個狂歡日；對部落民來說，它是紀念祖先的日子。

「那是兩個月後的事。」我的嘴巴發乾，即使在這個一切都像隔了一層紗的靈界，我仍然感覺一陣恐慌。「那時候我們應該才剛到拷夫——如果運氣好的話。」

捕魂者聳聳肩。「我對你們人類的小風波沒興趣。如果你對你的命運這麼苦惱的話，就善用你剩下的時間吧。去吧。」她的手輕輕一彈，我感覺肚臍處有一股猛烈的扯力，好像有個巨大的勾子拉著我通過隧道。

我在閃著微光的餘火堆邊醒來，這是我選的睡覺位置。里茲在馬車圍成的圈外巡邏，剩下的所有人都睡著——吉布藍和奇楠像我一樣睡在火邊，蕾雅和伊薺則睡在吉布藍的馬車裡。

兩個月。我該怎麼在如此緊縮的時間內，完成到達拷夫加上救出戴倫的任務？我可以催促阿芙雅加快速度，但那也只不過能讓我們比原訂計畫提早幾天到達，甚至不會提早。守夜人換班了。奇楠接替了里茲的位置。我的視線落在阿芙雅馬車底部吊著的冷藏箱上，她讓我把先前宰殺的羊肉放在裡頭。

如果牠橫豎都得死，還不如死得有價值一點。這是蕾雅的原話。

我突然醒悟到：這句話也適用在我身上。

拷夫遠在一千多哩之外。坐馬車到那裡要花兩個月，這是真的。不過話說回來，帝國的速使倒經常在兩星期內完成這段旅途。

我沒辦法像速使那樣，每跑十幾哩就換一匹新馬。我沒辦法走大路。我必須在極短的應變時間裡躲起來或戰鬥。我必須靠打獵或偷竊來填飽肚子。

即使我明知道這些事，但假如我一個人去拷夫，就能比坐馬車快上一倍到達。我並不想離開蕾雅——我每天都會切實地感覺到她的聲音、她的臉不在身邊。我現在就能想見那種孤寂感。可是如果我能在一個月內到達監獄，在「拉塔那」來臨前我就有充裕的時間救出戴倫了。泰勒絲汁能控制住癲癇發作，直到馬車接近監獄。我還能再見到蕾雅。

我站起身，捲起鋪蓋，走向阿芙雅的馬車。我敲她的後門，儘管現在是深夜，她還是只過了一下就來應門。

她舉起一盞油燈，看到我時抬高了眉毛。

「伊里亞斯，我通常傾向於對午夜訪客了解得更多一點，才會邀請他們進我的馬車。」她說，「不過為了你嘛……」

「我不是為了那種事而來。」我說，「我需要一匹馬、幾張羊皮紙，還有妳的謹慎。」

「要趁還有機會時逃跑是吧？」她示意要我進去，「我很高興你恢復理智了。」

「我要一個人去救戴倫出來。」我踏進馬車，壓低音量說。「那樣做對所有人來說都更快也更安全。」

「傻子，沒有我的馬車，你要怎麼溜到北方？你忘記你是全帝國最受矚目的通緝犯了嗎？」

「我是個面具武士，阿芙雅，我會有辦法的。」我朝她瞇起眼睛，「妳對我發的誓仍然有效，妳必須帶他們到拷夫。」

「可是你會自己救他出來？努爾部落不必幫忙？」

「不必。」我說，「監獄南方的丘陵區有個山洞，離監獄大門大約是步行一天的距離。我會畫張地圖給妳，妳要把他們安全地帶到那裡。如果一切順利，兩個月後你們抵達時，戴倫會在山洞裡等你們。如果不順利——」

「我不會直接把他們丟在荒山野嶺，伊里亞斯。」阿芙雅受到冒犯，生氣地說。「老天爺，他們在我的餐桌上吃了水和鹽呢。」她品鑑般地打量我，我不喜歡她銳利的目光，好像如果必要的話，她會直接從我嘴裡挖出我這麼做的真實原因。

「你為什麼改變主意了？」

「蕾雅希望我們一起做這件事，所以我從來沒想到可以單獨行動。」至少這部分是實話，我讓阿芙雅看到我的表情。「我需要讓妳轉交一樣我的東西給蕾雅，如果我告訴她的話，她一定會爭論不休。」

「的確。」阿芙雅遞給我羊皮紙和羽毛筆。「而且不光是因為她想親自做這件事，雖然你們兩個都這麼說服自己。」

我選擇不要深究這句話。幾分鐘後，我寫好了一封信，也畫好了監獄和我打算安置戴倫的山洞的詳細地圖。

「你確定要這麼做？」阿芙雅站起身來，扠起手臂。「你不應該直接消失，伊里亞斯，你應該問蕾雅她想怎麼做，畢竟那是她哥哥。」她瞇起眼睛。「你該不會是打算拋下那個女孩吧？要是我立下誓言的對象，本身就是個沒有榮譽感的男人，我可要嘔死了。」

「我不會拋下她不管的。」

「那就騎里茲的棗紅馬特雷拉吧，牠很任性，不過就像北風一樣又快又狡猾。還有，你盡量不要失手啊，伊里亞斯。我一點都不想親自闖入那座監獄。」

我悄沒聲息地從她的馬車走向里茲的馬車，用安撫的語氣對特雷拉輕聲細語，要牠保持安靜。我從瓦娜的馬車裡取了煎餅、水果、堅果和乳酪，然後牽著馬兒遠離營地。

「看來你打算自己救他出來？」

奇楠像該死的幽靈一樣從黑暗裡憑空現形，我嚇得跳起來。我沒聽見他——甚至連一點感覺都沒有。

「我不需要聽你的理由。」我注意到他保持距離。「我知道為了大局著想而做你不想做的事是怎麼回事。」

表面上聽來，這些話幾乎很有同理心。然而他的眼神平板得有如打磨過的石頭，我的脖子有種不舒服的麻癢感，好像我一轉過身，他就會拿刀刺我的背。

「祝你好運。」他伸出手。我戒備地跟他握手，我的另一隻手幾乎是無意識地移向我的刀子。

奇楠瞧見了，他些微的笑意並沒有延伸到他的眼裡。他迅速鬆開我的手，隱身回到黑暗中。我甩開悄悄襲上我心頭的不安。*你只是不喜歡他，伊里亞斯。*

我抬頭瞥向天空。星星仍然在天上閃爍，但曙光已經快要出現了，我需要在天亮之前遠離這裡。可是蕾雅怎麼辦？我真的只留下一封道別信就要走了嗎？

我躡手躡腳地走向吉布藍的馬車，悄悄打開後門。伊薺在一側的長凳上打著鼾，兩手交疊壓在臉頰底下。蕾雅蜷在另一張長凳上，一手按著她的臂鐲，睡得很熟。

「妳是我的聖堂，」我跪在她身旁喃喃說道，「妳是我的祭司，妳是我的禱詞，妳是我的解放。」外公要是聽到我如此染指他最愛的口號，一定會吹鬍子瞪眼睛。可是我更喜歡這個版本。

我離開馬車，走向在營地邊緣等待的特雷拉。我爬上馬鞍時，牠用鼻子噴了口氣。

「小子，準備奔馳了嗎？」牠抖了抖耳朵，我當作牠說好。我沒再回頭看營地一眼，直接朝北方出發。

24

海琳

他逃走了。他逃走了。他逃走了。

我在軍營的大堂裡來回踱步，石地板都快被我走出一條溝槽；我努力隔絕費里斯磨彎刀的嘈雜、德克斯向一群帝國軍下令的低語聲，以及哈波邊看著我邊敲擊自己盔甲的輕響。

一定有什麼方式能追蹤伊里亞斯。思考啊。他只有一個人，而我有整個帝國的力量作後盾。派出更多士兵。召集更多面具武士。黑武士成員——妳是他們的指揮官，派他們去追瑪米拜訪過的部落。

這不夠。在我放伊里亞斯走掉、然後鎮壓一場精心布置的暴動時，已經有幾千輛馬車離開城市了。他可能在任何一輛馬車上。

我閉上眼睛，迫切想要砸壞什麼東西。妳真是個白痴，海琳・亞奇拉。麗拉瑪米吹起一首曲子，我馬上應和著曲調舉起雙手翩翩起舞，像是沒長腦子的牽線木偶。她希望我去說書人劇場，她希望我知道伊里亞斯在那裡、看到暴動發生、呼叫支援部隊、削弱哨兵線。我笨到沒能察覺，直到大錯鑄成。

至少哈波還有腦袋。他命令兩隊被派去鎮壓暴動的士兵，轉而包圍塞夫部落的馬車。他逮獲的人犯——包括麗拉瑪米在內——是我們找到伊里亞斯的僅有希望。

我都已經逮到他了。該死。我都已經逮到他了。然後我又放他走了，因為我不希望他死，因為他是我朋友，而且我愛他。

我是個該死的笨蛋。

我有那麼多個夜晚清醒地躺著，告訴自己當那一刻來臨，我必須堅強，我必須抓住他。然而再見到他，聽到他的聲音，感覺到他的手接觸我的皮膚，一切都化為烏有。

他看起來好不一樣，肌肉變得好明顯，像是他的鐵勒曼彎刀化為人形。但改變最大的是他的眼睛——他有了黑眼圈，眼睛裡滿是悲傷，好像他知道什麼不忍心告訴我的事。那個眼神一直啃嚙著我的心，更甚於我沒能把握機會逮住他和殺了他這件事。他的眼神讓我害怕。

我們都知道我已經不久於世了。他這話是什麼意思？自從在第二場試煉時治療伊里亞斯以來，我便感覺和他有所連繫——有種我盡可能不去想的保護欲。我確信那是伴隨著療癒魔法而生的。當伊里亞斯碰觸我時，那種連繫讓我知道——他狀況並不好。

「別忘了我們。」他在賽拉城曾經這麼對我說。

我閉上眼睛，容許自己在這片刻的時間幻想一個不同的世界。在那個世界裡，伊里亞斯是個部落民男孩，而我是法官的女兒。我們在市場中相遇，而我們的愛情不受黑巖學院或他厭惡自己的所有事物所玷污。我讓自己停留在那個世界裡，就待一下子。

然後我放掉那個念頭。伊里亞斯和我已經結束了，現在只剩下死亡。

「哈波。」我說。德克斯讓帝國軍退下，注意力轉向我，費里斯也把彎刀收回刀鞘。

「我們逮到幾個塞夫部落的人？」

「二十六個男人，十五個女人，十二個孩童，血伯勞。」

「處死他們。」德克斯說，「立刻。我們得展示出窩藏帝國逃犯會有什麼下場。」

「不能殺了他們啊，」費里斯瞪著德克斯，「他們是伊里亞斯僅有的家人——」

「這群人幫助了帝國的敵人，」德克斯嗆道，「我們有命令在身——」

「我們不必處死他們，」哈波說，「他們另有用處。」

我察覺哈波的用意。「我們應該套他們的話。麗拉瑪米在我們手上對吧？」

「昏迷不醒。」哈波說，「抓她的輔助兵用劍柄敲昏她時太大力了。她應該會在一兩天之內甦醒。」

「她會知道是誰把維托瑞亞斯弄出去的，」我說，「還有他要去哪裡。」

我看著他們三個人。哈波接到的命令要他待在我身邊，所以他不能留在努爾訊問瑪米和她的家人。但是德克斯可能會失手殺掉我們的囚犯，而學人革命仍沸沸揚揚的現在，弄死更多部落民是帝國最不需要面對的情況。

「費里斯，」我說，「你來負責審問。我要知道伊里亞斯是怎麼溜出去的，還有他要去哪裡。」

「那孩子們怎麼辦？」費里斯說，「我們應該可以放了他們吧？他們什麼也不知道。」

我知道司令官會對費里斯說什麼。*仁慈就是軟弱。你向敵人奉上仁慈，就等於跌在自己的劍刃上。*

孩子們會是部落民向我們吐實的強烈動機，我心知肚明。然而想到要利用他們——傷害他們——令我感到不安。我想起坎恩在賽拉城裡帶我去看的全毀的房屋。燒掉那棟房子的學人叛軍對住在裡頭的武人孩童可沒展現出絲毫仁慈。

這些部落民孩子有何不同？他們仍然只是孩子。他們並不是自願蹚進這混水的。

我對上費里斯的眼神。「部落民已經在蠢蠢欲動了，我們沒有人手平息另一場暴動。我們放走那些孩子吧——」

「妳瘋了嗎？」德克斯先瞪了費里斯一眼，再瞪著我。「不要放他們走，妳要威脅把他們丟進鬼車賣去當奴隸，除非妳能問出該死的情報。」

「艾崔亞斯中尉，」我用冷冷的語氣對德克斯說，「這裡沒你的事了，去把剩下的兵力分成三組，一組跟著你去搜查東邊，以防維托瑞亞斯去了自由之地；一組跟著我去搜查南邊；一組留在這裡管控城市。」

德克斯的下巴微微抽搐，他對被打發走的憤怒，衝撞著他畢生服從上級命令的原則。費里斯嘆了口氣，哈波則饒有興味地旁觀我們的互動。最後德克斯選擇走出去，砰然一聲把門帶上。

「部落民重視孩子勝於一切，」我對費里斯說，「用他們當作籌碼，但不要傷害他們。留瑪米和山恩活口。如果我們沒辦法追捕到伊里亞斯，也許可以利用他們來誘捕他。只要你查到任何事，都用鼓聲向我傳訊。」

我走出營房給馬上鞍時，看到德克斯倚在馬廄的牆上。他還沒來得及向我發難，我便先發制人。

「你剛才在裡頭到底搞什麼東西？」我說，「有一個司令官的眼線在質疑我的每個決策難道還不夠嗎？連你也來扯後腿？」

「他會向上呈報妳的一舉一動，」德克斯說，「但他不會質疑妳，即使他應該質疑妳。妳不專心，妳應該要提早察覺那場暴動才對。」

「你也沒察覺。」連我自己聽了都覺得我像個任性的孩子。

「我可不是血伯勞，而妳是。」他提高了嗓門，然後他吸了口氣緩和一下情緒。

「妳很想他。」他語氣中的尖刻消退了，「我也很想他。我想他們大家。崔斯塔斯、迪米崔斯、林德。但他們都不在了，伊里亞斯也在逃亡。血伯勞，我們現在就只有帝國了，而我們對帝國的使命就是逮到這個叛徒並且處死他。」

「這我知道——」

「是嗎？那妳在暴動正激烈的時候為什麼消失了十五分鐘？妳到哪去了？」

我瞪著他許久，久到能確定我說話時聲音不會發抖，久到他會開始想他可能越線了。

「開始獵捕吧，」我輕聲說，「不要漏掉任何一輛馬車。如果你找到他，就把他帶回來。」

我們的談話被後方傳來的腳步聲打斷：是哈波，手裡拿著兩個封蠟都已經被破壞的卷軸。

「是妳父親和妹妹寄來的信。」他沒有為他顯然先讀了信的舉動道歉。

血伯勞：

我們在安蒂恩很好，不過秋天的寒意讓妳母親和兩個妹妹都身體微恙。我為了鞏固皇帝的聯盟而奔走，卻發現處處受阻。西賽利亞家族和魯菲亞家族已經推舉出他們的登基人選，他們準備召集其他家族加入他們的旗下。首都已經因混戰而死了五十個人，而爭端才剛開始而已。野人和蠻族在邊境的攻勢也增強了，前線的將軍們迫切需要更多兵力。

至少司令官已經澆熄了學人革命之火。聽說她達成使命之時，整條雷河都被學人的血染紅了。她現在在錫拉斯以北的區域繼續肅清行動。她的勝利對皇帝的威名很有幫助，不過更能樹立她自己的家族威名。

我期盼很快就能聽到妳成功追捕維托瑞亞斯叛徒的消息。

誓死盡忠，

亞奇拉斯族長

附註：妳母親要我提醒妳記得好好吃飯。

小莉的信比較短。

親愛的琳：

因為妳在遠方，秋天顯得好寂寥。漢娜也有同感——不過她絕對不會承認的。陛下幾乎每天都來看她，他也關心我的健康，因為我仍然發燒而被隔離。他有一回甚至想闖過衛兵來看我。我們真是幸運，我的姊姊要嫁的男人如此關心我們家人。

爸爸和叔叔們正努力維繫住舊的聯盟。但依拉司翠恩並不像應當如此地敬畏陛下。希望爸爸能向庶民他們求援，我相信陛下最強而有力的支持者可能是他們。

爸爸催我快點了，不然我還想多寫一點。注意安全喔，姊姊。

愛妳的，
莉薇雅・亞奇拉

我用顫抖的手捲起羊皮紙。要是我早幾天收到這兩封信，也許我會明白失敗的代價，而狠下心來逮捕伊里亞斯。

現在父親害怕的事開始發生了，各大家族彼此爭鬥。漢娜嫁給毒蛇的日子又逼近了一些，而且馬可斯還想染指莉薇雅——她要是覺得不重要是不會提起這件事的。

我把信紙揉成一團。父親的訊息明確無比。

找到伊里亞斯。給馬可斯一場勝利。

幫幫我們。

「哈波中尉，」我說，「傳令下去，我們五分鐘後出發。德克斯——」

我從他轉身面向我時的僵硬姿態看出他還在生氣。他有權生氣。

「由你來負責審問，」我說，「改讓費里斯去搜查東邊的沙漠，你告訴他一聲。問出答案給我，德克斯。留瑪米和山恩活口，以防我們要用他們當誘餌。除此之外，你該怎麼做就怎麼做，即使……即使是對孩子們。」

德克斯點點頭，我把講出這些話而引起的反胃感碾碎。我是血伯勞，該是我堅強起來的時候了。

「什麼都沒有？」三個小組的組長在我嚴厲的目光下不安地動著身體。其中一人用腳踩著沙地，看起來就像畜欄裡的馬一樣躁動。我們的營地在努爾以北幾哩處，此時其他同營的士兵都在這人身後偷偷觀望。「我們已經在這片見鬼的沙漠裡搜了六天，還是什麼收穫也沒有？」

哈波是我們五人中唯一沒有被惱人的沙漠之風吹瞇了眼的，他清了清喉嚨。「沙漠很大，血伯勞。」他說，「我們需要更多人手。」

他說得對。我們得搜查幾千輛馬車，我卻只有三百個人負責這件事。我已經傳了訊息到阿特拉山口、泰布和塞德港的軍營請求支援——可是他們都分不出兵力。

我在士兵們面前來回踱步，飛散的髮絲唰唰地打在我臉上。我想趁天黑之前派這些人再出去一趟，盡可能搜查他們能找到的馬車，但他們已經累壞了。

「往北騎半天的詹崔亞有個軍營，」我說，「如果我們趕趕路，在天黑前可以到，我們在那裡可以得到援軍。」

我們在天快黑時接近那座軍營，它矗立在北方四分之一哩外的山丘頂端。這個前哨基地是附近規模最大的，橫跨帝國境內的森林地和部落民的沙漠分界兩側。

「血伯勞，」隨著軍營映入眼簾，亞維塔斯讓坐騎放慢速度，一手摸向他的弓，「妳聞到沒有？」

一股西風把熟悉的酸中帶甜的氣味帶到我鼻端。死亡。我的手探向彎刀。有人攻擊軍營？學人叛軍嗎？還是趁著別處陷入混亂之際，神不知鬼不覺溜進帝國的蠻族突擊隊？

我命令部下前進，我的身體微微彎起，血液加速，渴望著戰鬥。也許我應該先派斥候出去，但如果軍營需要我們的援救，可沒時間等我們慢慢偵察。

我們爬上山頭，我叫部下放慢速度。通往軍營的道路上遍布死屍與垂死之人，都是學人，不是武人。

在遙遠的前方，軍營的大門旁，有六個學人跪成一排。有個矮小的人在他們前方來回踱步，即使離得很遠，我還是立刻認出那個人是誰。

凱銳絲．維托瑞亞。

我催馬前進。天殺的，司令官大老遠跑來做什麼？革命已經蔓延到這麼遠了嗎？

我的部下和我小心地避開隨意堆疊在地上的屍體。有些屍體穿著反抗軍的黑色服裝，不過大部分沒有。

真是屍橫遍野，就只是為了一場還沒開始已注定失敗的革命。我盯著那些屍體，心裡生起一團怒火。難道那些學人叛軍在起義時，不明白自己將惹上什麼麻煩嗎？他們不懂帝國將會用死亡和恐怖來懲罰他們嗎？

我在軍營大門前翻身下馬，離司令官打量她的囚犯們的位置只有幾碼遠。盔甲上濺滿血跡的凱銳絲．維托瑞亞對我視若無睹，夾在學人囚犯兩側她的人馬也不理睬我。

我挺了挺身子，正準備叱責他們，凱銳絲突然把她的彎刀砍進第一個學人囚犯的身體裡，那個女人連哀叫都沒有就倒在地上。

我強迫自己不要移開目光。

「血伯勞。」司令官轉身向我行了個禮。她的人馬立刻跟進。她的聲音很輕，不過一如以往，她就是有辦法一邊維持面無表情、一邊嘲弄我的頭銜。她瞥了哈波一眼，他只是點了個頭作為回應。接著她對我發言。「妳不是應該在南方區域作地毯式搜尋，搜查維托瑞亞斯嗎？」

「妳不是應該在雷河邊獵捕學人叛軍嗎？」

「雷河邊的革命已經被消滅了。」司令官說，「我和我的人在肅清鄉下地區的學人威脅。」

我斜睨著她面前嚇得直發抖的一千人犯。有三個人的年齡是我父親的兩倍老，剩下兩個是孩子。

「我看這些平民並不像叛軍鬥士。」

「血伯勞，就是這種想法鼓勵了他們起來反抗。這些『平民』窩藏了反抗軍逆賊，等到被帶來軍營審問之後，他們——還有叛軍——又策劃越獄。他們敢這麼囂張，毫無疑問是受到謠言的鼓勵，謠傳努爾城裡的武人吃了敗仗。」

她尖刻的言詞讓我漲紅了臉，我想反唇相譏，卻為之語塞。妳的失敗削弱了帝國的威嚴。這些話不言而喻，而且倒也不失中肯。司令官癟一癟嘴，目光越過我的肩膀移向我的部下。

「好委靡的一群人，」她觀察道，「疲憊的人馬注定任務失敗，血伯勞。難道妳在黑巖學院沒有學會這個道理嗎？」

「我得分散兵力才能搜查更大的範圍。」儘管我試圖讓自己的聲音和她一樣冷漠，但我知道自己聽起來就像個鬱悶的培訓生，在向百夫長推銷自己不可靠的作戰策略。

「用這麼多人去追捕一個叛徒，」她說，「妳卻仍然運氣不佳。別人會以為妳不是真心想要找到維托瑞亞斯呢。」

「那是別人搞錯了。」我咬牙切齒地說。

「別人希望如此囉。」她帶著些微的嘲弄意味說，我氣得臉頰發紅。她轉身面向她的囚犯，排在下一個的是個孩子，是個鼻子上有一排雀斑的黑髮男孩。空氣裡瀰漫著刺鼻的尿味，司令官俯視著男孩，歪了歪頭。

「小傢伙，你很害怕嗎？」她的語氣幾乎稱得上溫柔。她的虛偽讓我想要嘔吐。男孩全身發抖，盯著他面前浸飽了血的沙地。

「停止。」我上前一步。老天，海琳，妳在做什麼？司令官以微帶好奇的表情看著我。

「我以血伯勞的身分，」我說，「命令妳——」

司令官的第一把彎刀咻地穿過空氣，讓那孩子身首異處。在同時間，她抽出第二把彎刀，刺入第二個孩子的心臟。她手裡亮出刀子，瞬間將它們拋射出去——咻、咻、咻——一把接一把地射進剩下三個囚犯的喉嚨。

在喘兩口氣的時間裡，她就把他們全都殺了。

「嗯？血伯勞？」她轉回身面向我。從表面上看，她耐心、有禮，一點都沒有顯露出我知道深藏在她內心的瘋狂。我審視她的部下——足有超過一百人，冷眼旁觀我和她的角力。如果我現在挑戰她，很難說她會怎麼做。很可能會攻擊我，或是想屠殺我的部下。反正她絕對不會屈服於責難。

「把屍體埋了。」我壓抑著情緒，不卑不亢地說。「我可不想讓軍營的水源被屍體給污染了。」

司令官點點頭，面無表情。完美的面具武士。「沒問題，血伯勞。」

我命令我的人進到軍營裡，然後我回到空蕩蕩的黑武士營房休息，頹然坐到牆邊排列的十幾張硬床中的一張上。在外頭奔波了一週，讓我身上髒得要命。我應該洗澡、吃飯、休息。

然而我卻發現自己呆呆地盯著天花板兩小時之久。我滿腦子都是司令官的事。她對我的羞辱很明確——而我缺乏反擊的能力顯示出我的脆弱。可是儘管這方面讓我沮喪，更令我不安的卻是她對那些囚犯做的事，她對那些孩子做的事。

帝國現在變成這樣了嗎？*還是它一直都是這樣？*有個微弱的聲音在我腦海裡問道。

「我給妳拿吃的來了。」

我猛然坐起身，頭撞到上鋪的床底，不禁罵了一聲。哈波把他的背包丟到地上，點頭指了指放在門邊桌上的一盤熱騰騰的黃米飯佐香料絞肉。看起來很可口，但我知道此時此刻，放進嘴裡的任何東西嚐起來都會像灰燼。

「司令官在一小時前離開了，」哈波說，「她朝北方走。」

哈波脫下盔甲，整齊地擺放在門邊，然後在衣櫃裡翻找乾淨的工作服。他背向我換衣服。他脫掉上衣的時候，刻意躲到陰影裡不讓我看見。他的羞怯讓我咧開嘴笑了。

「食物可不會主動跳進妳的嘴啊，血伯勞。」

我懷疑地望著餐盤，哈波嘆了口氣，光著腳走到桌子邊，先嚐了一口食物再遞給我。

「吃吧，」他說，「這是妳母親的叮嚀。要是帝國堂堂的血伯勞戰鬥到一半，突然餓得昏死過去，那還像話嗎？」

我不情願地接過盤子，勉強自己吞了幾口。

「前任血伯勞有人負責試毒，」哈波坐到我對面的行軍床上，雙臂向後撐著身體，「通常是來自名不見經傳的庶民家庭的輔助兵。」

「有人會想暗殺血伯勞？」

哈波看我的眼神，好像我是個特別不靈光的幼齡生。「當然，皇帝對他言聽計從，而且他跟拷夫的典獄長是堂兄弟。全帝國大概只有少數幾個祕密是他不知道的。」

我緊抿著嘴唇忍著打冷顫的衝動。我還記得我當五年生時曾見過典獄長。我記得他是怎麼得知那些祕密的——透過變態的實驗和心理遊戲。

哈波目光銳利地盯著我，他的眼睛就像南方國度的淡色玉一樣閃著光澤。「妳可以告訴我一件事嗎？」

我費力地吞下只嚼到一半的食物。他的語調好平靜——我現在已經學到那代表什麼：他準備要出招了。

「妳為什麼放他走？」

老天啊。「放誰走？」

「我能察覺妳什麼時候想要誤導我，血伯勞。」哈波說，「還記得嗎？我和妳在審問室裡共度了五天。」他在行軍床上往前傾，微微偏著頭，像一隻好奇的鳥。我並沒有被他唬住；他的眼神極為專注。「妳在努爾找到維托瑞亞斯了，卻又放走他。是因為妳愛他？他和其他面具武士不一樣？」

「你好大的膽子！」我摜下餐盤，霍地站起身。哈波一把抓住我的手臂，我想甩開他，但他不鬆手。

「拜託，」他說，「我沒有惡意，我發誓。我也愛過人，血伯勞。」他的眼裡有往日的傷痛一閃而逝。我在他眼裡沒看到謊言，只有好奇。

我推開他的手臂，繼續審視著他，一邊坐了回去。我透過營房敞開的窗戶向外望，看到窗外遼闊的灌木叢山丘。月光極其幽微地照亮室內，這種黑暗讓我感到安慰。

「的確，維托瑞亞斯是個和我們一樣的面具武士。」我說，「大膽，勇敢，強壯，敏捷。不過這些都是附加條件。」手指上的血伯勞官戒感覺好重，我旋轉它。我從來沒和任何人談起伊里亞斯，能向誰說呢？我在黑巖學院的同袍會嘲弄我，兩個妹妹則是不能體會。

我突然發現，我想談他，我迫切需要談他。

「伊里亞斯看人時，看到的是他們該有的樣子，」我說，「而不是他們表現出的樣子。他會笑自己，也樂於奉獻自己——做任何事都是。」

「就像第一場試煉的時候，」回憶讓我忍不住顫慄，「先知們玩弄我們的心智。但伊里亞斯沒有動搖，他直視死亡，一點都沒有考慮要丟下我不管。他不會放棄我。我達不到他的境界，他很善良，他絕對不會讓司令官殺死那些囚犯，尤其是孩子。」

「司令官是為帝國效命。」

我搖頭。「她所做的事不是為帝國效命，」我說，「至少不是我為之奮鬥的那個帝國。」

哈波用令人不安的眼神定定地望著我。我一時懷疑是不是講太多了，但隨即醒悟到我才不在乎他怎麼想。他可不是我朋友，而且就算他把我說的話呈報給馬可斯或司令官，也沒差。

「血伯勞！」喊叫聲嚇得哈波和我都驚跳起來，片刻之後，門被衝開了，門口站著一個氣喘吁吁、全身沾滿塵土的輔助兵速使。「皇帝命令妳趕到安蒂恩，立刻動身。」

*老天啊。*如果我繞路去安蒂恩，就永遠都別想逮到伊里亞斯了。「士兵，我正在出任務，」我說，「我不打算半途而廢。到底有什麼事這麼重要？」

「開戰了，血伯勞。依拉司翠恩各大家族的內戰開打了。」

第二部

北方

25 伊里亞斯

兩個星期的光陰，就在夜騎、盜竊、潛伏之間一晃眼地過去了。武人士兵有如蝗蟲一般群集在鄉間，肆虐每座村落、農莊、橋樑和木屋，搜尋我的蹤跡。

但我單槍匹馬，而且我是面具武士，因此仍然一路順利前行。我趕路趕得很勤，而在沙漠裡出生和長大的特雷拉，也吃下一哩又一哩的路。

兩週後，我們來到泰亞斯河的東支流邊，河水在滿月的光輝下閃閃發亮，有如一把銀彎刀上的槽線。今晚安靜而明亮，沒有一絲的風，我牽著特雷拉往上游走，直到找到一個可以渡河的地方。

牠嘩嘩地踩過淺灘時放慢了速度，當牠的馬蹄剛踩上河的北岸，便發狂地擺著頭，眼珠向後翻。

「喂──喂，小子。」我跳進水裡，往前拉著牠的馬勒，想讓牠踏上河堤。牠嗚咽著亂甩頭。「你被什麼東西咬了嗎？我們來瞧瞧。」

我從鞍囊裡抽出一條毛毯，輕柔地按壓牠的四肢，等著接觸到咬傷處牠會退縮。但牠靜靜地讓我揉遍牠的腿，然後牠轉朝南方。

「往這裡。」我試著讓牠往北方走，但牠怎麼也不聽話。真奇怪。我們到目前為止都處得很好。牠比外公任何一匹馬都聰明得多，而且耐力也更強。「別擔心，小子，沒什麼好怕的。」

「你確定嗎？伊里亞斯．維托瑞亞斯？」

「十層地獄啊！」我簡直不敢相信真的是捕魂者，直到我看見她坐在幾碼外的岩石上。

「我沒死。」我搶著說，就像否認闖禍的小孩子。

「顯然如此。」捕魂者站起身，把她的黑髮往後甩，她的黑眼珠直直盯著我。我有一點想戳戳她，看她是不是真的。「不過你現在進入我的領土了。」捕魂者朝東方點點頭，指向位於地平線的一條濃密黑線。暮光森林。

「那裡就是等候地？」我從來沒有想到捕魂者巢穴周圍那些充滿壓迫感的樹林會屬於我的世界。

「你從來沒有好奇過它在哪裡嗎？」

「我大部分時間都在琢磨該怎麼離開。」我再度嘗試把特雷拉從河邊拉開，牠卻不肯動。「捕魂者，妳要什麼？」

她輕拍特雷拉的兩耳間，牠放鬆了。她從我手裡取走牠的韁繩，牽著牠往北走，輕鬆得就像她才是和牠朝夕相處了兩星期的人。我鬱悶地瞪了馬兒一眼。叛徒。

「誰說我要任何東西呢？伊里亞斯？」捕魂者說，「我只是來歡迎你進入我的土地而已。」

「是喔。」真是鬼扯。「妳不用擔心我會逗留，我還有別的地方要去。」

「啊，」我聽出她有笑意，「那可能是個問題。是這樣的，你跑到離我的領域這麼近的地方時，會打擾到靈體，伊里亞斯。所以你要為此付出代價。」

好個歡迎啊。「什麼代價？」

「我會再告訴你。如果你做得夠快，我會協助你通過這片土地，速度比騎馬更快喔。」

我不情願地騎上特雷拉的背，然後朝她伸出手，雖然光是想到她那異界的身軀要如此靠近我，就讓我的血液快凝結。但她沒理會我的動作，直接拔腿奔跑，她敏捷的雙足能輕鬆地跟上特雷拉的慢跑速度。西方吹來一陣風，她就像風箏一樣乘風飛起，她的身體浮在風裡，好像她是棉絮做成的。在快到不可能是正常的時間內，暮光森林已經像一堵牆般矗立在我們面前。

五年生的任務從未將我帶到離森林如此近的地方。百夫長警告過我們要遠離森林的邊界。由於不聽話的人常常就此消失，因此這成為沒有人會笨到違反的少數規定之一。

「留下那匹馬，」捕魂者說，「我會確保牠得到照料。」

打從我踏進森林那一刻起，靈體的耳語聲便開始了。由於現在我沒有因為失去意識而感官遲鈍，我能更清楚地分辨那些語句。樹葉的紅變得更鮮豔了，樹汁的甜味也更加濃郁。

「伊里亞斯。」捕魂者的聲音蓋過了鬼魂的颯颯聲，她朝樹木之間的空隙點點頭，有個靈體在那裡徘徊。崔斯塔斯。

「他為什麼還在這裡？」

「他不肯聽我的話。」捕魂者說，「也許他會聽你的。」

「我是害死他的人耶。」

「正是。是仇恨將他釘死在這裡的。我並不介意鬼魂希望留下來，伊里亞斯——但我不希望他們會惹其他靈體不高興。你得和他談談，你得幫助他繼續前進。」

「如果我辦不到呢？」

捕魂者聳聳肩。「你要待到成功為止。」

「我得去拷夫。」

捕魂者轉身背對我。「那你最好趕緊開始吧。」

❦

崔斯塔斯不肯和我說話。他先是想攻擊我，但與我失去意識狀態時不同，他的拳頭直接穿過我的肉身。他一醒悟到他動不了我時，就立刻一邊咒罵一邊快步離開了。我想跟著他，不停呼喚他的名字。到了傍晚，我的嗓子都喊啞了。

森林完全陷入黑暗之際，捕魂者出現在我身旁。我懷疑她一直在冷眼旁觀我的笨拙行為。

「來吧，」她簡短地說，「如果你不吃點東西，你會變得虛弱，還是辦不成事。」

我們沿著一條小溪來到一座小木屋，屋子裡全是淺色的木頭家具和手工編織的小地毯。一盞盞多切面、五顏六色的部落民油燈點亮室內空間，桌上擺著一碗熱騰騰的燉湯。

「挺舒適的嘛，」我說，「妳住在這裡？」

捕魂者轉身要走，但我一個箭步擋在她面前，她撞上我。我預期會有一股寒意貫穿我全身，就像我碰到幽靈那時候一樣。但她是溫熱的，幾乎像是發燒的熱度。

捕魂者迅速退開，我揚起眉毛。「妳是活人？」

「我不是人類。」

「這我猜到了。」我訕訕地說，「但妳也不是幽靈。而且妳顯然有生理需求。」我看著這棟房子、角落裡的床、柴火上咕嘟作響的燉湯。「食物、居處。」

她怒瞪著我，然後以超乎自然的迅捷繞過我。我聯想到賽拉城地下墓穴裡的生物。「妳是妖精嗎？」

她手伸向門把，我懊惱地嘆了口氣。「跟我談一談有什麼不可以？」我說，「妳在這裡一定很寂寞吧，只有一堆靈體陪伴妳。」

我以為她會呵斥我或直接跑走，但她的手凍結在門把上。我讓到一旁，用手比了比桌子。

「請坐。」

她悠悠地回到房間裡，黑眼珠裡透露著戒慎。我在那黝暗的目光深處看到有一絲好奇閃過。不曉得她上一回和還沒死的人交談是什麼時候的事了。

「我不是妖精。」她在我對面坐定後說，「牠們是比較弱的生物，誕生於較低階的自然元素。沙子或影子，黏土、風或水。」

「那妳是什麼？」我說，「還是我該問——」我打量她能騙倒人的人類外形，只有眼睛看不出年齡，「——妳原本是什麼？」

「我曾經是個女孩。」捕魂者低頭看著自己的手，有一盞部落民油燈在她的手上投射出斑點狀的圖案。她聽起來幾乎像在思考。「一個愚蠢的女孩，做了一件愚蠢的事。但那件事導致另一件蠢事。蠢事變成災難，災難變成謀殺，謀殺變成毀滅。」她嘆了口氣。「現在我在這裡，被鎖死在這個地方，用護送鬼魂跨越不同的疆域來補償我犯的罪。」

「頗嚴厲的懲罰。」

「那是很嚴重的罪行。但你很了解犯罪與懺悔是怎麼回事。」她站起身，再次疾言厲色。「隨意找地方睡吧，我不會打擾你。但是記住，如果你想把握懺悔的機會，就必須找出方法來幫助崔斯塔斯。」

好幾天的日子彷彿融成一團模糊的記憶——這裡的時間感與外界不同。我感覺得到崔斯塔斯，卻看不見他。隨著日子一天天過去，我懷著愈來愈焦躁的心情想找到他，也愈來愈深入樹林。最後，我發現森林的一塊區域，看起來陽光已經有多年不曾照射進來。近旁有一條湍急的小河，我注意到前方有一團熾紅的亮光。火？

亮光增強了，我考慮要呼喚捕魂者，但沒有聞到煙味。我湊近去，發現我看到的不是火，而是一小片樹林——巨大、交互纏結的樹，不正常的樹。那些長滿節瘤的樹幹通體發光，像是由內部被地獄之火給吞噬著。

*救救我們，樹娃。*樹幹裡的聲音哭喊道，沙啞而刺耳的聲音。*不要丟下我們不管。*

一個人影跪在最大的那棵樹底部，一手伸出平貼著燃燒的樹幹。捕魂者。

樹裡的火焰溜到她手上，再蔓延到她頸部、腹部。一瞬間，她全身都在燃燒，無煙的黑紅之火吞噬了她。我大叫一聲奔向她，但就像她被吞噬時一般突然，火焰又熄滅了，她仍然是完好的。樹木依舊發著光，但它們的火焰變得微弱、溫馴。

捕魂者頹然倒地，我抱起她。她輕得像個孩子。

「你不該看到那一幕的。」我抱她離開樹林時她細聲說，「我不知道你會進到森林這麼深的地方來。」

「剛才那是通往地獄的門嗎？邪惡的靈魂就是去那裡嗎？」

捕魂者搖搖頭。「伊里亞斯，不管是善良或邪惡的靈魂，都只會繼續前進。但那確實是某種地獄，至少對困在裡頭的存在來說是。」

她倒在木屋裡的一張椅子裡，臉色蒼白。我拿了一條毛毯掖在她肩頭，看她沒有反對的意思讓我鬆了口氣。

「妳告訴過我，妖精是由較低階的自然元素所生成的，」我在她對面坐下，「有較高階的自然元素嗎？」

「只有一種。」捕魂者低聲說。她的敵意大幅消滅，讓她像是換了個人。「火。」

「妳是精靈。」我突然靈光一閃，儘管我自己也不太懂為什麼這樣想。「對不對？我以為很久以前，某個學人國王使計讓其他異界生物背叛你們、消滅你們的種族了。」

「精靈族沒有被消滅，」捕魂者說，「只是被困住了。而且背叛我們的不是異界生物，而是　個高傲的精靈少女。」

「妳？」

她推開毛毯。「我不該帶你來這裡的，」她說，「不該利用你癲癇發作的機會找你說話的，原諒我。」

「那就帶我去拷夫吧。」我立刻把握住她道歉的機會，我需要離開這裡。「拜託妳，我現在應該已經到那裡了才對。」

捕魂者冷冷地睥睨我。

該死，她打算把我留在這裡了，天知道要多久。不過接著她卻點了一下頭，讓我大大鬆了口氣。「那早上出發吧。」她蹣跚地走向門口，揮揮手不要我幫忙。

「等一下，」我說，「捕魂者，榭娃。」

她聽到自己的名字時身體一僵。

「妳究竟為什麼帶我來這裡？別說只是為了崔斯塔斯，因為不合邏輯。撫慰靈魂是妳的工作，不是我的。」

「我需要你幫助你朋友。」我聽得出她在撒謊，「就這樣而已。」

說完這話她便消失在門外，我咒罵一聲，比起和她第一次見面的時候，我對她的了解並沒有增加分毫。可是拷夫——還有戴倫——還在等，我能做的只有收下自由並離開。

榭娃遵守諾言，一早就把我送到拷夫——這種事根本不可能。我們踩著悠閒的步伐從她的小木屋出發，幾分鐘後，頭上的樹木就變稀疏了。之後再走了十五分鐘，我們已經深入納維內斯山脈的陰影裡，腳下唰唰地踩著一層新雪。

「這裡是我的地盤，伊里亞斯。」榭娃回應我沒問出口的問題。她現在戒備心沒那麼重了，好像我喊她名字打開了她埋藏已久的禮貌。「只要我在它的界線之內，我可以以我希望的方式移動到任何地方。」她朝前方樹木間的一處空隙點點頭。「從那裡穿過去就到拷夫了。如果你想要成功，伊里亞斯，就得加緊腳步了。再兩個星期就是『拉塔那』了。」

我們走到一處高聳的山脊上，這裡能俯瞰有如一條黑色長緞帶的暮河。但我幾乎沒有注意到。從我脫離樹林的那一刻起，我一心只想轉身離開。

先是氣味衝擊了我，這是我想像中地獄該有的氣味，然後是絕望。絕望乘風而來，化作令人汗毛直豎的男男女女的慘叫聲，他們的人生只剩下折磨和苦難。那種叫聲和亡者安詳的耳語聲是如此天差地別，我不禁懷疑兩者怎麼可能存在於同一個世界。

我抬高視線，望向從山谷北端的山峰上聳立而起的龐然冷鐵和人工鑿成的陰暗巨石。拷夫監獄。

「別去，伊里亞斯。」樹娃低聲說，「要是你被困在那些牆後頭，你的命運絕對一片暗淡。」

「無論如何我的命運都是一片暗淡。」我伸手到背後，解開彎刀的刀鞘，彎刀的重量讓我感到安慰。「至少選擇這種方式，不會是徒勞一場。」

26 海琳

我和哈波花了三個星期才到安蒂恩，在這段期間內，這座首都已經進入深秋，像是鋪了一層邊緣綴著白霜的紅金相間毛毯。空氣裡瀰漫南瓜和肉桂的氣味，濃濃的柴煙在天空裊裊升起。

可是在耀眼的葉片底下、沉重的橡木門後頭，正醞釀著一場依拉司翠恩叛亂。

「血伯勞。」哈波從城外近郊的武人軍營裡走出來，「黑武士護衛隊剛從營房出發，」他說，「軍營的中士說街上很危險——尤其是對妳來說。」

「那我們更應該盡快進城了。」我捏緊口袋裡的幾十張信箋——全都是父親寄的，一封比一封來得緊急。「我們沒有時間等了。」

「我們也不能在內戰即將開打的前夕，失去全帝國位階最高的執法人員。」哈波秉持他一貫的坦率說道，「以帝國為先啊，血伯勞。」

「你的意思是以司令官為先吧。」

亞維塔斯鎮定的面容出現一絲瑕疵，但他抑制住心裡潛藏的所有情緒。

「以帝國為先，血伯勞。一向如此。我們等吧。」

我沒再爭辯。與哈波共同趕路好幾週，像是後頭有幽靈在追趕般地快馬加鞭衝向安蒂恩，這個過程讓我對哈波作為面具武士的才華有了新的認識。他和我在黑巖學院裡從未接觸過。他比我年長四歲——他是五年生的時候我是幼齡生，他是培訓生的時候我是五年生，他是優等生的時候我是培訓生。在他整個受訓生涯中，一定都沒有刻意表現出眾，因為我從來沒聽說他的事蹟。

但現在我了解司令官為什麼選他來當盟友了。他和她一樣，對於自己的情緒有鐵腕般的控制力。

軍營外傳來隆隆的馬蹄聲，我立刻跳上馬背。片刻之後，一群士兵現身，他們胸甲上的尖叫血伯勞圖案表明他們是我的人。

他們看到我時，多半都俐落地行軍禮，不過其餘的人看起來有所遲疑。我挺直背脊，臉色一沉。這些是我的部下，應該立刻表現服從才對。

「哈波中尉。」其中一人——他是上尉，也是這群人的指揮官——策馬上前。「血伯勞。」

他先喊哈波已經夠無禮的，再加上他一邊打量我一邊擺出不屑的表情，更讓我的拳頭因為忍著想揍他下巴的衝動而隱隱作痛。

「士兵，報上名來。」我說。

「加勒斯．瑟吉亞斯上尉。」

加勒斯．瑟吉亞斯上尉，長官。我想要糾正他。

我知道他。他有個兒子在黑巖學院，比我低兩個年級。那男孩格鬥能力高明，可惜是個大嘴巴。「上尉，」我說，「你為什麼這樣看著我，好像我剛勾引了你老婆？」

上尉下巴一縮，垂下目光。「我怎麼敢——」

我反手給了他一耳光，他嘴巴噴出血沫，眼中閃現火花，但他忍住沒說話。他的部下微微躁動，帶有反叛意味地竊竊私語。

「下回你再任意發言，」我說，「我會鞭打你。回到你的位置，我們已經遲到了。」其餘黑武士排列陣形，組成防禦式的盾形，哈波騎著馬來到我身旁。我偷偷打量周圍的臉孔。他們是面具武士——而且還是黑武士，也就是菁英中的菁英。他們的表情雖平板且漠然，但我能感覺出表面下蠢蠢欲動的憤怒。我並沒有博得他們的尊敬。

我一手按在腰間的彎刀上，跟著隊伍接近皇帝的宮殿，那是一幢緊靠著城市北界的宏偉白色石灰岩建築，後方即是納維內斯山脈的山麓丘陵。建有雉堞的城垛上，排列著箭孔和守衛塔。泰亞家族的紅金相間旗幟，已經替換為馬可斯的旗幟：在一片黑色平原上的一支大錘。

許多走在街上的武人都停下來看我們通過。他們從厚毛皮帽底下、編織圍巾上頭窺探我這個新任血伯勞，臉上混雜著恐懼和好奇。

「會唱歌的小鳥……」

我驚跳了一下，我的馬不悅地揚了揚頭。騎在我旁邊的亞維塔斯銳利地瞥向我，但我沒理他，只是在人群中搜尋。一抹白色吸引了我的目光。有一群嘰嘰喳喳的小孩和乞丐聚在火盆邊，而在他們之間，我瞧見一個遍布駭人疤痕的下巴，下巴兩側披散著掩人耳目的雪白髮絲。漆黑的眼珠迎向我的視線。然後她就不見了，消失在街頭。

見鬼，廚子來安蒂恩做什麼？

其實真要講起來，我從來沒把學人視為敵人。敵人會讓你害怕，敵人可能會毀滅你。

可是學人絕對毀滅不了武人，他們不識字，不會打鬥，沒有煉鋼的技能。他們是奴隸階級——低等階級。

但是廚子不一樣，她好像不止如此。

我們抵達宮殿大門，我被迫不去想那個老太婆的事；我看見是誰在等我們了：司令官。她不知為何，比我更早來到這裡。從她平靜的表情和整齊的衣著看來，我猜她至少比我早了一整天到。

黑武士全體成員一看到她立刻行禮，毫不遲疑地給予她比我更多的尊敬。

「血伯勞。」她從容地吐出這三個字，「妳這一路辛苦了。本該讓妳有機會休息一下，不過皇上堅持要我立刻帶妳進去。」

「我不需要休息，凱銳絲。」我說，「我以為妳還在鄉間到處追殺學人呢。」

「皇上要我來貢獻一點意見，」司令官說，「我當然恭敬不如從命。不過妳可以放心，我在這裡並沒有遊手好閒。此時此刻，安蒂恩的各大監獄正在清理學人瘟疫，而我的人還在更南邊執行肅清行動。來吧，血伯勞，皇上在等呢。」她瞥向我的人，「妳的護衛隊不必跟來。」

她的侮辱不言而喻：血伯勞，妳幹嘛要帶護衛隊呢？妳怕了嗎？我張嘴想反駁，不過又忍住沒講話。她大概巴不得我回嘴，那就可以更進一步地讓我難堪了。

我以為凱銳絲會帶我去擠滿朝臣的謁見室，事實上，我還期望在那裡見到父親。然而馬可斯皇帝在一間放滿厚絨布座椅和低垂吊燈的長形客廳裡等我們，我一進去就明白他為什麼選擇這個地方了：沒有窗戶。

「他媽的終於來了。」我進門時他鄙夷地撇著嘴。「十層地獄啊，妳來之前就不能先洗個澡嗎？」

如果會讓你想離我更近就不能。「啟稟皇上，內戰比我個人的衛生更重要。我能如何效勞？」

「妳是說除了逮到帝國的頭號通緝犯之外嗎？」馬可斯的嘲諷語氣因為他那對濁黃眼裡的恨意而減弱了幾分。

「我就快要逮到他了，」我說，「但你把我召回來。我建議直接告訴我你需要什麼，我才能回去獵捕他。」

我看到他的拳頭飛過來，可是當下巴被擊中時仍然覺得喘不過氣。一股溫熱的鮮血湧入我的嘴巴，我逼自己把血吞下去。

「不要惹我生氣。」馬可斯的口水噴到我臉上，「妳是我的血伯勞，妳是執行我意志的劍。」他拿起一張羊皮紙，重重地甩在我們旁邊的桌子上。

「十個家族，」他說，「都是依拉司翠恩。四個家族和魯菲亞家族結盟，推舉出一個依拉司翠恩人選來取代我當皇帝。另外五個家族則各自推舉他們的族長來競逐帝位。每個家族都派了刺客來暗殺我。我要在明天早晨舉行公開處決，並且看到他們的頭插在皇宮前面。明白嗎？」

「你是否有證據——」

「他不需要證據。」默默潛伏在門附近、與哈波並肩而立的司令官，此刻打斷我的話。「這些家族攻擊了皇室，也攻擊了維托瑞亞家族。他們公開要求驅逐皇帝，他們是叛徒。」

「妳也是背誓者嗎？」馬可斯對我說，「我是不是應該把妳從卡第恩巨岩丟下去，讓妳的名字蒙羞五代？血伯勞？聽說巨岩渴盼叛徒的血，因為它喝進愈多血，帝國就會變得愈強大。」

卡第恩巨岩是皇宮附近的一處懸崖，懸崖底部是一個裝滿白骨的坑洞。它的作用是處決唯一一種罪犯：叛國賊。

我逼自己仔細看名單。有些家族的勢力和亞奇拉家族一樣大，有的還更有勢力。

「陛下，也許我們可以嘗試協商——」

馬可斯瞬間縮短我們之間的距離。儘管我的口腔仍因為他剛才的攻擊在出血，我卻沒有退縮。我不會讓他嚇倒我的。我強迫自己抬頭直視他的眼睛，卻必須努力克制住顫慄的衝動：我看見他眼裡的瘋狂，一種壓抑的瘋狂，一種只需要極微弱的火花就能點燃、變成熊熊大火的憤怒。

「妳父親試過協商。」馬可斯逼近我，直到我的背貼在牆上。司令官以無所謂的表情看著，哈波則移開了目光。「他沒完沒了的廢話，只是給了那些叛徒時間去找尋更多盟友，去謀劃更多行刺計畫。少跟我提什麼協商，我從黑巖學院那個鬼地方活下來可不是為了協商，我通過那些該死的試煉可不是為了協商，我殺了——」

他忽地停了下來。一股強大到出乎預料的悲傷充滿他的身體，好像深藏在他體內的另一個人想要衝出來。

一絲恐懼在我的腹部伸展開來。此情此景可能是目前為止我在馬可斯身上看過最嚇人的，因為他看起來有了人性。

「我會保住帝位，血伯勞，」他輕聲說，「我犧牲了太多，不能放棄它。遵守妳對我的誓言，我就能讓這個帝國重建秩序。背叛我，妳就等著看它燃燒吧。」

*必須以帝國為優先——優先於妳的心願、妳的友情、妳的希望。*上次我和父親見面時，他堅決地說了這些話。我知道現在他會說什麼。*我們是亞奇拉，丫頭。誓死盡忠。*

我必須遵從馬可斯的命令，我必須終止這場內戰，否則帝國會被依拉司翠恩們的貪婪壓垮。

我朝馬可斯低下頭：「遵命，陛下。」

27
蕾雅

蕾雅：

捕魂者說如果我繼續跟著阿芙雅的車隊，會來不及把戴倫救出拷夫。我一個人先走的速度會快一倍，等你們到拷夫的時候，我應該已經找到方法把戴倫救出來了。我們——或至少他——會在我跟阿芙雅說過的山洞裡等你們。

為了以防事情不如預期，你們要找時間運用我畫的拷夫地圖，擬訂你們自己的計畫。如果我失敗了，你們必須成功——為了妳哥哥，也為了妳的同胞。

不管發生什麼事，都要記得妳告訴我的：只要活著就有希望。

希望我們能再相見。

——伊・維

七個句子。

七個該死的句子，在我們一同行動了幾週、救過彼此的性命、戰鬥和生存之後。只留下七個句子，然後他就像一陣煙消失在北風裡。

即使是他已經離開四週的現在，我的怒火仍然高亢，憤怒令我眼神噴火。別說伊里亞斯沒有道別的事了——他讓我根本沒機會反對他的決定。

他只是留了張字條，短得可憐的字條。

我發現自己下巴緊繃，握著弓的手用力到指節泛白。奇楠在我身旁嘆了口氣，他扠著手臂靠在我們占據的這片空地的一棵樹上。他現在已經很了解我了，他知道我在想什麼，才會這麼生氣。

「專心點，蕾雅。」

我試著把伊里亞斯趕出腦海，照著奇楠的吩咐去做。我瞄準目標——掛在一棵滿是紅葉的楓樹上的一個舊水桶——讓箭飛出去。

失手了。

空地後方是部落民的馬車，正隨著周圍呼嘯的風而嘎吱作響，這詭異的聲音讓我的血液都快結凍了。*已經是深秋了，冬天很快就會來臨。*冬天代表下雪，下雪代表山口會被堵住，山口被堵住代表我們要到春天才能去找拷夫、戴倫或伊里亞斯。

「別再擔心了。」我再度拉弓，奇楠把我的右手臂拉直。他散發的熱度驅走了冰冷的空氣，他接觸我右手臂的位置有一股酥麻感，一路往上延伸到我的脖子，我相信他一定注意到了。他清了清喉嚨，強壯的手穩穩地把住我的手。「肩膀不要往前彎。」

「我們不該這麼早停車的。」我的肌肉有如火燒，但至少不像前幾次一樣，只撐了十分鐘就垂下拉弓的手。我們站在馬車圍成的圓圈外圍，趁著太陽沒入我們西邊的森林之前，善加利用最後一絲天光。

「天色根本還沒變暗呢，」我繼續說，「我們原本可以過河的。」我望向西方，森林後方有　座方形塔樓——那是武人的軍營。「不管怎麼說，至少我想和他們隔著一條河。」我放下弓，「我要去找阿芙雅談談——」

「我可不會這麼做。」伊薺從嘴角伸出舌頭，在離我幾碼遠的位置拉開她自己的弓。「她心情不太好。」伊薺的目標是放在一根低垂樹枝上的舊靴子，她已經進步到可以使用真箭的程度了，而我還在用磨鈍的樹枝，以免不小心射死任何走進我射程的倒楣鬼。

「她不喜歡這麼深入帝國，或是待在看得見『那座』森林的地方。」斜倚在伊薺附近一個樹墩上的吉布藍說，並且朝著東北方的地平線點點頭，那裡綿延著低矮的綠色山丘，長滿濃密的老樹。暮光森林是屹立在馬林西界的哨兵——其有效的程度，武人長達五百年的統治期間，都沒能穿透它。

「等著瞧吧，」吉布藍繼續說，「等我們通過此地以北的東側支流後，她會比平常來得更暴躁。我老姊可是很迷信的。」

「吉布藍，你怕那座森林嗎？」伊薺好奇地審視著遠方的樹林，「你靠近過它嗎？」

「一次，」吉布藍說，他隨時都展現出的幽默感削弱了幾分，「我只記得我一心想離開。」

「吉布藍！伊薺！」阿芙雅在營地另一頭喊道，「柴火！」

吉布藍發出呻吟，頭往後一仰。由於他和伊薺是全車隊最年幼的，阿芙雅分配給他們——通常還有我——最瑣碎的雜務：收集柴火、洗碗、刷髒衣服。

「她乾脆在我們身上裝該死的奴隸手銬腳鐐好了。」吉布藍埋怨道。接著他露出狡獪的表情。

「射中那個目標——」吉布藍對伊薺露出電力十足的笑容，她臉頰頓時染上紅暈，「——我就負責撿柴火一週。沒射中的話，妳就要撿一週。」

伊薺拉弓、瞄準，輕鬆地把靴子射下樹枝。吉布藍咒罵一聲。

「別像個小孩子似的，」伊薺說，「你在賣力幹活的時候，我還是會在旁邊陪你啦。」

伊薺把弓掛到背上，伸手拉吉布藍起身。儘管他說話氣呼呼的，他牽著她的手的時間還是比必要的要久一些，她率先走在他前頭時，他也依戀地望著她。

我偷偷笑了，想起幾天前晚上睡前，伊薺和我說的話。「蕾雅，被人帶著善意仰慕的感覺真好，被人覺得漂亮的感覺真好。」

他們從阿芙雅旁邊經過，她催促他們動作快點。我咬緊牙關，把視線從那女人身上移開。一種無能為力的無奈占據我心。我想對她說我們應該繼續走，但我知道她聽不進去。我想告訴她，她讓伊里亞斯走——她根本沒打算在他走遠前叫醒我，這是錯的，但她不會在乎。我想對她大發雷霆，因為她不肯讓我或奇楠騎馬去追伊里亞斯，但她只會翻翻白眼，把我得知伊里亞斯走了時她對我說過的話重複一遍：我的責任是把妳安全地帶到拷夫，而妳衝去追他會阻礙我的工作。

我必須承認她以讓人讚嘆的智慧在盡她的責任。這裡是帝國的中心，鄉間到處都是武人士兵。阿芙雅的車隊已經被搜查了十幾遍，我們全靠她的走私技能才保住性命。

我放下弓，我的專注力已經消失無蹤了。

「來幫我準備晚餐吧？」奇楠對我露出無奈的笑容，他很了解我這副表情。自從伊里亞斯離開後，他一直耐心地忍受著我的沮喪，而且他明白唯一的解藥就是分散我的注意力。

「輪到我煮飯。」他說。我跟他並肩而行，沉浸在心事裡，以致於直到伊薺喊出聲來，我才察覺她正朝我們跑過來。

「快來啊，」她說，「有一家子學人正在逃離帝國的追殺。」

奇楠和我跟著伊薺快步回到營地，發現阿芙雅正用塞德語跟里茲還有瓦娜急速交談。一小群神情緊張的學人在一旁看著，他們的衣服破爛，臉上淚水和泥土交錯。兩個狀似姊妹的黑眼睛女子挨著彼此站著，其中一人摟著一個年約六歲的小女孩。與她們同行的男人抱著個不超過兩歲的小男孩。

阿芙雅轉過身背對里茲和瓦娜，他們兩人都露出相似的憤慨表情。齊赫保持距離，但他看起來也不開心。

「我們不能幫你們，」阿芙雅對學人們說，「我不能把武人的怒火引到我的族人身上。」

「他們殺死所有人，」其中一個女人說，「沒有人能活命，女士。他們甚至殺死學人囚犯，直接在牢房裡展開大屠殺——」

我腳下的地面彷彿抽走了一般。「什麼？」我推開奇楠和阿芙雅走向前，「妳說學人囚犯怎麼了？」

「武人在屠殺他們，」女人轉向我，「每一個囚犯，從賽拉城到錫拉斯，到我們住的城市艾斯蒂恩，它在這裡西邊五十哩。我們聽說安蒂恩是下一個，再來是拷夫。那個女人——那個面具武士，他們喊她『司令官』——她要把他們全殺光。」

28 海琳

「妳要怎麼處置瑟吉亞斯上尉？」我們走向安蒂恩的黑武士營房時，哈波問道。「馬可斯名單上有幾個家族和瑟吉亞家族結盟，他在黑武士中獲得很多人支持。」

「沒什麼是幾場鞭刑解決不了的。」

「妳沒辦法鞭打他們全部人啊。如果他們公然表示異議，妳要怎麼做？」

「哈波，他們可以屈從於我的意思，否則我就毀了他們。這事沒那麼複雜。」

「少說蠢話了，血伯勞。」他語氣中的憤怒令我驚訝，我瞥向他，看到他的綠眼珠炯炯發亮。「他們有兩百個人，而我們只有兩個人。要是他們群起對付我們，我們就死定了。若非如此，馬可斯幹嘛不自己直接下命令鏟除異己？他很清楚他可能控制不了黑武士，他不能冒險讓他們直接反抗他，但他可以冒險讓他們反抗妳。一定是司令官提點他這麼做的。如果妳失敗了，妳只剩死路一條，而這正是她想要的。」

「也是你想要的。」

「如果我希望妳死，又何必告訴妳這些？」

「老天啊，我不知道，哈波。你做事需要任何理由嗎？你的行為總是不合常理。」我心煩地皺起眉頭，「我沒時間玩這些把戲，我得想出辦法捉拿全帝國戒備最森嚴的十個家族的族長。」

哈波想要回嘴，但我們已經走到了營房，它是蓋在一片訓練場周圍的巨大方形建築。營房裡的人多半在擲骰子或玩紙牌，身旁放著一杯杯麥芽酒。我嫌惡得咬牙切齒。前任血伯勞才死了幾週，紀律已經蕩然無存。

我穿過訓練場時，有些人好奇地瞄我，其他人則肆無忌憚地打量我，讓我恨不得挖出他們的眼珠。多數人都看起來憤憤不平。

「我們先除掉瑟吉亞斯，」我低聲說，「還有他最親近的同盟。」

「暴力是行不通的，」哈波喃喃道，「妳需要智取他們，妳需要祕密。」

「祕密是毒蛇的做事方法。」

「毒蛇能長命百歲。」哈波說，「前任血伯勞用祕密當作交易品——所以他對泰亞家族來說才這麼有價值。」

「我不知道任何祕密，哈波。」可是在我這麼說的同時，我已經醒悟到事實並非如此。譬如說瑟吉亞斯好了，他兒子講過許多他不該說出來的事情。謠言在黑巖學院傳得很快，如果瑟吉亞斯二世說的事情是真的……

「我可以處理他的同盟，」哈波說，「我會從黑武士中尋求其他庶民的幫助。但我們必須快刀斬亂麻。」

「去辦你的事吧，」我說，「我會找瑟吉亞斯談談。」

我在營房的食堂裡找到蹺著腳的上尉，他的狐群狗黨都聚在他身邊。

「瑟吉亞斯。」我沒著墨於他不站起來的事。「我需要徵詢你對某件事的意見。私下談。」我轉過身走向血伯勞的辦公區域，他沒有立刻跟上來，氣得我火冒三丈。

「上尉。」他終於走進我房間時我開口說道，但他打岔。

「亞奇拉小姐。」他說。我硬生生被自己的口水給嗆到。打從我六歲以後，就沒有人喊過我亞奇拉小姐了。

「在妳要求我出意見或做事情之前，」他繼續說，「讓我先說明一件事。妳永遠都別想控制黑武士。妳充其量只是漂亮的門面而已，所以不管那個庶民狗皇帝給了妳什麼樣的命令——」

「你老婆還好嗎？」我原本沒打算如此單刀直入，但如果他想表現出狗的水準，那我只好趴下來配合他，直到給他套上項圈。

「我老婆知道她的身分。」瑟吉亞斯戒備地說。

「和你不同，」我說，「你和她妹妹還有她表妹上床。現在你已經有幾個私生子在到處亂跑了？六個？七個？」

「如果妳想恐嚇我——」瑟吉亞斯不屑的表情很做作，「——那是沒用的。我老婆知道我另外有女人，也知道我有私生子。她只是帶著微笑善盡她的責任。妳也應該向她看齊：穿上洋裝，為了妳的家族找個人嫁了，多生幾個繼承人。事實上，我有個兒子——」

沒錯，你這蠢貨。我認識你兒子。瑟吉亞斯培訓生恨死他老爸了。真希望有人能告訴她，那男孩曾經這樣說到他母親：她可以告訴外公，他會把我那混蛋老爸踢出門。

「也許你老婆確實知道，」我對瑟吉亞斯微笑，「也許你的風流情事是個祕密，而知道這祕密會讓她崩潰。也許她會告訴她父親，而他在盛怒之下會接她回家，並且收回維持你那棟依拉司翠恩破房子的所有資金。沒錢的話，你可沒辦法當上瑟吉亞家族的族長，不是嗎？瑟吉亞斯中尉？」

「我是瑟吉亞斯上尉！」

「你剛被降級了。」

瑟吉亞斯的臉先是變白，然後又變成少見的醬紫色。等他的驚愕之情退去後，他換上了一種讓我看了很得意的無助又憤怒的表情。

他挺直背脊，行了個軍禮，然後用對上級說話該有的語氣說：「血伯勞，我能如何效勞？」

等到瑟吉亞斯對他那群馬屁精吼出我的命令時，其餘的黑武士總算像樣一點了，儘管有些不甘願。走進指揮官區域的一小時後，我站在黑武士的戰情室裡，擬訂攻擊計畫。

「分成五隊，每隊三十人。」我指著名單上的五個家族，「我要在天亮之前，看到這些家族的族長、族長夫人和所有超過十三歲的孩子被拴上鐵鍊，在卡蒂恩巨岩等待。不足齡的孩子也要由武裝衛兵看守著。安靜地完成這件事，要乾淨俐落。」

「另外五個家族怎麼辦？」瑟吉亞斯中尉說，「魯菲亞家族和他們的盟友？」

我認識魯菲亞斯族長，他是個典型的依拉司翠恩，懷著典型的偏見。而且他曾經是父親的好友。根據父親的信，魯菲亞斯族長已經嘗試了十幾遍要把亞奇拉家族拉進他的反叛聯盟了。

「他們就交給我吧。」

我穿上白金相間的禮服，極度不舒適——很可能是因為打從我四歲時被迫出席一場婚禮以來，我就再也沒穿過禮服了。我早該這麼做了——光是看到漢娜那副像是吞下一整條活蛇的表情，就值回票價。

「妳看起來真美，」小莉悄聲說，我們走進餐廳，「那些白痴絕對沒料到。不過前提是——」她警告地看我一眼，藍眼睛瞪得大大的，「——妳要約束好自己。即使魯菲亞斯族長很惡劣，卻很聰明，很容易起疑心。」

「要是妳看到我做蠢事就用力捏我。」我終於注意到房間的布置，不禁愕然地張大嘴。母親展現了超越自我的才華，在餐桌上擺設了雪白的瓷器和插在玻璃長花瓶中的冬季玫瑰；奶油色的細蠟燭讓室內充盈著溫馨的光輝；角落裡有個鳥籠，一隻純白的嘯鶇唱著甜美的歌曲。

漢娜跟在小莉和我後頭進入房間。她的禮服和我的類似，髮型是攏起的小波浪。她在鬈髮頂端戴了一只小小的金色飾環——不怎麼含蓄地暗指她即將舉行的喜事。

「這招行不通的。」她說，「我實在不明白妳為什麼不直接帶著妳的衛兵潛入那些叛徒的屋子，把他們殺光就得了。那不是妳最擅長的嗎？」

「我不想讓禮服沾到血。」我沒好氣地說。

我訝異地看到漢娜咧嘴笑了，然後她又趕緊舉手擋在臉前遮掩。

我的心情放鬆了，我發現自己用笑容回應她，就像我們小時候共享笑話時那樣。可是一秒之後，她臉色一沉。「天知道他們發現我們邀他們來這裡，只是為了困住他們的時候，大家會怎麼說。」

她從我身邊走開，我的火氣又上來了。難道她以為我願意這樣做嗎？

「妳不能一邊嫁給馬可斯、一邊還不想讓雙手沾上鮮血，妹妹。」我沒好氣地對她說，「妳還不如現在開始培養這個習慣呢。」

「妳們兩個都別說了。」小莉望著我們中間的餐廳外頭，大門開了，父親與我們的賓客打招呼。「記住誰才是真正的敵人。」

片刻之後，父親走進來，後頭跟著一群依拉司翠恩男人，每個人都有十幾個保鑣簇擁著。他們檢查了每一吋地方，包括窗戶、餐桌和布幔——然後才讓他們的族長走進來。

魯菲亞家族的族長一馬當先，一身紫黃相間的絲袍在大肚腩的位置繃得緊緊的。這個肥胖的男人自從退伍之後就不注重外表了，不過仍然狡猾得像鬣狗。他一看到我，手立刻摸向腰間的劍——從他軟趴趴的手臂看來，我很懷疑他還記得怎麼用劍。

「亞奇拉斯族長，」他嚷嚷起來，「這是什麼意思？」

我父親訝異地瞥了我一眼，他的表情極為真摯，在那瞬間連我都被他唬住了。

「這是我的長女，」父親說，「海琳·亞奇拉。」他故意介紹我的本名。「不過我想現在我們應該叫她『血伯勞』，對吧，親愛的？」他以長輩的姿態輕拍我的臉頰。「我覺得讓她稍微聽一下我們的討論，對她會有好處。」

「她是皇帝的血伯勞。」魯菲亞斯族長並沒有移開按在劍上的手，「這是場埋伏嗎？

亞奇拉斯？我們自投羅網了嗎？」

「她的確是皇帝的血伯勞，」父親說，「所以她對我們很有用處，即使她一點都不懂該怎麼利用她的職位。當然，我們要教教她。來吧，魯菲亞斯，你我已經認識很多年了。如果你不放心，可以派你的人搜查整棟屋子。要是你看到任何不對勁的地方，可以和其他人立刻離開。」

我對魯菲亞斯族長露出燦笑，裝出熱絡又可愛的嗓音，我看過小莉用這種方式魅惑別人向她透露資訊。「留下來嘛，族長。」我說，「我希望能以我的新頭銜為榮，而只有觀摩像您這樣經驗豐富的人士做事情，我才能長點見識。」

「黑巖學院培育的可不是小老鼠，女孩。」他沒把磚頭般的手從劍上移開。「妳在耍什麼花招？」

我佯裝訝異地望向父親。「沒什麼花招啊，先生。」我說，「我是亞奇拉家族的閨女，這是最重要的。至於黑巖學院嘛，身為一介女子，在那裡求生存有一些……門道。」即使他露出詫異的眼神，他的臉上還是閃現一種混雜了鄙夷和興奮的表情。這讓我感覺皮膚上像有蟲子在爬，但我堅定自己的心神。*來啊，你這蠢東西，小看我啊。*

他咕噥了一聲坐下來，其他四個族長——魯菲亞斯的盟友——也跟進。不久後母親走進來，後面跟著一個試毒者和一排端著豐盛食物托盤的奴隸。

母親按照我事前的要求，安排我坐在魯菲亞斯對面。在整頓飯局中，我讓自己尖聲嬌笑；我擺弄頭髮；我在談話進入關鍵部分時露出百無聊賴的表情；我和小莉一同咯咯笑。我瞥向漢娜時，她在和另一個族長聊天，完全吸走了他的注意力。

餐會結束時，父親站起身。「各位，我們到我的書房去吧。」他說，「小琳，親愛的，幫忙端酒來。」父親沒等我回應，便帶著那群人走出去，他們的保鑣也跟過去。

「妳們兩個都回房去，」我悄聲對小莉和漢娜說，「不管妳們聽到什麼聲音，都要待在房裡，等父親去找妳們。」

幾分鐘後我端著一托盤的酒和酒杯走近書房，族長們為數眾多的保鑣都站在書房外頭，裡頭的空間太小了，容不下他們。我對守在門兩側的人嫣然一笑，他們也咧著嘴回我笑容。白痴。

我進房之後，父親在我身後關上房門，一手按在我肩膀上說，「海琳是個好女孩，對她的家族忠心耿耿。」他不著痕跡地把我帶入對話裡，「她會照我們說的去做——那會讓我們更接近皇帝。」

他們討論著潛在的結盟者，我則端著托盤繞著桌子發酒，經過窗戶時難以覺察地停頓了一下——這是給在外頭待命的黑武士的暗號。我慢吞吞地送酒，父親若無其事地先從每個杯子抿一口酒，我再把杯子遞給族長。

我把最後一個杯子遞給魯菲亞斯族長時，他那對豬眼睛直勾勾地望著我，手指故意擦過我的掌心。我很輕易地隱藏住嫌惡，尤其當我聽到書房外傳來極為細微的悶響時。

別殺死他們，海琳，我提醒自己。妳需要讓他們活著接受公開處決。

我對魯菲亞斯族長露出專門為他保留的悄然一笑，慢慢從他的手邊抽回我的手。然後，我從禮服的夾層裡抽出彎刀。

天亮以前，黑武士已經聚集起所有依拉司翠恩叛徒和他們的家人。城市傳令者宣告了即將在卡第恩巨岩舉行的處決。巨岩底部的白骨坑周圍有一片廣場，現在有幾千人聚集在廣場上。人群裡的依拉司翠恩和賣開特接到命令，要喊出他們對叛徒的不認同——否則他們也將面臨類似的下場。庶民階級則不需要別人鼓勵就會這麼做。

巨岩頂端有個斜坡，闢建成三層梯田狀結構。包括我家在內的依拉司翠恩朝臣可以站在離得最近的一層觀看，勢力不那麼大的家族領袖則站在最上層。

馬可斯站在懸崖邊緣審視人群。他穿著全套軍禮服，頭上戴了頂鐵飾環。司令官站在他旁邊，附在他耳邊說著悄悄話。他點點頭，在太陽升起時對全體人民發言，傳令者會把他的話送到人群另一端。

「十個依拉司翠恩家族選擇違抗由先知選出的皇帝，」他吼道，「十個依拉司翠恩族長相信他們比指引我們幾世紀的神聖預言家懂得更多。這些族長大逆不道的行為讓他們的家族蒙羞。他們是帝國的叛徒，而懲罰叛徒的方式只有一種。」

接著，馬可斯點點頭。站在嘴巴被塞住、身體不斷扭動的魯菲亞斯族長兩側的哈波和我，便把他拉起身。馬可斯沒再進行任何儀式，直接揪住魯菲亞斯鮮豔過頭的袍子，把他丟下懸崖側邊。

他的身體擊中底下坑洞的聲響，淹沒在群眾的歡呼聲裡。

接下來九個族長很快也跟著墜落，等到他們都化作懸崖底部一堆斷骨和破碎的頭骨時，馬可斯轉向他們的繼承人——他們被鐵鍊拴著跪在地上，排成一列好讓全安蒂恩的人都能看見。他們各自所屬家族的旗幟在他們身後飄揚。

「你們要宣誓效忠，」他說，「用你們妻子、兒女的性命起誓，否則我對天發誓，我的血伯勞會一一消滅你們家族的每個人，不管你們是不是依拉司翠恩。」

他們爭先恐後地發誓。這是當然的，他們已經死去的族長的慘叫聲，還在他們腦袋裡迴盪著。每當一個人發完誓，人群就會再歡呼一次。

所有人都發完誓後，馬可斯再度面向人群。「我是你們的皇帝，」他的聲音隆隆地傳遍廣場，「先知們預言中的皇帝。我要看到秩序，我要看到忠誠。敢違逆我的人要用生命來付出代價。」

人群再次歡呼，魯菲亞家族的新族長對他身旁的另一個族長說話，他的聲音幾乎被淹沒在喧鬧聲中。

「那伊里亞斯．維托瑞亞斯怎麼說？」他不服氣地說，「皇帝把當今世上最高貴的人都殺了，那個混蛋卻能逍遙法外。」

人群並沒有聽到這些話——但馬可斯聽到了。毒蛇慢慢地轉頭望向新任族長，那人畏縮成一團，眼神恐懼地飄向懸崖邊緣。

「說得有理，魯菲亞斯族長。」馬可斯說，「我回應你一下：伊里亞斯．維托瑞亞斯將在『拉塔那』當天進行公開處決，我的血伯勞已經派人在追捕他了。不是嗎？血伯勞？」

「拉塔那」？只剩幾週時間了。「我——」

「我希望，」司令官說，「妳別再用更多藉口讓陛下覺得煩了。我們不希望發現妳的忠誠度和我們剛才處死的那些叛徒一樣不牢靠。」

「妳竟敢——」

「妳被交付了一項任務，」馬可斯說，「妳還沒成功。卡第恩巨岩渴盼叛徒的鮮血。如果我們不能用伊里亞斯．維托瑞亞斯的血來為它止渴，也許我們該用亞奇拉家族的血為它止渴。畢竟叛徒都是一樣的。」

「你不能殺我，」我說，「坎恩說殺了我會導致你自己的滅亡。」

「妳並不是亞奇拉家族的唯一成員。」

我的家人。隨著他的弦外之音席捲我，馬可斯的眼中散發著光芒，那是他似乎只有在踩到別人的痛處時才會感受到的惡意喜悅。

「你跟漢娜訂婚了。」拿他對權力的渴求當弱點，我焦急地想道。讓他明白這樣做對他的傷害更甚於妳，海琳。「亞奇拉家族是你唯一的盟友。」

「他有維托瑞亞家族。」司令官說。

「而且我還能想到，嗯——」馬可斯瞥向近在幾碼外的那群新任依拉司翠恩族長，「——大概另外十個願意堅定支持我的家族。對了，這還多虧了妳呢。至於妳妹妹嘛——」他聳聳肩，「——我可以另外找一個上流出身的妓女來娶，反正人選多得很。」

「你的帝位並不夠穩固——」

他壓低音量轉為警告的嘶語。「妳膽敢拿我的帝位——我的盟友——來挑戰我？在整個朝廷面前？千萬不要以為妳懂得比我多，血伯勞。千萬不要。沒有比這個更讓我生氣的事了。」

他眼裡狡獪的算計讓我的身體重如鉛塊。他朝我跨近一步，他的惡意就像劇毒，不但融蝕了我的行動能力，更遑論思考能力。

「啊。」他把我的下巴往上抬，目光在我的臉上巡視。「驚慌，恐懼，絕望。我喜歡妳這個樣子，血伯勞。」他突如其來地咬了我的嘴唇，他的眼睛始終睜得大大的。好痛。我嚐到了自己的血。

「現在，血伯勞，」他對著我的嘴巴吐氣，「去把我的獵物叼來。」

29 蕾雅

那個女人——那個面具武士，他們喊她「司令官」——她要把他們全殺光。

所有學人。所有學人囚犯。

「天啊，奇楠。」我說。叛軍和我一樣立刻就想到了。「戴倫。」

「武人在往北移動。」奇楠小聲說。那群學人並沒有聽到他說話，他們的注意力都集中在阿芙雅身上，她還沒決定他們的命運。「他們應該還沒到拷夫。司令官做事很有條理，如果她要由南往北推進，不會現在突然改變計畫。她還要先通過安蒂恩才會到拷夫。」

「阿芙雅，」齊赫手裡拿著望遠鏡從營地邊緣喊道，「有武人要來了。看不清楚數量，但距離很近。」

阿芙雅咒罵一聲，學人男人抓住她的手。「求求妳，把孩子們帶走就好。」他的下巴緊繃著，眼睛裡卻已充滿淚水。「阿炎兩歲，賽娜六歲，武人不會放過他們的。保護他們的安全吧，我的兩個姊姊和我會把士兵們引開。」

「阿芙雅，」伊薺驚恐地看著部落民，「妳不能拒絕他們啊——」

男人轉向我們。「求求妳，小姐。」他對我說，「我的名字是米拉德，我是個製繩匠，只是個小人物。我不在乎我自己，但我兒子——他很聰明——」

吉布藍出現在我們後頭，一把抓住伊薺的手。「快點，」他說，「進到馬車裡去，武人追的是他們，但他們見到任何學人都會格殺勿論。我得把妳藏起來。」

「阿芙雅，拜託妳。」伊薺看著那兩個孩子，但吉布藍把她往他的馬車拽，眼裡滿是驚恐。

「蕾雅，」奇楠說，「我們應該躲起來——」

「妳必須收留他們，」我對阿芙雅說，「全部人。我在妳的走私者暗格中待過，妳的空間夠用。」我轉向米拉德，「武人看到你和你的家人了嗎？他們是特地來追殺你們的嗎？」

「不是，」米拉德說，「我們是和另外十幾個人一起跑的，幾小時前才走散。」

「阿芙雅，妳一定有奴隸的手銬吧，」我說，「不然我們重施在努爾的故技——」

「絕對不行。」阿芙雅惡狠狠地說，黑眼珠像兩把利刃。「我已經為了你們幾個把我的族人置於危險中了，」她說，「現在閉上嘴，進到你們在馬車上的位置去。」

「蕾雅，」奇楠說，「快來——」

「『札爾達菈』，」齊赫用急促的語氣說，「十二個人，距離兩分鐘。有個面具武士和他們在一起。」

「天殺的。」阿芙雅揪住我的手臂，把我硬生生往她的馬車推。「進、去、馬、車，」她咆哮，「現在。」

「把他們藏起來，」我一個箭步向前，米拉德把他兒子塞進我懷裡，「否則我哪也不去。我會站在這裡等武人來，他們會查出我是誰，而妳會因為窩藏逃犯而死。」

「鬼話，」阿芙雅嘶聲說道，「妳才不會拿妳寶貝哥哥的命當賭注。」

我上前一步，鼻子離她只有一吋，我想到媽媽、想到外婆、想到戴倫，我想到所有在武人的刀刃下死去的學人。

「試試看吧。」阿芙雅和我對看了一會兒，然後迸出一句介於咆哮和叫喊之間的話。「如果我們因此而死，」她說，「我到地獄都不會放過妳。」

「瓦娜，」她對她的表妹喊道，「妳負責帶姊妹倆和女孩，用里茲的馬車和放地毯的馬車。」她轉向米拉德。「你跟蕾雅一起。」

奇楠抓住我的肩膀。「妳確定？」

「我們不能眼睜睜看他們死，」我說，「快去躲起來——武人馬上就要來了。」他衝向他在齊赫車上的躲藏處，片刻之後，米拉德、阿炎和我進了阿芙雅的馬車。我拉開小地毯露出地上的一扇暗門，它用鋼鐵強化過，重得像頭大象。米拉德幫忙我把門抬起來，吃力得發出悶哼。

門開了之後，露出一個淺而寬的空間，這裡裝滿甲斯和火藥。這是阿芙雅的假隔間，過去這幾週，搜查車隊的武人很多都找到這個隔間，而且很滿意自己發現了她的非法貨物，也就大意地沒再進一步搜查了。

我拉動一個隱藏的控制桿，聽到咔的一聲。隔間水平捲起，露出第一個隔間底下的另一個空間，它剛好大到能容納三個人。我跳進去挨在一側，米拉德貼著另一側，瞪大眼睛的阿炎則躺在我們中間。

阿芙雅來到馬車門邊，她仍然滿面怒容，刻意沉默地把誘敵用的隔間拉回來蓋住我們。在那上頭的暗門也砰然關上了，她把地毯拉平時發出沙沙聲，接著她的腳步聲遠去。

馬匹噴氣和金屬相碰的聲響穿透隔間的木板傳進來。我聞到瀝青的氣味。武人簡短俐落的說話語氣清晰可聞，但我聽不清楚他在說什麼。一個影子掠過隔間，我逼自己不要動，不要發出任何聲響。同樣的事情我已經做過十幾次了，有時我要在這裡等半小時，有時一次等了幾乎半天。

穩住，蕾雅，冷靜。我旁邊的阿炎動了動身體，不過保持安靜，也許他察覺到隔間外頭的危險了。

「——有一群學人叛軍朝這個方向跑，」一個平板的聲音說，是那個面具武士，「妳看到他們了嗎？」

「我看到一兩個奴隸，」阿芙雅說，「沒看到叛軍。」

「我們還是要搜索妳的馬車，部落民。妳的『札爾達』在哪？」

「我就是『札爾達菈』。」

面具武士頓了一下。「有意思。」他說話的語氣讓我發寒。我完全能想像里茲怒髮衝冠的樣子。「也許我們兩個晚點能交流一下，部落民。」

「也許喔。」阿芙雅像貓咪一樣輕柔地應道，她接話接得如此順暢，要不是我和她相處了幾個星期，肯定聽不出深藏在她表面之下的那絲憤怒。

「從綠色那輛開始。」面具武士的聲音變遠了。我轉過頭，閉起一眼，把另一眼湊到木板間的空隙上，勉強可以看到吉布藍那輛鑲滿鏡片的馬車，以及在它旁邊的補給品馬車，奇楠躲在後者。

我以為奇楠會想和我躲在一起，但我們第一次遇上武人時，他看了一眼阿芙雅的馬車隔間，便搖搖頭。

如果我們分開來躲，他說，*即使武人找到其中一人，其他人還是可以藏得好好的。*

才沒過多久，附近就傳來馬噴氣的聲音，一個士兵落下馬背。我瞥見一張銀色面孔閃現的亮光，試著命令自己繼續呼吸。我旁邊的米拉德用一手摟在兒子胸前。

阿芙雅馬車底部的梯子放了下來，士兵沉重的腳步聲在我們上方迴盪。腳步聲停了下來。

*那不代表什麼。他可能不會看到地板上有裂縫。*暗門設計得非常巧妙，就連誘敵用的隔間都幾乎難以察覺。

士兵來回走著，他下了馬車，但我無法放鬆，因為片刻之後，他又繞了回來。

「『札爾達菈』，」他喊阿芙雅，「妳的馬車造得有點奇怪啊。」他的語氣幾乎帶著戲謔，「從外頭看來，馬車底部離地面只有一呎左右；可是內部的地板明顯高出許多。」

「部落民喜歡把馬車造得堅固一點，大人。」阿芙雅說，「否則軋到路上的第一個坑洞就會散了。」

「輔助兵，」面具武士喊另一個士兵，「過來。『札爾達菈』，妳也是。」靴聲咚咚地爬上阿芙雅的階梯，後頭跟著她較為輕盈的腳步聲。

呼吸，蕾雅。呼吸。我們會沒事的，這種情況以前也有過。

「翻開地毯，『札爾達菈』。」

地毯移動了。一秒後，我聽到暗門曝光發出的咔嗒聲。*天啊，不。*

「妳喜歡把馬車造得堅固一點是吧？」面具武士說，「顯然沒多堅固。」

「也許我們可以打個商量，」阿芙雅諂媚地說，「我很樂意奉上一點小禮物，只要你不追究——」

「我不是帝國裡收過路費的人，可以讓妳用一塊甲斯磚來買通，部落民。」面具武士的聲音已不帶任何戲謔，「這玩意兒是違禁品，我要沒收和銷毀，火藥也是一樣。士兵，把這些走私品搬出來。」

好了，你查到東西了，繼續上路吧。

士兵們把甲斯磚一塊塊地搬出來。這情況也發生過，不過在這次之前，阿芙雅都有辦法用區區幾塊甲斯磚說服武人不要再追查下去。這個面具武士卻不為所動，看著隔間裡的東西都清空了。

「好了，」輔助兵搬完之後阿芙雅說，「滿意了嗎？」

「還差得遠呢。」面具武士說。

一秒後，阿芙雅罵了一句髒話。我聽到一聲沉重的悶響、一個吸氣聲，還有像是部落民把尖叫聲硬吞回去的聲音。

消失啊，蕾雅，我在心中對自己說。妳是隱形的。不見蹤影。妳很小，比一條線還小，比一粒灰塵還小。沒人看得到妳，沒人知道妳在這裡。

我的身體有股麻癢感，彷彿一下子有太多血液湧向皮膚。

片刻後，隔間的第二個區塊掀開來。阿芙雅癱軟地靠坐在車廂側邊，一手按著正迅速瘀紫的脖子。面具武士就站在我面前，我抬頭直視他，發現自己已經嚇得動彈不得。

我以為他會認出我，但他眼裡只有米拉德和阿炎。男孩一看到面前的怪物便號哭起來，兩手用力耙抓父親，而他則絕望地試圖讓兒子安靜下來。

「學人垃圾，」面具武士說，「連躲都躲不好。起來，鼠輩，還有叫你的小雜種閉嘴。」

米拉德迅速瞥向我躺的位置，然後瞪大眼睛，接著他又快速移開目光，什麼也沒說。他沒理會我，他們都不理會我，好像我不在這裡，好像他們看不到我。

就像是妳在賽拉城偷襲司令官的時候，像是妳在突襲者之窟躲避部落民的時候，像是伊里亞斯在努爾在人群裡找不到妳的時候。妳希望消失，就真的消失了。

不可能啊。我想這一定是面具武士在耍什麼詭異的花招，但他走下馬車，把阿芙雅、米拉德和阿炎推在身前，而我一個人被留下來。我低頭看看自己，不禁倒抽一口氣。我可以看到自己的身體，卻也能透過身體看到後方木頭的紋理。我試探地朝放置走私品的隔間邊緣伸出手，預期我的手會穿過去，就像故事裡的鬼魂那樣。但我的身體仍然很實在；只不過在我看來變得更透明——而在其他人看來是完全隱形的。

怎麼會？怎麼會？怎麼會？是賽拉城那個妖精幹的好事嗎？這是我必須找出答案的疑問——不過要晚點再說。現在我抓起戴倫的彎刀以及我的匕首和背包，躡手躡腳地爬下馬車。我一直躲在陰影處，不過我大可以走在火把前面，也沒有人會看見我。齊赫、里茲、瓦娜和吉布藍都跪在地上，雙手被縛在身後。

「搜索所有馬車，」面具武士咆哮，「這裡既然有兩個學人廢物，就一定還有更多。」

片刻之後，其中一個士兵走過來。「長官，」他說，「沒有別人了。」

「那就是你看得不夠仔細。」面具武士抓起一支火把，點燃吉布藍的馬車。

伊薺！

「不要，」吉布藍喊道，努力想掙脫綑繩，「**不要！**」

一會兒後，伊薺跌跌撞撞地走出馬車，被煙嗆得猛咳。面具武士露出笑容。

「看吧？」他對同夥士兵說，「就像老鼠一樣，只要用煙就燻出來了。把馬車都燒了，這幫人要去的地方用不到馬車。」

天啊，我得行動了。我數了一下武人的數量。總共有十二個人：面具武士、六個帝國軍、五個輔助兵。他們點火之後沒多久，米拉德的兩個姊姊就從藏身處跑出來，手裡抱著小賽娜。那個女孩簡直無法從面具武士身上移開她驚恐的眼神。

「我又搜出一個！」有個輔助兵從營地另一端喊道，我驚駭地發現他把奇楠拖了出來。

面具武士咧嘴笑著打量奇楠。「看看這頭髮，」他說，「我有幾個朋友偏好紅毛小子，可惜我接到的命令是殺光所有學人，否則我可以拿你換來好些金子呢。」

奇楠咬牙切齒，在空地上搜尋我的身影。他沒看到我，顯得鬆了口氣，沒有抵抗就讓武人把他綁起來。

馬車都在燃燒，他們找到了所有人。再過不了多久，他們就會處死所有學人，也很可能會把阿芙雅和她的族人都打入大牢。

我沒有什麼計畫，但還是先行動再說。我伸手去拿戴倫的彎刀，不過它是隱形的嗎？一定是。我的衣服顯然是隱形的，包包也是。我走向奇楠。

「別動。」我在他耳邊悄聲說。奇楠的呼吸停了一秒，不過除此之外，他連動都沒動分毫。「我要先割斷你手上的繩子，」我說，「然後是你腳上的。我會交給你一把彎刀。」

奇楠完全沒表現出聽見了的模樣。我鋸著綁住他手的皮繩，其中一個帝國軍走向面具武士。

「馬車都燒了，」他說，「我們逮到了六個部落民、五個學人成人，還有兩個學人兒童。」

「很好，」面具武士說，「我們要──啊──」

面具武士的頸部像噴泉一樣噴出血來，因為奇楠跳起身，掄起戴倫的彎刀抹過武人的喉嚨。這一招應該要致命的，但對方是面具武士，他快速後退，一手按住傷口，五官扭曲成憤怒的咆哮狀。

我奔向阿芙雅，割斷她的繩子。齊赫是下一個。等我著手解救里茲、瓦娜和學人們的時候，空地已經陷入一片混亂。奇楠和面具武士扭打成一團，對方一心想要把他扳倒在地。齊赫周旋在三個帝國軍的刀刃之間，射箭的速度快到我都沒看見他拉弓。一聲尖叫使我急速迴身，看到瓦娜捂著血流如注的手臂，而她父親正用一根棍子與兩名輔助兵對戰。

「伊薺！到後面去！」吉布藍把我朋友拉到身後，揮舞著一支劍對抗另一個帝國軍。

「殺了他們！」面具武士對部下大吼，「全都殺了！」

米拉德把阿炎推給他其中一個姊姊，撿起一塊從馬車上剝落的著火木板。他朝一名逼近的輔助兵揮舞木板，對方戒備地往後跳。他另一側有個輔助兵舉起彎刀，衝著學人而來，但我一躍向前。我把匕首刺進那個士兵背部的凹處，再用力往上劃，這是奇楠教我的方法。男人倒在地上抽搐。

米拉德的一個姊姊與另一個輔助兵在交戰，米拉德趁那人分心時用著火木板戳向他，使他的衣服著火。那個士兵慘叫著在地上瘋狂打滾，試圖撲滅火勢。

「妳——妳剛才不見了。」米拉德瞪著我結結巴巴地說，但現在沒有時間解釋。我跪下來，從輔助兵身上扯下他的匕首，一把拋給米拉德，一把拋給他姊姊。「躲起來！」我朝他們叫道，「躲到樹林裡去！帶孩子走！」

其中一個姊姊走了，但另一個姊姊留在米拉德身邊，兩人合力對抗一個逼向他們的帝國軍。

營地另一側的奇楠在與面具武士的對峙中居於上風，毫無疑問是受惠於對手頸部仍在噴血的影響。阿芙雅的短彎刀在火光中閃著凌厲的寒光，她先撂倒了一個輔助兵，又立刻轉身和一個帝國軍搏鬥。齊赫已經擺平了兩個對手，正和最後一個激戰。剩下那一個帝國軍繞著伊薺和吉布藍兜圈子。

我的朋友手裡握著弓，她搭了一支箭，瞄準在和齊赫對打的帝國軍，將箭直直射進武人的咽喉。

里茲和瓦娜在離她幾碼遠處繼續和輔助兵纏鬥。里茲皺著眉頭試圖逼退其中一名士兵，那人一拳揍向里茲的肚子，他彎下腰去，一秒之後，我驚恐地看到一把刀從他的背後刺出來。

「爸爸！」瓦娜尖叫，「天啊，爸爸！」

「里茲？」吉布藍猛力一揮甩開一個帝國軍，搖搖晃晃地朝他的表叔走去。

「吉布藍！」我尖喊。一直繞著他兜圈的那個帝國軍撲向前，吉布藍舉起刀格擋，但它碎掉了。

接著寒光一閃——只聽到令人作嘔的嘎扎聲。

吉布藍面無血色地看著伊薺踉蹌後退，難以想像的血量從她胸口噴湧而出。

她不會死，她能活下去，她很堅強。我衝向他們，張大嘴狂叫，而刺傷伊薺的帝國軍現在又撲向吉布藍。他的脖子毫無遮蔽地露出，我奔向前，滿腦子只想到萬一他死了，伊薺又將心碎一次。她不該承受如此的命運。

「小吉！」阿芙雅驚恐的尖叫聲淒厲得讓人頭皮發麻，在我的耳邊迴盪，同時我的匕首在離吉布藍的脖子只有幾吋距離處，噹地一聲與帝國軍的彎刀相擊。我用突如其來、腎上腺素激發的力量把士兵往後推，他一時失去平衡，但馬上又箝住我的喉嚨，手一扭就讓我放掉了匕首。我踹他，試著用膝蓋頂他鼠蹊部，但他把我重重地摜在地上。我眼冒金星，然後看到一抹紅色閃過。突然間，熱騰騰的血噴在我臉上，那個帝國軍倒在我身上，死了。

「蕾雅！」奇楠把那人從我身上推開，拉我站起身。他身後躺著死去的面具武士——以及其他士兵。

瓦娜在她倒下的父親身旁痛哭，阿芙雅陪在她身邊。阿炎緊緊攀附著米拉德，賽娜則試圖搖醒死去的母親。齊赫一跛一跛地走向學人們，他身上有十幾處刀傷都在滲血。

「蕾雅。」奇楠的聲音哽咽，我轉過身去。不，不，伊薺。我想閉上眼睛，想逃離所見的一切。但我的腳帶我前進，我跌坐在伊薺身邊，她被吉布藍摟在懷裡。

我的朋友眼睛睜著，搜尋著我的目光。我強迫自己把視線從她胸前咧開的傷口處移開。該死的帝國，我要為了這個把它燒成灰，我要摧毀它。

我摸找包包。她只是需要縫合而已——金縷梅藥膏——茶，某種茶。可是即使我在翻找藥瓶的同時，我都很清楚沒有一種藥水、沒有一種萃取物的藥效強到能對抗這樣的傷勢。她只剩片刻的生命了——甚至連片刻都沒有。

我握住伊薺的手，她的手又小又冷。我想喊她的名字，卻發不出聲音。吉布藍痛哭失聲，哀求她留下。

奇楠站在我身後，我感覺他的手落在我肩膀上，用力捏了捏。

「蕾、蕾雅——」伊薺嘴角冒出一個血泡然後破掉。

「小伊。」我好不容易發出聲音。「留下來陪我，不要丟下我，不准妳走，想想妳還有好多話沒跟廚子說呢。」

「蕾雅，」她輕聲說，「我好怕——」

「伊薺，」我輕輕搖著她，怕弄痛她，「伊薺！」

她褐色的眼珠與我眼神相會，一時之間，我以為她會沒事。她的眼裡有那麼多生命力——那麼多伊薺。在一次心跳的時間裡，她看著我——看進我眼裡，彷彿她能直接看到我的靈魂。

然後她走了。

30

伊里亞斯

拷夫外頭的犬舍瀰漫著狗屎和毛皮的臭味，連我用圍巾裹住臉都擋不住那股惡臭。我頻頻作嘔。

我在雪地裡沿著監獄的南牆潛行，從這個位置聽來，狗群的喧鬧聲簡直是震耳欲聾。可是我從入口往裡窺探時，看到執勤的五年生在犬舍的爐火邊睡得很熟——過去三天的早晨都是如此。

我把犬舍的門一點一點地打開，然後貼牆站立，牆邊仍籠罩著黎明前的陰影。這是三天下來的計劃——以及等待和觀察——所導出的行動。如果一切順利，明天的這個時候我已經把戴倫救出拷夫了。

先搞定犬舍。

犬舍總管每天會來視察地盤一次，在敲兩點鐘聲的時候。有三個五年生整天整夜毫不間斷地輪班，不過一次只有一人執勤。每隔幾小時，一群輔助兵中會有一人從監獄裡出來打掃犬舍、餵狗、訓練狗，還有修理雪橇和韁繩。

我在犬舍陰暗的那一端，在一間畜欄邊停步，三隻狗朝我瘋狂吠叫，好像我是夜臨者本人。我工作服的褲管和斗篷背後很輕易就撕破了——它們早就磨穿了。我憋住氣，用一根棍子在我的另一邊褲管抹上糞便。

我拉開斗篷附的兜帽。「喂！」我以洪亮的嗓音喊道，期望這裡的影子濃到能掩藏我的衣著，因為它顯然不是拷夫的制服。五年生驚醒轉頭，眼睛睜得老大。他看到我，喃喃地吐出一連串自我辯解的話，並且出於尊敬和恐懼而垂下目光。我打斷他的話。

「你在執勤時他媽的睡著了。」我朝他吼道。輔助兵，尤其是庶民出身的輔助兵，在拷夫會被每個人呼來喝去的。這類人多半對待五年生和囚犯特別惡劣——因為那是在拷夫他們唯一能霸凌的對象。「我要向犬舍總管告你的狀。」

「長官，求求你——」

「少給我哼哼唧唧的，那些狗已經夠會唉的了。我要牽一條母狗出來的時候牠攻擊我，把我的衣服整個都扯破了。再給我拿一套制服來，還要斗篷和靴子——我原本的都沾到狗屎了。我的體型差不多是你的兩倍，別拿錯尺寸了。還有他媽的別告訴犬舍總管，我可不希望那個混蛋縮減我的配給。」

「是的，長官，馬上辦！」

他衝出犬舍，生怕我會呈報他在執勤時睡覺的事，以致於不敢多看我一眼。他不在的這段時間，我餵了狗並打掃畜欄。一個輔助兵提早出現儘管不尋常，卻不值得特別注意，反正犬舍總管的管理本來就很鬆散。一個輔助兵提早出現，卻沒有做他應該做的工作，則會引起別人的警覺。

五年生回來時，我已經脫到只剩下貼身的褲子，我命令他把制服留下，然後到外頭等。我把舊衣服和鞋子丟進火裡，再次向那可憐的男孩喊道尺寸拿得剛剛好，然後我就朝著北方的拷夫前進。

整座監獄有一半都隱沒在它後方的高山所投下的陰影裡，另一半則從岩石上凸出來，像個惡性腫瘤。一條寬敞的路由巨大的前門處蜿蜒而下，有如一股沿著暮河流淌的黑血。監獄圍牆足有黑巖學院圍牆的兩倍高，幾乎可說是雕飾華美，有帶狀裝飾、圓柱和用淺灰色石材雕成的滴水嘴怪獸。輔助兵弓箭手在有雉堞的壁壘上巡邏，帝國軍則駐守在四座瞭望塔上，使得這座監獄難以潛入、更不可能逃出。

除非你是個已經精心策劃好幾週的面具武士。

上方寒冷的天空被波動的光線照成綠色和紫色。這被稱為「北方的舞者」——是亡者的靈體在天空中為了永恆而戰鬥——至少武人的傳說是這麼說的。

不曉得樹娃對這個傳說會有什麼看法。也許兩週後你可以問她，到時候你就死了。我摸了摸口袋裡的泰勒絲汁存貨——夠用兩週，剛好夠我撐到「拉塔那」。

除了泰勒絲汁、開鎖工具和固定在我胸前的飛刀之外，包括我的鐵勒曼彎刀在內的所有隨身物品，都藏在我打算安置戴倫的山洞裡。那地方比我記憶中小，有一半已經崩塌了，滿地都是土石流帶來的礫石。但是沒有掠食動物占用它，而且它仍然大到能在裡頭露營。戴倫和我應該可以在那裡避風頭，等蕾雅到這裡。

我把注意力集中在拷夫洞開的升降閘門上。幾輛補給品馬車駛上通往監獄的曲折道路，趁著山口還沒被雪堵住前將過冬的存糧送來。然而由於太陽還沒升起，衛兵又即將換班，整個送貨現場亂哄哄的，衛兵中士並沒有注意犬舍這頭有誰在進出。

我從大路走向車隊，不著痕跡地融入正在搜查馬車有無違禁品的其他大門衛兵。

我正打量著一箱葫蘆時，一根棍子敲上我的手臂。「笨蛋，這一箱已經檢查過了。」

有個聲音在我背後說道，我轉過身，面前是個蓄落腮鬍的臭臉帝國軍。

「對不起，長官。」我大聲說，迅速移動到下一輛馬車。別跟過來。別問我的名字。別問我是第幾隊的。

「士兵，你叫什麼名字？我沒看過你——」

咚—咚—**咚**—**咚**—咚。

我難得欣喜地聽到鼓聲響起，它指示衛兵換班的時間到了。帝國軍一時間分了心，轉過頭去，我馬上衝進往監獄裡走的一群輔助兵之間。再回頭看時，看到那個帝國軍繼續檢查下一輛馬車。

千鈞一髮啊，伊里亞斯。

我稍稍落後輔助兵小隊，兜帽拉起、圍巾裹緊。要是那些人注意到他們之間多了一個人，我就死定了。

我努力放鬆緊繃的身體，讓步伐保持穩定和疲憊。你是他們的一份子，伊里亞斯。值完大夜班累到骨頭都快癱了，只想來杯烈酒然後上床睡覺。我經過覆著一層薄雪的監獄中庭，它比黑巖學院的訓練場大了一倍。火把——瀝青上冒著藍色的火——照亮這個空間的每一吋。我知道監獄內部也同樣燈火通明；典獄長指派了二十四個輔助兵專門負責確保火把永不熄滅。任何一個拷夫的囚犯都別想將影子當作盟友。

我冒著被同行者叫到的危險，在我們接近監獄大門以及分站在門左右的兩個面具武士時，設法走到隊伍中間。

面具武士打量著走進大門的人，我的手指抽搐著想要探向武器。我強迫自己去聽輔助兵低沉的對話。

「——一次輪兩班，因為地窖區的人有一半都食物中毒——」

「——昨天來了一批新囚犯，十二個——」

「——真搞不懂我們幹嘛還要費事檢查他們。隊長說司令官正在來這裡的路上，新皇帝命令她殺光這裡的每個學人——」

這些話讓我整個人僵住了，我努力要控制住從我每個毛孔湧現的怒氣。我知道司令官在鄉間搜尋每個學人來加以殺害，但我沒想到她打算將他們徹底消滅。這所監獄裡有超過一千個學人，他們都將在她的一聲令下喪命。*十層地獄啊。多希望我能放他們自由。衝進地窖、殺死守衛、發起反叛。*

*真是一廂情願的想法。*目前我能為學人付出的最大貢獻，就是把戴倫救出去。他的知識至少能給他的同胞一個反抗的機會。

但前提是典獄長還沒有摧毀他的身體或心智。戴倫年輕、健壯，顯然也很聰明：正是典獄長喜歡拿來做實驗的囚犯類型。

面具武士渾然未覺地放我進入監獄，我和其他衛兵一起沿著大走廊走。監獄的構造是一個巨大的車輪狀，六條長廊是它的輪輻。武人、部落民、馬林人和來自帝國邊界之外的人，被關在監獄東側的兩個區塊。學人被關在西側的兩個區塊。剩下的兩個區塊則是營房、食堂、廚房和倉庫。

車輪正中央有兩道樓梯。一道往上通往典獄長辦公室和面具武士的宿舍，另一道往下通往位於地底深處的審問牢房。我打了個冷顫，把關於那個惡劣的小型地獄的念頭趕出腦海。

我周圍的輔助兵紛紛拉下兜帽和圍巾，因此我刻意落後。我在過去幾週蓄起的亂鬍子是適切的偽裝，只要別看得太仔細。可是這些人會知道我沒有和他們一同在大門執勤。

動作快，伊里亞斯。找到戴倫。

蕾雅的哥哥是個極有價值的囚犯。典獄長應該已經聽說了史匹洛・鐵勒曼散布的謠言，說那男孩身懷高超的冶鐵技藝。他會想要把他和拷夫的其他囚犯隔絕開來。戴倫不會在學人牢房區或其他主要的牢房區。而囚犯不會在審問牢房待上超過一天——只要待得久一點，他們就只能橫著出來了。也就是說只剩單獨監禁區。

我迅速通過其他朝各自崗位前進的衛兵。我經過學人牢房區的入口時，一股惡臭難聞的熱氣撲向我。拷夫大部分地方都冷到你能看見鼻息在空氣中凝成霧，但典獄長為了讓牢房區熱得像地獄，特地用上了巨大的火爐。在牢房裡待上幾週，衣物會分解，瘡疤會化膿，傷口會潰爛。體質較弱的囚犯進來幾天就會死亡。

我在五年生的年紀時曾派駐到這裡，當時我問一個面具武士說，典獄長為什麼不讓囚犯被凍死。因為高溫會讓他們受更多苦，他回答。

現在有如惡魔的合唱般在監獄中迴盪的哀號聲，就清楚向我證明了他們在受著極大的痛苦。我試著隔絕那種聲音，它卻仍然穿透我的腦海。

走吧，該死。

我走近拷夫的圓形大廳時，一陣騷動吸引了我的注意力：好幾個士兵迅速離開中央那道樓梯。樓梯上走下來一個穿著黑衣的枯瘦人形，他戴著面具的臉閃閃發亮。

該死。是典獄長，全監獄唯一能一眼認出我的人。他最自豪的就是能記住一切事物和所有人的細節。我暗自咒罵一聲。現在是六點一刻，他總是在這個時間進入審問牢房，我應該要記得才對。

老人離我只有幾碼遠，正在對他身側的一個面具武士說話。他那細長的手指間拎著一只匣子，是他的實驗工具。我強壓下湧上喉頭的嫌惡感，悶著頭繼續往前走。現在我要經過樓梯了，離他近在咫尺。

一聲劃破空氣的尖叫聲在我後方響起，兩個帝國軍把一個從牢房提領出來的囚犯夾在中間，大步走過我身旁。

那個學人圍著一塊骯髒的裹腰布，消瘦的身軀布滿膿瘡。他一看到通往審問區的鐵門，喊叫聲立刻變得焦急而悽慘，我覺得他為了想逃，都快把手臂給扯斷了。我感覺自己又成了五年生，聽著囚犯悲慘的叫聲卻無能為力，只能讓無用的恨意溢滿胸臆。

其中一個帝國軍受夠了男人的號叫，掄起拳頭想把他打暈。

「不。」典獄長在樓梯上用他詭異的尖細嗓音喊道。「尖叫是最純淨的靈魂之歌，」他引述道，「那野蠻的號哭是連接我們與低等野獸的軛，連接大地難以言說的暴力。」典獄長頓了一下。「出自提貝瑞斯．安東尼亞斯，泰亞斯十世的哲人。讓犯人唱吧，」他進一步說明，「讓他的兄弟都聽見。」

帝國軍拖著男人進了鐵門，典獄長正準備跟過去，卻又放慢腳步。我現在幾乎已經穿過圓形大廳，很接近通往單獨監禁區的走廊了。典獄長轉過身，掃視另外五邊的走廊，然後目光落在我要進入的那條。我的心差點從胸膛跳出來。

繼續走，擺出脾氣暴躁的模樣。他已經六年沒見過你了，你長了鬍子，他認不出你的。

等待老人的目光經過，正如同等待劊子手的斧頭落下。不過好一會兒之後，他終於轉開身。通往審問牢房的門在他身後哐噹一聲關上，我又能呼吸了。

我進入的這條走廊比圓形大廳人少，通往單獨監禁區的石頭階梯更是空無一人。這一區的入口處站著單獨一名帝國軍衛兵，它是通往監獄牢房區的三個入口之一。

我行了個禮，對方悶哼一聲作為回應，完全懶得將目光從他正在磨利的刀子上抬起來。「長官，」我說，「我是來給一個囚犯移監的——」

他抬頭的時機恰好足以讓他微微瞪大眼睛，迎接飛向他太陽穴的拳頭。我在半空中接住他，拿走他的鑰匙和制服外套，然後把他輕輕放到地上。幾分鐘後，他被堵住嘴、綁住手腳，塞進附近的一個補給品櫃裡。

希望不會有人去開那個櫃子。

今天的移監表釘在門邊的牆上，我快速瀏覽了一遍。接著我打開第一道門、第二道門、最後一道門，走進一條潮濕的長廊，這裡只有一支藍焰火把提供照明。

負責看守入口站的帝國軍一臉百無聊賴，此時他從桌邊訝異地抬頭看。

「利伯蘭下士呢？」他問。

「吃壞肚子了。」我說，「我是新來的，昨天才坐船來。」我偷偷往下瞥向他的名牌。考塔爾下士。這麼說來是個庶民了。我伸出手。「我是史奎伯下士。」我說。考塔爾聽到這個庶民的姓氏，馬上就放鬆了。

「你應該回到你的崗位去。」他說。看我面露遲疑，他露出了解的笑容。「我是不知道你原本的工作環境怎麼樣啦，不過這裡的典獄長不讓我們碰單獨監禁的囚犯，如果你想找樂子，要等到你被派到地窖才行。」

我把鄙夷硬吞下去。「典獄長叫我在七點之前帶一個犯人給他，」我說，「但他不在移監表上，你知道怎麼回事嗎？一個學人小子，很年輕，金髮，藍眼睛。」我逼自己不要再講更多。一步一步來，伊里亞斯。

考塔爾抓起他自己的移監表。「這上面什麼也沒有。」

我讓自己的語氣添加一絲不耐煩。「你確定？典獄長很堅持呢。那小子很有價值，整個鄉下地方都在講他的事。聽說他會製造賽拉鋼。」

「啊，他喔。」

我裝出呆滯而無聊的表情。十層地獄啊。考塔爾知道戴倫是誰，表示那男孩的確在單獨監禁區。

「典獄長怎麼會要他？」考塔爾抓抓頭，「那小子死了啊，死了好幾個星期了。」我的興奮之情消失無蹤。「死了？」考塔爾斜睨我，我趕緊轉為平平的語氣。「怎麼死的？」

「下去審問牢房後就沒再出來。他活該啦，不知道在神氣什麼的小老鼠。他在列隊時不肯報他的編號，每次都要大聲喊出他那齷齪的學人名字：戴倫，好像他多自豪似的。」

我頹然靠在考塔爾的桌邊。他說的話慢慢發揮作用。戴倫不可能死了，他不能死。我該怎麼告訴蕾雅？

你應該早一點想到這裡的，伊里亞斯。你應該想辦法。我的失敗太過巨大，巨大到我無法承擔，儘管黑巖學院訓練我不要顯露任何情緒，這一刻我卻把那些都忘光了。

「那些該死的學人聽說之後，哭哭啼啼了好幾星期。」考塔爾對我的異狀渾然未覺，還在自顧自地笑著，「他們偉大的救世主，沒囉——」

「你說他『不知道在神氣什麼』。」我揪著帝國軍的領子把他拽向我。「你自己還不是一樣，待在這底下做著任何一個白痴五年生都會做的事，絮絮叨叨地講著你根本不了解的事。」我用頭重重地撞他，然後把他用力一推，我的憤怒和挫折在我的身體裡爆發，將我的理智全都推到一邊。他向後飛，撞上牆壁發出噁心的悶響，眼珠子往後翻。他癱軟地滑到地上，我忍不住再給了他最後一腳。他短時間內不會醒過來。也許永遠不會醒過來。

*離開這裡，伊里亞斯。去找蕾雅，告訴她發生了什麼事。*我仍然因為戴倫的死訊而怒氣沖沖，我把考塔爾拖到一間空牢房前，把他丟進去並鎖上門。

可是我走向通往外頭的那扇門時，門鎖咔啦作響。

*門把。鑰匙插進鎖孔。鎖在轉動。躲起來。*我的腦袋對我喊出這些話。*快躲起來！*

可是這裡無處可藏，只能躲在考塔爾的桌子後面。我撲下去，把身體緊緊蜷成一團，心臟狂跳，刀子在手。

希望是個學人奴隸送餐來，或是傳遞命令的五年生，某個我能讓他安靜下來的人。我的額頭滲出了汗珠，門開了，我聽到輕盈的腳步聲踩在石地上。

「伊里亞斯。」典獄長尖細的聲音讓我完全僵住了。*不，該死。不。*「出來吧，我一直在等你呢。」

31 海琳

我的家人或伊里亞斯。

我的家人。或伊里亞斯。

我離開卡蒂恩巨岩時，亞維塔斯跟著我。我因為震驚而感覺全身麻痺。我一直到走到安蒂恩北城門的半路上，才注意到他緊跟在後。

「別管我，」我朝他揮手，「我不需要你。」

「我的任務是——」

我快速轉向他，一把刀抵在他喉間。他緩緩舉起手，不過不帶有戒備，表示他不認為我會真的殺了他。這一點莫名地讓我更生氣。

「我不管。我需要獨處。所以你離我遠一點，否則你的身體很快就要找一顆新頭顱了。」

「恕我直言，血伯勞，請告訴我妳要去哪裡，還有妳什麼時候回來。要是出了什麼事——」

我已經邁步走開。「那你的女主人會很高興。」我向後喊道，「別煩我，哈波，這是命令。」

片刻之後，我正在離開安蒂恩。守衛北門的人力不足，我發現自己心想，我迫切地想要避免碰觸馬可斯剛才對我說的話。我應該找城市守衛隊的隊長討論一下。

我抬起頭，這才醒悟到我在朝什麼地方去。我的身體比我的腦袋更快知道。安蒂恩建在維登斯山的陰影裡，而先知們就隱居在維登斯山的石窟裡。通往他們洞穴的路經常有人行走；每天天亮前都有朝聖者出發，爬到納維內斯山脈的高峰，向那群紅眼預言家致敬。我以前總以為我能理解他們這麼做的原因。我以前總以為伊里亞斯對先知的不滿帶點憤世嫉俗的意味，甚至有點褻瀆。

*一群工於心計的騙徒，*他說。*穴居的江湖術士。*也許到頭來，他是對的。

我經過幾個正在爬山的朝聖者，憤怒和某種我無意辨明的情緒激勵我前進。我上一次感覺到這種情緒，是向馬可斯宣誓效忠的時候。

*海琳，妳真是個蠢蛋。*現在我醒悟到我內心有一部分希望伊里亞斯能逃掉——不管結果會如何影響帝國。妳真是脆弱。我鄙視這部分的自己。

現在我不能再懷著這種期望了。我的家人是血親、至親、家族，然而我每年共度十一個月時光的人不是他們，我第一次殺人時陪在我身邊的不是他們，我走在黑巖學院陰森的、恐怖的廊道時身邊也不是他們。

山路往上蜿蜒兩千呎，然後轉為平坦，延伸到一片遍地都是小石子的盆地。朝聖者在盆地另一頭一座隱密的山洞邊聚集、兜圈。

很多人都想靠近山洞，可是某種未知的力量阻擋住他們，讓他們只能停留在離洞口幾碼外。*試試看擋住我啊，*我在腦中對先知們嘶吼。*看看會怎麼樣。*

我的怒氣驅使我經過那群朝聖者，直接走到山洞入口。黑暗中有個先知在等待，雙手交疊擱在身前。

「血伯勞。」她紅色的眼睛在兜帽底下閃著幽光，我得用力聽才能聽見她說什麼。「來吧。」

我跟著她走進一條被藍焰油燈給點亮的走廊，燈光把我們上方閃爍的鐘乳石給染成了眩目的鈷藍色。我們從長廊走進一座挑高、極為方正的洞穴裡。洞穴中央有一座平靜無波的大水池，在它正上方的洞穴岩石有個開口，透入的天光恰好照在水上。池邊獨自站著一人，凝視著池水深處。

護送我的人放慢腳步。「他在等妳。」她朝那個人點點頭。坎恩。「約束一下妳的憤怒，血伯勞。我們能用血液感覺妳的憤怒，就像妳的皮膚感覺刀刃的割咬。」

我大步走向坎恩，一手緊握著彎刀。我要用我的憤怒壓垮你。我要毀滅你。我在他面前煞住身體，一句惡毒的詛咒已經衝到嘴邊。然而當我直視他嚴肅的眼神，我打了個冷顫，感覺力量全失。

「告訴我他會沒事的。」我知道我說的話很孩子氣，但我克制不住自己。「就像之前一樣。告訴我只要我遵守效忠的誓言，他就不會死。」

「我做不到，血伯勞。」

「你說過只要我忠於自己的心，就能好好服務帝國。你叫我要懷有信念。如果他會死，我還怎麼能懷有信念？我得殺死他——否則我會失去家人。我得選擇。你——你能不能——體會——」

「血伯勞，」坎恩說，「面具武士是怎麼創造出來的？」

用問題回答問題。父親和我爭辯哲學時，他也會這麼做。每次我都覺得很不爽。

「面具武士是由訓練和紀律創造出來的。」

「不。面具武士是怎麼創造出來的？」

坎恩繞著我轉，他把雙手藏在袍子裡，從他厚重的黑色兜帽底下望著我。

「透過黑巖學院的嚴格指導。」

坎恩搖搖頭，朝我跨近一步。我腳下的岩石微微顫抖。「不，血伯勞。面具武士是怎麼創造出來的？」

我的怒氣迸出頭來，我把它往回拉，就像拽著一匹不耐煩馬兒的韁繩。

「我不懂你要什麼。」我說，「我們是由痛苦創造的。磨難。凌虐、血和淚水。」

坎恩嘆了口氣。

「這是一道陷阱題，亞奇拉。面具武士不是創造出來的，而是改造出來的。首先她要被毀滅，剝除一切外衣，直到只剩下住在她核心的那個發抖的孩子。她認為自己有多強悍並不重要，黑巖學院會貶低、羞辱、壓抑她。但如果她活下來了，她等於重生了。她從失敗和絕望的陰暗世界裡站起來，好變得和毀滅她的事物一樣可怕。這樣她才能了解黑暗，並運用它作為自己的刀和盾，去完成服務帝國的使命。」

坎恩抬起手撫向我的臉，就像父親愛撫著新生兒，他乾枯的手指冷冷地接觸到我的皮膚。「妳是個面具武士沒錯，」他低聲說，「但妳還是半成品。妳是我的傑作，海琳．亞奇拉，但我才剛開始呢。如果妳活下來，妳將成為當世不容忽視的強大力量。但妳必須要解體。首先，妳要被打碎。」

「這麼說來我得殺死他囉？」不然還會是什麼意思？打碎我的最好方式就是伊里亞

斯，他一向是打碎我的最好方式。「試煉，還有我向你發的誓，都沒有意義。」

「生命中不是只有愛情，海琳．亞奇拉。還有責任、帝國、家人、家族。妳帶領的人，妳許下的承諾。妳父親明白這一點，妳也會明白的，在結局來臨之前。」

他抬起我的下巴，眼中帶著我難以理解的悲傷。「多數人哪，」坎恩說，「都只是時間的廣大黑暗中一點微光。但妳，海琳．亞奇拉，不是很快就會燒盡的火花。妳是暗夜中的火炬——只要妳敢燃燒自己。」

「只要告訴我——」

「妳想尋求安心的保證，」先知說，「我卻無法如妳的願。破除效忠誓言會付出代價，守住誓言也是一樣。只有妳能權衡得失。」

「會發生什麼事？」我不知道我還何必問，問了也是白問。「你能看見未來，坎恩。告訴我。我想知道。」

「妳以為知道以後會比較好過，血伯勞。」他說，「可惜知道以後會更難過。」古老的悲傷重壓著他，強烈到我不忍直視。他的低語聲很微弱，身體漸漸淡去。「知道是種詛咒。」

我看著他消失。我的心是個巨大的缺口，裡頭什麼也沒有，只剩下坎恩的警告和驚人的恐懼。

但首先妳要解體。

殺死伊里亞斯會毀滅我，我打從骨子裡知道這是真的。殺死伊里亞斯會讓我解體。

32

蕾雅

阿芙雅沒留給我任何時間去道別、哀悼。我摘下伊薺的眼罩、用一件斗篷蓋住她的臉，然後便逃離現場。至少我還帶著包包和戴倫的彎刀，其他人全都只有他們身上的衣服，和存放在馬匹身上的鞍袋裡的貨物。

馬匹是老早就不在我們身邊了。我們一走到泰亞斯河邊，就卸除了牠們身上的所有標記物，將牠們趕往西邊跑走了。阿芙雅給牠們唯一的道別詞，就是怒沖沖地碎唸牠們有多貴。

她從漁夫碼頭偷來的船，很快也會與我們分道揚鑣。我們躲在一間長滿黴菌的穀倉裡，我隔著快要脫落的門，看到奇楠站在河邊把船弄沉。

雷聲隆隆，一滴雪雨穿過穀倉屋頂的洞落在我鼻子上。雨一連下了好久，直到破曉時分才停。

我看向阿芙雅，她把燈光微弱的油燈湊近地面，一邊在泥土上畫出一張地圖，一邊壓低嗓音和瓦娜交談。

「——告訴他我要求他交換這個人情。」「札爾達菈」遞給瓦娜一枚人情硬幣。「叫他帶妳到艾許，還有把這些學人弄到自由之地。」

其中一個學人——米拉德——走向阿芙雅，勇敢地迎向她熾熱的怒氣。

「對不起，」他說，「如果有朝一日我能回報妳所做的，我一定會百倍奉還。」

「活下去。」阿芙雅的眼神變柔和了——哪怕只有一絲差別——她對著兩個孩子點點頭。「保護他們，在能力範圍內幫助他人，就是我能期望的唯一回報了。」

我趁她走遠聽不到的時候過去找米拉德，他正試著用一條布做一個背巾。我示範給他看怎麼折比較好，他用好奇的眼神打量我。他一定在想他在阿芙雅的馬車上看見的事。

「我不知道我是怎麼消失的，」我終於說，「那甚至是我第一次發現自己能消失。」

「對學人女孩來說是個好技藝。」米拉德說。他看看阿芙雅和吉布藍，他們正在穀倉另一邊低聲交談。「在船上的時候，那男孩提到要救一個學人的事，說那學人知道冶煉賽拉鋼的祕密。」

我用腳磨擦地板。「我哥哥。」我說。

「這不是我第一次聽說他，」米拉德把他的兒子放進背巾，「卻是我第一次燃起希望。把他救出來，賽拉城的蕾雅。我們的同胞需要他。也需要妳。」

我看著他臂彎裡的小男孩，阿炎。他的下排眼睫毛底下有小小的深色新月形痕跡。他與我四目交接，我摸了摸他胖嘟嘟的柔嫩臉頰。他應該是天真無邪的，但他見過沒有孩子應該見到的事。他長大會變成什麼人？這麼多的暴力會怎麼影響他？他能活下去嗎？*不要是另一個名字遭到遺忘的孩子*，我在心中祈求。*不要是另一個殞沒的學人*。

瓦娜喊了一聲，然後和齊赫一同帶著米拉德、他姊姊和孩子們走進夜裡。阿炎扭回身子來看我，我勉強露出笑容——外公總說給寶寶的笑容永遠不嫌多。他們被黑暗吞沒之前我看到的最後一樣東西，就是他那烏黑的眼珠，依然望著我。

我轉向阿芙雅，她極為專注地在和弟弟說話。從她的表情看來，打擾他們會換來下巴挨拳頭。

我還沒拿定主意該怎麼做，奇楠就彎腰走進穀倉。現在雪雨穩定地落下，他的紅髮貼在頭皮上，在夜色中看起來幾乎是黑的。

他看到我手裡的眼罩時停住腳步，然後他跨出兩步，毫不遲疑地把我拉到他胸前，兩手環抱住我。自從我們從武人手裡逃出後，這是我們第一次有機會獨處，甚至是好好看看對方，但他把我抱緊時，我感覺麻木，沒辦法放鬆地靠著他，或是容許他的體溫驅走我骨頭裡的寒意，那股寒意從我看到伊薺的胸膛被劃開之後就揮之不去。

「我們就這麼把她留在那裡，」我嘴巴貼著他肩膀說，「放她——」腐爛。讓她的遺骨被腐食動物啃得乾乾淨淨，或是被丟進某座無名塚。這些話太可怕了，我說不出口。

「我知道。」奇楠嗓子啞了，他的臉蒼白無比。「天啊，我知道——」

「——不能強迫我！」

我猛然扭過頭看向穀倉另一邊，阿芙雅看起來好像快要把手裡的油燈捏爆了。吉布藍看起來則跟姊姊像是一個模子刻出來，不過此刻對她而言，這倒不是件好事。

「你這傻瓜，那是你的責任啊。要是我沒回去的話，總要有人負責掌管部落，而我不能容許由我們哪個白痴表親來做這件事。」

「妳在帶我一起來之前就該想到這一點了。」吉布藍鼻頭對鼻頭地站在阿芙雅面前。「如果蕾雅的哥哥可以造出擊垮武人的鋼，那我們必須救他出來，這是我們欠里茲——還有伊薺的。」

「我們見識過武人的凶殘——」

「這次不一樣，」他說，「沒錯，他們羞辱過我們、搶過我們東西，但他們沒有像這樣屠殺過我們。他們一直在殺學人，這讓他們膽子變大了。我們就是下一個。畢竟如果他們把學人都殺光了，奴隸要從哪裡找？」

阿芙雅鼻孔翕張。「如果是這樣的話，」她說，「那你回部落土地上去對抗他們啊。你絕對沒辦法從拷夫監獄對抗他們。」

「聽著，」我說，「我不認為——」

阿芙雅霍地轉身，好像我的聲音引爆了已經醞釀許久的炸彈。「妳！」她惡狠狠地說道，「就是妳害我們現在這麼狼狽。我們其他人在流血的時候，妳——妳消失了。」她氣得抽搐。「妳進到走私者隔間，結果面具武士打開它的時候，妳竟然不在。我都不知道我在運送一個女巫呢——」

「阿芙雅。」奇楠的語氣帶有一絲警告意味。他對我隱形的事沒表示過任何意見，因為一直到現在才有這個機會。

「我不知道我能辦到，」我說，「這是第一次。當時我很絕望，也許因為這樣才能成功。」

「喔，對妳來說倒很方便。」阿芙雅說，「但我們其他人可沒有任何黑魔法。」

「那你們就離開吧。」我舉起手阻止她抗議，「奇楠知道一些藏身處，我們可以待在裡頭。他之前就提議過了，但我沒聽進去。」天啊，真希望我聽進去了。「他和我可以自己去拷夫，少了馬車，我們甚至能前進得更快。」

「馬車保護了你們，」阿芙雅說，「我立下誓言——」

「妳立誓的對象早就跑了。」奇楠冷酷的語氣讓我想起第一次遇見他的時候。「我可以把她安全地帶到拷夫，我們不需要妳幫忙。」

阿芙雅整個站直身體。「你們是學人和叛軍，你們不懂什麼叫榮譽。」

「白白送命有什麼榮譽可言？」我問她，「戴倫不會喜歡有這麼多人為了救他而死。我不能命令妳離開我，我只能請求。」我轉向吉布藍，「我想武人確實遲早會把目標對準部落民的。我發誓假如戴倫和我能夠到馬林，我會傳訊息給你。」

「伊薷願意為這項任務而死。」

「她——她無處可去。」我朋友在這世上的孤單狀態硬生生地襲向我心。我把悲痛吞回去。「我不該帶她同行的。那是我的決定，而且是錯誤的決定。」說出這些話讓我覺得內心被挖空了。「而我不會再作出錯誤的決定。拜託，走吧。你們還來得及追上瓦娜他們。」

「我不喜歡這樣。」女部落民鄙夷地瞥了奇楠一眼，我覺得很意外。「我一點都不喜歡這樣。」

奇楠瞇起眼睛。「妳應該更不喜歡死掉吧。」

「女孩，我的榮譽說我應該護送妳。」阿芙雅把油燈熄滅，穀倉似乎比正常來說更暗。「但我的榮譽也說不能剝奪一個女人為自己的命運所作的決定。天知道在這個該死的世界上，這種鳥事已經夠多了。」她停頓一下。「妳見到伊里亞斯的時候，告訴他我說過這些話。」

這就是我得到的所有道別詞了。吉布藍怒沖沖地跑出穀倉，阿芙雅翻了個白眼跟了出去。

奇楠和我單獨站著，敲打地面的雪雨在我們周圍穩定地發出篤篤聲。我望進他的眼睛時，腦海中蹦出一個想法：*這是對的。本來就應該這樣。從一開始就應該這樣了。*

「離這裡六哩遠有一間安全屋。」奇楠碰碰我的手，讓我回過神來。「如果我們動作快，天亮前可以趕到那裡。」

我有點想問他我作的決定是否正確。犯下那麼多錯之後，我好希望有人能向我保證我沒有再一次搞砸一切。

當然他會說我作的決定是對的。他會安慰我，告訴我這樣做最好。可是現在做正確的事，並沒有辦法挽回我已經犯下的所有錯誤。

所以我沒問，只是點點頭，跟在他後頭出發。因為經歷這一切之後，我不配得到安慰。

第三部

暗獄

33 伊里亞斯

典獄長細如竹竿的影子落在我身上，他那倒三角形的長形頭顱和細瘦的手指，讓我聯想到螳螂。我和他之間沒有阻礙，我可以輕易射中他，但我的刀子沒有脫離我的手。當我看到他手裡抓著什麼時，就失去了所有殺意。

那是個學人孩子，大約九或十歲。看起來營養不良、骯髒，而且安靜得像一具屍體。他手腕上的手銬表明他不是囚犯，而是奴隸。典獄長把一支刀壓向他的喉嚨，細細的血沿著孩子的脖子往下淌，滴到他污穢的工作服上。

六個面具武士跟著典獄長進入這一區，每個人身上都有西賽利亞家族的家徽，亦即典獄長的家族。每個人都用一根搭在弦上的箭對準我心臟。

我可以對付他們，即使他們有箭。如果我夠快撲到地上，運用桌子當盾牌——

可是老人用他蒼白的手，以令人發寒的溫柔撫過孩子及肩的直髮。

「沒有一顆星辰比眼神明亮的孩子更耀眼；我願為了他獻出我的生命。」典獄長用與他整齊的外表相襯的清亮嗓音引述道。「他很小——」典獄長朝男孩點點頭，「——不過具備美妙的韌性，我發現。如果你希望，我可以讓他流血流很久。」

我丟下刀子。

「真是有意思。」典獄長細聲細氣地說，「德魯西亞斯，你瞧維托瑞亞斯的瞳孔如何放大，他的脈搏如何加速，即使面臨確切的死亡，他的眼神還是飄來飄去地想找到逃生方法？完全是因為有這個孩子在，他才束手就擒。」

「是的，典獄長。」其中一個面具武士——我想就是德魯西亞斯吧——用不感興趣的平板語調回應。

「伊里亞斯，」典獄長說，「德魯西亞斯他們會拿走你的武器，我建議你不要抵抗，我並不想傷害這孩子，他是我最好用的實驗品之一呢。」

十層地獄啊。

面具武士把我團團包圍，幾秒鐘之後，我已經被剝去武器、靴子、開鎖工具、泰勒絲汁以及大部分的衣物。我沒有反抗。如果我想逃出這裡，就必須保留體力。

我會逃出去的。典獄長沒有直接殺了我，意謂他對我有所圖。他會讓我活到他達到目的為止。

典獄長看著面具武士給我上鐐銬，然後按在牆上；在他藍白色眼珠中央的漆黑瞳孔，就像一個小小的針孔。

「我很高興你這麼準時，伊里亞斯。」老人鬆鬆地握著刀子，舉在離男孩脖子大約一吋遠。「很高尚的一項特質，我深表敬意。不過我得老實說，我並不明白你為什麼來這裡。一個明智的年輕人，現在應該已經遠在南方國度了。」他若有所盼地看著我。

「你該不會真的以為我會告訴你吧？」

男孩發出嗚咽聲，我發現典獄長正把刀子緩緩切進他的脖子側面。不過這時老人咧嘴一笑，露出小小的黃牙。他放開孩子。

「當然不。」他說，「事實上，我還希望你不講呢。我有種預感：你會一直撒謊，直到你連自己都說服了，而我覺得謊言最無趣了。我寧可把實話從你嘴裡榨出來。我有好一陣子沒用面具武士當實驗品了，恐怕我的研究都要過時了呢。」

我的皮膚不安地發癢。*只要活著，我在腦海裡聽到蕾雅的聲音，就有希望。*他或許能在我身上做實驗，利用我。可是只要我活著，就還是有機會離開這裡。

「你說你在等我。」

「的確。有隻小小鳥通知我你要來。」

「司令官。」我說。去她的。只有她可能會猜出我要去哪裡。可是她怎麼會告訴典獄長呢？她恨透他了。

典獄長又露出笑容。「也許吧。」

「典獄長，你想把他放在哪？」德魯西亞斯問，「應該不是和其他人關在一起吧？」

「那當然，」典獄長說，「高額賞金會引誘蠢笨的守衛通報他的下落，而我想要有機會先研究研究他。」

「清出一間牢房。」德魯西亞斯對另一個面具武士吼道，並且對我們後方那一排單獨監禁牢房點點頭。但典獄長搖頭。

「不，」他說，「我對我們的新囚犯要待在哪另有想法。我從來沒有研究過『那個』地方對實驗品的長期影響，尤其是這麼有——」他低頭看著學人男孩，「——同理心的實驗品。」

我的血液變冷了。我完全知道他指的是監獄裡的哪一部分。那些又長又暗的走廊，空氣都被死亡的氣味和凝結了。呻吟和低語，牆上的抓痕，你聽見別人尖喊著求救，任何能救他們的人都好，卻無能為力的感覺……

「你一向討厭那裡，」典獄長喃喃地說，「我記得。我記得那次你送皇帝的訊息給我時，你臉上的表情。我的實驗正進行到一半，你的臉白得像魚肚，後來你跑回走廊上，我聽到你往水桶裡吐。」

十層地獄啊。

「對，」典獄長表情愉悅地點點頭，「對，我想審問區非常適合你。」

34

海琳

我回到黑武士營房時，亞維塔斯在等我。午夜將至，我累得思考遲緩。北方佬對我憔悴的模樣未置一詞，不過我相信他能從我的眼裡讀出挫敗。

「有給妳的緊急訊息，血伯勞。」他凹陷的臉頰告訴我他一直沒睡。我不喜歡他熬夜等我回來這件事。他是個間諜，這就是間諜做的事。他把一只信封遞給我，上頭的蠟封還是完好無缺的。要不就是他的刺探手法更高明了，要不就是他難得沒拆信。

「司令官的新命令嗎？」我問，「不看我的信來博取我的信任？」

亞維塔斯抿緊嘴唇，我撕開信封。「信是飛毛腿在黃昏左右送到的，他說信是六天前從努爾送出。」

血伯勞：

雖然死了好幾個部落民，瑪米還是不肯開口。我還留著她兒子——她以為他已經死了。不過她說溜了一件事。我想伊里亞斯是往北走了，而不是往南或往東，而且那學人女孩好像還是跟他在一起。

各部落知道審問的事，已經發起了兩場暴動。我至少需要半個軍團的人力。我已經向方圓一百哩的每個軍營請求支援了，但到處都有人力短缺的問題。

責任為先，至死方休
德克斯・艾崔亞斯中尉

「北方？」我把信交給亞維塔斯，他快速看了一遍。「他見鬼地去北方做什麼？」

「找他外公？」

「維托瑞亞家族的領地在安蒂恩西邊，如果他從賽拉城直接往北走，能更快到那裡。如果他是要去自由之地的話，大可以在納威恩坐船。」

*該死，伊里亞斯，你為什麼不直接離開見鬼的帝國就好？*如果他運用所受的訓練，用最快的速度遠離這裡，我根本追查不到他的行跡，而我的抉擇也不用我自己決定了。

那妳的家人就會死。見鬼，我是怎麼回事？這是他的選擇。

他犯了什麼滔天大罪？他只是希望自由，只是希望能停止殺人。

「現在不用去解這道謎題，」亞維塔斯跟著我進房間，把德克斯的信放在我桌上，「妳需要吃東西、睡覺。我們早上再開始做事。」

我把武器掛起來，然後走到窗邊。星星朦朦朧朧的，紫黑色的天空隱然有著降雪的徵兆。「我應該去找我父母。」他們聽到馬可斯說的話了——那塊該死的石頭上每個人都聽到了，而最愛嚼舌根的族群非依拉司翠恩莫屬，整座城市一定都知道馬可斯對我的家族作出的威脅。

「妳父親來過一趟。」亞維塔斯在門邊徘徊，他戴著面具的臉突然間忸怩不安。我壓抑著皺臉縮頭的衝動。「他建議妳暫時保持距離，顯然妳妹妹漢娜……很沮喪。」

「你的意思是她恨不得喝我的血。」我閉上眼睛。可憐的漢娜，她的未來掌握在她最不信任的人手裡。母親會試著安撫她，莉薇雅也是。父親會先哄她，再板起臉，最後直接命令她停止發神經。可是到頭來，他們都會想著同一件事：我會選擇家人和帝國呢？還是選擇伊里亞斯？

我把心思轉向任務。北方，德克斯說。*而且那女孩還是跟他在一起。*他為什麼要帶著她更深入帝國？就算他有什麼迫切的理由必須留在武人的領土，何必讓那女孩冒險？

感覺像是作決定的人不是他。但又會是誰？那女孩嗎？他為什麼讓她作決定？她對逃出帝國能有什麼見解？

「血伯勞。」我驚跳了一下。我已經忘了亞維塔斯在房間裡——他好安靜。「我給妳拿點食物怎麼樣？妳需要吃東西。我叫廚房的奴隸幫妳保溫了。」

食物——吃東西——奴隸——廚子。

廚子。

那女孩——蕾雅，老太婆說過，別碰她。

她們一定在當奴隸的期間變得親近起來，也許廚子知道什麼，畢竟她知道蕾雅和伊里亞斯是怎麼逃出賽拉城的。

我只需要找到她。

可是只要我開始找，難以避免會有人洩露血伯勞在找一個白髮疤面女的事。司令官會聽說消息，那廚子就完了。倒不是說我很關心那老太婆的命運如何，不過要是她知道任何關於蕾雅的事，我都需要她活著。

「亞維塔斯，」我說，「黑武士在安蒂恩有地下聯絡人嗎？」

「妳說黑市？當然有——」

我搖頭。「我是說城市裡的無名小卒。貧童、乞丐、過客。」

亞維塔斯皺起眉頭。「這些多半是學人，而司令官一直在把他們圍捕起來奴役或處死。不過我是認識幾個人。妳有什麼想法？」

「我需要發送一條訊息。」我謹慎地說。亞維塔斯並不知道廚子幫過我——他得到這種資訊一定會立刻呈報給司令官。

「會唱歌的小鳥找飯吃。」我終於說。

「會唱歌的小鳥找飯吃，」亞維塔斯複述道，「就……這樣？」

廚子看起來有一點瘋狂，不過希望她會懂。

「就這樣。盡可能讓最多人知道，而且要快。」我說。亞維塔斯疑惑地看著我。

「我不是說要趕快辦嗎？」

他極輕微地皺了一下眉頭，然後走了。

他走了以後，我拿起德克斯的信。哈波沒有先讀，不過為什麼呢？的確，我從他身上從未感受到敵意，應該說什麼都沒有感受到。而自從離開部落民的土地後，他就……確切說來也不算友善啦，不過沒那麼高深莫測。不曉得他現在在耍什麼花招？

我把德克斯的信歸檔，靴子也沒脫就倒在床上。不過我還是睡不著。亞維塔斯要花好幾個鐘頭才能把訊息傳出去，然後再好幾個鐘頭廚子才會聽到——假如她能聽到的話。這我都明白，但一點風吹草動都會讓我跳起來，以為那個老女人會像幽靈一樣突然憑空出現。最後，我拖著疲憊的身軀走到書桌邊，從頭讀一遍前任血伯勞的檔案——他所蒐集的關於全帝國地位最高的一些人的資料。

很多報告都很直觀，其他的則否。譬如說，我並不知道卡西亞家族曾經掩蓋一樁在他們屋宅內發生的庶民僕人凶殺案。或是歐瑞利亞家族的女族長有四個情夫，全都是赫赫有名的依拉司翠恩家族的族長。

前任血伯勞還整理了黑武士的成員檔案，我一看到亞維塔斯的檔案，腦袋還來不及多思考一下，手指頭已經自動伸過去了。他的檔案和他的人一樣苗條，裡頭只有一張羊皮紙。

亞維塔斯・哈波：庶民

父：格鬥百夫長亞瑞厄斯・哈波（庶民）。二十八歲時因公殉職，死時亞維塔斯四歲。和母親蕾娜緹雅・哈波（庶民）同住在耶勒姆，直到獲選進入黑巖學院。

耶勒姆是此地以西的一座城市，遠在納維內斯山脈的凍原區，偏僻得要命。

母：蕾娜緹雅・哈波。卒於三十二歲，死時亞維塔斯十歲。之後在學校放假期間由父系祖父母撫養。

在黑巖學院司令官何瑞修・羅倫提亞斯轄下就讀四年。剩餘的黑巖學院訓練則由司令官凱銳絲・維托瑞亞負責。

幼齡生階段便展現極大潛力。在凱銳絲・維托瑞亞司令官的任期內維持平均水準。有多個情報來源都表示維托瑞亞從哈波幼年就對他展現興趣。

我把紙張翻到背面，可是內容就只有這樣而已。

又過了幾小時，天快亮的時候，我突然驚醒——我趴在書桌上睡著了。我手裡握著匕首掃視房間，尋找讓我不安的刮擦聲來自何處。

一個披著斗篷的人影蹲伏在窗邊，閃閃發亮的雙眼冷如藍寶石。我挺起胸膛，舉起匕首。她滿是疤痕的嘴巴扭曲成惡毒的冷笑。

「那扇窗戶離地面有三十呎，而且我把它鎖上了。」我說。面具武士進得來，自不在話下。可是學人老奶奶？

她沒理會我未說出口的疑問。「妳現在應該已經找到他了才對，」她說，「除非妳不想找到他。」

「他是面具武士，」我說，「受過甩掉追兵的訓練。我需要妳講一講那女孩的事。」

「別管那女孩了，」廚子低吼道，重重地跳進我房間，「找到他。妳幾週前就該辦好這件事，然後妳才能回到這裡盯著她。還是妳笨到看不出那個黑巖學院的婊子正在盤算什麼？這次是大事，女孩，比她暗算泰亞斯更大的事。」

「司令官？」我嗤之以鼻，「暗算皇帝？」

「別說妳認為那是反抗軍自己想出來的計畫。」

「他們在跟她合作？」

「他們並不知道幕後主使是她，不是嗎？」廚子語氣裡的嘲弄就和任何彎刀一樣鋒利，「告訴我妳為什麼想知道那女孩的事。」

「伊里亞斯沒有作出理性的決策，我能想到的唯一理由就是她——」

「妳並不是想更加了解她。」廚子聽來幾乎像鬆了口氣，「妳只是想知道那男的要去哪裡。」

「是啊，可是——」

「我可以告訴妳他要去哪裡，不過有個條件。」

我舉起刀子。「這個條件怎麼樣：妳告訴我，我就不把妳開腸剖肚。」

廚子發出尖銳的吼聲，我還以為她什麼疾病發作了——後來才醒悟到這是她的笑聲。

「妳被人捷足先登了。」她拉起上衣。她那許久以前遭人凌虐而慘不忍睹的皮膚，現在更被一個超大的潰爛傷口給侵蝕。它散發的氣味像隻拳頭襲向我，我不禁作嘔。

「見鬼。」

「聞起來是很見鬼，不是嗎？一個老朋友送我的——就在我殺了他之前。我一直沒去管它。把我治好，會唱歌的小鳥，我就告訴妳妳想知道的。」

「妳什麼時候受的傷？」

「妳是要在妹妹倒大楣之前逮到伊里亞斯，還是要聽床邊故事？快點，太陽都快出來了。」

「我從蕾雅那次之後就沒幫任何人治療過了，」我說，「我不知道要怎麼——」

「看來我在浪費時間。」她跨出一步到窗邊，悶哼一聲爬上窗台。

我一個箭步上前，扳住她的肩膀。她慢吞吞地爬下來。

「妳的武器全都放在桌上，」我說，「別想藏任何東西，我會搜妳的身。」

她照我的要求做，我確定她沒有暗藏任何惡劣的驚喜之後，便握住她的手。她迅速抽回手。

「我得碰到妳，妳這瘋老太婆，」我沒好氣地說，「不然沒用。」

她嘴巴一歪，不情願地伸出手。我很訝異地發現她的手在發抖。

「不會很痛的。」我的語氣比我預期中和善。天殺的，我幹嘛要安撫她？她既是殺人犯又是恐嚇犯。我彆扭地握牢她的手，閉上眼睛。

我腹部蜷伏著恐懼。我希望有效——也不希望有效，跟我治療蕾雅時的感覺一樣。現在我見到了傷口，廚子也開口求助，感覺起來治傷便成了必要之事，像是我無法控制的痙攣。失去控制力、我的整個身體都渴望做這件事，讓我覺得害怕。這不是我受訓練要做的事或我想做的事。

如果妳想找到伊里亞斯，就做吧。

有個聲音充盈我的耳道：哼歌的聲音——由我自己發出來的。我不曉得是什麼時候開始的。

我望進廚子的眼睛，潛入那藍色的黑暗中。如果我要重建骨頭、皮膚和血肉，我就得了解她到深入核心的地步。

伊里亞斯感覺像銀，是清冽黎明底下一股奔湧的亢奮。蕾雅不同，她讓我想到悲傷和綠金色的甜蜜。

可是廚子……她的內在像鰻魚一樣滑溜，我閃躲著它們。在騰湧的黑暗後頭，我瞥見一絲她曾經擁有的樣貌，我朝它伸出手。可是我一這麼做，歌聲突然間變得不和諧了。她內心的美善——已成為記憶。現在鰻魚占據了她的心，挾著瘋狂的復仇欲扭動著。

我改變旋律來捕捉她核心的真實。她內心敞開一道門，我穿門而入，沿著一條莫名熟悉的長廊走著。地板吸吮我的腳，我低頭看，有些預期會看到一隻烏賊用觸手纏住我。

可是我腳下只有黑暗。

我承受不了大聲唱出廚子的真實，因此我只是在腦海中尖叫出那些話，同時一直凝視著她的眼睛。令人敬佩的是，她並沒有閃躲我的目光。療癒開始時，我捕捉到她的本質，她的身體開始自我縫合修補，而她連抖都沒有抖一下。

我的身體側邊愈來愈痛，血滴到我腰部的工作服。我一直不管它，直到我痛得不停吸氣，直到我終於逼自己放開廚子。我感覺到從她那裡接收來的傷口，雖比老太婆身上的小，但仍然痛得要命。

廚子的傷口有些滲血，看起來赤生生的，但唯一受感染的跡象就是殘留的死亡氣味。

「好好照料傷口，」我喘著氣說，「妳既然能進到我房間，就能給自己偷點草藥製作敷料。」

她低頭看看傷口，然後再看著我。「那女孩有個哥哥，他和反、反、反抗軍有關聯，」她結巴地說，「武人幾個月前把他送進拷夫，她想救他出來。妳的男友在幫她。」

他不是我的男友，這是我第一個念頭。

他真是瘋了，這是我第二個想法。

被送進拷夫的武人、馬林人或部落民，最終可能會被放出來，經過徹底的懲罰、淨化，變得極不可能再反抗帝國。可是學人出來後的唯一去處，就是墓穴。

「如果妳騙我的話——」

她爬到窗台上，這次展現出我在賽拉城見到的敏捷。「記住，傷到那女孩，妳會後悔。」

「她是妳什麼人？」我問。我在治療過程中看到廚子內心的某樣東西——一種靈氣，或是影子，某種令我想到蕾雅的古老音樂。我皺起眉頭努力回想。感覺就像在撈取一個陳年舊夢。

「她不是我任何人。」廚子咬牙切齒地說，好像光是想到蕾雅都讓她反感。「只是個愚蠢的孩子在進行無望的任務。」

我遲疑地盯著她，她搖搖頭。

「別光是站在那裡看我，活像一頭嚇呆的母牛，」她說，「去救妳的家人啊，笨女孩。」

35

蕾雅

「慢一點啦。」奇楠喘吁吁地跑到我身邊，伸手來牽我的手。在這酷寒的晚上，他的肌膚送來一股我求之不得的暖意。

「因為天氣冷，妳不會發現把自己逼得多緊，要是妳不當心的話很快就會累垮的。而且外頭太亮了，蕾雅——我們也許會被人看到。」

我們已經幾乎抵達目的地了——位在一片農地的安全屋，一週前我們和阿芙雅分別後，往北走了很遠一段距離才到這裡。這裡的巡邏隊比南方要多更多，全都在獵捕從此地以北和以西的城市裡，逃出來躲避司令官無情攻擊的學人。然而多數巡邏隊都在白天獵捕學人。

以奇楠對這片土地的了解，讓我們能趁夜色趕路，尤其我們還不只一次偷到馬來騎，進度更是飛快。現在我們離拷夫只有三百哩遠了。可是如果該死的天氣不合作的話，三百哩和三千哩也沒什麼兩樣。我踢了踢地上薄薄的雪。

我抓住奇楠的手，催促他前進。「如果我們明天要趕到山口的話，今天晚上就必須走到那座安全屋。」

「我們要是死了，哪裡都去不了。」奇楠說。他深色的眼睫毛上結著霜粒，臉上有一塊一塊的青紫痕跡。我們所有的禦寒裝備都隨著阿芙雅的馬車一起燒掉了。我有伊里亞斯幾週前給我的斗篷，但它是為賽拉城的冬天設計的，不是這種像會咬人的寒冷，它鑽到人的皮膚底下，像鰻魚般緊巴著不放。

「如果妳把自己累到生病，」奇楠說，「休息一晚也補不回來。再說，我們太大意了，上一回遇到的巡邏隊近在幾碼外——我們差點直接撞見他們。」

「運氣不好。」我已經繼續走了，「後來不都沒事嗎？希望這間安全屋有燈，我們需要看一下伊里亞斯給我們的地圖，研究一下要是暴風雪太大的話，我們要怎麼找到那座山洞。」

厚片的雪迴旋降下，附近有隻公雞在啼叫。地主的莊園在四分之一哩外依稀可見，但我們繞路避開它，走向靠近奴隸房的一棟附屬建物。遠處有兩個人影，手裡拿著水桶，彎腰駝背、步履艱難地走向穀倉。這地方很快就會擠滿奴隸和工頭了，我們得尋找掩護。

我們總算走到位於低矮糧倉後頭的地窖門邊。門上的門閂被凍得僵硬，奇楠一邊悶哼一邊試著撬開它。

「快呀。」我蹲到他旁邊。幾十碼外的奴隸茅舍區升起幾縷炊煙，一扇門吱呀開啟，一名頭上包著布巾的學人婦女走出來。

奇楠再次把他的匕首戳進門閂。「這該死的東西就是不——啊。」他往後跌坐，門閂終於鬆開了。

這聲音發出回音，學人婦女迅速轉過身來。奇楠和我都僵住了——她絕對看得見我們。但她只是揮手要我們進入地窖。

「快點，」她低聲催促，「等一下工頭就醒了！」

我們鑽進地窖幽暗的內部，我們的呼吸在頭上凝結成白霧。奇楠把門閂上，我則打量這個空間。這裡寬約十二呎、長約六呎，塞滿酒桶和酒架。

可是屋頂上用一根鐵鍊吊著一盞燈，下方是一張桌子，桌上擺滿水果、一條用紙包起來的吐司，還有一個錫製砂鍋。

「經營這座農場的人是個賣開特，」奇楠說，「母親是學人、父親是武人。他是獨生子，所以他們通融把他登記為純正的武人。但他一定和母親更親近一些，因為自從他父親去年過逝之後，他就開始幫助逃跑的奴隸了。」奇楠朝桌上的食物點點頭。「看來他還在做這件事。」

我從包包取出伊里亞斯的地圖，小心地展開，然後在地上清出一塊空間。我餓得肚子咕嚕叫，但我沒管它。安全屋通常空間狹窄，更別說有足夠的照明了。白天的時候奇楠和我把每一分鐘都用來睡覺或趕路，眼下是難得能討論下一步的時機。

「多告訴我一點拷夫的事。」我冷得手在顫抖——幾乎感覺不到被我捏在指間的羊皮紙。「伊里亞斯畫了簡略的配置圖，可是如果他失敗了，而我們必須進去的話，那不夠——」

「妳從她死後就沒講過她的名字，」奇楠打斷我滔滔不絕的話，「妳知道嗎？」

我的手抖得更厲害了。我奮力想要克制住顫抖，他坐到我面前。

「妳只談下一間安全屋，只談我們要怎麼離開帝國，只談拷夫。但妳絕口不提她或當時發生的事。妳不提妳的奇怪能力——」

「能力。」我想哼笑。「我根本不能利用的能力。」不過天知道我多麼努力嘗試啊。

只要一有空檔，我就試著用意志力讓自己隱形，直到我感覺想著「消失」這個字眼快把我逼瘋了。每一次我都失敗了。

「也許妳談一談會有幫助。」奇楠建議，「或是妳能多吃兩口飯，或是多睡幾小時。」

「我不覺得餓，而且我睡不著。」

他的視線落在我顫抖的手指上。「天啊，看看妳。」他拿走羊皮紙，把我的手包在他手心裡。他的體溫填補了我內心的空洞。我嘆口氣，想要墜入那溫暖中——讓它包住我，好讓我忘記即將面臨的一切——哪怕是幾分鐘也好。

可是那太自私了，也很愚蠢，因為我們隨時都可能被武人士兵逮到。我試著把手抽走，但奇楠彷彿知道我在想什麼，反而把我拉近，把我的手指壓在他溫熱的腹部，然後用他的斗篷把我們兩人裹住。我隔著他上衣粗糙的材質，可以感覺到他隆起的肌肉，堅硬而平滑。他低著頭看著我們的手，紅髮藏住他的眼睛。我吞了吞口水，移開目光。我們已經一同走了幾週的路，卻從未如此親近過。

「告訴我她的事，」他低聲說，「好的事。」

「我什麼都不知道。」我嗓子啞了，清了清喉嚨。「我認識她幾週？幾個月了？可是我從來沒有認真問過她家人的事，或是她小時候的事，或是——或是她想要什麼、有什麼夢想。因為我以為來日方長。」

一滴淚沿著我的臉爬下，我抽出一隻手，迅速抹掉它。「我不想聊這個，」我說，「我們應該——」

「妳假裝她不存在，但她應得的不止如此。」奇楠說。我抬起頭，大吃一驚，我以為他會有怒色，但他的黑眼睛裡充滿同情。不知怎的，這讓我心情更低落。「我知道很痛，在所有人之中，就數我最清楚了。可是心痛證明妳愛她。」

「她愛聽故事。」我小聲說，「她會直直地盯著我，我知道我在說故事的時候，不管內容是什麼，她都會完全沉迷其中。她能在腦中看到活生生的故事場景。之後，有時候甚至是好幾天之後，她還會問我相關的問題，好像那段時間她一直住在故事的世界裡。」

「我們離開賽拉城以後，」奇楠說，「我們連續走了——應該說跑了——好幾個鐘頭。等我們終於停下來，躺進臥鋪準備過夜時，她抬頭看看，說：『人自由了，連星星都變得完全不同了呢。』」奇楠搖搖頭，「跑了一整天，幾乎什麼也沒吃，累到多一步都走不動的狀態下，她還能對著天空微笑入睡。」

「真希望我失去記憶，」我輕聲說，「真希望我不愛她。」

他吸了一口氣，眼睛仍盯著我們的手。地窖不再寒冷了，我們的體溫和灑在上方門上的陽光讓空氣變暖。

「我知道失去所愛是什麼感覺。我教會自己麻木不仁，有好長一段時間我真的沒有感覺，直到我認識妳……」他緊緊握住我的手，卻不看我。我也不敢看他。我們之間燃起某種兇猛的火花，也許它已經靜靜悶燒了許久。

「別把妳自己鎖起來，隔絕在關心妳的人之外，只因為妳怕妳會傷害他們，或是——或是被他們傷害。如果不讓自己有任何感覺，身為人還有什麼意義呢？」

他的手沿著我的手移動，像是火焰般緩緩燒到我的腰際。他極其緩慢地把我拉近他。我內心的空洞、罪惡感、挫折感和疼痛的深井，都在我身體低處隱隱搏動的欲望中消退，驅使我向前。我滑坐到他腿上，他的雙手攏緊我的腰，讓火燒般的感覺沿著我的脊椎往上竄。他抬起手撫向我的頭髮，固定住頭髮的髮夾落在地窖的地板上。他的心臟咚咚地敲著我的胸膛，他呼出的氣息撲向我的嘴巴，我們的嘴唇只有一線之隔。

我被催眠般凝視著他。在電光石火的一瞬間，他的臉色掠過一抹灰暗，顯示出某種不明確卻未必出乎意料的陰影。

奇楠總是有他的陰暗面。我感覺胃部有一絲不安，像蜂鳥拍動的翅膀一樣迅速地閃了一下。不過片刻之後我就遺忘了這股不安，因為他閉上眼睛，收攏我們之間的距離。

他的唇溫柔地貼著我的唇，他的手則沒那麼溫柔地在我背上遊走。我的手也同樣飢渴，快速地掠過他手臂和肩膀上的肌肉。我夾緊環在他腰上的腿，他的唇往下落在我下巴上，牙齒輕刮我的脖子。他把我的衣服往下拉，用折磨人的緩慢速度將灼熱的手滑下我赤裸的肩膀，我忍不住喘氣。

「奇楠——」我用氣音說。地窖裡的寒冷和我們之間的火焰比起來根本不算什麼。

我脫掉他的上衣，用目光盡情享受他在燈光下呈現黃褐色的肌膚。我用一根手指沿著他肩膀上散布的雀斑，往下滑過他胸部和腹部堅實而細緻的肌肉，最後落在他臀部。他逮住我的手，目光在我臉上搜尋。

「蕾雅。」他用這種語氣叫我名字，完全改變了它的意義，它不再是個名字，而是一句懇求、一句祈禱。「如果妳要我停下來——」

*如果妳想保持距離……如果妳想記起傷痛……奇楠。奇楠。奇楠。*我滿腦子全是他。

他為我領路、為我戰鬥、陪伴我。在他做這些事的時候，他的冷漠已經轉變為未說出口的強烈愛意，每當他看著我時我都能感覺到。

我讓內心的聲音安靜下來，牽起他的手。所有其他雜念都遠離了，安定籠罩著我，這是我幾個月來都沒感受過的平靜。

我直直地望進他的眼睛，引導他的手指探向我上衣的鈕釦，解開一個，然後再一個，一邊解一邊將身體往前傾。

「不，」我在他耳邊低語，「不要停下來。」

36

伊里亞斯

從我周圍各間牢房裡傳出的不間斷的低語聲和呻吟聲，就像肉食性蠕蟲般直往我腦袋裡鑽。我在審問區裡才待了幾分鐘，就已經無法放下捂住耳朵的手了，而且我還考慮直接把耳朵扯下來。

這一區走廊上的火把燈光，透過位於牢門高處的三個狹孔滲進來。我僅能勉強藉著這光看到我牢房冷冰的石地上，沒有任何我能用來解開手銬腳鐐的工具。我試拉了一下鐵鍊，看看有沒有較弱的環節，可是這是賽拉鋼。

*十層地獄啊。*頂多再過半天，我的癲癇又會發作了。癲癇發作時，我的思考能力——和行動能力——都會嚴重衰退。

其中一間鄰近的牢房傳出遭到凌虐的哀號聲，接下來是某個可憐的傢伙幾乎說不出話的囈語聲。

*至少司令官給我的受審訓練能派上用場。*在她手裡吃的苦不是白費的總是件好事。

過了一段時間，我聽到門外傳來拖著腳走的腳步聲，接著門鎖轉動。*是典獄長嗎？*我全身緊繃，但結果只是典獄長用來要脅我的那個男孩。這孩子一手拿著一杯水，另一手拿著一碗硬麵包和覆著厚厚一層黴菌的肉乾。他的肩膀上披著一條滿是補丁的毛毯。

「謝謝你。」我一口喝乾那杯水。男孩瞪視著地板，把食物和毛毯放在我搆得著的位置。他走起來一跛一跛的——先前他並沒有這樣。

「等一下。」我叫道。他停下來，不過並沒有看我。「典獄長是不是又懲罰你了？在……」在他利用你來控制我之後。

這學人簡直像一尊雕像。他就只是站在原地，好像在等我說出不是廢話的話來。又或許，我心想，他在等我喋喋不休的空檔，希望久到夠他回應。雖然我想問他叫什麼名字，我逼自己不要講話。我數著秒數。十五。三十。一分鐘過去了。

「你不害怕，」他終於小小聲地說，「為什麼你不害怕？」

「害怕會給他力量，」我說，「就像給油燈添燈油一樣，會讓他燒得更旺，讓他更強大。」

不曉得戴倫死前害不害怕。我只希望他死得很快。

「他傷害我。」男孩兩手用力摳住他的雙腿，指節都泛白了。我縮了一下頭。我很清楚典獄長怎麼傷害別人——尤其是怎麼傷害學人。他的疼痛實驗只是其中一部分而已。學人孩童負責監獄裡最卑賤的工作：在淩虐結束後清理囚室和囚犯、徒手埋葬屍體、倒空髒水桶。這裡的孩子多半在十歲之前，就會變成目光呆滯、一心求死的苦工。

我甚至無法想像這男孩經歷過什麼。目睹過什麼。

同一間牢房又傳出另一聲淒厲的尖叫聲，男孩和我都嚇了一跳。我們帶著同樣憂慮不安的目光望著對方，我覺得他要開口了。可是牢房門又開了，典獄長齷齪的身影落在他身上。男孩匆匆朝外走，像隻極力避免被貓注意到的小老鼠一樣貼著門，然後就消失在走廊搖曳的火光中。

典獄長根本懶得多看他一眼。他兩手空空，至少表面上看起來是。我相信他一定暗藏著某種刑求工具。

眼下他關上牢門，取出一個小瓷瓶。泰勒絲汁。我竭盡全力才克制住撲向它的衝動。

「也該是時候了，」我當作沒看見瓶子，「我還以為你對我失去興趣了呢。」

「啊，伊里亞斯。」典獄長咂著舌頭，「你在這裡做過事，知道我的做法。真正的苦難蘊含在對疼痛的預期心理中，其程度不亞於疼痛本身。」

「這是誰的名言？」我嗤之以鼻，「你嗎？」

「歐皮瑞恩．多明尼卡斯。」他在我恰好搆不著的距離來回踱步。「在泰亞斯四世統治的時代，他是這裡的典獄長。我那個時代啊，他的著作是黑巖學院的必讀課本呢。」

典獄長舉起泰勒絲汁。「我們何不從這個開始呢？」看我沉默不語，他嘆了口氣。「伊里亞斯，你為什麼隨身攜帶這個？」

利用你的審問者想要的真相，司令官的聲音在我耳邊惡狠狠地說。可是要用得有所保留。

「有個傷口感染了。」我拍了拍手臂上的疤，「我唯一能找到用來治傷的東西就是這種淨血劑。」

「你在撒謊的時候，右手食指會微微地抽搐。」典獄長告訴我，「來啊，試試看不要抽動，你控制不了的。即使腦袋不誠實，身體也不會說謊。」

「我說的是實話。」至少是一部分的實話。

典獄長聳聳肩，拉了一下門邊的控制桿。我背後牆裡安裝的機關嘎吱作響，連接到我手腳的鐵鍊則愈拉愈緊，直到我貼在牆上，整個身體被拽成了X形。

「你知不知道，」典獄長說，「只要用正確的方式施力，就能用單單一把鉗子弄斷人手上的每一根骨頭？」

他用了四個鐘頭、十片碎裂的指甲和天知道多少根斷骨，才從我嘴裡逼出泰勒絲汁的真相。雖然我知道我還能堅持更久，最後還是讓他問出資訊了。最好讓他認為我很弱。

「真奇怪啊。」我招認司令官給我下了毒時他說道。「不過，啊——」他露出恍然大悟的開朗表情，「——凱銳絲希望那隻小伯勞鳥別礙事，她才能暢行無阻地向任何對象吹任何耳邊風。可是她又不想冒險讓你活下來。聰明。在我看來有點冒險，不過……」他聳聳肩。

我藉著疼痛扭曲面容，不讓他看出我的訝異。我思索了好幾個星期為什麼司令官要給我下毒，不直接殺了我。後來我終於認定她只是希望我受苦而已。

典獄長打開牢門，拉動控制桿放鬆我的鐵鍊。我懷著感激倒在地上。片刻之後，那個學人男孩進來了。

「把犯人清理一下，」典獄長對孩子說，「我不要他感染了。」老人歪著頭。「伊里亞斯，這一次我讓你玩你的遊戲，我發現它們很有趣。你似乎有種所向無敵症候群：要花多少時間才能讓它崩潰？在什麼情況下能讓它崩潰？是要更多肉體上的痛苦呢，還是我不得不鑽研你心智上的弱點？有好多尚待發掘的事啊，我引頸期盼。」

他走了，男孩靠過來，吃力地抱著一只陶水壺和一箱碰得叮叮作響的瓶瓶罐罐。他眼神瞟向我的手，然後睜大了。他蹲到我旁邊，用輕如蝴蝶的手指拿各種不同的藥膏為我清理傷口。

「看來他們說的是真的，」他輕聲說，「面具武士沒有痛覺。」

「我們有痛覺，」我說，「只是受過忍痛的訓練。」

「可是他——他折磨你好久。」男孩皺起眉頭。他讓我聯想到迷途的椋鳥，單獨在黑暗中搜尋熟悉的事物、符合牠認知的事物。「我每次都會哭，」他拿布浸了浸水，然後擦去我手上的血，「即使我拚命地忍。」

去你的，西賽利亞斯。我想到戴倫在這底下受折磨的樣子，和這男孩一樣，和我一樣。典獄長在蕾雅的哥哥身上施加了怎樣恐怖的暴行，然後他才終於解脫？我的手像火燒一般渴望握住彎刀，好把那老傢伙昆蟲似的頭顱割下來。

「你還小，」我生硬地說，「我在你這個年紀也常常哭。」我把尚稱完好的一手伸向他跟他握手。「對了，我叫伊里亞斯。」

他的手儘管小，卻很有力。他很快就鬆開我的手。

「典獄長說名字是有力量的。」男孩飛快地瞟了我一眼，「我們所有孩子都是『奴隸』，因為我們都是一樣的。不過我朋友小蜜蜂——她給自己取了名字。」

「我不會叫你『奴隸』。」我說，「你——你想有自己的名字嗎？在部落民的土地上，有些家庭會等到孩子出生好幾年後才給他們取名字。還是你已經有名字了？」

「我沒有名字。」

男孩給我的手上夾板，我靠在牆上咬牙忍耐著皺臉的衝動。「你很聰明，」我說，「反應很快。叫『塔斯』怎麼樣？這個字在塞德語中是『快』的意思。」

「塔斯。」他試著唸出這個名字。他臉上隱約泛出笑意。「塔斯。」他點點頭。「而你——你不只是伊里亞斯，你是伊里亞斯・維托瑞亞斯。守衛們以為四下無人的時候會談論你，他們說你以前是面具武士。」

塔斯有個問題想問——我能看出他在鼓起勇氣問。可是不管是什麼問題，他都吞了回去，因為牢房外頭傳來人聲，接著德魯西亞斯就走了進來。

「我把面具摘掉了。」

男孩趕緊起身收拾東西，但他動作還不夠快。

「快一點，髒東西。」德魯西亞斯跨了兩大步就來到他面前，朝塔斯的肚子狠狠踹了一腳。男孩哀叫一聲，德魯西亞斯笑著又踢了他一腳。

一股怒吼聲充斥我的腦袋，就像大水沖向水壩。我想起黑巖學院的百夫長，在我們還是幼齡生的時候，他們每天隨意為之的體罰一點一點地消磨我們。我想起恐嚇我們的優等生，他們從來不把我們當人看，只視為他們的受害者，屈服於他們年復一年、累積而生的喪心病狂，就像是葡萄酒慢慢醞釀而成的複雜度。

突然間，我撲向德魯西亞斯，他在施暴之餘不小心靠得太近。我就像一頭發狂的動物般咆哮。

「他是個孩子。」我用右手揍面具武士的下巴，他倒在地上。我體內的憤怒有如出閘的猛虎，拳頭如雨點般落下，我甚至感覺不到鐵鍊的存在。你把這孩子像垃圾般對待，你以為他沒有感覺，但他有，他到死都會感覺到，只因為你病態到看不見自己做了什麼。

有人用手扳著我的背，靴聲咚咚響，兩個面具武士彎進牢房來。我聽到棍子揮過空氣的呼咻聲，低頭閃過那一擊。但有人一拳揍向我的肚子，打得我喘不過氣，我知道自己隨時會被打暈。

「夠了。」典獄長冷靜的語調切過混亂。那些面具武士立刻從我身邊退開。德魯西亞斯怒吼一聲，站起身來。我的呼吸變得沉重，我怒瞪著典獄長，把我對他、對帝國的所有憎恨，都灌注在我的目光裡。

「可憐的小男孩在為他失去的童年討回公道啊。真可悲，伊里亞斯。」典獄長失望地搖搖頭。「你難道不懂這種想法有多麼不理智嗎？有多麼白費力氣？當然，現在我得懲罰這男孩了。德魯西亞斯，」他聲音清脆地說，「去拿羊皮紙和鵝毛筆來，我要帶這孩子去隔壁，你來記錄維托瑞亞斯的反應。」

德魯西亞斯抹掉嘴邊的血，豺狼般的眼睛閃閃發亮。「長官，樂意之至。」

典獄長揪住縮在角落裡的孩子——塔斯——把他扔出牢房。男孩跌在地上，發出聽來揪心的悶響。

「你是個怪物。」我對老人咆哮。

「大自然會淘汰弱者。」典獄長說，「又是多明尼卡斯的句子。真是個偉人。也許他沒有活到現在，看到有時候弱者能夠苟延殘喘、歪歪倒倒、哭哭啼啼，未嘗不是件好事。我不是怪物，伊里亞斯。我是大自然的助手，一種園丁，而我很擅長用剪刀。」

我用力扯緊鐵鍊，雖然我知道這樣做無濟於事。「你下地獄去吧！」

可是典獄長已經走了。德魯西亞斯找了個位置待著，挑釁般地睨著我。在上了鎖的門後，塔斯發出尖叫，而他則記錄下我的每個表情。

37

蕾雅

我在地窖安全屋中甦醒時，心底的感覺不能說是後悔，卻也不是快樂。真希望我能分辨這是種什麼心情。我知道在我想清楚之前，這件事會一直讓我煩心，而前方還有漫漫長路要走，我實在承受不起分心的後果。分心會導致犯錯，而我已經犯了夠多錯了。

不過我並不想把先前奇楠和我之間發生的事，也歸類為一個錯誤。那件事令人陶醉，令人興奮，充滿我預期之外的深厚情感。*愛。我愛他。*

不是嗎？

我趁奇楠不注意的時候，吞下外公教我製作的混合藥草湯——它能讓女孩的月經變慢，這樣就不會懷孕了。

我看向奇楠，他正默默地換上更保暖的衣物，準備踏上下一段旅程。他察覺我的目光，過來我在穿鞋帶的地方。和平常的他很不一樣，他害羞而親暱地撫摸著我的臉頰，一抹猶疑的笑容讓他的表情看起來很開朗。

*我們是笨蛋嗎？*我想問。*在這樣的瘋狂中尋求慰藉？*我不忍心說出這些話，而且也沒有對象讓我發問。

我內心湧現一股強烈的衝動，想要跟哥哥說話，我憤怒地咬著嘴唇把眼淚憋回去。我相信戴倫在成為史匹洛的學徒之前一定交過女朋友，他會知道我這種不安、困惑的心情到底算不算正常。

「妳有什麼心事？」奇楠拉我站起身，緊緊握住我的手。「妳該不會希望我們沒有——」

「不是，」我很快地說，「我只是……以現在的情況而言，這麼做是不是……錯的？」

「在如此黑暗的時期裡找出一兩個小時的快樂時光？」奇楠說，「這不是錯的。要是連片刻的喜悅都沒有，活著還有什麼意義？戰鬥還有什麼目標？」

「我想相信這是真的，」我說，「可是我覺得罪惡感好強。」我的情緒被封存了幾週的時間，現在一古腦兒地噴發出來。「你和我在這裡活得好好的，而伊薺死了，戴倫在監牢裡，伊里亞斯也快死了——」

奇楠用一手攬住我，把我的頭攏到他下巴底下。他的體溫、他那股柴煙和檸檬的氣味立刻讓我情緒緩和下來。

「把妳的罪惡感給我，我替妳保管，好嗎？因為妳不該這樣想的。」他稍稍後退，把我的臉抬高。「試著稍微忘掉妳的焦慮吧。」

沒那麼容易！「今天早上你還問我，如果我不讓自己有感覺，身而為人還有什麼意義。」我說。

「我指的是吸引力、慾望，」他的臉微微發紅，他移開了目光，「不是罪惡感和恐懼，這些是妳該試著忘掉的感覺。我可以幫助妳遺忘——」他歪了歪頭，我全身一陣發熱，「——但我們該動身了。」

我擠出一個無力的笑容，他放開我。我四處尋找戴倫的彎刀，等我把它固定在身上時，不禁又皺起眉頭。我不需要分心，我需要的是釐清我腦袋裡究竟在想什麼。

妳的情緒賦予妳人性，幾週前伊里亞斯曾在賽拉山脈這麼對我說。即使是負面情緒也是有作用的，不要把它們鎖起來，如果妳不理會它們，它們只會變得更喧鬧、更激烈。

「奇楠，」我們爬上地窖樓梯，奇楠打開門鎖，「我不後悔已經做了的事，但我不能直接把罪惡感拋開。」

「有何不可？」他回頭看我，「聽著——」

地窖門發出刺耳的嘎吱聲開了，我們都嚇得跳起來。奇楠以一氣呵成的動作拔箭、搭弓、瞄準。

「先別射。」有個聲音說。對方舉高油燈，原來他是個一頭鬈髮的年輕學人。他一看到我們就咒罵了一聲。

「我就覺得看到這裡有人。」他說，「你們得離開了，主人說有一支武人巡邏隊正朝這裡來，他們會殺死他們找到的每一個自由學人——」我們沒聽到剩下的部分。

奇楠抓著我的手把我拖上樓梯，進到外頭的夜色中。「往那裡走。」他朝著我們東邊、位於奴隸房後方的林木線點點頭，我跟著他跑，脈搏跳得很快。

我們通過了樹林，再次轉朝北走，穿過長形的休耕地。奇楠一眼看到一座馬廄，便留我在原地離開了。有隻狗吠叫起來，但叫聲突然間停了。幾分鐘後奇楠牽著一匹馬回來。

我本來想問那隻狗的事，可是看到他陰鬱的表情，我決定保持沉默。

「有條小路穿過前面那片樹林，」他說，「看起來走的人不多，而且現在雪下得夠大，一兩個小時之內就能蓋掉我們的腳印。」

他拉我坐到他前面，我刻意不接觸到他的身體，他嘆了口氣。

「我不知道我是怎麼了，」我小聲地說，「我感覺好像——好像心靜不下來。」

「妳承受太大、太久的重擔了。蕾雅，這一路走來，妳一直在領導，作了很多艱難的決定——也許妳並沒有準備好做這些事。這沒什麼丟臉的，誰敢說不是這樣，我會把他宰了。妳已經盡力而為了，現在放手吧，讓我替妳承接重擔，讓我幫妳。妳要相信我能做出對的事，目前為止，我有帶妳誤入歧途嗎？」

我搖搖頭。我的憂慮回來了。*蕾雅，妳應該對自己更有信心才對，*我內心的聲音說。*妳作的決定並不全都很差勁。*

可是重要的決定——攸關人命的決定——卻是錯的。這種重量真的快把我壓垮了。

「閉上眼睛，」奇楠說，「休息一下。我會帶我們到拷夫，我們會救出戴倫，一切都會很好的。」

❦

我們離開地窖安全屋三天後的晚上，誤打誤撞地找到一座挖得很淺的學人萬人塚。男人、女人、小孩，全都像廢棄物般隨意地抛在裡頭。我們前方是納維內斯山脈頂部積雪的山峰，遮蔽了半個天空，這美景現在看來多麼諷刺啊，它們難道不知道在它們的影子下，曾經發生何等邪惡的暴行？

奇楠快速催馬通過，即使太陽已經出來了，我們還是繼續移動。等我們遠離墓穴，正在通過一道高聳而林木蓊鬱的峭壁時，我瞥見西方低矮的山丘間有些東西，位置在我們和安蒂恩之間，看起來像帳篷，還有男人和營火。好幾百個帳篷。

「天啊，」我拉住奇楠，「你看到沒？那裡不是亞真山丘嗎？看起來有一整支見鬼的軍隊駐紮在那裡耶。」

「來吧，」奇楠拉我往前走，憂慮讓他不耐煩，連帶地我也開始不耐煩了，「我們得找個地方藏起來等天黑。」

可是夜晚帶來更多駭人的事物。我們走了好幾小時之後，突然遇上一群士兵，我倒抽一口氣，差點曝露我們的行蹤。

奇楠低聲喝阻我，並且把我往後拉。那些士兵在看守四輛「鬼車」——這名稱由來是你一旦上了鬼車，就跟死了沒兩樣。鬼車高聳漆黑的車身讓我看不見車上有多少個學人，但一雙雙手緊抓著後窗的鐵條，有些手很大，其他手則小得可憐。我們在看的時候，還有更多囚犯被趕進最後一輛鬼車。我想到我們先前經過的萬人塚，我知道這些人會有什麼下場。奇楠想拉著我往前走，但我發現自己動彈不得。

「蕾雅！」

「我們不能就這樣丟下他們不管。」我堅持道。

「這裡總共有十二個士兵和四個面具武士在看守馬車，」奇楠說，「我們會死得很慘。」

「要是我消失呢？」我回頭望著馬車。我無法停止想到那些手。「就像我在部落民的營地裡那樣，我可以——」

「但妳無法，自從……」奇楠伸出手，同情地捏了捏我的肩膀。*自從伊蘚死了以後。*

一聲喊叫讓我回頭望向馬車。一個學人男孩正拚命抓向拖著他往前的面具武士的臉。「你們不能一直這樣對我們！」男孩尖叫著被面具武士丟進車裡，「我們不是動物！總有一天我們會反擊的！」

「用什麼反擊？」面具武士笑道，「棍子和石頭？」

「我們現在知道你們的祕密了，」男孩撲在鐵條上，「你們沒辦法阻止。你們自己的鐵匠背叛你們，所以我們知道了。」

面具武士臉上的奸笑消失了，他看起來幾乎像在思考什麼。「啊，對，」他輕聲說，「鼠輩們的偉大希望，偷走賽拉鋼祕密的那個學人。他死啦，小子。」

我倒抽一口氣，奇楠用手捂住我的嘴，抱住我的身體不讓我亂動，小聲地叫我不要發出半點聲音，說我們會送命。

「他死在牢裡了，」面具武士說，「不過我們已經先從他軟弱的、可悲的腦袋瓜裡，榨出了每一滴有用的資訊。你們確實是動物，小子，甚至比動物還不如。」

「他在說謊，」奇楠小聲地說，一邊用力拖著我離開樹林，「他是為了折磨那男孩才這麼說的。那個面具武士才不可能知道戴倫是不是死了。」

「萬一他不是說謊呢？」我說，「萬一戴倫真的死了呢？你也聽說了關於他的傳言，消息已經愈傳愈遠了。也許帝國認為殺了他就能粉碎謠言，也許——」

「那都不重要，」奇楠說，「只要他還有活著的可能，我們就得試一試，妳聽見了嗎？我們必須繼續走。來吧，還有好長一段路呢。」

離開地窖安全屋將近一週之後，奇楠踉蹌地回到我們紮營的地方——一棵橡樹扭曲盤結、沒有樹葉的樹枝底下。「司令官已經到了戴爾菲尼，」他說，「她殺光了每個自由的學人。」

「那奴隸呢？囚犯呢？」

「奴隸沒事——他們的主人顯然抗議財產蒙受損失。」他說這話時看起來很不舒服，「她把監獄清空了，在城裡的廣場舉行大型處決。」

*天啊。*夜的黑似乎感覺更深也更靜了，就像死神正走過這片樹林，而除了我們之外的每個生物都知道。「要不了多久，」我說，「這世上就沒有學人了。」

「蕾雅，」奇楠沉聲說，「她下一站要去拷夫。」

我猛然抬頭。「天啊，萬一伊里亞斯沒救出戴倫怎麼辦？要是司令官開始殺害那裡的學人——」

「伊里亞斯六週前就出發了，」奇楠說，「而且他看起來超有自信，也許他已經把戴倫救出來了，他們可能在山洞裡等我們。」

奇楠伸手到他鼓鼓的包包裡，拿出一條還散發著熱氣的麵包和半隻雞。天知道他做了什麼才拿到這些。不過我還是沒有胃口。

「你會想起鬼車裡的那些人嗎？」我低聲說，「你會想他們發生了什麼事嗎？你——

你在乎嗎？」

「我加入了反抗軍，不是嗎？但我不能沉溺在裡頭，蕾雅，那一點用處都沒有。」

可是這不是沉溺，我心想。是記憶，而記憶並不是無用的。

換作一週前，我會把這些話說出來。可是自從奇楠把領導的責任從我身上取走，我就感覺變弱了、變卑微了。好像我每天都在縮小。

我應該感謝他才對。雖然鄉間滿是武人，奇楠卻有辦法安全地避開所有巡邏隊和偵察隊、所有崗哨和瞭望塔。

「妳一定凍壞了吧。」他的語氣很溫柔，不過把我從思緒中喚醒了。我訝異地低頭看。我還穿著伊里亞斯在賽拉城給我的黑色厚斗篷，那像是上輩子的事了。我把斗篷裹緊了些。「我沒事。」

奇楠在他的包包裡翻找了一陣，終於抽出一條鑲著毛皮的厚重冬季斗篷。他傾向前，輕柔地解開我的斗篷，讓它落下。然後他把另外那條斗篷披到我肩膀上扣好。

他沒有惡意，我知道。

雖然這幾天來我一直跟他保持距離，他還是對我無比關懷。可是我內心有點想把斗篷甩掉，穿回伊里亞斯送的那件。

我知道自己這樣很蠢，但伊里亞斯的斗篷對我來說有某種慰藉。也許不是因為會讓我想到他，而是會讓我想到自己在他面前是怎麼樣的人。比較勇敢，比較堅強。難免有所缺陷，卻無所畏懼。

我懷念那個女孩，那個蕾雅。當伊里亞斯．維托瑞亞斯在她身邊時，能燒得最亮、最耀眼的那個版本的我。

會犯錯的蕾雅。犯錯時會害人白白送命的蕾雅。

我怎能忘記？

我低聲向奇楠道謝，然後把舊斗篷塞進包包裡。我用力把新斗篷拉緊，告訴自己它比較暖和。

38

伊里亞斯

拷夫夜裡的寂靜讓人打心裡發寒。因為這寂靜不是源於眾人皆已入眠，而是源於死亡，源於有人放棄了，任由自己的生命流逝，源於終究讓疼痛席捲他們，直到他們化為烏有。隔天清早，拷夫的孩子們會把沒撐過這一夜的人的屍體拖出去。

在這樣的寂靜中，我發現自己在想戴倫。他對我來說一直像個鬼魂，是我們長久以來竭力要靠近的人物，以致於儘管我從沒見過他，卻感覺與他密不可分。現在他死了，他的逝去有如可以感知的實體，像是已被截去的斷肢。每當我記起他已不在了，絕望感都會重新朝我襲來。

我的手腕被手銬磨得流血破皮，我的肩膀麻到沒有感覺了；我的手臂整晚都被拉得直直的。不過這種痛像是微火慢烤，而不是大火燎原。我應付過更糟的疼痛。然而，當癲痫帶來的黑暗像一塊裹屍布般兜頭罩住我時，我還是覺得如釋重負。但黑暗很短暫，我在等候地醒來時，耳邊充斥著靈體——幾百個——幾千個——太多了——焦慮的耳語聲。

捕魂者一臉嚴肅地伸手拉我起來。

「我告訴過你在那裡會發生什麼事。」我的傷在這裡並沒有顯現，但她看著我時皺眉縮頭，好像她還是看得到。「你為什麼不聽我的勸？看看你。」

「我沒打算被逮到。」靈體在我們周圍迴繞，像在強風中打轉的零碎雜物。「榭娃，這裡出了什麼事？」

「你不應該在這裡的。」她的語氣沒有敵意，不像幾週前那樣。但她語氣堅決。「我以為我要到你死的時候才會見到你。回去吧，伊里亞斯。」

我感覺腹部出現熟悉的拉力，但我反抗著它。「靈體們好像在騷動？」

「比平常更嚴重，」她頹然坐下去，「數量太多了。大部分都是學人。」

我過了片刻才醒悟過來，然後立刻覺得反胃。我聽到的耳語聲——成千上萬個耳語聲——都是來自被武人殺害的學人。

「很多靈體不需要我幫忙就繼續前進了，可是有些靈體處於極大的痛苦之中，他們的哭喊聲惹惱了精靈。」樹娃用手按著額頭。「我從來沒感覺這麼無力過，伊里亞斯。我覺得好無助。我作為捕魂者的這一千年來，不是沒有經歷過戰爭。我看到學人衰落，看到武人崛起。然而，我還是沒有見過這種景象。你看。」她指向天空，從森林的樹冠間有個空隙可以看到天空。

「射手和盾女變得暗淡了，」她指出星座說明，「劊子手和叛徒崛起。星星一向洞察一切，伊里亞斯。最近它們低訴的全是黑暗即將降臨。」

暗影聚集，伊里亞斯，而且沒人能阻擋它們聚集。這是不過幾個月前，坎恩在黑巖學院對我說過的話——還有一些更糟的事。

「什麼黑暗？」

「夜臨者。」樹娃低聲說。恐懼席捲了她，我熟悉的那個強大的、不為所動的生物消失了，眼前只是一個受驚的孩子。

遠方的樹木散發紅光。是精靈的樹林。

「他在找方法解放同胞，」榭娃說，「他在尋找四散的武器碎片，許久許久之前，那個武器把他們都禁錮在這裡。每一天他都離得更近了，我——我能感覺到，但我看不到他。我只能感覺到他的惡意，就像冷影般的納維內斯山風。」

「妳為什麼怕他？」我問，「你們不都是精靈嗎？」

「他的力量比我強了百倍，」她說，「有些精靈能乘風而行或憑空消失，有些能操控心智、身體、天氣。可是夜臨者——這些力量他全有。還不止如此。他是我們的老師、我們的父親、我們的領袖、我們的國王。可是……」她移開目光。「我背叛了他，我背叛了族人。當他知道的時候——天啊，生生世世以來，我都不曾如此恐懼過。」

「發生了什麼事？」我柔聲問，「妳是怎麼背叛——」

樹林那裡傳出一聲咆哮，像漣漪般傳過空氣。榭——娃——

「伊里亞斯，」她面露痛苦的表情說，「我——」

榭娃！這次咆哮聲像鞭子抽了一下，榭娃嚇得跳起來。「你惹他們生氣了，快走！」

我退離她身邊，靈體們在我身邊推擠、聚集。其中一個靈體脫離群體，她個子嬌小、眼睛睜得很大，即使在死後，她的眼罩仍然是她的一部分。

「伊蘅？」我驚駭地說，「怎麼——」

「快走！」榭娃用力推我，把我拋回灼痛的意識裡。

我的鐵鍊放鬆了，我蜷在地板上，全身痠痛發冷。我感覺有人輕觸我的手臂，一雙黑色的大眼睛在看我，充滿憂慮而睜得渾圓。是那個學人男孩。

「塔斯？」

「典獄長命令士兵把你的鐵鍊放鬆，讓我能替你清理傷口，伊里亞斯。」塔斯小聲地說，「你別再亂揮手臂了。」

我小心翼翼地坐起來。伊薺。是她，我確定。但她不可能死了啊。車隊出了什麼事？蕾雅呢？阿芙雅呢？這一次我主動希望癲癇發作，我想要答案。

「伊里亞斯，你作噩夢了嗎？」塔斯輕聲問道，看我點點頭，他皺起眉頭。

「經常。」

「我也會作噩夢。」他的目光短暫瞟向我的眼睛，然後又飄走了。

我相信。司令官在我的記憶裡陰魂不散，幾個月前在我要被斬首前夕，她站在我的牢房外頭，當時她就逮到我在作噩夢。我也會作噩夢，她說。

而離那一天已經相隔很長距離、相隔幾個月的此地此時，我卻發現一個被困在拷夫監獄的學人孩子也有同樣的經歷，這真是令人不安，我們三人竟被這同一種體驗給串連在一起：在腦袋裡亂竄的怪物。其他人對我們施加的所有黑暗和邪惡，我們因為太年輕而無法阻止的所有我們控制不了的事物——全都留下來陪我們度過悠悠歲月，潛伏著等待我們沉淪到底的那一刻。然後它們一躍而上，糾纏著垂死的受害者。

我知道司令官已經被黑暗吞噬了。不管她的噩夢是什麼，她都讓自己成為惡劣一千倍的事物。

「塔斯，別讓恐懼把你抓走。」我說，「只要你不讓它控制住你，只要你繼續戰鬥，你就和任何面具武士一樣強大。」

我聽到走廊傳來那個熟悉的哭叫聲，自從我被丟進這間牢房以來就不斷聽到那個聲音。它起初是哀鳴，後來變成崩潰的號哭。

「他很年輕。」塔斯朝著被折磨的囚犯的方向點點頭，「典獄長大部分時間都花在他身上。」

可憐的傢伙，難怪他有半數時間聽起來都陷入瘋狂狀態。

塔斯把烈酒倒在我受傷的指甲上，引起火燒般的劇痛。我把呻吟聲憋回去。

「那些士兵啊，」塔斯說，「給那個囚犯取了個綽號。」

「尖叫者？」我咬著牙迸出三個字。

「藝術家。」

我倏然望向塔斯的眼睛，把所有的疼痛都給拋到一邊。「他們為什麼這樣叫他？」我低聲問道。

「我從沒看過那樣的東西，」塔斯移開目光，面露不安，「他即使是用血來當墨水，畫在牆上的圖卻那麼真實，我甚至覺得——覺得那些畫會活過來呢。」

*天殺的地獄啊。不會吧。*單獨監禁區的帝國軍說他已經死了，而我也蠢到相信了他。我讓自己忘了戴倫。

「你為什麼告訴我這個？」我心頭一驚，突然起了疑心。塔斯是間諜嗎？「典獄長知道了嗎？是他叫你這麼做的？」

塔斯拚命搖頭。「不是——拜託你聽我說。」他瞥向我的手，我這才發現自己握起了拳頭。這孩子以為我會揍他讓我感到很難過，我鬆開手。

「即使在這裡，士兵們也會談論獵捕全帝國頭號叛徒的事，而且他們會提到和你在一起的女孩：賽拉城的蕾雅。而——而藝術家……有時候他在作噩夢時也會說夢話。」

「他說什麼？」

「她的名字，」塔斯悄聲說，「蕾雅。他會喊她的名字——然後叫她快逃。」

39

海琳

風中挾帶的人聲繞著我打轉，讓我打從骨子裡感覺到一陣陣不安。尚在兩哩之外的拷夫監獄，已經透過囚犯的痛苦哀號宣示了它的存在。

「也該是時候了。」在山谷外的補給品崗哨等候的費里斯，現在從裡頭走了出來。他裹緊身上的毛皮斗篷，咬著牙抵抗刺骨的寒風。「血伯勞，我已經到這裡三天了。」

「亞真山丘那裡有洪水。」原本七天可以走完的路，這下花了我們兩週。再過一週多就是「拉塔那」了。沒時間了。希望我沒有錯信了廚子。

「駐紮在那裡的士兵堅持要我們另外繞路，」我對費里斯說明，「耽擱了好幾天。」

費里斯接過我的韁繩，我滑下馬背。「真奇怪，」他說，「亞真山丘的東邊也封閉了，不過他們跟我說是有土石流。」

「大概是洪水造成的土石流吧。我們吃點東西、準備一下，就開始追蹤維托瑞亞斯吧。」

我們走進崗哨時，一股熱氣從燒得很旺的爐邊撲向我們，我在火邊坐下來，費里斯則低聲對四個在場的輔助兵說話。他們動作一致地拚命點頭回應他說的話，還不停朝我這裡投射緊張的眼神。其中兩人鑽進廚房，另外兩人則去照顧馬。

「你跟他們說什麼？」我問費里斯。

「說如果他們敢向任何人提到我們在這裡，妳會殺他們全家。」費里斯朝我咧嘴一笑，「我猜妳不希望典獄長知道我們來了。」

「做得好。」希望我們在追蹤伊里亞斯的時候不需要典獄長幫忙，想到他可能要求什麼交換條件就讓我不寒而慄。

「我們需要偵察這一區，」我說，「如果伊里亞斯在這裡，也許他還沒進去。」

費里斯的呼吸突然中止了一秒，然後才恢復正常。我瞄他，他突然顯得十分專心地在吃東西。

「怎麼了？」

「沒事。」費里斯回答得太快了，當他醒悟到我已經察覺異狀時，他喃喃地罵了一聲，然後放下盤子。

「我討厭這樣。」他說，「而且我不在乎被司令官的間諜知道。」他惡狠狠地瞪了亞維塔斯一眼。「我討厭我們像追著獵物的狗一樣，被馬可斯在後頭用鞭子驅趕。伊里亞斯在試煉中救了我的命，德克斯也是。他知道那是什麼感覺，在……」費里斯責備地望著我，「妳從來沒提起第三場試煉的事。」

有亞維塔斯在旁觀察我的一舉一動，此刻聰明的做法應該是發表一篇忠於帝國的演說。但我太累了，也太厭倦了。

「我也討厭這樣。」我低頭看著吃到一半的餐點，胃口已經全沒了。「見鬼，我討厭所有的事。但這和馬可斯無關，而是關乎帝國的存亡。如果你沒辦法幫忙，就收拾東西回安蒂恩去吧。我可以指派別的任務給你。」

費里斯移開目光，繃緊下巴。「我留下。」

我默默地鬆了口氣。「既然如此——」我再度拿起叉子，「——也許你可以告訴我，我說我們應該偵察這片地區找伊里亞斯時，你為什麼不講話。」

費里斯呻吟一聲。「該死，小琳。」

「坎德蘭中尉，你和他是同時被派駐到拷夫的，」亞維塔斯對費里斯說，「妳呢，血伯勞，妳不是。」

的確——我們五年生的時候，伊里亞斯和我是不同時候到拷夫來的。

「監獄裡的情況太過分時，他會不會去什麼地方？」亞維塔斯露出我鮮少見到的專注神情，「某個……逃避現實的地方？」

「有個山洞。」過了一會兒費里斯才說，「有一次他離開拷夫後，我跟蹤他。我以為——天啊，我不知道我在想什麼。很可能是某種蠢事吧：以為他在樹林裡找到一批私藏的麥芽酒之類的。可是他只是坐在裡頭盯著牆壁看。我想……我想他是想忘記監獄裡的事。」

費里斯說這些話時，我的心像是被一個巨大的空洞填滿。伊里亞斯當然會找一個這種地方，要不然他是承受不了拷夫的。這實在太有他的風格了，我聽了既想笑，又想砸爛什麼東西。

現在不行。妳已經很接近了。

「帶我們去那裡。」

一開始，我以為山洞是條無用的線索，它看起來已經荒廢了多年。不過我們還是點亮火把，徹底搜查每一吋空間。我正準備下令離開時，突然瞥見牆上一道裂縫的深處有什麼東西在閃爍。我把它拉出來時，差點手一軟讓它掉在地上。

「十層地獄啊。」費里斯從我手上接過那個包裹起來的交叉刀鞘。「伊里亞斯的彎刀。」

「他在這裡。」我不理會腹部蓄積起來的恐慌感——妳得殺了他！——假裝那只是獵捕時所產生的腎上腺素。「而且是最近的事。其他部分都蓋著蜘蛛絲。」我把火把湊近裂縫中的蛛網。

我四處尋找那女孩的痕跡。什麼都沒有。「如果他在這裡，蕾雅應該也在。」

「還有，」亞維塔斯接口，「如果他把這些留在這裡，想必他認為他不久之後就會回來。」

「你來監視。」我對費里斯說，「記住，我們對付的人可是維托瑞亞斯。你要保持距離，不要和他正面衝突。我需要去一趟監獄。」我轉頭看亞維塔斯。「我想你會堅持跟我一起去吧？」

「我比妳了解典獄長，」他說，「直接闖進監獄不是聰明的做法，裡頭有太多司令官的眼線了。要是她知道妳在這裡，她會想辦法搞破壞。」

我揚起眉毛。「你是說她不知道我在這裡？我以為你已經告訴她了。」

亞維塔斯不發一語，隨著他的沉默愈來愈久，費里斯在我旁邊不自在地動了動身體。我看到哈波冷漠的面容出現了極微弱的變化。

「我已經不是她的眼線了，」他終於說，「如果我是的話，妳現在已經沒命了。因為妳已經太接近抓到伊里亞斯的程度，而她的命令是在妳這麼接近時就悄悄殺了妳——布置成意外死亡的樣子。」

費里斯抽出彎刀。「你這卑鄙的叛徒——」

我舉起一手阻止他，再點點頭示意亞維塔斯繼續說。

他從工作服裡抽出一只薄薄的信封。「夜草。」他說，「帝國的違禁品，天知道凱銳絲是從哪裡拿到的。只要少許就能慢慢殺死妳，稍微多一點，妳的心跳就會停止。司令官準備說妳承受不了這項任務的龐大壓力。」

「你認為我這麼容易殺死？」

「其實不認為。」火把的光讓亞維塔斯戴著面具的臉籠罩在陰影裡，有那麼一瞬間，他讓我想起某個人，但我不確定是誰。「我花了好幾個星期計劃該怎麼神不知鬼不覺地做到這件事。」

「結果呢？」

「我決定不要下手。我作出這決定之後，就開始給她錯誤的資訊，不讓她知道我們在做什麼、我們要去哪裡。」

「你為什麼改變心意？你一定早就知道這項任務會走向什麼結果了。」

「是我主動要求接下這項任務的。」他把夜草收起來。「我告訴她，假如她想不引人注意地扳倒妳，就應該在妳身邊安排一個人。」

費里斯並沒有把彎刀收起來。他微微上前，龐大的身軀似乎占去了一半的山洞。「你他媽的為什麼要主動參與這項任務？你跟伊里亞斯有什麼恩怨嗎？」

亞維塔斯搖搖頭。「我有個……疑問需要解答，跟你們一起做事是找到答案的最好方式。」

我張嘴想問他是什麼疑問，但他立刻搖頭。

「什麼疑問並不重要。」

「見鬼，當然重要，」我兇悍地說，「是什麼因素讓你改變立場？我又怎麼知道你不會改回原本的立場？」

「血伯勞，我曾經是她的眼線沒有錯，」他直視我的眼睛，他武裝的心防似乎又敞開更大的裂縫了，「但我從來不是她的盟友。我需要她，我需要答案。我就只能告訴妳這麼多了。如果妳不能接受，就派我去別的地方吧——或是懲罰我，妳想怎樣都好。只是——」他停頓了一下。他的表情是焦急嗎？「不要進到拷夫裡去和典獄長說話。送信給他，讓他離開他的地盤，他在拷夫裡力量最強大。之後就看妳想怎麼做了。」

我知道我不能信任哈波，我也從來沒信任過他。然而他選在現在自白——在這個他孤立無援，而我有一個幫手的地方。

不過我還是用眼神牢牢地釘住他。他屏住呼吸。

「你要是敢出賣我，」我說，「我會直接用手挖出你的心臟。」

亞維塔斯點點頭。「我想也是，血伯勞。」

「好吧。」我說，「關於典獄長，我可不是還會尿床的幼齡生，哈波。我知道那個怪物都在經營什麼勾當：偽裝成科學和理性的祕密和痛苦。」

但他深愛他卑鄙的小王國，他不會希望它被奪走的，我可以利用這一點來反制他。

「送信給那老頭，」我說，「跟他說我要求今晚在船屋會面，他必須一個人來。」

哈波立刻離開去辦事了，等我們確定他走遠了，費里斯轉頭看我。

「拜託不要說妳相信他突然站到我們這一邊了。」

「我沒時間玩猜謎遊戲。」我抓起伊里亞斯的東西塞回牆上的裂縫裡。「如果典獄長知道任何維托瑞亞斯的事，他是不會平白分享資訊的，他會想要獲得相對的情報。我得想想要給他什麼甜頭。」

午夜時分，亞維塔斯和我溜進拷夫的船屋。由寬闊的橫樑建成的屋頂，在藍色的火把光芒下散發幽光。唯一的聲響是河水偶爾拍打船身的聲音。

雖然亞維塔斯要典獄長單獨赴約，我還是預期他會帶衛兵來。我一邊窺探陰影處，一邊解下彎刀，活動了一下肩膀。獨木舟的木頭船殼彼此相擊，船屋外頭下了錨的運囚船，在窗戶上投射出長長的影子。一股強勁的風吹得玻璃咔嗒作響。

「你確定他會來？」

北方佬點點頭。「他對和妳見面很感興趣，血伯勞。不過——」

「好了、好了，哈波中尉，沒必要對我們的血伯勞下指導棋，她可不是小孩子了。」細瘦蒼白有如一隻巨大地下墓穴蜘蛛的典獄長，從船屋另一端的陰暗處鬼鬼祟祟地現身。他在那裡潛伏了多久？我強迫自己不要伸手拿刀。

「我有些疑問，典獄長。」*你是一條蟲，一條扭曲的、可悲的寄生蟲*。我要他聽出我語氣中的不屑，我要他知道他的地位在我之下。

他在離我幾呎遠的地方站定，兩手背在身後。「我有何效勞之處？」

「這幾週來你的囚犯有沒有人越獄？有沒有人闖入或行竊？」

「完全沒有，血伯勞。」雖然我仔細地盯著他瞧，卻看不出任何說謊的跡象。

「異常狀況呢？有任何守衛擅離職守嗎？有任何預期之外的囚犯被送來嗎？」

「船隊隨時都在送新的囚犯進來。」典獄長深思地將兩手修長的手指相碰，「最近我還親自處理了其中一人呢。不過一切都在預期之內。」

我的皮膚感覺麻癢。典獄長說的是實話，但他同時也有所隱瞞，我感覺得出來。亞維塔斯在我身邊轉換了一下身體重心，好像他也察覺到事有蹊蹺。

「血伯勞，」典獄長說，「恕我直言，不過妳為什麼要來拷夫關切這些事呢？我以為妳急著要找到伊里亞斯．維托瑞亞斯？」

我擺起架子。「你一向質疑上級長官嗎？」

「請勿見怪，我只是好奇維托瑞亞斯是不是可能出於某種原因而來這裡。」

我注意到他在觀察我的反應，所以做好準備聽他接下來要說什麼。

「因為如果妳願意告訴我，妳為什麼懷疑他在這裡，那麼或許我也能分享一點……有用的訊息。」

亞維塔斯瞥了我一眼，帶有警告意味。遊戲開始了。

「比如說，」典獄長說，「和他同行的那個女孩──她是誰？」

「她哥哥在你的監獄裡。」我很主動地提供這項資訊──用來表現誠意。你幫我，我就幫你。「我認為維托瑞亞斯打算救他出去。」

典獄長眼中的光芒顯示我給了他他想要的東西。一時之間，我充滿愧疚。如果那男孩的確在牢裡，我這下會讓伊里亞斯更難救他出來了。

「血伯勞，她是他什麼人？她對他有什麼影響力？」

我朝老人跨出一步，讓他看到我眼中的誠實。「我不知道。」

船屋外頭的風勢增強了，它在屋簷下發出嘆息聲，聽來就像死前的囈語一樣令人毛骨悚然。典獄長歪著頭，沒有睫毛的眼睛眨也不眨地盯著我。

「說出她的名字，海琳．亞奇拉，我就告訴妳有價值的事。」

我和亞維塔斯互看一眼，他搖頭。我握緊彎刀，發現手心濕滑。我是五年生的時候，跟典獄長只說過兩次話。但我知道──所有五年生都知道──他在盯著我們。那段時間他對我有什麼了解？當時我只是個十二歲的孩子，他能對我有什麼了解？

「蕾雅。」我不讓自己的語調有任何高低起伏。但典獄長歪著頭，冷冷地做出評估。

「嫉妒和憤怒，」他說，「還有……占有欲？一種連結，似乎是某種極為不理性的情緒。怪了……」

一種連結。那次的治療——帶來我並不希望感受到的保護欲。見鬼，他從一個名字就能得到這麼多資訊？我板起臉，不讓他知道我的感覺。可是他還是露出微笑。

「啊，」他輕聲說，「看來被我說中了。謝謝妳，血伯勞，妳給了我許多資訊。不過現在我必須離開了，我不喜歡離開監獄太久。」

好像拷夫是他期盼已久的新娘子。「老頭，你答應給我情報的。」我說。

「我已經告訴妳妳需要知道的了，血伯勞，也許妳沒認真聽。我以為妳會更——」典獄長看起來略顯失望，「——敏銳。」

典獄長走開了，靴聲在空曠的船屋裡發出回音。我伸手去拿彎刀，一心想要逼他開口，亞維塔斯抓住我的手臂。

「不行，血伯勞，」他低聲說，「他說話一向有玄機，想想看——他一定給了我們某種暗示。」

*我不需要該死的暗示！*我甩開亞維塔斯的手，拔刀出鞘，大步朝典獄長走去。正當我這麼做的同時，我突然醒悟了——他的確說了一句讓我汗毛直豎的話。

最近我還親自處理了其中一人呢。不過一切都在預期之內。

「維托瑞亞斯，」我說，「他在你手上。」

典獄長停下腳步，由於他只微微轉向我，我看不清楚那老頭的臉，但我聽得出他的聲音中有笑意。「好極了，血伯勞，妳終究沒讓我失望。」

40 蕾雅

奇楠和我蹲伏在一根橫倒的樹木後頭，窺探那個山洞。它看起來著實不起眼。

「離河流半哩遠，周圍全是鐵杉木，開口朝東，北側有一條小溪，南側一百碼有一塊側躺的花崗岩板。」奇楠邊說邊朝著每一樣地標點頭，「一定是這裡沒錯。」

奇楠把兜帽拉低。他的兩側肩膀各累積了一座小雪山，寒風在我們周圍呼嘯，把冰粒往我們眼睛裡撒。我雖然穿著奇楠從戴爾菲尼幫我偷來的毛裡靴，仍然凍得感覺不到我的腳。不過這場暴風雪至少掩蓋了我們的足跡，也減弱了從監獄中傳出來的恐怖呻吟。

「我們沒看到任何動靜，」我把斗篷拉緊，「而這場暴風雪愈下愈大了，我們這是在浪費時間。」

「我知道妳覺得我瘋了，」奇楠說，「不過我不希望我們走進陷阱。」

「這裡沒有人啦，」我說，「我們在這片樹林裡沒看到腳印，沒看到除了我們之外有任何人類的蛛絲馬跡。萬一戴倫和伊里亞斯在裡頭受了傷或餓肚子怎麼辦？」

奇楠又觀望了山洞一會兒，然後站起來。「好吧，我們走。」

我們靠近之後，我的身體再也不容許我謹慎行事了。我拔出匕首，大步超越奇楠，警惕地跨進洞內。

「戴倫？」我對著黑暗中低語，「伊里亞斯？」這山洞看起來荒無人居，不過伊里亞斯會確保它看起來不像有人在使用。

我身後亮起光芒——奇楠舉起一盞提燈，照亮結滿蛛網的牆壁和滿地落葉。這山洞不大，但我真希望它再大一點，那麼它的空洞就不會確切得讓我心碎了。

「奇楠，」我低聲說，「看起來這裡有很多年沒人來過了，搞不好伊里亞斯根本沒走到這裡。」

「妳看。」奇楠把手伸進山洞後側一道很深的裂縫裡，拉出一個布包。我搶走他的提燈，心中燃起希望。奇楠放下布包，往更深處探找，挖出一對熟悉的彎刀。

「伊里亞斯，」我用氣音說，「他來過這裡。」

奇楠打開布包，拿出看起來像擺了一週的麵包和微微發霉的水果。「他這幾天沒回來過，否則他就會把這些吃掉了。而且——」奇楠從我手裡接過提燈，照向山洞的其他區域，「——沒有妳哥哥的蹤跡。再一週就是『拉塔那』了，現在伊里亞斯應該已經救出戴倫了才對。」

風聲淒厲得就像一個拚命想獲釋的憤怒靈體。「我們可以暫且在這裡避避風雪，」奇楠脫下他自己的包包，「反正暴風雪太大了，我們也沒辦法另外找到紮營處。」

「可是我們得做點什麼啊，」我說，「我們不知道伊里亞斯有沒有進到監獄，有沒有救出戴倫、戴倫是不是還活著——」

奇楠握住我的肩膀。「我們成功走到這裡了，蕾雅。我們成功走到拷夫了。等暴風雪一停，我們就去查清楚狀況。我們會找到伊里亞斯，然後——」

「不，」有個聲音在洞口說，「你們不會的，因為他不在這裡。」

我的心往下沉，我抓住匕首的握柄。可是當我看到洞口站著三個戴著面具的人時，我知道這是徒勞的舉動。

其中一人上前一步，她比我高出半個頭，鑲著毛皮的兜帽底下，她那張戴著面具的臉呈現水銀般的光澤。

「賽拉城的蕾雅。」海琳・亞奇拉說。如果外頭的暴風雪會說話，一定就是她的聲音：酷寒、致命、徹底無情。

41

伊里亞斯

戴倫還活著，就在離我幾碼遠的牢房裡。

而且正在遭受折磨，逐漸陷入瘋狂。

「我得想辦法進到那座牢房。」我不自覺地說出口。這表示我需要守衛換班和審問的時間表，我需要我的手銬腳鐐和戴倫牢房門的鑰匙。審問區的這部分是由德魯西亞斯負責的，但他絕對不會離我近到我能牢牢逮住他。

沒有鑰匙，那就要找開鎖的零件。我需要兩個——

「我可以幫你。」塔斯細微的聲音打斷我的思緒，「而且——還有別人，伊里亞斯。圍欄那裡的學人在醞釀反叛行動，他們稱為『司科里特』——有好幾十人呢。」

塔斯的話過了許久才傳進我心裡，當我醒悟過來他在說什麼，便愕然地望著他。

「典獄長會剝了你的皮——還有任何幫助你的人。絕對不行。」

我的怒氣讓塔斯像一頭挨打的動物般畏縮起來。「你——你說我的恐懼會給他力量。如果我幫你的話……」

十層地獄啊，我手上已經葬送夠多人命了，不需要在名單上多加一個孩子。

「謝謝你。」我直視他的眼神，「謝謝你告訴我藝術家的事，但我不需要你幫忙。」

塔斯收拾他的東西，輕悄地溜向門。他在門邊停了一下，回頭看著我。「伊里亞斯——」

「很多人受盡折磨，」我對他說，「因為我的關係。我不想再有這種事了，請你走吧。要是被守衛聽到我們在講話，你會受罰的。」

他走了以後，我顫巍巍地站起身，雙手和雙腳感到刺骨的疼痛而讓我忍不住抽搐。我強迫自己來回踱步，這曾經是一種不需要思考的簡單動作，然而在缺少泰勒絲汁的情況下，已經成為我幾乎辦不到的高難度特技。

我腦中飛快地掠過十幾個點子，一個比一個更匪夷所思。每一個計畫都需要至少有另外一個人幫忙。

那男孩，我內心有個務實的聲音說。*那男孩能幫你。*

那我還不如親手殺了他算了，我惡狠狠地回應那個聲音。*至少他能死得痛快。*

我必須獨力做這件事，只是需要一點時間。不過時間是我所匱乏的諸多事物之一。

塔斯離開後才過了一小時，我還沒想出任何可行的方案，我就覺得天旋地轉，身體也開始抽搐。*該死，現在不行。*但我所有的咒罵和對自己的嚴詞告誡都是白費，癲癇把我往下拖——先是跪倒在地，然後我便直接墜入了等候地。

「我乾脆直接在這裡蓋棟房子算了。」我邊碎唸邊從積了雪的地上爬起身。「也許再養幾隻雞、種種花草。」

「伊里亞斯？」

伊薺躲在一棵樹後頭看我，她看起來有點憔悴。我一看到她，心就痛起來。

「我——我一直希望你還會回來。」她說。

我環顧四周找尋榭娃，不解她怎麼沒有幫助伊薺繼續前進。我握住朋友的手，她感覺到我的體溫而訝異地低頭看。

「你還活著，」她無精打采地說，「另外一個靈體告訴過我——他是個面具武士，他說你能穿梭活人和死者的世界，但我並不相信他。」

崔斯塔斯。

「我還沒死，」我說，「不過也快了。妳是怎麼……」跟鬼魂探問他們是怎麼死的會不會很沒禮貌？我正準備道歉，伊薺卻聳了聳肩。

「武人突搜。」她說，「你走了之後一個月發生的事。前一秒我還在努力救吉布藍，下一秒我已經來到這裡。那個女人……捕魂者……站在我面前說，歡迎我來到鬼魂的世界。」

「那其他人呢？」

「還活著，」伊薺說，「我不確定我怎麼知道的，但我確定。」

「對不起，」我對她說，「要是我在場的話，也許就能——」

「別說了，」伊薺眼中閃著光，「伊里亞斯，你一向把所有人看作你的責任，但我們不是。我們是獨立的人，我們有權為自己作決定。」一種不符合她形象的憤怒讓她的聲音微顫。「我不是因為你才會死的，我是為了救某個人而死，你別想奪走這個。」

她剛把話講完，怒氣就整個消散了。她看起來很驚愕。

「對不起。」她小小聲地說，「這地方——會影響人心。我覺得不太對勁，伊里亞斯。其他的鬼魂——整天就只是又哭又叫——」她眼神轉為凌厲，她轉過身去對著樹木間咆哮。

「不必道歉。」有什麼事拖住她，讓她留在這裡，讓她受苦。我感覺到一種幾乎無法克制的衝動想幫她。「妳……不能繼續前進嗎？」

樹枝在風中沙沙作響，樹木間鬼魂的耳語聲停了，好像他們也想聽聽伊薺會怎麼說。

「我不想繼續前進，」她小聲說，「我好害怕。」

我牽起她的手開始往前走，一邊對樹木間投射兇悍的眼神。就算伊薺死了，也不代表她的想法就該任人偷聽。我訝異地發現耳語聲消失了，好像那些鬼魂也願意給我們隱私。

「妳是怕會痛嗎？」我問。

她低下頭看著靴子。「伊里亞斯，我沒有家人，我只有廚子而已，可是她還沒死。萬一沒有人在等我怎麼辦？萬一只有我一個呢？」

「我不認為是那樣的。」我說。我從樹木間看到陽光映照在水面上的光芒。「那一邊沒有所謂的一個人或團聚，我想是另一種情形。」

「你怎麼知道？」

「我並不知道，」我說，「但靈體要處理好他們和活人世界的牽絆以後，才能夠繼續前進。所謂的牽絆可能是愛或憤怒，恐懼或家人。所以另一邊可能並沒有這類情緒存在。不管怎麼說，那裡都會比這裡好，伊薺。這地方太陰森了，妳不應該被困在這裡。」

我瞥見前方有一條路，於是我的身體出於本能朝那裡移動。我聯想到崑恩的中庭裡曾經誕生一隻淺色羽毛的蜂鳥，牠冬天裡會不知所蹤，到了春天又回來，好像被體內某種神祕的羅盤指引回家。

可是伊里亞斯，你從來沒到過森林裡的這個區域，為什麼會認得這條路呢？

我把這個疑問推到一邊，現在不是探究這個的時候。

伊蕾倚在我身上走，這條路通往一道堤岸，那裡鋪滿厚厚的枯葉。小徑突然向下傾斜，我們沿路而下，腳邊出現一條流速緩慢的潺潺河流。

「就是這裡嗎？」她眺望清澈的河水。等候地奇特的昏暗陽光映照在她的金髮上，讓她的頭髮幾乎呈現白色。「這就是我要繼續前進的地方？」

我點點頭，答案脫口而出，彷彿我一直都知道。「在妳準備好之前我不會離開，」我說，「我會陪著妳。」

她抬頭用黑色的眼睛望著我的臉，看起來又比較像原本的她了。「伊里亞斯，你怎麼樣？」

我聳聳肩。「我——」還好，很好，還活著，「——很孤單。」我脫口而出。我立刻覺得自己很愚蠢。

伊蕾偏著頭，伸出一隻手撫摸我的臉。「伊里亞斯，有時候，」她說，「孤單是自己選的。」她的邊緣顏色變淡了，她正一點一滴地消失，就像細緻的蒲公英絨毛。「告訴蕾雅我不害怕，她很擔心我。」

她放開我，跨步踏入河中。前一刻她還在，下一刻她已經消失了，我連抬起手道別的機會都沒有。她的離去讓我心裡減輕了某種負擔，好像糾纏著我的罪惡感化解了一些。

我感覺背後有人。空氣裡飄浮著記憶：練習用的彎刀相擊，在沙丘間賽跑，他笑著回應別人沒完沒了揶揄他伊莉雅的事。

「你也可以放手。」我沒轉身，「你可以像她一樣獲得自由。我會幫你，你不必獨自面對。」

我等著，期盼著。但崔斯塔斯只用沉默回應。

接下來三天是我人生中最痛苦的三天。即使我的癲癇帶我到了等候地，我也沒有感覺。我只感受到無盡的痛苦，以及典獄長睜著藍白色的眼睛用問題轟炸我。告訴我你母親的事——她真是個有意思的女人。你和血伯勞是很親近的朋友，她也像你一樣對別人的痛苦感同身受嗎？

塔斯的小臉滿是擔憂，努力想讓我的傷口保持清潔。我可以幫你，伊里亞斯。司科里特可以幫忙。

德魯西亞斯每天早上都打鬆我的肉，準備接受典獄長的凌虐——絕對不會再讓你騎到我頭上了，你這混蛋——

我運用僅剩的一點清醒的神智，盡可能蒐集資訊。不要放棄，伊里亞斯，不要墜入黑暗。我仔細聽守衛們的腳步聲，還有他們說話的音色。我學會藉由他們經過我門外時投射的零碎影子來分辨他們誰是誰。我摸透了他們的班表，也從他們的審問過程中聽出了固定模式。接著我就等待時機。卻苦等不著。死神倒是盤旋著，有如一隻耐心十足的禿鷹。我感覺到他佝僂的身影逼近，凍結我呼出的空氣。還不行。

某天早晨，我的門外傳來沉重的腳步聲和鑰匙的咔啦聲，德魯西亞斯進到我的牢房來進行每日毆打我的例行公事。真準時。我故意讓頭垂到一邊，嘴巴呆滯地張著。他竊笑了兩聲，悠哉地走向前。等他離我只有幾吋距離時，他揪住我的頭髮，逼我直視他。

「真可悲。」他朝我的臉吐口水。豬玀。「我以為你很強悍呢，無所不能的伊里亞斯．維托瑞亞斯。你也不過爾——」

蠢材，你忘了拉緊我的鍊子。我膝蓋猛然往上頂，直接命中他兩腿中間。他嘰地叫了一聲彎下腰去，我又補上一記強力頭槌。他眼神渙散，根本沒注意到我把一條鐵鍊繞在他脖子上，直到他臉色發青。

「你，」等他終於昏死過去後我對他吼道，「真他媽話太多了。」

我把他放倒，在他身上搜找鑰匙，找到以後把我的手銬腳鐐扣在他身上，以防他比我希望的更早醒來。然後我把他的嘴堵住。

我透過門上木板的間隙向外窺探。與德魯西亞斯一同執勤的另一個面具武士還沒來找他，不過他很快就會來了。我數著那個面具武士的腳步聲，直到我確定他離我有好一段距離。然後我閃身溜出牢門。

火把的光刺痛我的眼睛，我瞇起眼來。我的牢房位於一條短走廊的盡頭，而這條短走廊又是從這一區的大走廊岔出來的。這條短走廊只通往三間牢房，而我相當確定我隔壁的牢房是空的，也就是說只剩一間牢房需要查看。

我的手指被蹂躪得像廢物似的，我咬牙忍著痛，花了很長時間逐一查看鑰匙。快呀，伊里亞斯，快點。

我終於找到正確的鑰匙，片刻後，我打開了門鎖。牢門發出尖銳的嘎吱聲，我側著身擠進門縫。我關門時又製造出尖響，讓我暗暗咒罵。

雖然我只在火把的光線下待了一下子，我還是又花了點時間才適應黑暗。一開始，我看不到那些圖畫；等我看到以後，我不禁屏住呼吸。塔斯說得沒錯，它們確實看起來像會活過來似的。

牢房裡很安靜，戴倫一定睡著了——或是昏過去了。我朝角落裡那個削瘦的身影跨出一步。這時我聽到鐵鍊的咔啦聲，以及喘吁吁的刺耳呼吸聲。一個不成人形的鬼怪從黑暗中跳出來，他的臉一下子離我只有幾吋距離，用他瘦骨嶙峋的手指掐住我的脖子。他的淺色頭髮禿了好幾塊，青一塊紫一塊的臉上滿是交錯縱橫的傷疤。他的手指斷了兩根，身體上則充滿燙傷。十層地獄啊。

「你他媽的是誰？」鬼怪問。

我很輕易地就拉開他掐住我脖子的手，不過一時之間我卻說不出話來。是他沒錯，我立刻就知道了。倒不是說他長得和蕾雅很像，即使在幽暗的牢房裡，我也能看出他的眼睛是藍色的，膚色也很白皙。但他眼神中燃燒的火焰——我只在一個人眼裡看過。雖然根據我所聽到的聲響，我預期他的眼神會很癲狂，然而現在我看到他的眼神是完全清醒的。

「賽拉城的戴倫，」我說，「我是你的朋友。」

他以陰鬱的冷笑回應我。「武人朋友？我不認為。」

我回頭看看牢門。我們沒有時間了。「我認得你妹妹蕾雅，」我說，「我是受她之託來救你出去的。我們得走了——現在——」

「你是個騙子。」他惡狠狠地說。

外頭傳來腳步聲的回音，然後又轉為寂靜。我們沒有時間在這裡耗了。「我可以向你證明，」我說，「問我關於她的事，我可以告訴你——」

「你可以告訴我我告訴過典獄長的事，也就是關於她的一切。毫無保留，他說。」戴倫以灼人的恨意瞪著我。他在接受審問時一定刻意誇大了痛苦程度，好讓典獄長以為他很軟弱；因為從他的眼神看來，他顯然不是能輕易擊敗的對象。通常我對這種人會很敬佩，可是此時此刻，這真是該死的不方便。

「聽我說。」我仍壓低音量，語氣卻嚴厲到能打斷他的質疑。「我不是和他們一夥的，否則我不會穿成這樣，而且也傷痕累累。」我露出手臂，手臂上都是典獄長最近一次審問留下的割傷。「我是個囚犯。我闖進來救你，結果被逮到了，現在我得救我們兩個出去才行。」

「他要從她那裡得到什麼？」戴倫朝我咆哮，「告訴我他要從我妹妹那裡得到什麼，也許我會相信你。」

「我不知道。」我說，「很可能他是想要剖析你的想法，藉由問她的事來了解你。如果說你都不回答他武器方面的提問——」

「他根本沒問過見鬼的武器的事，」戴倫用手指耙梳頭皮，「他只是一直問她的事。」

「沒道理啊，」我說，「你是因為武器的事才被抓的，因為史匹洛教了你賽拉鋼的知識。」

戴倫僵住了。「你他媽怎麼知道的？」

「我說過了——」

「我從來沒告訴他們任何人，」他說，「他們只認為我是反抗軍間諜。天啊，你們也抓到史匹洛了嗎？」

「等一下，」我舉起一手，滿心困惑，「他從來沒有問過你武器的事？只有問蕾雅的事？」

戴倫一抬下巴，哼了一聲。「他一定比我以為的還要急。他真的認為你能說服我相信你是蕾雅的朋友嗎？你可以告訴他一件關於她的事，這是我奉送的：蕾雅絕對不會找武人幫忙。」

大走廊傳來走動的聲音，我們得趕快閃人了。

「你有沒有告訴他們，你妹妹睡覺時會一手按著你母親的臂鐲？」我問，「或是湊近看的話，她的眼睛是金色、褐色、綠色、銀色的綜合體？或是從你叫她快逃的那天起，她就充滿了罪惡感，一心只想找到你？或是她心裡有一把火，只要她願意給它信心，她就能和任何面具武士抗衡？」

戴倫張大嘴巴。「你到底是誰？」

「我說過了，」我說，「我是你的朋友。現在，我需要把我們兩個都弄出去。你能站嗎？」

戴倫點點頭，一跛一跛地上前。我讓他一手撐在我肩膀上，兩人拖著腳走到門邊，這時我聽到一個守衛的腳步聲走近。我從他的步伐聽出是個帝國軍——他們的腳步總是比面具武士來得笨重。我不耐煩地等他經過。

「典獄長問了你妹妹的哪些事？」我趁等待的時候問道。

「他什麼都想知道，」戴倫陰鬱地說，「但他東問一點、西問一點，很焦慮，好像他不確定該問什麼，好像一開始並不是他想問這些問題。我起初試著撒謊，但他總是能看穿。」

「你告訴他什麼了？」守衛走遠了，我伸手握住門把，以折騰死人的緩慢速度拉開，以免它亂叫。

「什麼都講，只要能讓疼痛停止都好。一些蠢事：她喜歡滿月慶典；她可以連看幾個小時的放風箏；她喜歡在茶裡加足夠噎死一頭熊的蜂蜜。」

我的胃像沉入無底洞。這些話聽來莫名地熟悉。為什麼很熟悉？我全副注意力都轉向戴倫，他遲疑地看著我。

「我以為這些事對他沒有幫助，」他說，「不管我告訴他什麼，他好像都不滿足。不管我說什麼，他都要求我說更多。」

這是巧合，我告訴自己。然後我想起崑恩外公以前常說的一句話：只有蠢人才相信世上有巧合。戴倫的話在我腦中迴轉，連結到我不樂意聯想到的事，牽起了根本不該存在的關係線。

「你有沒有告訴典獄長蕾雅喜歡在冬天裡喝扁豆湯？」我問，「說那讓她有安全感？

或是——或是她在死前一定要看到阿迪沙的大圖書館？」

「我以前常常跟她講那座圖書館的事，」戴倫說，「她超愛聽。」

話語在我腦中飄浮，是我們旅行時我無意中聽到蕾雅和奇楠之間片段的對話。我從小就會放風箏，他曾說。我可以連看風箏飛好幾個鐘頭……我好想有一天能看看大圖書館。還有我離開前的晚上，蕾雅笑著喝奇楠泡給她的過甜的茶。好茶應該要甜得能噎死一頭熊，他說。

不，天啊，不。一直以來都埋伏在我們之間，假裝關心她，試著和伊薺友好，表現得像個朋友，事實上卻是典獄長的走狗。

還有我走之前他的那副表情，呈現出他從未讓蕾雅看到的冷酷，但我從一開始就感覺到了。我知道為你所愛的人赴湯蹈火是什麼感覺。該死，一定是他告訴典獄長我要來的，不過我實在想不透除了用鼓聲之外，他還能怎麼傳送訊息給這老頭。

「我試著不告訴他任何重要的事，」戴倫說，「我以為——」

有一群士兵走近發出響亮的腳步聲，戴倫停止說話。我關上門，我們退回戴倫的牢房中等他們經過。

只不過他們沒有經過。

他們轉進通往這間牢房的走廊。我正苦思有什麼方法能自衛，門就被猛力推開，四個面具武士一擁而入，手中高舉著棍棒。

這不是一場格鬥。他們速度太快了，而我受了傷、中了毒、飢腸轆轆。我跪到地上——我知道自己什麼時候寡不敵眾，而我再也承受不了嚴重的傷害了。那些面具武士恨不得能用他們的棍棒把我的頭敲凹，但他們沒動手，只是粗魯地給我戴上手銬，然後拽我站起身。

典獄長悠哉地走了進來，雙手背在後頭。他看到戴倫和我並肩被壓制著，並不顯得驚訝。

「好極了，伊里亞斯。」他喃喃道，「你和我終於有像樣的話題可聊了。」

42 海琳

紅髮學人伸手去拿他的彎刀，不過在此同時有兩把刀唰地出鞘，讓他停下動作。他稍稍改變身體重心，輕巧地擋在蕾雅前面。

她從他旁邊站出來，炯炯的目光令人望而生畏。她不再是我在黑巖學院奴隸房治療過的那個膽怯的少女了。忽然有股奇怪的保護欲冒了出來，和我在努爾對伊里亞斯有的情緒一樣。我伸出手撫摸她的臉，她嚇了一跳，亞維塔斯和費里斯互看一眼。我立刻就收回手來，但我已經藉由觸摸分辨出她身體狀況良好。我心裡湧上強烈的安心感——還有憤怒。

難道我替妳治療對妳來說沒有任何意義嗎？

這女孩的歌很奇特，帶有一種讓我頸後汗毛直豎的神經質美感。和伊里亞斯的歌完全不同，卻並不會不和諧。莉薇雅和漢娜上過歌唱課——她們怎麼稱呼它來著？*複音音樂*。蕾雅和伊里亞斯是彼此的複音音樂，而我只是一個雜音。

「我知道妳是為妳哥哥來的，」我說，「賽拉城的戴倫，反抗軍間諜——」

「他不是——」

我揮揮手打發她的抗議。「我才不在乎。妳很可能是自尋死路。」

「我向妳保證我不會死。」女孩的金色眼眸晶亮，下巴繃得很緊。「儘管有妳在追捕我們，我還是走到這裡了。」她上前一步，但我毫不退讓。「我從司令官的大屠殺中倖存下來——」

「幾支巡邏隊把叛軍聚集起來不算是——」

「巡邏隊？」她扭曲的臉孔露出驚駭的表情，「你們殺了幾千人哪。女人、小孩。你們這些混蛋聚集了一整支天殺的大軍，駐紮在亞真山丘——」

「夠了。」紅髮男厲聲說，但我沒理會他，我的心思集中在蕾雅剛才說的話上頭。

——整支天殺的大軍——

——那個黑巖學院的婊子正在盤算什麼……這次是大事，女孩——

我得離開這裡。我的腦中剛冒出一個預感，我得好好思考一下。

「我是來找維托瑞亞斯的，妳如果想救他的話，就是找死。」

「救？」蕾雅呆滯地說，「從——從監獄裡？」

「對，」我不耐煩地說，「女孩，我不想殺妳，所以別礙我的事。」

我大步走出山洞，進入嚴酷的風雪中，腦中思緒翻騰。

「血伯勞，」我們快要走回營地時費里斯說，「妳別砍我的頭喔，不過我們不能就這麼讓他們活著，準備進行非法劫囚啊。」

「我們在部落民土地到的每一座軍營都人力短缺，」我說，「就連安蒂恩的城牆守衛也不足，你覺得這是為什麼？」

費里斯不解地聳聳肩。「那些人被派到邊境去了，德克斯得到的消息也一樣。」

「可是我父親在信裡說邊境的軍隊急需援軍，他說司令官也跟那邊要人。到處都缺人，幾十座軍營，幾千個士兵，一整支大軍。」

「妳指的是那女孩提到亞真山丘的事？」費里斯哼了一聲，「她是學人——她根本不知道她在說什麼。」

「亞真山丘有十幾座山谷，大到能藏進一整支軍隊。」我說，「而且只有一個入山口、一個出山口，而這兩個山口——」

亞維塔斯咒罵了一聲。「都封閉了，」他說，「因為天氣的關係。但這兩個山口以前從來沒在早冬就封閉過。」

「我們太急著趕路了，根本都沒有多想。」費里斯說，「如果那裡有一支軍隊，是要幹嘛用的？」

「馬可斯可能在計劃攻擊部落民土地，」我說，「或是馬林。」這兩種可能都會帶來災難性的後果。帝國尚未進入全面開戰的狀態，就已經焦頭爛額了。我們到了營地，我把費里斯坐騎的韁繩交到他手裡。「去查清楚怎麼回事，偵察亞真山丘。我派德克斯回安蒂恩去了，叫他讓黑武士待命。」

費里斯的目光瞟向亞維塔斯，並且朝我歪了歪頭。妳信任他？

「我沒事的，」我說，「去吧。」

他剛走沒多久，有個人影就從樹林裡走出來。我的彎刀已經拔出來一半，才發現對方是個五年生，已經凍得半死，全身發抖。他默默地交給我一封短箋。

今天傍晚司令官來了，來監督清除拷夫監獄學人囚犯之事。她和我將在午夜會面，在她的帳篷裡。

亞維塔斯看到我的表情，跟著作了個怪相。「怎麼樣？」

「是典獄長，」我說，「他出招了。」

午夜時分，我悄無聲息地沿著拷夫高聳外牆的牆底下朝司令官的營地前進，一邊打量著帶狀裝飾和滴水嘴怪獸，它們讓拷夫和黑巖學院相比，幾乎顯得美輪美奐。亞維塔斯跟在我後頭，負責清除腳印。

凱銳絲．維托瑞亞把她的帳篷搭在拷夫東南邊那道牆的陰影中，她的部下在營區外圍巡邏，而她的帳篷坐落在營地中央，其中三邊都留了五碼的寬闊空間，帳篷的背面則貼著拷夫結冰的圍牆。沒有柴堆，沒有馬車，甚至沒有一匹該死的馬能讓我們用作掩體。

我在營地遙遠邊緣處停下來，對亞維塔斯點點頭。他拿出一個爪勾，往上拋向拱壁頂端的一個尖塔，它離地大約四十呎高。爪勾勾住了。他把繩索交給我，然後默默地沿著我們的足跡回到雪地裡。

我爬到十呎高時，聽到靴子踩在雪上的嘎扎聲。我轉過頭，正準備低聲叱責亞維塔斯他媽的太大聲了，卻發現是一個士兵從帳篷中間慢吞吞走出來，解開褲子鈕子準備小解。

我連忙摸找刀子，但我沾滿雪的靴子踩在繩子上滑溜無比，結果我把刀子弄掉了。士兵聽到聲音迅速轉身，然後瞪大眼睛，深吸一口氣準備嚷叫。該死！我預備跳下來，但一條手臂突然勾住士兵的喉嚨，噎得他發不出聲音。亞維塔斯一邊跟對方纏鬥，一邊抬頭瞪我。快走！他用嘴形說。

我雙腳夾著繩子、用手把自己往上拉。爬到頂端後，我抓起爪勾瞄準三十呎外的另一座尖塔，它就在司令官帳篷的正上方。我讓爪勾飛出去。等我確定它勾得夠牢固後，我把繩子綁在腰上，深吸一口氣，準備往下跳。

這時我往下看。

真是妳做出最蠢的事了，亞奇拉。刺骨的寒風鞭打我，但我背上還是淌下了汗珠。別吐啊，司令官可不會感謝妳在她帳篷上灑滿嘔吐物。我回想起第二場試煉，想起伊里亞斯永遠帶著笑意的嘴，和他用繩子把他和我綁在一起時那雙銀色眼睛。我不會讓妳掉下去的，我保證。

但他不在這裡。我孤單一人，像隻蜘蛛般懸在深淵上方。我抓緊繩子，試拉了最後一次，然後跳下去。

失重。恐怖。我的身體重重地撞上牆壁，瘋狂地擺盪——妳死定了，亞奇拉。然後我穩住了身體，期盼司令官在帳篷裡不會聽見我在掙扎的聲音。我垂降而下，輕鬆地滑進帳篷和拷夫圍牆之間又黑又窄的空隙裡。

「——和我都侍奉同一個主子，典獄長。他的時代來臨了，助我一臂之力吧。」

「如果我們的主子想要我幫忙，他就會開口了。這是妳的陰謀，凱銳絲，不是他的。」典獄長語調很平淡，但他呆板的嗓音中隱藏著深層的戒備。他和我談話時遠不及現在謹慎。

「可憐的典獄長，」司令官說，「你這麼忠心耿耿，卻總是最後一個知道我們主人計畫的人。他選擇我來執行他的意志，一定讓你怨恨不已吧。」

「如果妳的計畫威脅到我們做的所有努力，我會更加怨恨。不要冒這個險，凱銳絲，他不會感謝妳的。」

「我是在加快我們執行他意志的速度。」

「妳是在延伸執行妳自己的意志。」

「夜臨者已經消失好幾個月了，」司令官的椅子往後挪，發出刮過地面的聲響，「也許他希望我們做點有用的事，而不是像第一回上戰場的五年生，只會等他下令。我們快要沒有時間了，西賽利亞斯。自從血伯勞在卡第恩巨岩上演了那一幕，馬可斯便從各大家族那裡得到了畏懼，甚至是尊敬。」

「妳是說在她阻撓了妳煽動異議的計畫之後。」

「要是你肯幫我的話，」凱銳絲說，「我的計畫早就成功了。這次別再犯同樣的錯了。少了礙事的血伯勞——」想得美咧，妳這死女人，「——馬可斯仍然很脆弱。只要你——」

「祕密不是奴隸，凱銳絲，祕密不應該被利用完就拋到一邊。我會耐心而精確地使用祕密，否則根本不用。我需要考慮妳的要求。」

「考慮得快一點。」司令官輕聲細語地說，聽說她用這種語氣說話時會嚇得士兵抱頭鼠竄。「三天後我的人會出發前往安蒂恩，並且在『拉塔那』當天抵達。我明天一早就要離開了，如果我不親自帶領我的軍隊，又怎麼能拿下我的皇位？」

我把拳頭塞進嘴裡堵住驚呼聲。我的人……我的皇位……我的軍隊。

拼圖總算都卡進它們的位置了。士兵們奉令到別處報到，讓軍營唱空城計。鄉下也沒什麼士兵。帝國的邊境正在打仗卻兵力短缺。一切都是她在搞鬼。

亞真山丘的軍隊並不是馬可斯的，而是司令官的。再過不到一星期，她就要用那支軍隊行刺他，並且自立為女皇。

43

蕾雅

血伯勞剛走遠，我就轉向奇楠。「我不會丟下伊里亞斯不管的，」我說，「要是他落在海琳手裡，他會直接被送到安蒂恩處死。」

奇楠露出苦相。「蕾雅，」他說，「現在說這些可能都太遲了。她隨時可以直接走進監獄把他帶走啊。」他壓低音量。「也許我們該把焦點放在戴倫身上。」

「我不會眼看著伊里亞斯死在她手上，」我說，「尤其他是因為我才會被困在拷夫的。」

「恕我直言，」奇楠說，「不過再怎麼樣，伊里亞斯很快就會毒發身亡了。」

「那你就要任由他被刑求、被公開處決？」我知道奇楠一向不喜歡伊里亞斯，但我不認為他的敵意有這麼深。

油燈的光閃了一下，奇楠用一隻手梳過頭髮，眉頭深鎖。他用腳踢開一些潮濕的葉子，清出一塊地方要我坐下來。

「我們可以連他一起救，」我爭取道，「我們只需要動作快一點，找到方法進去。我不認為亞奇拉能夠直接走進去帶走他，如果是的話，她早就這麼做了。她根本不必和我們講那麼多。」我攤開伊里亞斯的地圖——現在它已經被塵土給染上污跡，也有點褪色了。「這座山洞，」我指著伊里亞斯在地圖上標出的點，「位置在監獄北方，不過也許我們能進去——」

「那我們需要火藥，」奇楠說，「可是我們沒有。」

說得有理。我指著監獄北方標記出的另一條通道，但奇楠搖頭。「根據我的情報，這條路已經堵住了，我是六個月前聽說的，而伊里亞斯上一次來已經是六年前的事了。」

我們盯著羊皮紙看，我再指著監獄西側伊里亞斯標出的一條通道。「這裡呢？這裡有下水道。這條路是毫無遮蔽沒錯，但如果我能讓自己隱形，就像我在突搜時那樣——」

奇楠用銳利的眼神看我。「妳是不是又在練習了？用妳應該休息的時間？」看我默不吭聲，他哀嗚一聲。「天啊，蕾雅，我們需要用上所有的精神來完成這件事耶，而妳把自己累得半死，只為了想駕馭某種妳不明白——某種不可靠的——」

「對不起嘛。」我囁嚅道。要是我拚命的練習實際上有所成效，也許我還能爭辯說冒險讓自己精疲力盡是值得的。的確，有那麼幾次，當奇楠在警戒或出外查探時，我感覺幾乎能掌握那種奇怪的麻癢感，而那表示沒人能看見我。可是我一睜開眼睛往下看，就會發現我又失敗了。

我們沉默地吃東西，吃完以後，奇楠站起來。我也手忙腳亂地爬起身。

「我要去查探一下監獄，」他說，「應該會去幾個鐘頭，看看我能有什麼收穫吧。」

「我跟你一起——」

「我單獨行動會比較簡單，蕾雅。」他說。看我面露不悅，他牽起我的手把我拉向他。「相信我。」他嘴巴貼著我的頭髮說。他的體溫緩緩驅散了似乎鑽進我骨髓內的寒意。「這樣做比較好。別擔心，」他退開身子，黑眼珠發著灼熱的光，「我會給我們找到方法進去的，我保證。我不在的時候，妳盡量休息一下吧，接下來幾天我們會需要用上所有的體力。」

他走了以後，我把我們少得可憐的隨身物品整理了一下，磨利我所有的武器，並且練習奇楠教過我的些許招數。再次嘗試探索我的能力的欲望誘惑著我，但奇楠的警告仍在我腦中迴盪。不可靠。

我正攤開臥鋪，伊里亞斯其中一把彎刀的刀柄吸引了我的目光。我小心翼翼地把兵器從藏匿處拉出來。我在審視這對彎刀時，心中掠過一陣寒意。有那麼多生命在這對刀鋒下從世界上消失——有些還是因為我的關係。

這樣想起來還真是令人毛骨悚然，然而我卻發現這對彎刀提供我一種奇異的慰藉。它們感覺起來就像伊里亞斯。也許是因為我太習慣看到它們豎在他的腦後，形成一個熟悉的V字形。我有多久沒看到他因為偵測到威脅，而迅速反手拿取這對彎刀？我有多久沒有聽到他用不高不低的嗓音催我前進或是逗我發笑？才六週而已。但感覺已經好久好久了。

我好想他。當我想到他落在海琳手中會有什麼下場時，我就會氣得血液都沸騰了。如果是我中了夜草的毒而面臨死亡，如果是我被鎖在監獄裡，如果是我將要面對凌虐和死亡，伊里亞斯絕不會坐視不管。他會想方設法來救我。

彎刀回到刀鞘中，刀鞘回到藏匿處。我窩進睡鋪裡，卻沒有睡意。再試一次，我在心裡想。如果不成功，我就聽奇楠的話放棄。這是我起碼該為伊里亞斯做的。

我閉上眼睛、試著忘掉自己時，我想到了伊薺。我想到她會像隻變色龍般融入司令官的房子，讓人看不見、聽不到。她腳步輕柔、說話輕柔，又能把所有事都聽在耳裡、看在眼裡。也許不光是和心智狀態有關，也和我的身體有關。我要找出安靜的那個我，比較像伊薺的那個我。

消失。煙散逸到冷空氣裡、伊薺的頭髮遮住眼睛、面具武士在夜裡來無影去無蹤。安靜的心靈，安靜的身體。我一個字一個字去想這些話，即使我的心智開始疲倦。

然後我感覺到了，一種痲癢感，從我的指尖開始。吸氣。吐氣。不要讓感覺跑掉。痲癢感擴散到我的手臂、軀幹、雙腿、頭部。

我睜開眼睛低頭看，差點歡呼出聲，因為成功了！我做到了，我消失了。

幾小時後奇楠回到山洞來，手臂底下夾著個包裹，我立刻跳起身來，他嘆了口氣。

「我猜妳還是沒休息，」他說，「我有好消息和壞消息。」

「先講壞消息。」

「我就知道妳會這麼說。」他放下包裹，將它打開。「壞消息：司令官已經到了，拷夫的輔助兵已經開始挖墳墓了。就我聽到的情報，不會有任何一個學人囚犯能倖免。」

成功消失帶給我的雀躍心情頓時煙消雲散。「天啊，」我說，「這麼多人……」我們應該試著救他們。這想法實在太瘋狂了，我知道還是別對奇楠說出口的好。

「他們明天傍晚開始動手，」他說，「太陽下山的時候。」

「戴倫──」

「不會有事的，因為我們會在那之前救他出來。我知道一條進去的路，而且我偷到了這些。」他從包裹裡拎起一堆黑色布料。是拷夫的制服。

「我從一間獨立的儲藏室偷來的。近距離看，我們騙不了任何人，」他說，「但只要我們和那些窺探的眼神保持足夠的距離，就能利用這身衣物潛進去。」

「我們要怎麼知道戴倫在哪裡？」我問，「監獄大得要命。還有我們進去以後，該怎麼四處移動？」

他從包裹裡拉出另一堆布料，這一套比較骯髒。我聽到奴隸的手銬碰撞出的叮噹聲。

「我們要換衣服。」他說。

「我的臉貼得全帝國都是，」我說，「萬一我被認出來怎麼辦？或是萬一——」

「蕾雅，」奇楠捺著性子說，「妳得相信我。」

「也許……」我遲疑著，擔心他會不高興。別傻了，蕾雅。「也許我們不需要制服。我知道你叮嚀過我，不過我又試過消失了，然後我成功了。」我停下來觀察他的反應，但他只是等著我繼續說。「我搞懂了，」我進一步說明，「我能消失了，我可以維持那個狀態。」

「示範給我看。」

我皺起眉頭，本來預期他會有……某種反應，也許是憤怒或激動。不過話說回來，他並沒有看見我能做什麼——他只看過我失敗的樣子。我閉上眼睛，讓自己內在的聲音保持清晰和冷靜。

可是我又失敗了。

我開始嘗試後過了十分鐘，我睜開眼睛。平靜等待的奇楠只是聳聳肩。

「我不懷疑有時候會成功。」他和藹的口氣只讓我更加懊惱，「但那是不可靠的。我們不能把戴倫的命賭在這上頭。等戴倫重獲自由，妳想怎麼試都由妳。現在嘛，先把它放到一邊吧。」

「可是——」

「想想這幾週以來發生的事。」奇楠有點不安，卻沒有移轉目光。不管他準備說什麼，他都是鐵了心要說出來。「如果我們按照我的提議，跟伊里亞斯還有伊薺分開行動，伊里亞斯的部落就還是安全的。還有在阿芙雅的營地遭到突搜之前——並不是說我不想救那群學人，我想，但我們應該考慮到可能有什麼後果。我們沒有，結果伊薺死了。」

他說的是「我們」，但我知道他的意思是「妳」。我的臉在發熱。他好大的膽子，竟然拿我的失敗來搧我耳光，好像我是一個欠管教的小學生？

可是他說得沒錯，不是嗎？每次我需要作選擇時，都會選錯，造成接二連三的災難。我的手又不自覺地探向臂鐲，但它摸起來好冷——好空洞。

「蕾雅，我有好久好久沒有在乎過任何人了。」奇楠伸出雙手扶著我的手臂，「我不像妳還有家人，我什麼人、什麼物品都沒有。」他用一根手指滑過我的臂鐲，他的動作忽然流露出滿滿的疲憊。「妳是我僅有的。拜託妳，我並不是想對妳殘忍，只是不希望妳出事，也不希望關心妳的人出事。」

他一定是錯的。消失的能力就在我指尖——我能感覺到。只要我能弄清楚是什麼東西在妨礙我，只要我能除掉那個障礙，一切都會不同。

我強迫自己點頭，複誦先前他屈服時曾對我說的話。

「那就照你的意思做吧。」我看看他帶回來的制服，再看看他眼裡的決心。「天亮的時候？」我問。

他點頭。「天亮的時候。」

44 伊里亞斯

典獄長走進我的牢房時，嘴角下撇、眉頭深鎖，像是他遇到了一個他所有實驗都解決不了的疑難雜症。

他來回踱步了幾遍之後，開口說話了。「你要完整而詳細地回答我的問題，」他的藍白色眼珠向上盯著我，「否則我會一根一根地切斷你的手指。」

他的威脅通常不會這麼直白——他對挖取祕密樂在其中的一個原因，就是他在過程中玩的遊戲。不管他現在想從我這裡得到什麼，都是他很迫切需要的資訊。

「我知道戴倫的妹妹就是賽拉城的蕾雅。告訴我：你為什麼和她走在一起？她對你來說是什麼人？你為什麼在乎她？」

我不讓情緒顯露在臉上，但我的心跳快得讓我難受。*你為什麼想知道？*我很想嘶吼，*你對她有什麼企圖？*

我沒有馬上回答，典獄長從工作服裡抽出一把刀子，把我的手掌攤平按在牆上。

「我想跟你談條件。」我趕緊說。

他揚起眉毛，刀子離我的食指只有幾吋距離。「如果你能認清現實，伊里亞斯，你會明白你沒資格跟我談條件。」

「過不了多久我就不需要手指或腳趾了，」我說，「我快死了。所以我的提議如下：

我會誠實回答你提的任何問題，只要你也同樣回答我的問題。」

典獄長看來真心不解。「伊里亞斯，你死期將至，還會需要知道什麼資訊？噢。」他整張臉一皺。「天啊，不用告訴我。你想知道你父親是誰對吧？」

「我才不在乎我父親是誰，」我說，「而且我相信你不知道。」

典獄長搖搖頭。「你對我真是沒信心。好吧，伊里亞斯，我們就來玩你的遊戲吧。不過我要略為調整遊戲規則：我可以先問所有的問題，如果我對你的答案滿意，你就可以問我一個──只有一個──問題。」

真不公平的交易，但我別無選擇。如果奇楠受到典獄長的指使在蕾雅身邊當雙面人，我一定要知道原因才行。

典獄長把身體探出牢房門，大吼要奴隸端一張椅子來。一個學人孩子抱著椅子進來，帶著好奇的目光很快地瞟了我一眼。不曉得她是不是塔斯的朋友小蜜蜂。

在典獄長的催促之下，我告訴他蕾雅如何從行刑台上解救了我，而我如何發誓要幫她。他追問，我又告訴他我在黑巖學院見過她之後，漸漸開始關心她。

「可是為什麼？她具備某種特殊的知識嗎？或許她天生擁有異於常人的能力？你究竟看中她哪一點？」

我原本把戴倫對典獄長的觀察收在心裡，但現在我又想起他說的話了：他很焦慮，好像他不確定該問什麼，好像一開始並不是他想問這些問題。

我意識到：或者該說典獄長好像根本不知道自己為什麼問這些問題。

「我才認識那女孩幾個月時間，」我說，「她很聰明、勇敢──」

典獄長嘆口氣，揮揮手要我停口。「我不想聽這些一見鍾情的廢話，」他說，「用你的理智面思考，伊里亞斯。她有沒有什麼不尋常之處？」

「她從司令官手裡活下來了，」我開始不耐煩了，「對一個學人而言，這還挺不尋常的。」

典獄長向後靠，撫著下巴，眼神飄忽。「的確，」他說，「她究竟是怎麼活下來的？馬可斯應該已經殺了她才對。」他用評估的眼神定定地望著我，本來就酷寒的牢房突然感覺又更冷了。「告訴我試煉的事，競技場裡到底發生什麼事？」

這不是我預期中的問題，不過我還是敘述了一番。當我講到馬可斯攻擊蕾雅的那一段時，他打斷我。

「可是她活下來了。」他說，「怎麼會？有幾百人看到她死去啊。」

「先知他們騙了我們，」我說，「其中一位先知替蕾雅挨了那一刀。坎恩宣布馬可斯勝利，而他的夥伴就趁亂把蕾雅帶走了。」

「然後呢？」典獄長說，「告訴我剩下的部分，一點都不要遺漏。」

我遲疑著，因為感覺事有蹊蹺。典獄長站起身，把牢房門用力打開，呼喚塔斯過來。啪啪的腳步聲傳來，一秒後，他揪著塔斯的頸背把他拖進來，然後將刀子抵在男孩咽喉。

「你說你快死了，這話並沒有錯，」典獄長說，「不過這男孩年紀還很小，而且比你健康。如果你敢對我撒謊，伊里亞斯，我就活活剖開他的身體讓你看裡面。現在，我再說一次：告訴我第四場試煉之後那女孩經歷的所有事。」

原諒我，蕾雅，如果我不小心洩露了妳的祕密。我發誓這是有意義的。我一邊盯著典獄長，一邊講述蕾雅如何破壞黑巖學院、我們如何逃出賽拉城，以及之後發生的一切。

我等著看我提到奇楠時他會有什麼反應，但老人表現的態度，像是除了我告訴他的事情之外，他並不知道更多內情。我打從心裡覺得他那種不感興趣的態度是真誠的。*搞什麼鬼？*也許奇楠不是典獄長的人。可是從戴倫告訴我的事判斷，他們顯然又以某種方式在互通有無。他們會不會都聽命於另一個人？

老人把塔斯推開，那孩子蜷縮在地上，等待退下的許可。但典獄長正深陷在思緒裡，從我給他的資訊中有條不紊地擷取相關的事實放入腦海。他察覺我的目光，把自己拉出沉思狀態。

「伊里亞斯，你剛說有個問題要問？」

*審問者能從你的提問中得到的資訊，不亞於你的敘述。*我母親的話在我最意想不到的時候浮出來幫助我。

「你問了戴倫許多關於蕾雅的問題，」我說，「你並不知道問問題的目的，有別的人在指使你做這件事。」我盯著典獄長的嘴，因為那是他藏放真相的地方，那兩片乾燥、薄得過分的嘴唇的抽搐就是線索。我在說話的時候，他的嘴幾乎難以覺察地抿了抿。*逮到你了吧。*「典獄長，那是誰？」

典獄長忽地站起身，把椅子都掀翻了。塔斯迅速把它拖出牢房。典獄長拉下牆上的控制桿，我的鐵鍊放鬆了。

「你問我的問題我都回答了。」我說。十層地獄啊，我何必白費力氣？我是犯了傻才會以為他能信守諾言。「你沒有履行你的條件。」

典獄長走到牢房門口時停了一下，臉半轉朝我，臉上沒有笑意。

走廊上的火把光芒加深了他臉頰和下巴的溝紋。有那麼一瞬間，我彷彿能看見他皮囊底下赤裸裸的頭骨輪廓。

「那是因為你問那是『誰』，伊里亞斯，」典獄長說，「而不是問那是『什麼』。」

45 蕾雅

今晚和之前許許多多個夜晚一樣，我輾轉難眠。奇楠睡在我身邊，一手搭在我腰臀之間，額頭低垂抵著我的肩膀。他沉靜的呼吸聲幾乎帶我進入夢鄉，但每次我快要睡著時，都會突然驚醒，重新發起愁來。

戴倫還活著嗎？如果還活著，又如果我真的救出他來，我們該怎麼走到馬林呢？史匹洛會遵守他的諾言在那裡等我們嗎？戴倫真的想要替學人製造武器嗎？

伊里亞斯怎麼辦？海琳可能已經帶走他了。或者他已經被全身流竄的毒液給毀滅，已經命喪黃泉了。如果他還活著，我也不知道奇楠肯不肯幫我救他。

但我一定要救他。而且我也不能丟下其他學人不管，我不能任由他們在司令官的肅清行動中被處死。

他們明天傍晚開始動手，太陽下山的時候。奇楠曾這麼描述處死的事。那麼明天會有個血色黃昏了，而入夜之後還會變得更加血腥。

我輕輕挪開奇楠的胳臂，翻身站起來，穿上斗篷和靴子，溜進寒夜中。

一股讓人不安的恐懼感悄悄襲上我的心頭。奇楠的計畫就和拷夫內部的情況同樣未知。他自信的態度讓我稍感安慰，卻不足以讓我相信我們會成功。這一切感覺有種說不出的不對勁，感覺很匆忙草率。

「蕾雅？」奇楠走出山洞，紅髮亂糟糟的，看起來顯得比較年輕。他伸出手，我和他十指交扣，從他的撫觸得到了些許安慰。區區幾個月時間，他有了多大的變化啊。我完全想像不到我在賽拉城第一次見到的那個臉色陰鬱的鬥士，竟也能展露這樣的笑容。

奇楠看著我，皺起眉頭。「妳很緊張嗎？」

我嘆氣。「我不能不管伊里亞斯。」天啊，希望我不是又做錯了。希望堅持這件事、爭取這件事，不會又導向什麼災難。我腦中浮現奇楠倒在地上死去的畫面，我努力克制住顫慄。*伊里亞斯會為妳這麼做的。而且無論如何，進入拷夫都是極度冒險的舉動。*「我不會不管他。」

奇楠歪著頭，眼光盯著雪地。我屏住呼吸。

「那我們就得想辦法救他出來，」他說，「不過時間要花比較久——」

「謝謝你。」我靠在他身上，吸入風和火和暖意。「這樣做是對的，我知道是對的。」我感覺到臂鐲上熟悉的圖案壓在掌心，這才醒悟到我的手一如以往地自動摸向臂鐲尋求慰藉。

奇楠看著我，眼神很奇怪。很孤獨。「擁有家人的物品是什麼感覺？」

「我會感覺和他們靠得很近，」我說，「它給我力量。」

他伸出手，幾乎觸碰到臂鐲，卻又醒悟過來而垂下手。「能記得失去的人，能在逆境中有個能提醒自己的物品，真好。」他的話聲輕柔，「能知道妳被愛過……被愛著……真好。」

我的眼中湧現淚水。奇楠從沒對我說起他的家人，只提過他們都不在了。我至少還有一個家人，他什麼人也沒有、什麼物品也沒有。

我按在臂鐲上的手指握緊了，我一個衝動，把臂鐲拉下來。它一開始像是不願意脫落，但我猛力一拽，把它取下來。

「現在由我來當你的家人吧。」我輕聲說，並且攤開奇楠的手，把臂鐲放在他掌心。我闔起他的手指包住它。「也許不是你的媽媽、爸爸、兄弟、姊妹，不過仍是你的家人。」

他猛然吸一口氣，低頭盯著臂鐲。他褐色的眼珠幽暗不透明，我真希望能體會他現在的心情。但我讓他沉默著。他緩慢而鄭重地把臂鐲套到自己的手腕上。

我的心裂開一個缺口，好像我的家人僅存的一小部分也遺失了。但奇楠看著臂鐲的眼神讓我感到安慰，好像它是別人給過他最珍貴的一樣東西。他轉頭看我，兩手攬住我的腰，閉上眼，用頭抵著我的頭。

「為什麼？」他低聲說，「妳為什麼要把它給我？」

「因為你被愛著，」我說，「你不孤單，而你應該要知道。」

「看著我。」他喃喃道。

我看著他，忍不住畏縮了一下，因為我心痛地發覺他的眼神好痛苦——好恍惚——彷彿他正看著什麼他不想接受的事。可是才過了片刻，他的表情就變了。變得嚴厲。他那不久前還很溫柔的手，現在收緊、發熱。

太熱了。

他的虹膜變亮了，我看到自己的影像映射在裡頭，然後我感覺像是墜入一個噩夢。

一聲尖叫扒抓著鑽出我的喉嚨，因為我在奇楠的眼裡看到毀滅、失敗、死亡：戴倫破碎的屍體；伊里亞斯轉身離開我，漠然地消失在一座古老的森林裡；激昂而憤怒的臉孔組成的大軍步步逼近；司令官俯在我身上，用她的利刃俐落而致命地劃過我的喉嚨。

「奇楠，」我喘息道，「怎麼——」

「我的名字——」他在說話的同時聲音也在改變，他的溫煦變質了，扭曲成難聽而沙啞的嗓音，「——不是奇楠。」

他猛力抽開手指，頭像是被一隻幽冥之拳打得向後仰。他張開嘴發出無聲的嗥叫，上臂和頸部的肌肉都暴凸起來。

一團黑霧席捲我們兩人，把我撞得向後退。「奇楠！」

我看不到潔白的雪或天空中波動的光，我盲目地揮打著攻擊我們的未知對象。我什麼都看不見，一切都被遮蔽了，直到黑暗從我的視線邊緣往回捲，慢慢化作一個戴著兜帽的形體，它的眼珠有如一對充滿惡意的太陽。我抱住附近的一根樹幹，然後伸手拿刀。

我認得這個形體。我上一回見到他時，他正低聲對著全世界最令我害怕的那個女人下達命令。

夜臨者。我的身體在顫抖——我感覺某隻手已經掌握了我的核心，現在正不斷捏緊，等著看我什麼時候會爆裂。

「你這個怪物，你對奇楠做了什麼？」我一定是瘋了才敢這樣對他吼叫。但那生物只是發出低沉到不可思議的笑聲，好像巨石在一片黑海底部互相摩擦。

「根本沒有奇楠，賽拉城的蕾雅，」夜臨者說，「一直都只有我。」

「騙人。」我握緊刀子，但刀柄像剛出爐的鋼一樣發燙，我驚叫一聲丟下刀子。「奇楠已經加入反抗軍好幾年了。」

「活了幾千年，區區幾年又算什麼？」看到我因過於震驚而呆滯的表情，那東西——精靈——發出一個奇怪的聲響。可能是嘆息。

然後他轉過身，對著空氣輕聲說了什麼，緩緩地立起身子，像是準備離去。不！我撲向前攀住他，迫切想弄懂現在究竟是什麼狀況。

那生物在長袍底下的身體燙得像火燒，健壯強大，扭曲的肌肉組織屬於惡魔而非人類。夜臨者偏過頭來。他沒有臉，只有那對該死的炯炯眼睛。然而我還是能感覺到他發出蔑笑。

「啊，這小女孩畢竟還是有戰鬥力的啊。」他說，「就像她那鐵石心腸的賤人母親。」

他想把我甩開，但我抓得很緊，儘管我得忍著觸碰他帶來的噁心感。我內心湧上一股莫名的黑暗，那是某種我原先並不知道存在的遺傳。

我感覺得出夜臨者不再覺得有趣了。他用力拉扯身體。我奮力抓牢。

你對奇楠——我認識的那個奇楠——做了什麼？我愛的那個奇楠呢？我在腦中尖叫。還有為什麼？我怒瞪他的眼睛，我內心的黑暗在上升、在接掌局面。我察覺夜臨者在戒備，在訝異。

告訴我！現在！突然之間我失去了重量，因為我飛進了夜臨者腦中的混沌，飛進他的記憶。

起初，我什麼也沒看見。我只感覺到……悲傷，一種他埋藏在幾百年生命底下的傷痛。那種傷痛滲透了他每一部分，儘管我沒有形體，巨大的重量還是幾乎壓垮我的心智。

我強行穿透它，於是我置身賽拉城學人區一條寒冷的巷弄內。寒風有如利齒咬穿了我的衣物，我聽到一聲壓抑的叫喊。我轉過身，看到正在變形的夜臨者，他一邊痛苦地尖叫著，一邊用盡全力化身成五歲的紅髮男孩。他跌跌撞撞地走出巷弄，進到外頭的街道，然後倒在一棟破爛房屋的門廊處。很多人都想幫他，但他不願意和任何人說話，直到有個熟悉得讓我心痛的黑髮男子停下腳步，蹲在他身邊。

我爸爸。

他一把撈起這孩子。記憶的場景轉換到位在峽谷深處的營地。反抗軍鬥士在此用餐、閒談、練習兵器。有兩個人坐在一張桌子旁，我看清她們時心臟往下沉：是我媽媽和莉絲。她們熱絡地迎向我爸爸和紅髮男孩，給他一盤燉湯吃，並照料他的傷口。莉絲把爸爸雕給她的一隻木頭貓送給他，還坐在他身邊陪他，讓他不再害怕。

儘管記憶又在轉換了，我卻不禁回想起幾個月前某個陰冷的下雨天，在司令官的廚房裡，廚子講了個夜臨者的故事給伊薺和我聽。「他滲透了反抗軍，化作人形，假裝是個鬥士。跟妳媽拉近關係，操弄她、利用她。妳爸發現了。夜臨者有幫手。一個叛徒。」

夜臨者沒有幫手，也沒有假裝是個鬥士。他就是叛徒，而他假裝成孩子。因為沒有人會想到一個年幼、挨餓的孤兒會是間諜。

我的腦中響起一聲咆哮，夜臨者想要把我從他的思緒裡拋出去。我感覺自己正在返回身體，但我體內的黑暗怒吼著反抗，我不讓自己放開他。

不行，你要讓我看更多，我需要弄清楚。

我回到這個生物的記憶裡，看到他和我孤單的姊姊變成了好朋友。他們的友誼讓我感到很不安——因為看起來很真實，好像他真的很在乎她。在此同時，他從她那裡巧言騙取了許多關於我父母的資訊：他們人在哪裡、在做什麼。他跟蹤我媽媽，眼神飢渴地盯著她的臂鐲。他對它的渴望程度可比一頭飢餓的動物。他不是想要它，而是需要它。他一定要想辦法讓她把它給他。

可是有一天，我媽媽回到反抗軍營地時沒戴著臂鐲。夜臨者失敗了。我感覺到他的憤怒，憤怒之上還有無邊無際的悲傷。他來到一座點著火把的軍營，與一個熟悉的銀面女人說話。凱銳絲．維托瑞亞。

他告訴凱銳絲到哪裡找我父母，他告訴她他們將會做什麼。

叛徒！你害他們送命！我朝他怒吼，一邊強力深入他的心智。為什麼？為什麼要那個臂鐲？

我和他一起飛進過去的深處，乘風來到偏遠的暮光森林。我感覺到他為族人而生的迫切和焦慮。有一個學人巫師會一心想要竊取他們的力量，使他們面臨極大的危險，而他必須盡快趕到他們身邊。太遲了，他在記憶中嗥叫，我來得太遲了。他狂喊著族人的名字，同時森林中央向外擴散出一道衝擊波，把他拋入黑暗中。

純粹的銀色迸發開來——是學人的武器「星辰」——用來禁錮精靈。我預期它會整個瓦解——我聽過這故事。但結果不是。實際上它分裂成幾百個碎片，散落在這片大地上。這些碎片被馬林人、學人、武人、部落民撿起來，製作成項鍊、臂鐲、矛尖和刀子。

夜臨者的憤怒讓我不能呼吸。他憤怒的是沒辦法直接收回這些碎片。每次他找到一片時，都必須確保它是免費奉送給他的，在純粹的愛和信任之下送給他。因為他只有用這種方式才能重組囚禁他族人的武器，進而讓他們重獲自由。

我的腸胃翻攪，我飛速通過他的記憶，看著他化身為丈夫或情人、兒子或兄弟、朋友或知己——只要能拿到失落的碎片，他可以變成任何人。他會成為他的化身。他創造他們——他就是他們。他能體會人類的感覺，包括愛。

然後我看到他發現我的時刻。

我透過他的眼睛看到自己：一個無名小卒，一個來哀求反抗軍幫忙的天真少女。我看到他發現我是誰、我擁有什麼東西。

目睹他欺騙我的過程真是種折磨。我看到他如何利用從我哥哥那裡偷來的資訊來贏得我的心，讓我信任他、關心他。在賽拉城的時候，他只差一點——就差一點——就能讓我為他傾心了。但後來我把他提供我的自由機會讓給了伊薺，自己和伊里亞斯跑了個不見蹤影，使他精心策劃的計謀付諸東流。而在這整個過程裡，他還得維持住自己在反抗軍裡的假身分，因為要執行籌備了好幾個月的計畫：說服叛軍殺死皇帝，並且發動學人革命。

這兩項行動讓司令官能肆無忌憚地對我的同胞展開大屠殺。這是夜臨者在報復幾世紀前學人對他的族人做的事。

天啊。

一百件小事突然間都說得通了：他第一次見到我時冷淡的態度；即使我沒對他說過自己的事，他卻彷彿對我瞭如指掌；他用特殊的語調安撫我；伊里亞斯和我剛離開賽拉城時遇上的怪天氣；當他帶著伊薺出現後，就不再有超自然生物攻擊我們了。

不，不，你這騙子，你這怪物——

我這個念頭剛出現，就感覺到他內心深處潛藏在每個記憶底下的某種事物，它讓我打心底震撼：汪洋般的悔意，他竭力想要隱藏住它，把它攪成了瘋狂，好像被猛烈的暴風雨侵襲過。我看到自己的臉，然後是莉絲的臉。我看到一個梳著棕色髮辮的孩子和一條古老的銀項鍊。我看到一個彎腰駝背、面帶笑容的馬林人握著一支頂端鑲銀的手杖。

心魔。我只能如此形容我所看見的東西。夜臨者內心充滿心魔。

當我充分認知到這生物的真實本質時，我倒抽一口氣，而他把我趕出他的腦海——以及身體。我向後飛出十幾呎，重重地撞在一棵樹上，然後滑到地上，感覺喘不過氣。

我的臂鐲在他晦暗的手腕上閃閃發光。我這大半輩子都看到它呈現無光澤的發黑狀態，而現在它卻閃爍著，好像是由星光做成的。

「妳究竟是什麼？」他陰狠地問。這句話引起一項回憶：在賽拉城遇到的妖精問過我同樣的話：*妳問我是什麼東西，我倒要問問妳是什麼東西？*

挾著冰霜的夜風吹進空地，夜臨者乘風而起。他的雙眼仍緊盯著我，充滿敵意與好奇。然後風呼嘯地前進，帶著他一起移動。

樹林裡寂靜無聲，天空靜止無風。我的心跳得和武人的戰鼓一樣狂暴。我閉上眼睛再睜開，等著從噩夢中甦醒。我手伸向臂鐲，我需要它提供的慰藉，需要它提醒我我是誰、我是什麼。

但它不在了。只剩我孤單一人。

第四部

解體

46

伊里亞斯

「你很接近了，伊里亞斯。」

我墜入等候地時，榭娃盯著我瞧。她的輪廓——還有樹木和天空——有種鮮明銳利感，讓我感覺這裡才是我所處的現實，清醒時的世界則是夢境。

我好奇地打量周圍——我之前每次醒來都置身森林中粗大的樹幹之間，可是這一回，我站在一座俯瞰樹木的岩石峭壁上。暮河在我下方奔流，在清澈的冬季天空下呈現藍白色調。

「毒液已經幾乎到達你的心臟了。」榭娃說。

死亡來得好快。「還沒有。」我逼自己張開麻木的嘴唇說，一邊壓抑著隱隱籠罩的恐懼。「我得問妳一件事。求求妳，榭娃，聽我說。」振作一點，伊里亞斯。讓她明白這件事有多重要。「因為如果我還沒準備好就死了，我會永遠陰魂不散地待在這片該死的樹林裡，妳永遠擺脫不了我。」

她臉上閃過某種情緒，在不到一秒的時間內就消逝的不安。

「好吧，」她說，「你問吧。」

我思考了一下典獄長說過的所有話。你問那是「誰」，他說，而不是問那是「什麼」。

控制典獄長的不是人類，那一定就是某個異界生物了。但我無法想像一個幽靈或妖精操控著典獄長，這類軟弱的生物無法在智力的戰場上打敗他——而他一向鄙視他眼中智慧不如他的生物。

不過話說回來，異界生物不是只有幽靈和妖精。

「夜臨者為什麼對要到拷夫救出哥哥的十七歲女孩感興趣？」

捕魂者臉上的血色消失了，她垂在身側的手抖了一下，好像想扶著一道實際上並不存在的防波堤來穩住自己。

「你為什麼要問這種事？」

「回答我就是了。」

「因為——因為她身上有他想要的東西。」捕魂者結結巴巴地說，「可是他不可能知道在她身上啊，多年來那東西都藏得好好的，而且他一直在隱居狀態。」

「不像妳說的那麼深居簡出，他和我母親在合作。」我說，「還有典獄長。那老傢伙一直在把蕾雅的事情傳給與我們同行的某人知道，他是個學人叛軍。」

榭娃恐懼地睜大眼，她上前一步並伸出手。

「握住我的手，伊里亞斯。」她說，「還有閉上眼睛。」

儘管她的語氣很迫切，我還是遲疑著。看我顯然有所顧忌，捕魂者嘴巴一抿，乾脆衝上前來抓我的手。我迅速抽回手，但她異界生物的反應速度更快。

她抓住我之後，我腳下的土地在抖動。我踉蹌了一下，同時我腦中彷彿有一千扇門啪地打開：蕾雅在賽拉城外的沙漠裡告訴我她的故事；戴倫講著典獄長的事；奇楠的怪異之處，包括他不該能夠追蹤到我的事；在沙漠中蕾雅和我之間的繩子斷開的事……

捕魂者用她的黑眼珠盯住我，然後敞開她自己的心靈。她的思緒有如湍急的水流傾倒進我的腦袋，等她倒完以後，她聚集起我的記憶和她的知識，再把綜合得出的結論放進我腦中。

「我的天啊。」我蹣跚地退離她，撞到一塊大石頭而靠著它，我終於懂了。蕾雅的臂鐲——是「星辰」。「是他——奇楠。他就是夜臨者。」

「伊里亞斯，你懂了嗎？」捕魂者問，「你看出他為了確保報復能成功，而羅織了怎樣的網嗎？」

「何必玩這種遊戲？」我推著大石頭站起身，在峭壁上走來走去。「為什麼不直接殺了蕾雅、搶走臂鐲？」

「『星辰』受到牢不可破的法則約束，它是由愛——和信任而產生的。」她移開目光，眼神中帶著羞愧。「那是一種古老的魔法，用來限制『星辰』可能被用來對付的任何邪惡力量。」她嘆了口氣。「它曾經做過許多好事。」

「住在妳的樹林裡的精靈，」我說，「他想解放他們。」

樹娃露出煩惱的眼神，凝視著下方的河流。「他們不該獲得解放，伊里亞斯。精靈曾經是光之生物，可是就和任何被囚禁太久的生物一樣，他們已經被囚禁逼瘋了。我試過把這話告訴夜臨者。在所有精靈之中，他和我是還在世上自由行走的僅有的兩個精靈了。但他聽不進去。」

「我們得做點什麼，」我說，「等他拿到臂鐲，就會殺了蕾雅——」

「他不能殺她。所有曾經擁有『星辰』的人，哪怕只擁有片刻時間，都受到它的力量保護，他傷害不了他們。他也不能殺你。」

「可是我從來沒……」摸過它，我本來想這麼說，直到我想起來幾個月前，在賽拉山脈的時候，我曾經向蕾雅借它來瞧一瞧。

「夜臨者一定命令典獄長殺了你，」榭娃說，「但或許他的人類奴隸不如他所想的聽話。」

「典獄長才不關心蕾雅，」我恍然大悟，「他是想更了解夜臨者。」

「我的國王不會向任何人吐露心聲。」捕魂者被清冽的空氣冷得打了個哆嗦。在那一瞬間，她看起來比我大不了幾歲。「司令官和典獄長很可能是他僅有的盟友——他並不信任人類。他不會告訴他們任何關於臂鐲或『星辰』的事，以免他們想辦法利用這項知識來反制他。」

「萬一蕾雅因為別的原因死了呢？」我問，「她的臂鐲會怎麼樣？」

「擁有『星辰』碎片的人並不容易死亡，」榭娃說，「它會保護他們，他也知道。不過如果她死了，臂鐲會消散不見，『星辰』的力量會因此減弱。這種情況已經發生過了。」

她把臉埋入掌心。「沒人明白他對人類的恨意有多深，伊里亞斯。如果他解放了我們的族人，他們會搜出所有學人加以殲滅，然後他們會把目標轉向其他人類。他們將毫無理智地嗜血。」

「那我們要阻止他啊。」我說，「我們在他拿到臂鐲前帶蕾雅走。」

「我無法阻止他。」榭娃不耐煩地提高了音量，「他不會讓我阻止他的。我不能離開我的土地——」

「**榭娃**。」

一陣顫動掠過森林，榭娃扭身去看。「他們知道了，」她低聲說，「他們會懲罰我。」

「妳不能一走了之啊。我得查清楚蕾雅怎麼樣了，妳可以幫我——」

「不！」榭娃向後退，「我不能蹚這個混水，完全不能。你還不懂嗎？他——」她摸著自己的喉嚨，露出猙獰的表情。「上次我惹他生氣，他就殺了我，伊里亞斯。他逼我承受緩慢而煎熬的死亡，然後他又讓我復活。他釋放了在我之前負責統治亡靈之地的可憐蟲，然後把我鎖在這個地方，用來懲罰我做的事。對，我是活著，但我是等候地的奴隸。這就是他的作風。要是我再惹惱他一次，天知道他會怎麼對付我。很抱歉——你無法體會我有多抱歉。但我沒有力量對抗他。」

我撲向她，絕望地想要逼她幫我，但她扭身掙脫我的手，沿著峭壁往下奔去，幾秒內就消失在樹林間。

「榭娃，該死！」我追過去，一邊咒罵一邊醒悟到這是徒勞無功的。

「你還沒死啊？」捕魂者消失的同時，崔斯塔斯從樹木間冒出來。「你打算像這樣巴著可悲的存在不放到什麼時候？」

我還想問你同樣的問題呢。但我沒說，因為雖然我預期崔斯塔斯的鬼魂會充滿敵意，眼下他卻垂頭喪氣，好像揹著一顆隱形的大石頭。雖然我心有旁騖，我還是命令自己把全副注意力都放在朋友身上。他看起來精神委靡、鬱鬱寡歡。

「我很快就會來這裡了，」我說，「我的壽命只到『拉塔那』，那是六天後的事。」

「『拉塔那』啊。」崔斯塔斯皺起額頭回想。「我還記得去年的『拉塔那』，那天晚上伊莉雅向我求婚，我一路唱著歌回家，你和小琳還把我嘴巴塞起來，免得被百夫長聽到。費里斯和林德虧我虧了好幾個星期。」

「他們只是嫉妒你能遇見真心愛你的女孩子。」

「你幫我說話。」崔斯塔斯說。他後方的暮光森林靜定無比，好像整個等候地都在屏息以待。「你總是幫我說話。」

我聳聳肩，避開他的目光。「那也不能挽回我做的壞事。」

「我沒說可以。」崔斯塔斯的怒氣回來了。「但你不是法官，不是嗎？你奪走的是我的命，應該由我來決定要不要原諒你。」

我張開嘴，正準備告訴他他不應該原諒我，卻突然想起伊薺的埋怨。*你一向把所有人看作你的責任……我們是獨立的人，我們有權為自己作決定。*

「你說得對。」該死，還真難說出口，真難逼自己相信。不過聽我這麼說，崔斯塔斯眼裡的怒氣消散了。「你被剝奪了所有的選擇機會，這是唯一的例外。對不起。」

崔斯塔斯歪著頭。「有這麼難嗎？」他走到峭壁邊緣，低頭望著暮河。「你說過我當時不必獨自面對。」

「*你現在還是不必獨自面對。*」

「我可以對你說一樣的話。」崔斯塔斯一手搭在我肩上。「我原諒你，伊里亞斯，你也原諒你自己吧。你在活人的世界還有時間，別浪費了。」

他轉過身，以完美的跳水姿勢躍下峭壁，身體漸漸淡去。他通過時唯一的跡象，就是河面上微微泛起的漣漪。

我可以對你說一樣的話。這句話在我心裡點起一簇火苗，最初被伊薺的話引起的那個念頭，現在整個茁壯燃燒起來。

阿芙雅聽來逆耳的主張在我腦中響起：你不應該直接消失，伊里亞斯，你應該問蕾雅她想怎麼做。還有蕾雅憤怒的表態：你把自己關起來。你把我隔絕在外，不想讓我靠近。你怎麼不問問我想要什麼？

有時候，伊薺曾說，孤單是自己選的。

等候地逐漸淡去。當寒意滲進我的骨頭時，我知道我回到拷夫了。

我也完全了解我該怎麼救戴倫離開這個鬼地方了，但我不能單打獨鬥。我等著——計劃著、謀算著——

於是我得知奇楠真實身分後隔天早晨，塔斯走進我的牢房時，我已經準備好了。

男孩一直低著頭，像隻畏怯的老鼠踩著細碎的腳步走向我。他瘦巴巴的腿上有新的鞭痕，脆弱的手腕上纏著骯髒的繃帶。

「塔斯。」我小聲叫他。男孩的黑眼珠迅速看向我。「我要離開這裡，」我說，「我會帶藝術家一起走，還有你，如果你想的話。但我需要幫忙。」

塔斯彎下腰俯向他那一箱繃帶和藥膏，用顫抖的手幫我的膝傷換藥。從我認識他以來，他第一次眼神發出光采。

「你需要我做什麼？伊里亞斯．維托瑞亞斯？」

47

海琳

我不記得自己是怎麼重新爬上拷夫的外牆，或是怎麼走到船屋去的。只知道做這些事花了我比正常更久的時間，因為憤怒和難以置信的情緒蒙蔽了我的視線。

我還因為剛才得知的司令官的事而頭暈目眩，走進那棟空洞的建築時，便看到典獄長在等我。

這次他不是單刀赴會。我感覺得到他的手下潛伏在船屋的各個角落，一道道銀光映照出藍色的火把光芒——都是面具武士，在用箭指著我。

亞維塔斯站在我們的船旁邊，用戒備的眼神留意著老人。他繃緊的下巴是表露出他不高興的唯一徵兆，他的憤怒讓我冷靜下來——至少我不是唯一沮喪不安的人。

看我走近，亞維塔斯迎向我的眼神，簡短地點了個頭。典獄長已經向他說明了來龍去脈。

「典獄長，不要幫司令官，」我劈頭就說，「不要讓她擁有她想要的影響力。」

「我真沒想到呢，」典獄長說，「妳竟然對馬可斯這麼忠心，還反對凱銳絲・維托瑞亞當女皇？這樣很蠢。皇位的轉移不會很平順，但假以時日，人民會接納她的。畢竟她平息了學人革命。」

「如果司令官注定該當皇帝，」我說，「先知們會直接選擇她，而不是馬可斯。她不懂得協商，典獄長，她掌權的那一刻起，就會懲罰反對過她的所有家族，而帝國將陷入內戰，就像幾週前差點發生的事一樣。況且她還想殺了你，她在我面前親口這麼說過。」

「我很清楚凱銳絲．維托瑞亞不喜歡我，」他說，「這很不理性，畢竟我們侍奉的是同一個主子，不過我相信她覺得我威脅到她了。」典獄長聳聳肩。「我幫不幫她都沒差，她無論如何都會發動政變的，而且極可能會成功。」

「那我就必須阻止她。」來了，我們的討論說到重點部分了。我決定開門見山。如果說司令官要發動政變，我的時間很緊迫。

「把伊里亞斯．維托瑞亞斯交給我，典獄長。沒有他，我沒辦法回安蒂恩。」

「啊，對。」典獄長雙手指尖輕觸，「那可能是個問題，血伯勞。」

「你要什麼？」

典獄長示意我和他一起走向一座碼頭，遠離他的手下和哈波。北方佬看我跟過去，猛力搖了搖頭，可是我別無選擇。我們走到他們聽不見的距離時，老人轉向我。

「血伯勞，聽說妳有某種特別的……技能。」他飢渴地盯著我，我感到一股寒意竄上背脊。

「典獄長，我不知道你聽說了什麼，可是——」

「不要侮辱我的智慧。黑巖學院的醫官提提尼亞斯是我的老朋友了，最近他和我分享了一個他在學院服務期間，所見過最了不起的復元事件。伊里亞斯．維托瑞亞斯本來已經在死亡邊緣徘徊了，結果某種南方膏藥救了他的命。可是提提尼亞斯在另一個傷患身上試用同樣的膏藥，卻沒有成功。他懷疑伊里亞斯能復元，是因為別的東西——別的人。」

「你，」我複述一次，手伸向武器，「要什麼？」

「我要研究妳的能力，」典獄長說，「我要弄懂它。」

「我沒時間配合你的實驗，」我沒好氣地說，「先把伊里亞斯交給我再說。」

「如果我把維托瑞亞斯交給妳，妳會直接帶著他逃走。」典獄長說，「不行，妳得留下來。只要幾天而已，到時候我會放你們兩個走。」

「典獄長，」我說，「馬上要有一場該死的政變要拖垮帝國了，我必須回到安蒂恩去警告皇帝，而我不能沒帶著伊里亞斯就回去。把他交給我，我用血和骨發誓，只要局勢一穩定，我就會回來這裡接受你的……觀察。」

「話說得漂亮，」典獄長說，「可惜靠不住。」他深思地撫摸下巴，眼睛閃著詭異的光。「妳面臨的哲學難題真是有意思啊，血伯勞。是要留在這裡當實驗品，承受妳不在的時候帝國會落入凱銳絲．維托瑞亞手裡的風險呢？還是回去阻止政變、拯救帝國，卻冒著失去家人的風險？」

「這不是遊戲，」我說，「我家人命在旦夕啊。該死，帝國也面臨存亡的風險。如果你不把這兩件事情放在眼裡的話，那想想你自己吧，典獄長。你認為凱銳絲當上女皇之後，還會任由你窩在這裡嗎？她一有機會就會殺了你。」

「噢，我想我們的新女皇會發現我對帝國的祕密所擁有的知識很……難以抗拒。」

我恨得血液都要沸騰了，只能怒瞪著老人。也許我能硬闖拷夫？亞維塔斯對這座監獄很熟悉，他在這裡待過好幾年。可是我們只有兩個人，典獄長則有一整個堡壘的人。

這時我想起這一切剛開始，也就是馬可斯剛下令要我把伊里亞斯交給他的時候，坎恩曾經對我說的話。

妳會獵捕伊里亞斯，妳會找到他。妳在這趟旅程中學到的事——關於妳自己的、關於妳的土地的、關於妳的敵人的——這些知識對帝國的存亡至關重要。也關乎妳的命運。

這個。他指的就是這個。我還不知道我學到什麼和自己有關的事，但我現在明白了我的土地、帝國之內在發生什麼事。我明白了我的敵人在計劃什麼。

我要把伊里亞斯帶到馬可斯面前處決，是為了展現皇帝的力量，給他一場勝利。但殺死伊里亞斯不是達到這個目的的唯一方式。鎮壓由全帝國最駭人的軍人所發起的政變，也能發揮同樣的功效。如果馬可斯和我扳倒了司令官，各大依拉司翠恩家族就不會想反對他了。內戰得以避免，帝國得以保全。

至於伊里亞斯呢，我一想到他在典獄長手裡，就感覺腸胃攪成一團。但我再也不能掛心他的安危了。況且我了解我的朋友，典獄長沒辦法關住他太久的。

「以帝國為先，老頭。維托瑞亞斯——還有你的實驗，你都留著慢慢用吧。」

典獄長面無表情地望著我。

「我們年輕人的希望多麼無知，」他喃喃道，「他們是傻子，他們什麼都不懂。這句子出自《回憶錄》，作者是賽拉城的拉金——極少數值得引述的學人。我記得他寫完這個句子後不久，泰亞斯一世就砍掉他的頭了。如果妳不希望妳的皇帝遭遇同樣的命運，妳最好趕緊上路吧。」

他向他的手下打了個信號，不久之後，船屋的門就在他們身後砰然關上了。亞維塔斯默默地走到我身邊。

「沒有維托瑞亞斯，倒有場政變要阻止。」亞維塔斯說。「妳是要現在解釋妳的想法，」他問，「還是先上路再說？」

「先上路再說。」我跨進獨木舟，抓起一支船槳。「我們已經快沒時間了。」

48

蕾雅

奇楠就是夜臨者。一個精靈，一個惡魔。

儘管我在腦中不斷重複這些話，它們還是沒有到達我的意識中。寒意滲入我的骨髓，我低頭看，詫異地發現我不知什麼時候跪在雪地裡。*起來，蕾雅。*我動彈不得。

我恨他。天啊，我好恨他。*但我也愛他，不是嗎？*我伸手摸找臂鐲，好像在自己身上探尋就能讓它重新出現。奇楠變身的過程在我腦中重現——然後響起了他用扭曲的嗓音發出的嘲弄。

他走了，我告訴自己。*妳還活著。伊里亞斯和戴倫在牢裡，沒辦法逃出生天。妳必須救他們。站起來。*

也許悲傷就像戰鬥：當你經歷了夠多，你的身體本能就會接管局面。當你看到悲傷逼近，就像武人的致命部隊，你要讓自己硬起心腸，你要準備好承受心被撕碎的疼痛。於是當打擊真的發生時，是會痛沒有錯，但沒有想像中痛，因為你已經把你的軟弱鎖起來了，剩下的全是憤怒和堅強。

我內心有一部分想要細細回想與那「東西」相處的點點滴滴。他反對麥森交辦給我的任務，是希望我孤單而脆弱嗎？他救伊薺是因為知道如果他丟下她不管，我絕對不會原諒他嗎？

別再想了，別再考慮了。妳必須行動。動起來。站、起、來。

我站起來。雖然我一開始並不確定該往哪兒走，我還是強迫自己遠離山洞。雪堆高度達到我的膝蓋，我發著抖從雪中鏟出一條路，直到我找到一條小路，海琳・亞奇拉和她的部下一定就是走這條路離開的。我沿著路來到一條小溪邊，然後沿著溪走。

我沒有意識到自己在往哪裡走，直到有個人影從樹林間站出來，擋在我面前。一看到銀色面具，我的胃就直往下沉，但我鼓起勇氣抽出匕首。面具武士舉起雙手。

「休兵，賽拉城的蕾雅。」

是跟在亞奇拉身邊的那群面具武士之一。不是金髮的那個，也不是英俊的那個。這個人讓我聯想到剛磨過的斧頭刀鋒。在努爾城，就是這個人近距離經過我和伊里亞斯。

「我得和血伯勞說話，」我說，「拜託你。」

「妳的紅髮朋友呢？」

「走了。」

面具武士眨眨眼。他沒有表現得冷酷無情，讓我覺得很不尋常。他那雙淡綠色的眼睛幾乎流露著同情。「那妳哥哥呢？」

「還在拷夫。」我戒備地說，「你可以帶我去找她嗎？」

他點點頭。「我們要拔營了，」他說，「我在這裡偵察有沒有司令官的間諜。」

我停下腳步。「你們——你們帶走伊里亞斯了——」

「沒有，」面具武士說，「伊里亞斯還在牢裡。我們有更急迫的事要處理。」

比逮到帝國頭號通緝犯更急迫？我腹部燃起一點微弱的希望之火。我原本以為我得騙海琳．亞奇拉，說我不會妨礙她拘提伊里亞斯。但現在反正她也不打算帶他一起離開。

「賽拉城的蕾雅，妳為什麼信任伊里亞斯？」面具武士的提問太出乎我的意料，我難掩驚訝。「妳為什麼要從處刑台上救下他？」

我考慮說謊，但他會知道的。他可是個面具武士。

「伊里亞斯救過我的命，救過太多次了。」我說，「他想了、作了很多有問題的決定，讓他自己的生命陷入危險，但他是個好人。」我瞥向面具武士，他無動於衷地盯著前方。「算是——算是最好的人。」

「但他在試煉中殺了自己的朋友。」

「他也不想啊。」我說，「他一直耿耿於懷，我想他永遠都不會原諒自己。」

面具武士沉默著，風把拷夫的呻吟和嘆息都帶到我們耳邊。我繃緊下巴。妳必須進到那裡，我告訴自己。所以趁早習慣吧。

「我父親和伊里亞斯很像，」隔了一會兒面具武士說道，「我媽說他總能看到別人看不到的善良。」

「他——他也是面具武士嗎？」

「對，我想他算是面具武士中的異類吧。帝國想透過訓練改掉他這種個性，也許他們失敗了，也許因為這樣他才會死。」

我不知道該說什麼好，面具武士也保持沉默，直到遠處浮現拷夫那龐大而不祥的黑色輪廓。

「我在那裡住過兩年。」他朝監獄點點頭，「大部分時間都待在審問牢房裡。一開始我真恨透它了。每次值班十二小時，每週七天毫不間斷。後來我對聽到的聲音就麻木了。幸好我有個朋友。」

「不是典獄長吧，」我稍微離他遠一點，「伊里亞斯向我提過他。」

「不是。」面具武士說，「不是典獄長，也不是士兵。我的朋友是個學人奴隸，一個自稱為小蜜蜂的小女孩，因為她臉頰上有個形狀像齊莓的疤。」

我不知所措地盯著他。他看起來不像會和孩子交朋友的那種人。

「她好瘦，」面具武士說，「我以前會偷偷拿食物給她。一開始她很怕我，但等她發現我不會傷害她，她就開始對我說話了。」他聳聳肩。「離開拷夫以後，我還常常想起她。幾天前，我替血伯勞送信給典獄長時，順便去找了小蜜蜂，而且找到了。」

「她還記得你嗎？」

「嗯。事實上，她告訴我一件奇怪的事，說監獄裡的審問區關了一個淺色眼珠的武人。她說他不怕典獄長。他跟她的一個同伴交了朋友，還幫他取了個部落名字：塔斯。兩個孩子悄悄談論這個武人——當然是很謹慎的，以免被典獄長聽到。他們很擅長保守祕密。他們把這個武人的事傳遞給監獄裡的學人運動參與者——也就是仍然抱著希望、相信他們有一天能逃出去的男男女女。」

天啊。

「你為什麼要告訴我這些？」我緊張地環顧四周。這是陷阱嗎？詭計嗎？面具武士口中的人顯然就是伊里亞斯，但他有何目的？

「我沒辦法告訴妳為什麼，」他的語氣幾乎是悲傷的，「但聽來奇怪，我認為有朝一日，妳會是最能了解的人。」他甩甩頭，迎向我的視線。「救他，賽拉城的蕾雅。」他說，「從妳和血伯勞告訴我的事情聽來，他是值得被救的。」

面具武士望著我，我朝他點點頭，心裡不太明白，不過因為他至少比較像人、不太像面具武士而鬆了口氣。「我會盡力而為。」

我們走到了血伯勞紮營的空地。她正在把馬鞍固定在馬背上，當她聽到腳步聲而回過頭來，她那張銀色的臉變得緊繃。面具武士很快就退開了。

「我知道妳不喜歡我，」我搶在她叫我滾開之前說，「但我來有兩個理由。」我張開嘴，試著找到最適切的說詞，最後決定簡單明瞭一點。「首先，我要謝謝妳，為了妳救我的命。我早該說謝謝了。」

「不客氣。」她悶悶地說，「妳要什麼？」

「妳的協助。」

「我幹嘛要幫妳？」

「因為妳要把伊里亞斯留下，」我說，「我知道妳不希望他死，所以幫我救他吧。」

血伯勞轉回身面向她的馬，從鞍囊裡抽出一條斗篷披在身上。

「伊里亞斯不會死的，他現在大概正在想辦法把妳哥哥弄出來。」

「不，」我說，「裡頭的狀況不太對勁。」我朝她靠近，她的目光銳利得像彎刀。「我知道妳不欠我什麼，但我聽到他在黑巖學院對妳說的話了：別忘了我們。」這回憶讓她眼神突然呈現赤裸裸的悲慟，我感到罪惡感在體內盤繞。

「我不會丟下他不管的，」我說，「妳聽聽那裡傳出來的聲音。」海琳・亞奇拉移開視線。「他不該死在那種地方。」

「妳想知道什麼？」

「關於格局、位置和補給品的一些資訊。」

她嗤了一聲。「妳打算怎麼進去？妳不能扮成奴隸，拷夫的守衛認得他們的學人奴隸，而妳這種長相的女孩可不會讓人看過就忘。妳連五分鐘都撐不了。」

「我有方法進去，」我說，「而且我不怕。」

一陣強風吹得幾綹金髮在她銀色的面龐邊飛舞，像是小鳥一般。她忖量著我，表情高深莫測。她現在是什麼心情？她不是單純的面具武士——她把我從死亡邊緣拉回來的那一晚我就知道了。

「過來吧。」她嘆了口氣。她蹲下來，開始在雪地上畫圖。

我很想把奇楠的東西堆到山洞外頭，點把火燒了，但煙只會引來注意。於是我像拎著充滿病菌的東西一樣，把他的包包拿得遠遠的，從山洞走了幾百碼，走到一條匯入暮河的湍急溪流邊。他的包包嘩啦一聲落水，接著是他的武器。再多幾把刀能派上用場，但我不想使用任何屬於他的東西。

我回到山洞後，盤腿坐下來，決定在我精通隱身術之前，都不會移動分毫。

我發現每次我成功的時候，奇楠都不在附近，而且還經常離得很遠。他在身邊時我會有的自我懷疑——會不會是他刻意向我灌輸的，好抑制我的能力？

消失吧！我在腦中嘶吼，像是坐擁一片荒蕪之地的女王，命令她破敗的軍隊進行背水一戰。伊里亞斯、戴倫和所有我必須救的人，都仰賴這唯一的一件事，這個能力，這個魔法——我知道它就藏在我體內。

一股波動流過我的身體，我穩住心神，低頭看到我的四肢閃爍著變成半透明狀，就像阿芙雅的車隊遭到突搜時那樣。

我歡呼一聲，聲音大到在山洞裡製造出的回聲反過來把我嚇了一跳，結果隱形效果又消失了。好吧，補救一下，蕾雅。

我一整天都在練習，先是在山洞裡練習，然後到雪地裡練習。我知道了自己的限制：我在隱身狀態拿著的樹枝也會跟著隱形。可是凡是有生命的東西，或是固定在地上的東西，都會像是飄浮在空中。

我太過沉溺在自己的腦海中，以致於一開始我沒聽到腳步聲。有人說話。我急急轉身，手忙腳亂要拿武器。

「冷靜，女孩。」在她拉開兜帽之前，我已經先認出那高傲的語調了。是努爾部落的阿芙雅。

「天啊，妳還真是草木皆兵。」她說，「不過也怪不得妳，畢竟妳得一直聽那些吵鬧的聲音。」她揮揮手指向監獄的方向。「看來伊里亞斯不在，妳哥也不在。而且……紅毛小子也不在？」

她揚起眉毛等我解釋，但我只是盯著她瞧，懷疑她是不是真實的。她的騎裝髒兮兮的，靴子上沾著濕漉漉的雪。她的辮子塞在一條圍巾底下，看起來她已經好幾天沒睡覺了。我真想親她一下，真高興見到她。

她嘆了口氣，翻了翻白眼。「女孩，我作了承諾對吧？我向伊里亞斯．維托瑞亞斯發誓會做完這件事。一個部落民背棄神聖的誓言已經夠惡劣了，何況這麼做還會讓另一個女人有生命危險？這是不可原諒的──整整三天，我的弟弟每個小時都在提醒我這件事，直到我終於同意要來找你們。」

「他人呢？」

「快到部落民的土地了。」她在附近一塊石頭上坐下來，按摩她的腿。「應該說他最好快到了。他對我說的最後一句話，是妳朋友伊薺並不信任紅毛小子。」她詢問地望著我，「她說對了嗎？」

「天啊，」我說，「我該從何說起？」

我向阿芙雅補充完過去幾週發生的事時，天都已經黑了。我略過幾件事沒講──尤其是在地窖安全屋度過的那一夜。

「我知道我失敗了。」我說。現在她和我坐在山洞裡，分食著她帶的煎餅和水果。「我作了許多愚蠢的決定──」

「我十六歲的時候，」阿芙雅打岔，「我離開努爾去進行我的第一次交易。我是長女，我爸寵我寵得要命。他沒強迫我把沒完沒了的時間花在學習烹飪、編織和其他無聊的雜事上，而是把我帶在身邊，教我作生意的門道。」

「我們部落裡的人大都認為他太縱容我了。但我知道我想繼承父親的職位，成為努爾部落的『札爾達菈』。我才不在乎上一次有女酋長是兩百多年前的事。我只知道我是我爸的繼承人，如果我沒有獲選的話，『札爾達』的頭銜會落入我某個貪心的叔叔或無能的堂兄弟手中。他們會把我嫁到別的部落，然後我這一生就這樣了。」

「妳表現得無懈可擊，」我笑著猜道，「一路成就今天的妳。」

「錯。」她說，「那次的交易簡直是一場災難，根本稱不上是交易，我爸和我都抬不起頭。我準備買賣的對象是個看起來挺老實的武人——結果他把我玩弄於股掌之間，要詐讓我用實際價值的零頭就把貨物給賣了。我完成交易回來時，比原本還窮了一千馬克，而且算是低著頭、夾著尾巴逃回來的。我當時認定我爸會在兩週之內把我嫁掉。」

「結果他一巴掌拍在我後腦勺，吼著叫我抬頭挺胸。妳知道他說什麼嗎？並不是失敗決定妳的人格，而是妳失敗之後的作為能決定妳是個領袖還是白占空間的廢渣。」

阿芙雅用力盯著我。「妳是作了幾個壞決定，我也是啊，伊里亞斯也是啊，每個想挑戰難題的人都是如此。那不表示妳就要放棄，妳這傻瓜。妳明白嗎？」

我思索著她的話，同時回憶這幾個月的事。只要一瞬間，人生就可能朝可怕的錯誤發展。為了改正錯誤，我需要做對一千件事。一點點好運跟另外一點點好運之間的距離，感覺就像橫跨汪洋。但是，此刻我下定決心，我要在汪洋上搭一座橋，一次又一次，直到我贏。我不會失敗的。

我對阿芙雅點點頭，她立刻用力拍我肩膀。

「很好。」她說，「這個問題解決了，那妳的計畫是什麼？」

「我的計畫——」我搜尋著詞句，想讓我的點子聽起來不那麼瘋狂，可是我意識到阿芙雅會看穿我的包裝。「很瘋狂。」我終於說，「瘋狂到我想像不出要怎麼成功。」

阿芙雅發出高亢的笑聲，在整座山洞裡迴盪著。她並不是在嘲笑我——她搖搖頭，臉上帶著真心的笑意。

「天啊，」阿芙雅說，「我記得妳說妳愛聽故事，妳什麼時候聽過冒險家提出的計畫不瘋狂了？」

「嗯……是沒有。」

「那妳覺得為什麼呢？」

我很茫然。「因為……嗯，因為——」

她又咯咯笑起來。「因為不瘋狂的計畫從來就行不通啊，女孩。」她說，「只有瘋狂的計畫才會成功。」

49

伊里亞斯

過了整整一夜又一天，塔斯才再度出現。他什麼也沒說，只是意有所指地看著我的牢門。我的牢房外搖曳的火把光芒微微擾動——有一個典獄長的面具武士在監視我們。後來牢房外的面具武士終於走了，我低著頭，以防他突然回來，然後我用比耳語還輕的聲音說話。

「告訴我你有好消息，塔斯。」

「士兵把藝術家移到另一間牢房了。」塔斯扭頭看了看牢門，然後很快地在污穢的地上畫起圖來。「但我找到他了。這一區是圓形的對吧？守衛待在中央，而——」他在圓圈頂端打了個叉，「——藝術家在這裡。」他說。然後他又在圓圈底部打了個叉。「你在這裡，中間是樓梯。」

「好極了。」我低聲說，「制服呢？」

「小蜜蜂可以幫你弄到一件，」他說，「她可以進到洗衣房。」

「你確定她值得信任？」

「她恨死典獄長了，」塔斯打了個冷顫，「甚至比我還恨。她不會背叛我們的。不過伊里亞斯，我還沒機會和司科里特的首領阿拉傑說到話。還有……」塔斯面露歉意，「小蜜蜂說她在監獄裡到處都找不到泰勒絲汁。」

十層地獄啊。

「還有，」塔斯說，「肅清學人的行動已經開始了。武人在監獄中庭搭了個圍欄，把所有學人都趕進去。很多人已經被凍死了，可是——」他為了即將說出口的話而語氣顫抖，我察覺他一直在等待這一刻，「——還發生了別的事——很棒的事。」

「典獄長突然長了滿身瘡，即將受盡折磨而死？」

塔斯咧嘴一笑。「差不多一樣棒。」他說，「伊里亞斯，我有訊息要傳給你，是一個金色眼睛的女孩叫我傳的。」

我的心臟真的像是從胸腔掉出來似的。不可能啊。可能嗎？

「告訴我一切。」我瞥向牢門。要是塔斯在我的牢房裡待超過十分鐘，其中一個面具武士就會過來察看。男孩很快地清理我的傷口並且幫我換紗布。

「她先找上了小蜜蜂。」我伸長耳朵聽他說話。隔幾間牢房的守衛開始審問犯人了，犯人的尖叫聲響遍整個區域。

「小蜜蜂還以為是鬼在對她說話，因為那個聲音是憑空冒出來的。那個聲音帶著她走到一間空的營房，然後那個女孩就突然現身了。她向小蜜蜂問起你，所以小蜜蜂就來找我。」

「你說她——她會隱形？」塔斯點點頭。我驚愕地向後靠。不過這時我想起來有幾次她幾乎消失在我的眼前。什麼時候開始的？從賽拉城出來以後。我醒悟到。從妖精碰觸她以後。那生物的手只在蕾雅身上停留一秒，但也許那一秒已經足以喚醒她體內的某種力量。

「她要你傳什麼訊息來？」

塔斯深吸一口氣。「我找到你的彎刀了，」他背誦道，「看到它們我很高興。我有辦法進到監獄而且不被看到。阿芙雅可以偷一些馬。學人們怎麼辦？處決已經開始了。男孩說有個學人領袖可以幫忙。如果你見到我哥，告訴他我來了。告訴他，我愛他。」

「她說天黑的時候她會回來聽你的答覆。」

「好，」我對塔斯說，「我要你告訴她這些話。」

接下來三天，塔斯負責當蕾雅和我的傳聲筒。我本來以為她在這裡是典獄長的病態詭計，不過我信任塔斯，而且他帶回來的訊息實在太有蕾雅的風格了——貼心、稍顯正式，但語句背後透露出她的決心和堅強。謹慎行事，伊里亞斯。我不希望看到你受更多傷。

我們緩慢而艱辛地拼湊出一個計畫，部分是她的點子，部分是我的點子，部分是塔斯的點子，整體說來完全是瘋狂的。此外，這計畫也極度倚賴司科里特的首領阿拉傑的能力，而我與他素未謀面。

「拉塔那」當天清晨，一如在拷夫的每個清晨般降臨：也就是完全看不出已經天亮了，只能憑藉守衛換班的聲音和我自己的身體甦醒的隱約感覺來判斷。

塔斯端來一碗稀粥，他很快地把碗放到我面前，然後便急著跑出去。他臉色蒼白、表情驚慌，可是我與他四目相接時，他極短促地對我點了一下頭。

他走了以後，我勉強自己站起來。光是站著就讓我快要喘不過氣，我的鐵鍊似乎比昨晚感覺更重了。我到處都痛，而且在疼痛之外，疲憊感似乎已經滲入了我的骨髓。這不是被審問或長途旅行後的疲憊，而是身體幾乎已經無法再戰鬥的精疲力竭。

撐完今天就好，我告訴自己。然後你就能安心長眠了。

接下來幾分鐘，幾乎像是被典獄長審問一樣令人煎熬。我痛恨等待。不過很快地就有一股我在期盼的氣味飄進我的牢房。

煙味。

一秒之後，緊急的嗓音響起。有人喊了一聲。警鈴聲大作。急迫的鼓聲咚咚咚地迴盪著。

幹得好，塔斯。沉重的靴聲經過門外，外頭原本就很亮的火把光芒又加強了幾倍。時間一分一秒過去，我焦躁地拉扯鐵鍊。火勢蔓延得很快，尤其是如果塔斯按照我的吩咐，在士兵待的區域滴了夠多的燃油。

一個人影經過我的牢門並往裡看——顯然是在確認我仍被牢牢地拴著——然後繼續前進。幾秒後，我聽到鑰匙插入鎖孔，然後門開了，露出塔斯小小的身影。

「伊里亞斯，我只找到了牢房的鑰匙。」塔斯急急地跑進來，把一支細刀子和一根彎曲的大頭針塞到我手裡。「你可以用這個開鎖嗎？」

我咒罵一聲。拜典獄長的鉗子之賜，我的左手仍然因為受傷而十分笨拙，但我拿起大頭針。煙變濃了，我的手也更不靈活了。

「快呀，伊里亞斯，」塔斯睨著門，「我們還得救出戴倫呢。」

我手銬的鎖終於開了，一分鐘後我又解開了腳鐐的鎖。我牢房裡的煙已經濃到塔斯和我必須彎著腰才能呼吸，但我還是吃力地換上他幫我拿來的守衛制服。這身制服掩藏不住審問牢房的臭味、我骯髒的頭髮或傷口，但應該足以掩護我通過拷夫的走廊，進到監獄的中庭。

我們用浸濕的手帕包住臉，降低煙的刺激。然後我們打開門，溜出我的牢房。我試著跑快一點，但每一步都好痛，塔斯一下子就跑得不見人影了。煙霧瀰漫的石造走廊裡還沒有火光，不過木頭樑柱再過不久就會燃燒起來。然而位於此區中央的士兵休息區裡滿是木頭家具，再加上塔斯灑的一灘一灘的燃油，現在已經迅速轉變為一堵結實的火牆。煙霧中人影幢幢，喊叫聲此起彼落。我踉蹌地經過樓梯口，片刻後我回頭，看到一個面具武士一邊揮開煙，一邊爬上樓梯離開這個區域。*好極了。*守衛們開始逃命了，正中我的下懷。

「伊里亞斯！」塔斯從我前方的煙霧中冒出來，「快點！我聽到面具武士在說樓上的火勢蔓延開了！」

典獄長用來照亮這地方的那麼多該死的火把總算發揮用處了。「你確定這底下的囚犯就只有我們嗎？」

「我檢查了兩遍！」一分鐘後，我們來到此區北端的最後一間牢房。塔斯打開門鎖，我們挾著一團煙霧走進去。

「是我，」我用沙啞的嗓音對戴倫說，我的喉嚨已經痛得要命了，「伊里亞斯。」

「感謝老天。」戴倫爬起身，伸出戴著手銬的手。「我以為你死了。我不確定該不該相信塔斯。」

我開始解鎖。我可以感覺空氣每秒都在變熱、變毒，但我逼自己按部就班做事。*快呀，快呀。*只聽到熟悉的「咔」一聲，手銬落下來，我們貼近地面衝出牢房。我們快要跑到樓梯口的時候，前方的煙霧裡突然浮出一張銀色臉孔。*德魯西亞斯。*

「你這狡猾的、悶著使壞的小雜種。」德魯西亞斯揪住塔斯的脖子，「*我就知道這事*跟你脫不了關係。」

我一邊暗自祈求老天讓我的力氣至少足夠把德魯西亞斯扳倒，一邊衝上前去。他向旁邊閃躲，然後把我摜向牆壁。僅僅一個月前，我還能利用他粗暴的攻擊方式反將他一軍。可是毒液和審問已經剝奪了我的敏捷。我還來不及阻止他，德魯西亞斯已經用雙手掐住我的脖子用力擠壓。一抹骯髒的金髮從我眼前閃過，戴倫一頭撞向德魯西亞斯的腹部，面具武士腳下一個踉蹌。

我邊喘氣邊咳嗽，單膝跪在地上。即使在被司令官鞭打或接受百夫長嚴酷的訓練時，我都能感覺到自己的恢復力深藏在一個別人碰觸不到的位置。可是現在我看著德魯西亞斯把戴倫翻成仰躺姿勢，然後一拳打在他太陽穴上把他打暈，我卻無法汲取那股力量。我找不到它。

「伊里亞斯！」塔斯在我旁邊，把一支刀子塞到我手裡。我逼自己撲向德魯西亞斯。我的撲躍更偏向爬行，但我還保有足夠的戰鬥本能，讓我把匕首插進面具武士的大腿再扭轉。他嗥叫一聲，一把抓住我的頭髮，但我一遍又一遍地刺他的腿和肚子，直到他的手不再動。

「起來，伊里亞斯，」塔斯急得像熱鍋上的螞蟻，「火燒得太快了！」

「沒、沒辦法——」

「你可以的——你一定要。」現在塔斯用他全身的力氣來拉我，「扶戴倫起來！德魯西亞斯把他打暈了！」

我的身體虛弱而遲緩，太遲緩了。它已經被這幾個月來的癲癇、毆打、審問、毒液和永無止境的回憶所折磨得精疲力盡了。

「起來啊，伊里亞斯．維托瑞亞斯。」塔斯打了我一巴掌，我詫異地朝他眨眨眼。他的眼神很兇悍。「你給了我名字，」他說，「我還想活著聽到別人喊我的名字。起來。」

我嗥叫著拖自己站起來、移動到戴倫身邊、跪下來，然後把他扛到我肩膀上。他的體重壓得我站不穩腳步，雖說拷夫已經讓他比這個身高的正常男人輕得多了。

我一心期盼不要再有別的面具武士現身，一邊歪歪倒倒地走向樓梯。現在整個審問區已經陷入火海，屋頂上的樑起火燃燒，煙濃到我幾乎什麼也看不見。我跌跌撞撞地爬上樓梯，塔斯在我身旁穩住我。

把事情簡化到你能辦到的範圍。一呎。一吋。這些話在我腦中攪亂成一片囈語，面對我快衰敗的身體所發出的驚慌尖叫聲，顯得愈來愈微弱。到了樓梯頂部以後會是什麼情況？我們打開門後，眼前不是混亂就是井然有序，而不管是哪種狀況，我都不知道自己能不能扛著戴倫走出監獄。

戰場是我的聖堂。劍尖是我的祭司。死亡之舞是我的禱詞。致命一擊是我的解放。我還沒有準備好迎接解放。還沒有。還沒有。

戴倫的身體每秒都變得更重，但我現在已經看到通往外層監獄的門了。我伸手抓住門把，往下壓，然後推。

門沒有開。

「不！」塔斯跳起來巴住門把，用盡全力推門。

打開它，伊里亞斯。我放下戴倫，用力拉扯巨大的門把，再窺視門鎖的結構。我手忙腳亂地拿出先前湊合著用的開鎖工具，可是我把它插進鎖孔時，它卻斷了。

一定還有別的出路。我轉過身，拖著戴倫走下樓梯的一半高度。支撐住石頭重量的木樑已經染上火舌，火焰在我頭頂流竄，讓我深信全世界都已經毀滅了，只剩下戴倫、塔斯和我在這裡。

伴隨癲癇而來的顫慄席捲我，我感覺到一股勢不可擋的黑暗在逼近，它讓我到目前為止承受的一切折磨都相形見絀。我倒在地上，我的身體連失去作用都談不上。我只能氣塞喉堵地吐著白沫，而塔斯俯在我身上，嚷著我聽不見的話。

這就是我的朋友們在死前經歷過的感受嗎？他們是不是也滿心徒勞無功的憤怒，而更侮辱人的是，它毫無意義？因為到頭來，死神會取走他應得的，什麼事都阻止不了他？

伊里亞斯，塔斯的嘴形對我說，他的臉上掛著淚痕和煤灰。*伊里亞斯！*

他的臉和聲音都淡化遠離。

寂靜。黑暗。

然後出現一個熟悉的身影。一個輕柔的嗓音。

「起來。」世界重新變得清晰，我發現捕魂者俯身面向我。暮光森林光禿禿的樹枝，像手指般在我上方伸展。

「歡迎，伊里亞斯．維托瑞亞斯。」她的聲音無比地溫柔和藹，好像在對一個受傷的孩子說話，但她的眼睛仍是從我認識她以來一貫的漆黑而空洞。她挽著我的手臂，像是老朋友。

「歡迎來到等候地，鬼魂的國度。我是捕魂者，我來協助你穿越到另一邊。」

50

海琳

亞維塔斯和我在「拉塔那」的黎明時分抵達安蒂恩。我們的馬蹄噠噠地通過城門時，天空還閃著星光，朝陽還沒有用耀眼的光芒籠罩城東的嶙峋山峰。

儘管亞維塔斯和我觀望過首都周圍的土地，我們卻沒看到任何軍隊的跡象。可是司令官很聰明，她或許已經將兵力偷渡進城，把他們藏在好幾個地方。或是她想等到天黑再發動攻擊。

我們進城的時候，費里斯和德克斯從一座瞭望塔上看到我們，過來和我們會合。

「來得好啊，血伯勞。」德克斯握住我的手，操縱他的馬和我並轡而行。他看起來已經一年沒睡覺了。「黑武士的面具武士都已經布署好了，聽候妳的差遣。我派了三個小隊保護皇帝，還有一個小隊在外頭偵察軍隊。剩下的人接管了守城的工作。」

「謝謝你，德克斯。」我很慶幸他沒有問伊里亞斯的事。「費里斯，」我說，「回報進度。」

「那女孩說得對。」我的大塊頭朋友說。我們策馬穿梭在大清早進入安蒂恩的馬車、人群和牲口之間。「有一支軍隊，至少四千人──」

「是司令官的人，」我說，「哈波會解釋。」我們通過人潮和車潮後，我一夾馬肚讓牠快跑。「仔細想一下你看到什麼，」我向費里斯喊道，「我需要你在皇帝面前作證。」

街道開始湧入早起出門的賣開特，他們要搶占「拉塔那」慶典活動的最佳擺攤位置。一個庶民麥芽酒商人推著許多酒桶轆轆地穿越城市，準備供應給酒館。孩子們掛起象徵這個紀念日的藍綠色燈籠。每個人看起來都好正常，好開心。不過他們看到四個黑武士策馬奔過街道時，還是趕緊讓路。我們到達皇宮，我跳下馬，差點踹翻過來接轡繩的馬夫。

「皇上在哪裡？」我兇悍地問在大門執勤的帝國軍。

「在謁見室，血伯勞，所有朝臣都在那裡。」

正合我意。帝國中依拉司翠恩家族的領導者都起得很早，尤其是他們有所求的時候。他們大概幾個鐘頭前就開始排隊等著求見皇帝了。謁見室現在應該擠滿了權貴，他們可以見證我如何從司令官的魔掌中挽救了王位。

我花了好幾天時間研擬講詞，此刻我們走向謁見室的途中，我再次在腦中複習它。守在謁見室門口的兩個帝國軍想要通報我到了，但德克斯和費里斯站到我前方，把他們推到一邊，然後替我開門。我感覺像帶了兩根會走路的攻城槌。

黑武士成員以固定的間距沿著房間邊緣站立，大部分站在一張張巨幅繡帷之間，那些繡帷描繪著歷代君主的豐功偉業。我朝著王座走去，瞥見瑟吉亞斯中尉，就是我上次待在這裡時，蠢到叫我「亞奇拉小姐」的那個黑武士。眼下我經過他面前時，他很尊敬地行了個軍禮。

一張張臉孔轉向我。我認出幾十個賣開特家族和依拉司翠恩家族的族長。我隔著巨大的玻璃天花板，看到最後的幾顆星星讓位給白晝。

馬可斯坐在精雕細琢的黑檀木王座上，平素的不屑表情取代為冰冷的怒意，正在聽一名看起來風塵僕僕的信差報告事情。他的頭上戴著有尖角的王冠，上頭裝飾著代表黑巖學院的四邊形菱形圖案。

「——突破了邊境，侵擾提伯昂城郊的村落。皇上，如果我們不立刻派兵到那裡，城市就要沒了。」

「血伯勞。」馬可斯注意到我，揮手叫那個呈報的帝國軍退下。「能再看到妳真好啊。」他用目光上下打量我的身體，不過臉皺了一下，用一根指頭抵著太陽穴。我看到他移開視線時鬆了口氣。

「亞奇拉斯族長，」他咬牙切齒地說，「過來跟你的女兒打招呼吧。」

父親從一排又一排的朝臣中出列，母親和兩個妹妹也跟在後頭。漢娜一看到我就皺起鼻子，好像聞到什麼怪味道。母親點點頭打招呼，她兩手交握擱在身前，指節都泛白了，她看起來怕到說不出話。小莉看到我時擠出笑容，但我沒傻到看不出來她剛才哭過。

「妳好，血伯勞。」父親用心痛的目光看了看亞維塔斯、費里斯和德克斯，然後再看回我這裡。*沒有伊里亞斯*，他似乎在說。我帶著安撫意味向他點了點頭，試著用我的眼神交談。*不必害怕，爸爸。*

「自從妳走了以後，妳的家人就很好心地每天都來陪伴我。」馬可斯的嘴巴彎成笑容，然後意有所指地看向我背後。「妳空手而回啊，血伯勞。」

「啟稟皇上，我不是空手而回。」我說，「我帶回了比伊里亞斯．維托瑞亞斯還要重要得多的情報。在我們說話的同時，有一支大軍正朝安蒂恩而來，領軍的人是凱銳絲．維托瑞亞。這幾個月以來，她一直從部落民的土地和邊境地區瓜分兵力，來創造這支叛變部隊。所以你才會接到野人和蠻族在攻擊我們邊遠城市的報告。」我對那個信差點點頭。他退開來，唯恐被捲入血伯勞和皇帝之間的任何討論中。「司令官要發動政變。」

馬可斯歪著頭。「有什麼證據能證明妳說的這支軍隊存在嗎？」

「皇上，我看到了。」我身旁的費里斯用低沉的嗓音說道，「不到兩天前，在亞真山丘看到的。我沒辦法靠太近，認不出有哪些家族參與，但至少有二十種不同的軍旗。」全帝國有兩百五十個依拉司翠恩家族，司令官竟能博得這麼多家族支持，讓馬可斯集中了注意力。他擱在王座上的大手握成拳頭。

「陛下，」我說，「我派遣黑武士接管安蒂恩的城牆，還有在城外偵察。司令官很可能在今晚攻城，所以我們還有一整天的時間備戰。但我們必須把你送到安全的地——」

「所以說妳沒把伊里亞斯．維托瑞亞斯帶來？」

重頭戲來了。「陛下，帶維托瑞亞斯回來或是通報這場政變，我只能擇一為之，時間不容許我兼顧。我想帝國的安危會比一個人來得更重要。」

馬可斯注視我良久，然後目光移到我身後的某個東西上。我聽到熟悉的、可憎的腳步聲，鋼頭靴發出的「鏗、鏗」聲響。

不可能啊。我比她早出發，我馬不停蹄地趕路。她或許能比我們早抵達她的軍隊那裡，但如果她是朝安蒂恩而來，我們一定會看到她，這裡和拷夫之間的連通道路就那麼一條而已。

謁見室深處的一抹黑暗吸引了我的注意力：一頂兜帽，底下是兩顆發光的小太陽。只見斗篷一甩，他就消失了。夜臨者。是他帶她過來的。

「皇上，我就說吧。」司令官的語氣如蛇在盤繞時一樣柔滑，「這女孩已經對伊里亞斯．維托瑞亞斯迷戀到失去理智了。她因為不能——或不想——抓到他，竟然就編出這麼個荒謬的故事來——還隨意而不合理地把黑武士的寶貴人力分派出去。真是出手闊綽啊，顯然她希望這能支持她的說法。她一定把我們當成笨蛋吧。」

司令官繞過我站到馬可斯身邊。她的身體很平靜，表情沒有情緒起伏，可是當她和我對到眼神時，她的憤怒讓我的喉嚨發乾。要是我們在黑巖學院的話，我現在大概已經癱倒在鞭刑柱下，呼吸著最後幾口空氣。

她究竟來這裡做什麼？她現在應該和她的軍隊待在一起啊。我再次打量室內，預期她的人馬隨時會衝進大門。可是儘管我看到整個謁見室內都有維托瑞亞家族的士兵在站崗，他們卻不像準備好要作戰的樣子。

「血伯勞，根據司令官的情報，」馬可斯說，「伊里亞斯．維托瑞亞斯把自己困在拷夫監獄了。但妳已經知道了，不是嗎？」

他會識破我的謊言。我低下頭。「是的，陛下。可是——」

「然而妳卻沒把他帶回來。不過他現在很可能已經死了。對吧，凱銳絲？」

「是的，陛下。那男孩在旅途中中了毒。」司令官說，「典獄長回報說他這幾週都會癲癇發作。就我最後得到的情報，伊里亞斯．維托瑞亞斯只剩幾個鐘頭好活了。」

癲癇？我在努爾見到他的時候，他看起來病懨懨的，但我以為那是因為他從賽拉城走到那裡的過程太辛苦了。

這時我想起他說的話——當時聽起來毫無道理，現在卻像一把刀捅入我身體：我們都知道我已經不久於世了。

還有典獄長說的話，在我對他說我還會再見到伊里亞斯的時候：我們年輕人的希望多麼無知。亞維塔斯在我身後猛吸了一口氣。

「血伯勞，她給我的夜草，」他悄聲說，「她一定還留了足夠的量用在他身上。」

「妳——」我轉向司令官，一切都拼湊起來了，「——妳給他下毒，但妳一定是很久以前就下了手，我在賽拉城發現妳的足跡時，妳跟他打鬥的時候。」這麼說來，我的朋友已經死了嗎？真的死了？不，不可能。我的心智不願意接受這件事。

「妳用的是夜草，因為妳知道那會讓他過更久才死。妳知道我得追捕他，而只要我不能礙妳的事，我就沒辦法阻止妳政變。」天啊。她殺了自己的兒子——還耍了我好幾個月。

「在場的所有人都知道，夜草在帝國內是違禁品。」司令官看我的眼神好像我全身沾滿糞便。「聽聽妳在說什麼，血伯勞。我還以為妳在我的學校受的訓練沒白費呢。我一定是瞎了眼才讓妳這種菜鳥順利畢業。」

謁見室響起竊竊私語的聲音，不過我朝她走去時又歸於寂靜。

「如果我真的那麼愚昧，」我說，「那妳解釋一下為什麼帝國內的每座軍營都兵力不足啊？妳的士兵為什麼永遠都嫌不夠？為什麼邊境的兵力會缺乏？」

「那還用說嗎？我需要人手來鎮壓革命，」她說，「調兵令是皇上親自核准的。」

「可是妳還不停地要求更多——」

「我實在是聽不下去了。」司令官轉向馬可斯，「皇上，黑巖學院出產了心智如此脆弱的人，我實在是羞愧難當。」

「她在撒謊。」我對馬可斯說，但我完全能想像自己給人的感覺——相對於司令官冷靜的辯護，我聽起來緊張又神經質。「陛下，你一定要相信我——」

「夠了。」馬可斯的語氣讓整個空間都安靜下來。「血伯勞，我給妳的命令是在『拉塔那』之前，把活的伊里亞斯．維托瑞亞斯帶回來。妳沒有成功完成這項命令。在場的每個人都聽到了妳若是失敗將遭受什麼懲罰。」他對司令官點點頭，她向她的部隊打信號。

才過了幾秒鐘，維托瑞亞家族的士兵就上前來，抓住我的父母和兩個妹妹。

我發現自己的雙手雙腳都麻痺了。*不該是這樣的。我對帝國一片赤誠、忠心耿耿。*

「我向我們偉大家族的族長們承諾過會有一場處決，」馬可斯說，「而我和妳不一樣，血伯勞，我會信守承諾。」

51

蕾雅

（「拉塔那」當天早晨）

外頭天還暗著的時候，阿芙雅和我就離開了溫暖的山洞，在酷寒的晨風中朝拷夫前進。部落民替我拿著戴倫的劍，我則把伊里亞斯的彎刀繫在身上。天知道，我們要強行突破重圍離開監獄時，他一定會需要它們。

「八個守衛，」我對阿芙雅說，「然後妳一定要把多餘的船弄沉，妳明白嗎？如果妳——」

「天啊，妳可以不要再唸了嗎？」阿芙雅不耐煩地朝我揮手，「妳好像南方來的提比鳥，只會啾啾啾地重複一樣的話，直到別人想掐住牠那漂亮的脖子。八個守衛，要占領十艘駁船，要破壞二十艘船。我不是白痴，女孩，我可以處理這件事。妳只要確保在監獄裡的那把火燒得夠旺就好。我們烤熟愈多武人，就剩愈少追兵。」

我們來到暮河邊，從這裡我們就要分頭行動了。阿芙雅把她的靴尖踩進泥土裡。

「女孩。」她調整了一下圍巾，微微清了一下喉嚨。「妳哥哥他……可能和以前不一樣了。我有個表親在拷夫待過，」她補充道，「他回來以後像變了個人。妳要有心理準備。」

部落民走到河邊，快速消失在黑暗中。不要死啊，我想著，然後把注意力轉向我後方巨怪般的建築。

隱形的感覺仍然很怪，像是披著一件不怎麼合身的斗篷。儘管我已經練習了好幾天，我還是不明白這種魔法的原理，而我內心的學人精神心癢難耐地想知道更多，想找相關的書籍來看，想和知道怎麼駕馭這種能力的人交談。以後再說，蕾雅。妳得先活下來。

等我確定我不會一遇到麻煩就現出形體，我便找了一條通往拷夫的路，並謹慎地踩在比我大的腳印上。我的隱身狀態並不表示我不會發出聲音，也無法隱藏我的足跡。

拷夫綴著釘頭、頂端有尖刺的升降閘門洞開著。我沒看到馬車朝監獄內行進——在這麼晚的時節已經沒有貿易商出入了。我聽到一聲清脆的鞭打聲，才終於意會到大門為什麼沒關。一聲哭喊打破清晨的寂靜，我看到幾個彎腰駝背的憔悴人影拖著腳走出大門，有個面具武士則嚴厲地監視著他們。我的手探向匕首，不過我知道我什麼也做不了。阿芙雅和我從樹林裡看到有人在監獄外頭挖坑，我們也看到武人用學人屍體填滿那些坑。

如果我希望監獄裡剩下的學人能脫逃，現在就不能曝露我的位置。可是我仍然逼自己看，作為見證，我要牢牢記住這個畫面，不讓這些生命遭到遺忘。

等那群學人消失在拷夫的東牆邊緣，我悄悄通過了大門。我對這條路並不陌生，伊里亞斯和我已經透過塔斯互傳了好幾天的訊息，我每次都是走這條路進來的。不過我經過在拷夫大門站崗的八個帝國軍面前時，還是感覺全身僵硬。我的肩胛骨之間有種刺痛感，我抬頭看了看城垛，那裡有弓箭手在巡邏。

我穿越火光太過耀眼的監獄中庭時，努力避免看向右側，那裡有兩座巨大的木頭圍欄，是武人關押學人囚犯的地方。

可是最後我不由自主地盯著那裡瞧。離我較近的那座圍欄邊停放著兩輛馬車，各裝了一半的屍體。一群比較年幼、沒戴面具的武人——五年生——正在把更多學人屍體搬上車，他們都是耐不住酷寒而死的。

小蜜蜂和其他許多人可以幫他們弄到武器，塔斯說過。藏在髒水桶和抹布裡。沒有刀子或彎刀，可是有矛尖、斷箭、黃銅手指虎。

雖然武人已經殺了我幾百個同胞，現在這些圍欄裡仍然坐著上千個學人，都在等待死亡。他們病著、餓著、凍得半死，即使一切都按照計畫進行，我實在不知道事到臨頭時，他們有沒有足夠的體力對抗獄卒，尤其是用那麼簡陋的武器。

話說回來，我們也沒有其他的選擇了。

這個時辰在拷夫亮得刺眼的走廊上閒晃的士兵寥寥無幾，不過我還是貼著牆走，遠遠地繞過少數值班的守衛。我的眼神短暫地瞄了一下通往學人監禁區的入口。我第一次來的時候從那裡經過，那時裡頭還滿滿的都是人。不久後，我忍不住急急地找個地方嘔吐。

我沿著入口的走廊一直走，穿過圓形大廳、經過一道樓梯，根據海琳·亞奇拉的情報，那道樓梯上頭是面具武士的宿舍和典獄長的辦公室。*之後馬上就來收拾你。*圓形大廳的一側牆上有一扇看起來很陰森的巨大鐵門，是審問區。*戴倫就在那底下，現在，就在幾碼之外。*

拷夫的鼓聲報出時間：清晨五點半。通往武人營房、廚房和儲藏室的那條走廊，比起監獄其他部分要熱鬧得多。食堂裡傳出隱約的談笑聲。我聞到雞蛋、油脂和烤焦麵包的氣味。一個帝國軍突然從我前方的房間拐出來，他與我擦身而過，我硬是憋回驚呼聲。他一定聽到我的聲音了，因為他的手摸向彎刀，還四處張望。我壓根兒不敢呼吸，直到他繼續前進。千鈞一髮啊，蕾雅。

經過廚房，海琳·亞奇拉告訴我。儲油間就在走廊盡頭。負責點火把的人會頻繁地進出，所以不管妳打算做什麼，都要動作快。

我找到那個小房間後，被迫在一旁等待，因為有個臭臉輔助兵吃力地搬出一桶瀝青，然後滾著它沿著走廊離開。他沒把門關嚴，我窺視著房間內的東西。一桶桶瀝青排列在地上，有如一排矮胖的士兵。桶子上方則擺著許多罐子，長度和我的前臂等長，寬度約等於我的手掌。是藍焰燃油，帝國從馬林進口的黃色透明液體。它散發腐爛樹葉和硫磺味，但我要把它灑在監獄各處，這東西比瀝青來得不顯眼。

我花了將近半小時，把十二罐燃油全灑在小走廊和圓形大廳裡。我把空罐子都放回儲油間，希望在木已成舟之前不會有人注意到。然後我又裝了三罐燃油到我已經很鼓的包包裡，並走進廚房。一個庶民負責掌管爐子，朝著幾個學人奴隸孩童大吼下令。那些孩子像陀螺忙得團團轉，恐懼逼得他們加快速度。他們想必得到了豁免，不必被列入外頭的肅清行動。我嫌惡地撇了撇嘴。典獄長需要至少留幾個苦力來繼續做這裡的雜務。

我瞧見小蜜蜂了，她端著一托盤從食堂收來的髒碗盤，細弱的手臂顫抖著。我側著身體朝她走去，還要不時停下來避開我周圍來去匆匆的人。我在她耳邊說話時她驚跳起來，不過很快就掩藏住訝異。

「小蜜蜂，」我說，「十五分鐘後點火。」

她不著痕跡地點點頭，我離開廚房前往圓形大廳。鼓塔敲了六響，根據海琳的說法，典獄長會在六點十五分前往審問區。沒時間了，蕾雅，快點。

我衝上圓形大廳那道窄窄的石梯，樓梯頂端是一條充滿木樑的走廊，走廊兩側排著幾十扇門。面具武士的宿舍。我開始幹活兒，那些銀面怪物紛紛走出寢室下樓梯。每次有人經過，我的胃都會縮緊，我會低頭看看自己，確認我仍然是完全隱形的。

「你有沒有聞到什麼？」一個蓄著鬍子的矮個子面具武士沿著走廊笨重地走來，身旁有個比較瘦的同伴。他在離我幾呎外停下來，深深嗅了一下空氣。另外那個面具武士聳聳肩，咕噥了一聲，便繼續前進。但有鬍子的面具武士繼續左顧右盼，沿著牆壁一直嗅聞，像是鎖定獵物氣味的獵犬。他在我塗了燃油的一根木樑邊猛然止步，眼光往下望向在木樑底部蓄積的那一小灘液體。

「搞什麼鬼……」他蹲下來，我從他後頭溜過去，往走廊盡頭跑。他的耳朵很尖，聽到我的腳步聲而迅速轉身。他的彎刀出鞘發出的刮擦聲，讓我感覺自己的隱形狀態開始動搖。我從牆上抓下一支火把，面具武士瞠目結舌地盯著它。我晚了一步才發現我的隱形術能延伸到木頭和瀝青，卻對火焰本身無效。

他揮劍劈砍，我嚇得直往後退。我的隱形狀態完全消退了，有種奇怪的波動感從我的額頭開始往下瀉，直達我的腳。

面具武士瞪大眼睛，然後撲向前。「女巫！」

我飛身逃離他的行進路線，並且把火把丟向離我最近的一灘油。它轟的一聲閃燃，分散了面具武士的注意力，我利用這個機會遠離他。

消失吧，我告訴自己。消失啊！但我太急了——沒成功。

可是一定要成功才行，否則我就死定了。現在！我在腦中尖叫。熟悉的波動感重新蓋住我，同時有個又高又瘦的人從一扇門走出來，他的倒三角形頭顱轉朝向我。雖然我原本不確定光聽海琳的描述就能認得出他，但現在我立刻知道這就是他。典獄長。

典獄長眨了眨眼，我分辨不出他究竟有沒有看見我瞬見消失。我沒等著找出答案。我往他腳邊拋出另一罐藍焰燃油，從牆上抓下兩支火把，然後把其中一支丟在地上。他大叫著往後跳，我繞過他，三步併作兩步地衝下樓梯，同時把最後一罐油丟在地上，再往後拋出最後一支火把。我聽到樓梯扶手著火時火焰發出「咻」的聲響。

我沒時間回頭看。士兵們在圓形大廳裡奔竄，廚房附近的走廊飄出濃煙。好樣的，小蜜蜂！我繞到樓梯後方，伊里亞斯說他要在那裡跟我會合。

樓梯上傳來一聲悶響，典獄長越過了火焰，站在圓形大廳裡。他揪住旁邊一名輔助兵的衣領，對他咆哮道：「叫鼓塔發出撤離信號。所有輔助兵去看守中庭裡的囚犯，並且叫長矛手組成哨兵線以防止有人脫逃。把周邊的守衛數量增加一倍。剩下的人——」他嚴厲的吼聲吸引了在場每個士兵的注意，「——有秩序地進行撤離。這所監獄被人從內部攻擊，我們的敵人想製造混亂，不要讓他們得逞。」

典獄長轉向審問牢房，剛拉開那道門，就有三個面具武士衝出來。

「典獄長，下面已經成了煉獄啦。」其中一人說。

「囚犯呢？」

「只有那兩個，都待在他們的牢房裡。」

「我的醫療器材呢？」

「長官，我們相信德魯西亞斯已經把它搬出來了。」另一個面具武士說，「一定是其中一個學人小混蛋跟維托瑞亞斯狼狽為奸，在這裡到處放火。」

「那些小孩根本是低等人類，」典獄長說，「我很懷疑他們會講話，更別說有辦法計劃燒監獄了。去吧——去確保剩下的囚犯都很合作，我可不容許我的地盤只因為小小的火災就陷入瘋狂。」

「長官，那樓下的犯人呢？」第一個面具武士朝著通往審問區的樓梯點點頭。

典獄長搖搖頭，看著從門內湧出來的濃煙。「就算他們還沒死，」他說，「不久之後也會沒命。而我們需要所有人手到中庭裡去管控囚犯。把那扇門鎖上，」他說，「讓他們燒死吧。」

說完這句話，這個人就從穿著黑衣的士兵之間清出一條路，邊走邊用他高亢而清脆的嗓音發號施令。他剛才交談的那個面具武士用力關上審問區的門，拴上門閂，再用一個掛鎖補強。我偷偷來到他身後——我需要他的鑰匙。可是我伸手探向鑰匙圈時，他察覺到我鬼鬼祟祟的舉動，突然把手肘往後頂，擊中我的肚子。我彎下腰去大口喘氣，並且拚命要維持住隱形狀態，他回頭張望，卻被監獄裡傾巢而出的士兵給推擠著捲走了。

好吧，只能用蠻力了。我從包包裡抽出一把伊里亞斯的彎刀，開始劈那個掛鎖，就算製造出噪音我也不管，反正在逼近的大火的吼聲下，這聲音幾乎令人難以察覺。火星四濺，但鎖頭依然牢不可破。我一下又一下地揮著伊里亞斯的刀，一邊焦急地叫喊著。我的隱形狀態時有時無，但我已經不在乎了。我一定要弄開這道鎖，我哥和伊里亞斯都在下頭，身陷火海。

我們都熬到現在了。我們撐過了黑巖學院的折磨和賽拉城內的攻擊，撐過了司令官和前來此地的漫漫長路。事情不能這樣結束，我不會敗給一個該死的、著火的鎖頭。

「快啊！」我尖叫。鎖頭裂了，我把全部的怒氣都灌注在下一擊上。火花爆開來，它終於開了。我收起劍，把門整個掀開。

我幾乎立刻就跪下來，被門內湧出的刺鼻煙霧嗆得不能呼吸。我眼中冒著淚，瞇著眼盯著原本應該是樓梯的位置。

現在那裡只有一堵火牆。

52 伊里亞斯

就算捕魂者沒有歡迎我來到亡者的國度，我的內心深處也彷彿開了一個大洞。我感覺到自己死了。

「我離得救只差幾步遠的時候，被嗆死在監獄的樓梯間？」搞什麼鬼！「我需要多一點時間，」我對捕魂者說，「幾小時。」

「伊里亞斯，你什麼時候死並不是我選的。」她扶我站起來，面色悲悽，好像她真心為我的死亡哀悼。她後頭有其他的靈體在樹林間彼此推擠、旁觀。

「榭娃，我還沒準備好。」我說，「蕾雅在上頭等我，她哥哥在我旁邊奄奄一息。如果只能得到這樣的結局，我們努力了半天還有意義嗎？」

「很少人是準備好迎接死亡的。」榭娃嘆了口氣，這些話她可不是第一次說了。「有時候就連極老的、壽終正寢的人，都拚命抵抗死亡的冰冷指爪。你必須接受——」

「不。」我環顧四周想找方法回去，想找到我能用來扭轉命運的通道或武器或工具。笨啊，伊里亞斯，你回不去了。死了就是死了。

世上沒有不可能的事。這是我母親的話。要是她在這裡，她恐嚇、威脅或耍詐也會讓捕魂者交出她想要的時間。

「榭娃，」我說，「妳統治這片土地一千年了，妳對死亡瞭若指掌。一定有什麼辦法可以回去，哪怕只是一下子。」

她轉開身，用僵硬而不退讓的背對著我。我繞到她面前，我的鬼魂形體動作極為迅速，讓我及時看到她眼中閃現的陰影。

「癲癇剛開始的時候，」我說，「妳說妳在觀察我。為什麼？」

「那是個錯誤，伊里亞斯。」榭娃的睫毛上掛著淚珠，「我以為你跟其他人類一樣：比較無能、比較脆弱，但我錯了。我──我根本不該帶你來這裡，我打開了一扇應該關好的門。」

「可是為什麼？」她在迴避真相。「一開始我為什麼會吸引妳注意？妳又不是整天都在盯著人類世界，妳忙著應付靈體都來不及了。」

我朝榭娃伸出手，看到自己的手穿透她時嚇了一跳。你變成鬼了，伊里亞斯，還記得嗎？

「第三場試煉結束後，」她說，「你讓很多人喪命，可是他們並不生氣。我覺得很奇怪，因為被謀殺而死的靈體通常都會焦躁不安。可是那些靈體並不生你的氣，除了崔斯塔斯以外，他們都很快就繼續前進了。」

「我不明白為什麼會這樣，就運用我的力量觀看人類世界。」她將兩手手指交握，黑眼珠直直地盯著我。「你在賽拉城的地下墓穴裡撞見一個穴妖，它喊你『凶手』。」

「孩子，如果你的罪惡能化成血，那你會把自己淹死。」我說，「我記得。」

「你的反應比它說了什麼重要，伊里亞斯。你……」她皺著眉頭沉吟，「嚇壞了。你殺死的那些靈體都很安詳，是因為你為他們哀悼。你為你愛的人帶來痛苦和磨難，但你並不希望這樣。你好像天生注定凡走過必留下毀滅，你就像我一樣，或者該說，像以前的我。」

等候地似乎突然變冷了。「像妳一樣。」我用呆板的語調說。

「伊里亞斯，你不是唯一闖入過我的森林的人。有時候會有薩滿巫師來，也有治療師會來。不管對活人或亡者來說，這裡的哭號聲都是令人難以忍受的。然而你卻毫不在意。我花了幾十年才學會怎麼和靈體溝通，可是你才來了幾趟就掌握了竅門。」

空氣裡傳來銳利的嘶嘶聲，我看到精靈樹林散發的熟悉光芒變得更亮。不過這回樹娃沒有管它。

「我試著讓你遠離蕾雅，」她說，「我要你感覺孤立。我對你有所圖謀，所以我希望你擔驚受怕。可是自從我在你去拷夫的途中攔截你，自從你喊過我的名字，我體內就有什麼東西覺醒了。是較好的那個我的殘存部分。我醒悟到對你提出要求是多麼過分的事。請原諒我，我實在太厭倦這地方了，一心只求解脫。」

光芒變得更強，樹木彷彿都在顫抖。

「我不懂。」

「我想要你接替我的位置，」她說，「成為捕魂者。」

我一開始還以為是我聽錯了。「所以妳才要我幫忙崔斯塔斯繼續前進嗎？」

她點頭。「你是人類，」她說，「所以你受到一些限制，而精靈並沒有這些限制。我必須確認你能不能做到。要成為捕魂者，你必須很熟悉死亡，卻不能崇拜死亡。你必須活過一段人生，在你的人生中你希望能保護別人，卻發現自己只能不斷地破壞。這樣的人生會讓你充滿自責，而自責正是等候地的力量能進入你的門戶。」

榭娃……

她吞了吞口水，我相信她聽到她的族人在呼喚她了。「伊里亞斯，等候地是有覺知力的，它是最古老的魔法。而且——」她帶著歉意皺了一下臉，「——它喜歡你。它已經開始在對你傾吐它的祕密了。」

我突然記起了她說過的某件事。「妳說妳成為捕魂者的時候，夜臨者先殺了妳，」我說，「卻又讓妳復活，然後把妳鎖在這裡。現在妳還活著。」

「伊里亞斯，這才不叫活著！」榭娃叫道，「這叫生不如死。我身邊永遠都有靈體，我跟這個地方綁在一起——」

「不完全是，」我說，「妳離開過森林，直接跑來找我。」

「那只是因為你很靠近我的土地。若是離開幾天就會讓我受盡折磨，我走得愈遠就愈痛苦難耐。還有那些精靈，伊里亞斯——你不懂應付我那些受困的族人是怎麼一回事。」

榭娃！現在他們嚷著她的名字，她轉身朝向他們。

不行！我在腦中吼出這句話，我腳下的土地動了一下。精靈們安靜下來。我突然知道必須向她提出什麼要求了。

「榭娃，」我說，「讓我成為妳的接班人，像夜臨者對妳做的那樣讓我復活吧。」

「你是個傻瓜。」她低聲說，對我的要求並不訝異，「接受死亡吧，伊里亞斯，你將擺脫欲望、憂愁、痛苦。我會幫你繼續前進，一切都會很安靜、很祥和。如果你成為捕魂者，你將過著充滿懺悔和孤寂的人生，因為活人進不來這座森林，鬼魂不能容忍他們。」

我扠起雙臂。「也許妳對那些該死的鬼魂太寬容了。」

「你可能根本沒辦法——」

「我有辦法。我幫伊薺和崔斯塔斯繼續前進了。為我做這件事吧，榭娃。我能活過來、救出戴倫、完成我已經做到一半的事，然後我會來照顧亡者，藉著這個機會完全投身於彌補過去做過的一切。」我朝她走去。「妳懺悔得夠久了，」我說，「讓我接手吧。」

「我還是得教你，」她說，「就像當年的我。」我看得出來，她內心有很大一部分想要這樣做。但她很害怕。

「妳害怕死亡嗎？」

「不，」她輕聲說，「我怕的是你不明白你要求承接的是怎樣的重擔。」

「妳等了多久才找到像我這樣的人？」我誘哄地說。我一定要回去，我一定要帶戴倫離開拷夫。「一千年，對吧？妳難道真的想要在這裡再待一千年嗎？榭娃？把這個禮物給我，拿走我給妳的禮物吧。」

在那一瞬間，她的痛苦和磨難、她過去這一千年來生存狀態的真相，清清楚楚地透過她的表情呈現，就像她大聲叫出來一般。我看見她下定決心的那一刻，恐懼轉變為屈服的那一刻。

「快點，」我說，「天知道拷夫那裡的時間已經過了多久了。我可不想回到身體裡時，正好趕上它被烤焦。」

「這是古老的魔法，伊里亞斯。不是精靈或人類或妖精的魔法，而是大地本身的魔法。它會帶你回到死亡那一刻，會痛喔。」

她握住我的雙手，她的碰觸比賽拉城的熔爐燒得更燙。她繃緊下巴，發出一聲尖銳的哀號，讓我打從骨子裡顫慄。她的身體發出光芒，被一道火焰給吞噬，直到她不再是樹娃，而是一隻由扭曲的黑色火焰構成的生物。她放開我的手，繞著我打轉，速度快到我像是被一團黑雲所包圍。雖然我是鬼魂，我仍感覺到我的本體在流失。我跪倒在地，她的聲音充滿我的腦海。在她的聲音底下潛伏著另一個低沉的聲音，古老的聲音，那是等候地本身，占據了她的精靈身體並透過它發言。

「暗影之子，死亡之嗣，聽我之言：統治等候地，是在伴隨死亡而來的黑暗中，為脆弱之人、疲倦之人、殞落之人以及遭到遺忘之人點亮一條明路。你必須和我緊密相繫，直到另一個足堪重任之人解放你。擅自離開就是怠忽職守——我會懲罰你。你願服從嗎？」

「我願服從。」

空氣裡出現一股振盪——像是地動來臨前大地緊繃地靜默著。然後我聽到像是天空被撕成兩半的聲音。疼痛——十層地獄啊，好痛——一千個亡者的痛苦，像根針刺穿我的靈魂。每次心碎、每個喪失的機會、每條硬生生縮短的壽命、被留下來哀悼者的煎熬——永無止境地衝擊著我的心。這已經超越了疼痛，而是疼痛裡頭針尖般大的核心，一顆在我的胸腔裡爆炸的垂死星辰。

在我確信我再也承受不住之後又過了許久，疼痛消退了。我渾身顫抖地被留在森林地面上，內心充滿適得其所和驚駭的情緒，好像光明與黑暗是一對孿生河，匯流之後成為完全不同的東西。

「完成了，伊里亞斯。」

榭娃跪在我身旁，她又恢復了人類的形體。她臉上涕泗縱橫。

「榭娃，妳何必這麼傷心？」我用拇指抹去她的淚，看到她哭讓我心痛。「妳不再孤單了，我們現在是戰友了，是手足了。」

她沒有笑。「等你準備好再說。」她說，「去吧，弟弟，回到人類世界，完成你未完成的事。可是記住，你的時間並不多，等候地會召喚你回來。魔法現在是你的主人了，它可不喜歡僕人離開太久。」

我用意志力讓自己回到身體裡，我一睜開眼就看到塔斯焦急的臉。我的四肢不再有纏擾我許久的疲累感了。

「伊里亞斯！」塔斯鬆了一口氣地喊道，「火燒得到處都是！我揹不動戴倫！」

「不用你來。」我還是因為審問和毆打而全身都痛，但血液裡少了毒液，我才第一次醒悟到它是如何蠶食掉我的生命力，直到我覺得自己只是個幻影。

火焰衝上樓梯間，沿著上方的木樑奔竄，在我們前方和後方都建起火牆。上方閃現一道光，隔著火焰仍依稀可見。火牆後方有叫喊聲、說話聲，還有在瞬間看到的一個熟悉的身影。

「塔斯，那扇門！」我喊道，「打開了！」至少我認為它打開了。塔斯跌跌撞撞地站起來，黑眼睛裡滿是希望。*去吧，伊里亞斯！*我把戴倫扛到一邊肩膀上，再抄起學人孩子夾在另一邊手臂下，朝樓梯上方飛躍，穿過火牆飛向另一邊的光亮。

53

海琳

維托瑞亞家族的士兵圍住我父母和妹妹，朝臣都移開視線，眼前所見讓他們既難堪又害怕：我的家人手臂被扭到背後、押送到王座前、被迫跪下來，和一般的犯人沒有兩樣。

母親和父親沉默地屈服於粗暴的對待，小莉只是向我投以懇求的眼神，好像我有什麼辦法扭轉局面。漢娜則奮力抵抗——對著士兵又抓又踢，精心梳理的金髮披散在肩頭。「陛下，別為了她的背叛懲罰我呀！」她尖叫，「皇上，她不是我姊姊，我不認她這個家人。」

「安靜，」他朝她吼道，「否則我第一個就宰了妳。」她沉默了。士兵把我的家人轉朝向我，我兩側那些身穿絲綢和毛皮的朝臣都動了動身體、竊竊私語，有的一臉驚恐，有的難掩得意。我一眼瞧見魯菲亞家族的新族長，看到他殘酷的笑容，我不禁想起他父親是如何慘叫著被馬可斯丟下卡第恩巨岩。

馬可斯在我的家人後頭來回踱步。「我原本打算在卡第恩巨岩執行處決，」他說，「不過既然已經有這麼多家族的代表在場了，我想乾脆就速戰速決吧。」

司令官上前一步，眼光緊盯著我父親。他從酷刑中拯救了我，破壞了她的計畫。她想煽動異議時，他安撫了憤怒的家族，協調失敗後又幫助我。現在她要復仇了。她的眼中潛伏著一股赤裸裸的、動物般的飢渴。她想要扯開我父親的喉嚨，她想要在他的血泊中跳舞。

「陛下，」她柔聲說，「我很樂意協助處決——」

「不用了，司令官。」馬可斯用平板的語氣說，「妳已經做得夠多了。」這句話有種異常的針對性，司令官打量著皇帝，突然有些戒備。

我以為你們會很安全，我想對家人說。先知告訴我——

可是我突然醒悟：先知沒向我作過任何承諾。

我強迫自己直視父親的眼睛，我從未看過他如此喪氣。跪在他身旁的母親，一頭淺金色的頭髮亮得像是內部有光，即使她跪在地上等待受死，那身鑲了毛裡的長禮服仍然優雅地垂放著。她蒼白的臉上表情堅決。「堅強，女兒。」她低聲對我說。她身旁的小莉呼吸短促而驚惶，她快速地對全身抖得厲害的漢娜耳語。

我緊抓著腰間的彎刀，試圖藉此穩住自己，但我幾乎感覺不到掌心的刀柄。

「陛下，」我說，「求求你。司令官確實在計劃政變，你聽到費里斯中尉的話了，你一定要採信我的說法。」

馬可斯抬起眼皮看我，呆滯的黃色眼珠讓我看了血液發冷。他慢吞吞地從腰間抽出一把匕首，它很細、鋒利無比，柄部做成代表黑巖學院的菱形。是他贏得第一場試煉的獎品，那已經是好久以前的事了。

「我可以讓過程很快，血伯勞，」他輕聲說，「或是讓過程非常、非常慢。妳再擅自發言一次，看我會選哪一種。瑟吉亞斯中尉。」他喊道。幾週前才被我要脅過而不敢造次的那個黑武士，現在悄無聲息地上前來。

「看好血伯勞和她的同伴，」馬可斯說，「我們可不希望他們情緒失控。」

瑟吉亞斯只猶豫了一秒，就示意其他黑武士上前。

漢娜默默地啜泣，用懇求的眼神望著馬可斯。「求求您，」她低聲說，「陛下。我們訂過婚了——我是您的未婚妻呀。」但馬可斯就像對待乞丐一樣忽視她。

馬可斯轉向謁見室裡的族長們，渾身散發著霸氣。他現在不是腹背受敵的皇帝了，他是從學人革命、刺客暗殺、全國最強大的家族背叛中存活下來的生存者。

他在手裡翻轉他的匕首，銀色刀面反射出現在已高掛頭頂的太陽光芒。晨曦使室內盈滿柔和而美麗的光輝，我想到即將發生的事，忍不住為這反差作嘔。馬可斯在我的家人後頭走來走去，像隻在考慮要先殺誰的殘酷掠食動物。

我母親對我父親和妹妹們悄聲說話。我愛你們。

「帝國的男女啊。」馬可斯在母親身後放慢腳步。她的目光像火炬般燒向我，她挺直背脊、收起肩膀。馬可斯停止耍弄匕首。「看清楚你讓皇帝失望時會發生什麼事。」

謁見室整個安靜下來。我聽到銀刀戳進我母親的喉嚨，以及他用刀劃過她的脖子、切斷她的動脈時，所製造出帶有水聲的撕裂聲。她的身體晃了一下，目光垂向地板，身軀很快也隨著目光而去。

「不！」漢娜淒厲地尖叫，喊出籠罩我全身的那股絕望。我的嘴裡全是鹹鹹的血味——我把嘴唇咬破了。在全體朝臣的視線下，漢娜像頭受傷的動物哀號，伏在母親的屍身上搖晃著身體，她什麼也不管了，只在乎她那鋪天蓋地的悲痛。莉薇雅表情空洞，她困惑地低頭望著浸濕她淺藍色洋裝膝蓋部位、愈積愈多的血。

我感覺不到嘴唇的痛。我的腳、我的腿似乎都離我很遠。那不是我母親的血，那不是她的屍體，那雙死氣沉沉而蒼白的手不是她的。不。

漢娜的尖叫聲將我由暈眩狀態中拖出來。馬可斯正揪著她散掉的頭髮。「不，求求您。」她驚慌地找尋我。「小琳，救我！」

我奮力想掙脫瑟吉亞斯的箝制，我的喉中迸出一種奇怪的、負傷的嗥叫。我的妹妹啊，我們小時候，她擁有全世界最柔軟的頭髮。我幾乎聽不見她氣塞喉堵地說出這些話。

「海琳，對不起——」

馬可斯迅速用刀抹過她的咽喉。他下手的時候表情空洞，好像這項工作必須占據他全部的注意力。他放開她，她咚地一聲倒在我母親身邊。她們兩人淺色的頭髮交纏在一起。

謁見室的大門在我後方開啟，這干擾讓馬可斯露出冷笑。

「皇、皇上。」我看不到進門的士兵，但他不穩定的語氣表明他沒有預期到會撞見這等血腥場面。「有拷夫來的訊息……」

「我在忙。凱銳絲，」馬可斯看都沒看司令官便朝她吼道，「去處理一下。」

司令官鞠躬行禮，轉身離開，經過我身邊時放慢腳步。她傾向前，用一隻冰冷的手按著我的肩膀。我已經麻木到沒辦法躲開她了。她的灰眼珠冷酷無情。

「血伯勞，能親眼看到妳解體，能看到妳被打碎，」她輕聲說，「真好。」

我全身顫抖地聽著她用坎恩的話來甩我耳光。首先妳要解體。首先，妳要被打碎。天啊，我以為他指的是我殺死伊里亞斯的時候。可是他知道。這段時間我一直在為我的朋友心痛，而他和他的同類知道真正將打碎我的是什麼事。

可是司令官怎麼會知道坎恩對我說了什麼？她放開我，輕鬆地走出房間，而我沒有時間再思考了，因為馬可斯來到我面前。

「血伯勞，給妳點時間和妳爸說再見。瑟吉亞斯，放開她。」

我朝父親跨出三步，然後跪倒在地。我的目光離不開母親和妹妹。

「血伯勞，」父親輕聲說，「看著我。」

我想求他喊我的名字。我不是血伯勞，我是海琳，你的海琳，你的小女兒。

「看著我，ㄚ頭。」我抬起目光，以為會在他的眼神中看到挫敗。然而他仍是我冷靜自持的父親，儘管他的語氣因悲傷而沙啞。「聽我說。妳救不了我，妳救不了妳媽、妳妹妹或伊里亞斯，但妳還能救帝國，因為它比馬可斯所了解的處於更大的危險中。提伯昂很快就會被大批野人包圍了，我還聽說有一支艦隊從卡喀斯出發，往北朝納威恩進擊。司令官對這些視而不見——她太專注在消滅學人和鞏固她自己的勢力上了。」

「爸爸。」我瞥了馬可斯一眼，他站在幾碼外觀看。「去他的帝國——」

「聽我說。」他的語氣突然轉為迫切，我悚然而驚。我父親一向無所畏懼。「亞奇拉家族必須保持強大，我們的同盟必須保持強大，妳必須保持強大。當戰火由外部燒向這片土地——這是不可避免的——我們不能畏縮。帝國之內有多少武人？」

「幾、幾百萬。」

「超過六百萬。」父親說，「六百萬個男人、女人、小孩，他們的未來都掌握在妳手裡。六百萬人都仰賴妳的堅強，才能免受戰爭的荼毒。妳是唯一能抵擋住黑暗的人。把我的項鍊拿去。」

我用顫抖的手扯下那條我小時候喜歡揮打的鍊子。我最早的一項記憶就是父親彎腰俯向我，亞奇拉家族的戒指懸吊在他的衣領處，展翅高飛的獵鷹浮雕映著燈光閃著光澤。

「現在妳是亞奇拉家族的女族長了，」父親悄聲說，「妳是帝國的血伯勞，也是我的女兒。不要辜負我的期盼。」

我父親退開身體的同時，馬可斯出手了。我父親撐了比較久才死去——也許他的血比較多吧。他眼中的光變暗淡時，我以為我不能再更痛了。馬可斯已經榨乾了我所有的痛。然而我的目光落在么妹身上。海琳，妳是個笨蛋。只要妳有愛，就絕對還能更痛。

「帝國的男女啊。」馬可斯的聲音在謁見室的屋椽間迴盪著。他到底想幹嘛？

「我只是一介庶民，我們備受尊敬的聖職人員——先知——將統治的重擔交到我手上。」他的語氣幾乎稱得上謙卑，我呆望著他，而他環視著全帝國地位最高的一群人。「可是就連庶民都知道，有時候帝王必須法外開恩。」

「血伯勞和皇帝之間的連結，是來自先知們的命令。」他走到莉薇雅面前，拉她站起身。她嘴巴微張地看看馬可斯又看看我，臉色已經轉為灰白。

「這樣的連結必須捱得住最猛烈的暴風雨。」皇帝說，「我的血伯勞的第一項失敗，就是這樣的暴風雨。但我並不是毫無慈悲心之人，我也不希望用毀約來作為統治的起點。我與亞奇拉家族訂下了婚約。」他繃著臉瞥了我一眼。「我將履行承諾——即娶亞奇拉女族長最年幼的妹妹莉薇雅．亞奇拉為妻，立刻進行。我希望我加入全國最古老的家族，可以有助於建立我的王朝，並將榮耀再次帶入帝國。我們要把這個——」他嫌惡地看向地上的屍體，「——拋在身後。當然，前提是亞奇拉女族長願意接受。」

「莉薇雅……」我只能用嘴形喊出我妹妹的名字，我清了清喉嚨。「莉薇雅可以活命？」看馬可斯點頭，我站起來，強迫自己看著妹妹，因為假如她寧可死去，我也不能剝奪她的意願，即使那會讓我僅存的理智也崩潰。但現實終於打醒了她，我在她眼裡看到和我相同的掙扎——卻也看到別的東西：我父母的堅強。她點了點頭。

「我——接受。」我低聲說。

「很好，」馬可斯說，「我們日落時成婚。你們其他人——滾出去。」他對朝臣吼道，他們都驚駭又著迷地看好戲。「瑟吉亞斯，」黑武士上前，「把我的……新娘帶到東宮，確保她很舒適，還有安全。」

瑟吉亞斯護送莉薇雅離開了。朝臣沉默地魚貫而出。我瞪視著面前地板上不斷擴大的血泊，馬可斯朝我走近。

他站在我背後，用一根手指滑下我的頸背。我嫌惡地打了個冷顫，但一秒後，馬可斯抽身退開。

「閉嘴。」他尖著聲音說，我抬起頭，發現他不是在對我說話，而是看著他肩膀後方——的空氣。「停下來。」

我麻痺而略感好奇地看著他低吼一聲擺動肩膀，好像想甩掉某人的手。片刻後，他轉回頭看我——不過手安分許多。

「妳這笨女孩。」他陰惻惻地說，「我告訴過妳了：千萬不要以為妳懂得比我多。我很清楚凱銳絲的小陰謀。我也警告過妳不要公然挑戰我，而妳還是闖進來嚷嚷著政變什麼的，讓我看起來很遜。要是妳能管好妳該死的嘴，就不會發生這種事了。」

天啊。「你——你知道——」

「我一直都知道。」他把手探進我的頭髮，拽起我的頭，不讓我繼續看那灘血。「我永遠都會贏。現在我掌握了妳最後一個在世的家人，如果妳敢再違抗命令，如果妳讓我失望、反對我的意見或是出賣我，我對天發誓我會讓她受苦，程度超出妳的想像。」

他粗魯地放開我。他走出謁見室，靴子踩在地上寂靜無聲。

我孤單一人，身邊只有鬼魂為伴。

54

蕾雅

我跌跌撞撞地退離火焰，我的隱形狀態消失了。不！天啊，不！戴倫、伊里亞斯、小塔斯——他們不可能死在這個煉獄中，經歷了這麼多事，不可能是這樣的結局。我發現自己痛哭失聲，也發現自己不再隱形了，而我並不在乎。

「喂！學人！」沉重的靴聲朝我奔來，我在圓形大廳光滑的石地上向後縮，躲避一個帝國軍伸過來想抓我的手，他顯然認為我是個脫逃的囚犯。他瞇起眼睛，撲向前，手指揪住我的斗篷把它扯掉。他把斗篷甩在地上，我忙亂地爬開，他用龐大的身軀朝我撞過來。

「嗚！」我撞到往上的樓梯底部，感覺肺裡的空氣都被逼了出來。士兵想要把我翻成趴姿，想要抓住我的手。

「滾開！」

「妳是從圍欄裡跑出來的嗎？啊！」我用膝蓋頂他鼠蹊部，他整個人彈開。我從刀鞘拔出匕首，用力刺進他大腿，然後扭轉。他放聲慘叫，一秒後，他的重量被人從我身上拉開，然後他飛向樓梯，我的刀還插在他腿上。

一個影子填補了他原本占的空間，看起來既熟悉又完全不一樣了。「伊、伊里亞斯？」

「我來了。」他拉我站起來。他瘦得跟竹竿一樣，雙眼在愈來愈濃密的霧氣裡幾乎像會發光。「妳哥在這裡，塔斯也在這裡。我們都活著，我們都沒事。還有，剛才幹得漂亮。」他朝士兵點點頭，他已經拔出大腿上的匕首，正用爬的逃離現場。「他會瘸好幾個月。」

我跳起來擁抱他，由胸腔迸出一聲介於哭泣和叫喊之間的聲音。我們兩人都受傷、疲憊和悲痛，但當我感覺他的手臂環住我，當我意識到他是真實的、就在這裡而且還活著，我第一次有了信心：我們有機會活下去。

「戴倫在哪裡？」我脫離伊里亞斯的懷抱，環顧四周，期盼我哥會從煙霧中走出來。許多士兵從我們身旁跑過去，急著要逃離吞噬監獄武人區的火。「來，把你的彎刀拿去吧。」我卸下交叉固定在身上的刀鞘，伊里亞斯把它穿戴起來。戴倫還是沒出現。

「伊里亞斯？」我有點擔心了，「戴倫在哪——」我還在說話的同時，伊里亞斯跪下來，把地上的某個物體扛到肩上。一開始我還以為那是一袋髒兮兮的棍子。然後我看到它有手。戴倫的手。他的皮膚傷痕累累，還少了一根小指和中指。然而，我還是一眼就認得出這雙手。

「天啊。」我想看戴倫的臉，但它被一束束又長又髒的頭髮遮住了。我哥的體重向來不重，但他突然看起來好小——像是原本的他形銷骨立、有如噩夢的另一種版本。他可能和以前不一樣了，阿芙雅警告過我。

「他還活著。」伊里亞斯看到我的表情後提醒我，「只是腦袋被人打了一下，會沒事的。」

伊里亞斯背後冒出一個小小的身影，手裡握著我血淋淋的匕首。他把匕首交給我，然後握著我的手指。「蕾雅，妳不能被看見，」他說，「把妳自己藏起來！」

塔斯拉著我沿著走廊走，我讓自己再次被隱身術籠罩。伊里亞斯看我突然消失嚇了一跳，我捏捏他的手讓他知道我就在這裡。我們前方的監獄門敞著，外頭擠著一群士兵。

「妳得去打開學人的圍欄，」伊里亞斯說，「我揹著戴倫沒辦法做這件事，守衛馬上就會盯上我。」

天啊！我本來打算在監獄中庭也要放火來增加破壞力的。

「我們得放棄額外製造干擾、直接動手了。」伊里亞斯說，「我會假裝要把戴倫送進圍欄，我就跟在妳後頭。塔斯，你和蕾雅待在一起——替她注意身旁。我會去找你們。」

「還有一件事，伊里亞斯。」我不想讓他擔心，但他應該要知道。「典獄長可能知道我在這裡，我在樓上有失去隱形一下子，後來我又隱形了，可是他有可能看到我消失。」

「那就離他遠一點，」伊里亞斯說，「他老奸巨猾，從他審問戴倫和我的內容來看，我相信他很想對妳下手。」

幾秒鐘後，我們從監獄衝向中庭。經歷過監獄裡讓人窒息的熱氣後，這裡的寒氣刮在臉上像刀割。

中庭裡儘管擁擠，卻一點也不混亂。從拷夫出來的囚犯立刻就被押送到定點了。拷夫的守衛奉令排成一列，許多人都在咳嗽，看起來灰頭土臉或被燒傷；有另一個士兵負責評估他們的傷勢，然後給他們分派工作。其中一個管事的帝國軍看到伊里亞斯，便朝他吆喝起來。

「你！」他叫道，「喂！」

「先讓我把這屍體丟了。」伊里亞斯咕噥道，完美地展現出不高興的輔助兵給人的印象。他把斗篷裹緊一點，然後小步離開，同時另一群士兵正從拷夫的煉獄裡湧出。

「去吧，蕾雅，」他壓低音量說，「動作快！」

塔斯和我衝向我們左側遠處的學人圍欄。我們身後迴盪著幾千名囚犯的聲音：武人、部落民、馬林人——甚至還有野人和蠻族。武人把他們集中到一個大圓圈裡，並派了長矛手構成兩層人牆包圍住他們。

「蕾雅，在那裡。」塔斯把他偷來的鑰匙塞進我手裡，並朝著圍欄北側點點頭。「我去通知司科里特！」他斜斜地走到圍欄邊緣，透過木板間的寬縫隙朝裡頭說悄悄話。

我看到出入口了——有六個帝國軍在看守那扇門。監獄中庭的噪音足以掩蓋我接近的腳步聲，但我還是躡手躡腳。我離門只剩三呎、離最靠近的帝國軍只有幾吋時，他動了動身體，一手按在劍上，我僵住了。我能聞到他盔甲散發的皮革味，以及他背後那筒箭尖端的鋼鐵味。*只要再一步就好，蕾雅。他看不見妳，他不知道妳在這裡。*

我像擺弄一條憤怒的蛇般小心翼翼地從口袋取出鑰匙串，緊緊握著它以免叮噹響。我等到其中一個帝國軍轉頭和其他人說話時，把鑰匙插進鎖孔。

卡住了。

我扭動鑰匙，一開始輕手輕腳，然後加重力道。其中一個士兵轉頭看門，我直視他的眼睛，但他只是聳聳肩又轉回去。

*沉住氣，蕾雅。*我深吸一口氣，把鎖頭抬起來。由於它連接著固定在地上的東西，它並沒有消失。我希望此刻沒人在看這扇門——他們會看到一個鎖頭漂浮在它應該在的位置

上方幾吋高，而就連最愚笨的輔助兵都會察覺事有蹊蹺。我再次扭轉鑰匙。快要開了——

這時候有個東西箝住我的手臂——一隻修長的手，像觸手般環繞住我的二頭肌。

「啊，賽拉城的蕾雅，」有人在我耳邊輕聲細語地說，「多麼天賦異稟的女孩啊，我非常有興趣進一步研究妳的技能。」

我的隱形狀態褪去，鑰匙咔地一聲掉在結冰的石地上。我抬起頭，發現自己望著一張尖臉，它有一對大而濕潤的眼睛。

典獄長。

55
伊里亞斯

榭娃警告過我等候地會牽引我。我穿越酷寒的監獄中庭向圍欄走去時，我便感覺到了……我的胸膛有種被拉扯的感覺，好像有個隱形的勾子。

我馬上就來！我在腦中喊道，你愈逼我，我動作愈慢，所以給我住手。

拉力微微放鬆了，好像等候地真的聽到了似的。離圍欄只有十五碼了……十三碼……十碼……

這時我聽到腳步聲，是拷夫大門的守衛朝我走來的聲音。我從他謹慎的步伐可以聽出，我的制服和背上的彎刀並沒能唬住他。十層地獄啊。好吧，偽裝一向有它的極限。

他出手攻擊。我想往旁邊閃躲，但戴倫的身體讓我失去平衡，士兵打到我、把我撂倒，戴倫滾了出去。

我的兜帽滑下來，帝國軍瞪大了眼睛。「囚犯脫逃！」他大喊，「囚——」我從他腰間拔出一把刀刺進他腰側。

太遲了。拷夫大門邊的帝國軍已經聽到他的叫聲，看守人犯的長矛手有四個人脫隊而出。輔助兵。

我微笑。這不足以壓制我。

第一個士兵接近時，我抽出彎刀，低頭閃躲他的長矛，然後劃過他的手腕。他慘叫著放開武器。我重擊他的太陽穴把他打倒，然後原地轉身，將下一個士兵的長矛砍成兩截，再用刀刺進他的肚子撂倒他。

現在我熱血沸騰，戰士的本能全速發動。我抄起倒地士兵的長矛，將它射進第三個輔助兵的肩膀。第四個人遲疑了一下，我用肩膀撞他的腹部把他撞倒。他的頭重重地砸在卵石地上，他不動了。

一根長矛咻地擦過我的耳朵，疼痛感在腦袋裡炸開，但這不足以阻止我。

十二個長矛手從囚犯那裡衝過來，他們現在知道我不只是一個脫逃的囚犯了。

「快跑啊！」我對著目瞪口呆的囚犯們大吼，並指著哨兵線的缺口處。「逃啊！衝啊！」

兩個武人衝出哨兵線，朝拷夫的升降閘門奔去。一時之間，似乎整個中庭都屏住呼吸看著他們。接著有個守衛大喝一聲，魔咒被打破了，幾十個囚犯同時往外推擠，毫不在意自己是否害獄友被長矛刺穿。武人長矛手想要填補空隙，但囚犯數量有幾千人之眾，而他們嗅到了自由的氣味。

朝我趕過來的士兵聽到同伴的叫聲而放慢腳步。我把戴倫扛起來，衝向學人的圍欄。為什麼圍欄還沒打開？現在學人應該滿中庭跑才對啊。

「伊里亞斯！」塔斯跑向我，「鎖頭卡住了，而蕾雅——典獄長——」

我看到典獄長掐著蕾雅的脖子，急急地穿越中庭。她絕望地踢他，但他把她舉離地面，她因為不能呼吸而漲紅了臉。不！蕾雅！我剛朝她移動，又咬緊牙關逼自己停下來。如果我們想把學人弄出去、讓他們坐上船，現在就必須打開圍欄才行。

「去找她，塔斯，」我說，「分散典獄長的注意，我來開鎖。」

塔斯跑開了，我把戴倫放到學人圍欄邊。看守圍欄入口的帝國軍都跑去拷夫的大門，阻止囚犯集體越獄，我專注地察看鎖頭。它卡得死緊，不管我怎麼扭，它就是不開。圍欄內有個男人排眾而出，我隔著木板縫隙只能看到他深色的眼睛。他的臉髒到我看不出他是老人還是年輕人。

「伊里亞斯・維托瑞亞斯？」他壓低音量沙啞地說。

我一邊拔出彎刀來砍鎖頭，一邊大膽猜道：「阿拉傑？」

男人點點頭。「怎麼這麼久？我們——當心後面！」

他的示警讓我免於被長矛刺穿肚皮，我千鈞一髮地躲過第二次攻擊。十幾個士兵包圍我，他們絲毫未受到大門邊的混亂影響。

「維托瑞亞斯，開鎖啊！」阿拉傑說，「快點。」

「給我一分鐘，」我咬牙切齒地說，一邊抖振彎刀撥開另外兩支長矛，「或是幫點忙。」

阿拉傑對圍欄內的學人吼了一句命令。幾秒後，石塊如雨點般飛過圍欄上方、砸向那群長矛手。

這種戰術在我看來，就像一群小老鼠在朝餓貓大軍丟擲石子一般。幸好這些小老鼠丟得很準。離我最近的兩個長矛手退縮了，讓我有時間轉過身、猛力一劈劈開鎖頭。

門彈開了，學人們暴喝一聲傾巢而出。

我從一個倒地的長矛手身上撈起一支賽拉鋼匕首，交給和其他人一起衝出來的阿拉傑。「把另外那個圍欄打開！」我喊道，「我得去救蕾雅！」

現在中庭內擠滿學人囚犯，但典獄長的身影在他們之中鶴立雞群。包括塔斯在內的一小群學人孩子一齊攻擊老人，他用彎刀朝他們揮砍，不讓他們靠近，但他放鬆了對蕾雅的箝制，她拼命擺動四肢想掙脫。

「典獄長！」我大喊。他聽到我的聲音轉頭看，蕾雅趁機用鞋跟往後踢他的小腿，同時咬他的手臂。典獄長揚起彎刀，其中一個學人孩子悄悄靠近，用一只沉重的煎鍋狠狠敲他的膝蓋。典獄長怒吼，蕾雅滾離他身邊，然後伸手摸向腰間的匕首。但匕首不在那裡，它現在在塔斯手裡閃著寒光。他的小臉因憤怒而扭曲，塔斯撲向典獄長。他的朋友們一擁而上，對老人又咬又抓，把他拽倒在地，他們總算能報復這個從他們出生以來就虐待他們的怪物了。

塔斯把匕首戳進典獄長的喉嚨，噴湧而出的鮮血讓他畏縮。其他孩子都趕緊溜到蕾雅身邊，她把塔斯摟到胸前。片刻之後我趕到他們身邊。

「伊里亞斯，」塔斯低聲說，目光離不開典獄長，「我——」

「你消滅了一個惡魔，北方的塔斯。」我跪在他身邊，「和你並肩作戰是我的榮幸。帶其他孩子出去，我們還沒自由呢。」我抬頭望向大門，那裡的守衛正在和一群發狂的囚犯激戰。「我們在船那裡會合。」

「戴倫！」蕾雅望著我，「他在——」

「在圍欄旁邊，」我說，「我真等不及他醒過來之後我要痛罵他一頓，我得拖著他在這座該死的監獄裡到處跑。」

鼓聲急促地響起，在混亂之中，我隱約聽到遠處的軍營用鼓聲回應。「就算我們逃到船上，」蕾雅在我們跑向圍欄的時候說，「我們也得在到達暮光森林前下船，而武人會在等我們，不是嗎？」

「對，」我說，「但我有個計畫。」嗯，不完全是計畫啦，比較像是有個預感──還有一個可能很虛幻的希望，希望我能利用我的新職業來做一件瘋狂的事。這是一場賭博，輸贏全取決於等候地、榭娃和我的說服力。

我把戴倫扛在肩上，和蕾雅一起跑向擠滿囚犯的拷夫大門。人群陷入瘋狂──有太多人拚命想要出去，又有太多武人拚命想要把我們留在裡頭了。

我聽到金屬磨擦的嘎吱聲。「伊里亞斯！」蕾雅指著升降閘門，它沉重而緩慢地開始下降。這聲音給了擊退囚犯的武人新的力量，蕾雅和我被逼得離大門更遠了一些。

「蕾雅，火把！」我大喊。她從附近的牆上抓下兩支，我們把火把像彎刀一樣揮舞著。我們周圍的人出於本能避開火焰，讓我們能硬闖出一條路。

升降閘門又降下來幾呎，幾乎已經和我的視線齊平了。蕾雅抓住我的手臂。「一起推，」她喊道，「準備──現在！」

我們勾著對方的手臂，放低火把，迅速衝破人群。我讓她走在我前面，把她由升降閘門下推出去，但她抗拒著，並轉過身，強迫我和她一起走。

然後我們在閘門底下、通過閘門、經過和囚犯打鬥的士兵，直接衝向船屋。我看到兩艘駁船已經沿著河駛出四分之一哩了，還有兩艘正要從碼頭出發，每艘船上都擠滿學人。

「她辦到了！」蕾雅喊道，「阿芙雅辦到了！」

「弓箭手！」拷夫的牆上冒出一排士兵，「快跑！」

箭雨像冰雹一樣落在我們周圍，和我們一起跑向船屋的學人有半數都中箭倒地。快到了。只差一點。

「伊里亞斯！蕾雅！」我看到阿芙雅的紅黑相間髮辮在船屋門口。她揮手要我們進到船屋，雙眼盯著弓箭手。她的臉被劃傷了，兩手都沾滿血，但她很快地帶我們到一艘小獨木舟旁。

「雖然我很想和那些沒洗澡的人一起來趟水上冒險，」她說，「不過我覺得坐這個更快。快點。」

我把戴倫放在兩側的長椅中間，抓起一支槳，然後把船划出船屋。在我們後頭，阿拉傑把塔斯和小蜜蜂拉上最後一艘學人駁船，然後出發。他的夥伴用焦急的速度快速撐著船前進。水流很快地把我們帶離半毀的拷夫——前往暮光森林。

「你說你有個計畫。」蕾雅朝南方森林呈現的柔和綠線點點頭。戴倫依然昏迷不醒地躺在我們之間，頭底下枕著妹妹的包包。「現在可能是分享計畫的好時機。」

我該怎麼告訴她我和樹娃作的交易？我該從何說起？

從實話說起。

「我會說的，」我把音量放低到只有她能聽見，「可是首先我得告訴妳別的事，關於我怎麼沒被毒死，以及我成為什麼人。」

56

海琳

（一個月後）

深冬乘著持續三天的暴風雪，呼嘯著來到安蒂恩。整座城市都被厚厚的雪覆蓋，學人清道夫必須夜以繼日地幹活，才能保持街道暢通。城市中家家戶戶的窗口都整夜亮著仲冬的蠟燭，從最富裕的宅第到最貧窮的茅舍都不例外。

馬可斯皇帝將和幾十個重要家族的族長一起在皇宮慶祝節日。我的間諜告訴我，屆時將敲定許多項交易——包括貿易協定以及政府職務的任命，這些都會進一步鞏固馬可斯的權力。

我知道這是真的，因為大部分交易都是我幫忙安排的。

我在黑武士營房裡，坐在我的書桌前簽發一項命令，內容是派一支黑武士分隊去提伯昂。我們好不容易把幾乎落入野人手裡的港口搶回來，但他們還沒死心。現在他們嗅到了血腥味，勢必會帶著更多人手回來。

我望向窗外的雪白城市。我腦中閃過一個念頭，是許久以前父親帶著還是少女的我們來到安第恩時，漢娜和我互相丟雪球的回憶。我微笑，回味。然後我把記憶鎖進一個黑暗的地方——我不會再看見的地方——重新專注於我的工作。

「女孩，妳要學會鎖上該死的窗戶。」

一聽就知道這沙啞的嗓音屬於何人，不過我還是嚇得跳起來。廚子用兜帽掩蓋住她的疤，一雙眼睛在兜帽下幽幽發光。她保持安全距離，準備好一察覺威脅就溜回窗戶外面。

「妳可以直接走前門，」我一手按著固定在桌子底側的匕首，「我會吩咐他們不要攔阻妳。」

「我們現在是朋友了嗎？」廚子歪了歪滿是疤痕的臉，露出牙齒，貌似在笑。「真是溫馨。」

「妳的傷——完全好了嗎？」

「我還活著。」廚子瞥了瞥窗戶，不安地動了一下。「我聽說妳家人的事了，」她沙啞地說，「很遺憾。」

我揚起眉毛。「妳大費周章地溜進來，就為了來致哀？」

「這是其一，」廚子說，「其二是要告訴妳，等妳準備好要對付黑巖學院的婊子時，我可以幫忙。妳知道怎麼找到我。」

我想到躺在我桌上的那封馬可斯寄的機密信函。「明天再來，」我說，「我們談一談。」

她點點頭，悄無聲息地溜回窗外。我受到好奇心驅使，走過去往外窺探，掃視上方和下方陡直的牆壁，看看有沒有勾子、刮痕、任何能顯示她是如何爬上這不可攀爬的牆面的線索。什麼都沒有。我得找機會問問她這是什麼戲法。

我把注意力轉回馬可斯的信上。

提伯昂已經獲得控制，瑟卡家族和阿羅曼家族也歸順了。再也沒有藉口了，該是處理她的時候了。

他所稱的「她」只可能指一個人。我繼續讀。

妳要低調而謹慎，我不要乾脆俐落的暗殺，血伯勞。我要的是徹底毀滅，我要她感覺到痛，我要全帝國都知道我的力量。

昨晚和馬林大使共進的晚宴上，妳妹妹表現很出色。她讓他對這裡的權力轉移頗為自在地接受了。真是有用處的女孩。希望她保持健康，還能為帝國服務許久。

——馬可斯·弗拉皇帝

我把辦公室門打開時，負責送信的五年生嚇得跳起來。我交辦他任務後，又重讀了一遍馬可斯的信，一邊焦躁地等待著。片刻後，敲門聲響起。

「血伯勞，」哈波上尉進來後說，「妳找我？」

我把信遞給他。「我們需要一個計畫，」我說，「她發現我要告訴馬可斯政變一事的時候，就解散了她的軍隊，但這不表示她就不能再把他們集結起來。凱銳絲不會輕易放棄的。」

「或該說她永遠不會放棄。」哈波喃喃地說，「這事要花上好幾個月。就算她沒料到馬可斯會攻擊她，也會預期妳會攻擊她。她會有所準備。」

「這我知道，」我說，「所以我們需要真正有效的計畫。首先我們要找到崑恩・維托瑞亞斯。」

「從他逃離賽拉城以後就沒人聽說過他的消息了。」

「我知道到哪裡找他。」我說，「召集一支隊伍，德克斯一定要加入，我們兩天後出發。你可以退下了。」

哈波點點頭，我回到工作上。看他還不走，我揚起眉毛。「哈波，你有什麼要求嗎？」

「沒有，血伯勞。只是……」我從沒看他這麼不自在過——程度足以讓我提高警覺。自從處決事件以來，他和德克斯便是我的得力助手。他們支持我改組黑武士——瑟吉亞斯中尉現在被派駐在南島——並且在有些黑武士想叛變的時候，堅定不移地作我的後盾。

「血伯勞，如果我們要對付司令官，我知道一件可能有用處的事。」

「繼續說。」

「之前在努爾的時候，在暴動前一天，我看到伊里亞斯了，但我沒向妳提起。」

我在座位中向後靠，察覺到我即將對亞維塔斯・哈波有超越前任血伯勞的了解。

「我要說的是，」亞維塔斯接著說，「我為什麼沒向妳提。我要說的是司令官在黑巖學院為何對我另眼相看，還把我弄進黑武士。我要說的是伊里亞斯，以及——」他深吸一口氣，「——我們的父親。」

我們的父親。

我們的父親。他和伊里亞斯的。

他的話過了好一會兒才發揮作用。然後我命令他坐下來，我傾向前。

「我在聽。」

哈波離開以後，我不嫌髒地踩著滿街的雪和泥前往信差辦公室，領取兩件從賽拉城的亞奇拉大宅寄來的包裹。第一件是我要送莉薇雅的仲冬禮物，我檢查了一下確認東西完好無缺，接著打開第二件包裹。

我屏住呼吸，看著躺在我掌心閃閃發光的伊里亞斯的面具。根據拷夫來的信差所言，伊里亞斯和幾百個學人逃犯越獄後不久，便消失在暮光森林裡。十幾個帝國士兵試圖追進去，但隔天早晨便有人在森林邊緣發現他們支離破碎的屍體。

從此之後，就沒人看過或聽過那些逃犯的行蹤。

也許是夜草殺了我的朋友，也許他死於森林之手。也或許，他找到別的方式避免死亡。伊里亞斯和他的外公及母親一樣，總是有本事神奇地從別人必死無疑的情境中存活下來。

那不重要。他不在了，而我心裡原本住著他的那部分，現在也死去了。我把面具塞進口袋——我會在我的房間裡找個地方存放它。

我把小莉的禮物夾在腋下，朝皇宮走去，心裡思索著亞維塔斯告訴我的事：司令官在黑巖學院對我另眼相看，是出於我父親的遺願。至少我懷疑是這樣。她從來沒說過。

我要求司令官派我跟在妳身邊，因為我想透過妳去了解伊里亞斯。除了我母親告訴過我的部分之外，我對我們父親的事一無所知。我媽的名字叫蕾娜緹雅，她說我爸從來沒能符合黑巖學院想強力把他塑造成的那種模型。她說他很親切，很善良。有很長一段時間，我認為她在說謊。我完全不親切也不善良，所以那不可能是真的。不過也許我只是沒遺傳到我爸好的那一面，也許那些特徵傳給了另一個兒子。

當然，我把他狠狠罵了一頓——他早該吐露真相了——可是當我的憤怒和驚訝平息之後，我意會到這項資訊的價值：它是司令官一身盔甲上的一道裂縫，是我能用來對付她的武器。

皇宮的守衛只是緊張地互看了一眼，就放我進入宮殿。我已經開始鏟除帝國的敵人了——而這裡就是我的起點。我才不在乎馬可斯是不是在地獄裡燃燒，但小莉和他的婚姻關係讓她身陷險境。他的敵人也等於她的敵人，而我可不會失去她。

賽拉城的蕾雅對她的手足展現出同一類的感情。我和她認識以來，這是我第一次能體會她的心情。

我發現妹妹坐在俯瞰她私人花園的陽台上，費里斯和另一個黑武士站在十幾呎外的陰影裡。我跟我的朋友說過，他可以選擇不要接受這項職務。對血伯勞的親信來說，守護一個十八歲的女孩絕對算不上什麼理想的工作。

如果我得殺人，他說，我寧可是為了保護某人而動手。

現在他朝我點頭打招呼，我妹妹抬起頭。

「血伯勞。」她站起身，但沒有像以前一樣擁抱我或親吻我，儘管我看得出她想這麼做。我朝她的房間短促地點了一下頭。我需要隱私。

我妹妹轉向坐在她附近的六個女孩，其中三人膚色較深，還有著黃色眼珠。她一開始寫信給馬可斯的母親，請求她從馬可斯的親戚中挑選三個女孩來當她的貼身侍女時，我驚呆了，被略過的每個依拉司翠恩家族也一樣。不過庶民們到現在仍對此事津津樂道。

那三個女孩和另外三個依拉司翠恩同伴，在莉薇雅的輕聲命令下告退。費里斯和另一個黑武士想跟著我們，但我揮手打發他們走。妹妹和我走進她的臥房，我把她的仲冬禮物放在床上，看她撕開包裝紙。

她驚呼一聲，看到我的舊鏡子雕刻精美的邊框映射著光芒。

「可是這是妳的，」莉薇雅說，「媽媽——」

「——會希望妳擁有它。血伯勞的房間裡可不適合擺這個。」

「好美喔。妳可以幫我掛起來嗎？」

我叫來一個僕役，吩咐他拿榔頭和釘子來；他回來以後，我取下小莉的舊鏡子，順手把後頭的窺孔給堵起來。讓馬可斯叫他的間諜另外開個洞吧，至少現在我妹妹和我可以說點私密的話了。

她坐在我旁邊的梳妝檯椅子上，看我釘釘子。我低聲開口。

「妳還好嗎？」

「如果妳指的是自從婚禮那天以來，妳每天都問我的事——」小莉揚起一眉，「——那麼是的，我很好。初夜過後他就沒再碰過我了，況且，就連那一晚也是我主動靠近他的。」我妹妹抬起下巴。「不管他做了什麼，我是不會讓他以為我怕他的。」

我壓抑著打冷顫的衝動。和馬可斯生活在一起——當他的妻子——就是小莉現在的生活了。我對他的鄙夷和嫌惡只會讓她的日子更難過。她沒對我說過新婚之夜的情況，我也沒問過。

「上次我撞見他在自言自語，」小莉看著我，「那不是第一次了。」

「好極了，」我敲著一根釘子，「有虐待狂外加有幻聽的皇帝。」

「他沒瘋，」小莉深思地說，「他本來都很冷靜，直到他提到要對妳施暴——只有妳，然後他就變得躁動不安。我覺得他看到他弟弟的鬼魂了，小琳，我覺得是因為這樣他才沒碰妳。」

「嗯，如果塞克真的在他身邊陰魂不散，」我說，「我希望他黏得久一點。至少等到——」

我們眼神緊緊鎖定對方。等到我們復仇成功。莉薇雅和我並沒有談過這件事，自從謁見室那恐怖的一天後，我第一次見到她的時候，我們就對此心照不宣了。

我妹妹撥了一下頭髮。「伊里亞斯都沒有新消息？」

我聳聳肩。

「那哈波呢？」小莉不死心，「史黛拉．葛萊瑞亞斯千方百計想認識他呢。」

「妳應該介紹他們認識一下。」

我妹妹看著我皺起眉頭。「那德克斯怎麼樣？你們兩個超——」

「德克斯是個忠心的士兵和優秀的中尉，婚姻對他來說可能稍嫌複雜了點。妳的姊妹淘大部分都不是他喜歡的類型。而且——」我舉起鏡子，「——妳可以停止了。」

「我不想看妳孤單，」小莉說，「要是我們有媽媽或爸爸，或甚至是漢娜，情況都會不同。可是小琳——」

「恕我直言，皇后，」我輕聲說，「妳應該叫我血伯勞。」

她嘆了口氣，我把鏡子掛上，稍微調整擺正。「好了。」

我看到自己的倒影。我看起來和幾個月前一樣，在我畢業的那一晚。同樣的身體，同樣的臉。只有眼睛不一樣。我直視著面前這女人的淺色眼珠。有那麼一瞬間，我看到海琳．亞奇拉，曾經懷抱希望的那個女孩，曾經以為世界很公平的那個女孩。

但海琳．亞奇拉已經被打碎了，已經解體了。海琳．亞奇拉已經死了。

鏡子裡的女人不是海琳．亞奇拉。她是血伯勞。血伯勞不孤單，因為帝國就是她的母親和父親、她的情人和摯友。她不需要其他東西，不需要其他人。

她自外於一切。

57

蕾雅

暮光森林再過去便是一望無際的馬林國土，廣大的白色地毯上，星星點點地散布著結冰的湖泊和小型森林。我從沒見過如此清澈而蔚藍的天空，也沒呼吸過這樣的空氣——感覺我每吸一口氣都灌飽了生命力。

自由之地。多不容易。

我已經愛上這裡的一切了。它給我一種熟悉的感覺，我想就和我父母會給我的感覺一樣，假如我們能久別重逢的話。好幾個月以來，我第一次不覺得被帝國掐住喉嚨。

我看著阿拉傑對準備出發的學人們下達最後的命令。他們很明顯都如釋重負。儘管伊里亞斯保證不會有靈體來騷擾我們，然而我們在暮光森林裡待得愈久，它也愈來愈沉重地壓迫著我們。

*走，*它似乎在對我們細聲細氣地說，*你們不屬於這裡。*

我待在離森林邊緣幾百碼的小木屋旁，它曾經荒無人居，我把它重新整理後讓戴倫、我和阿芙雅住在裡頭。現在阿拉傑過來找我。

「妳確定妳不跟我們一起走嗎？聽說阿迪沙有醫術高明的治療師，連帝國都比不上。」

「再受凍一個月會要了他的命。」我朝小木屋點點頭，屋內窗明几淨，熊熊燃燒的爐火散發溫暖的火光。

「他需要休養和保暖。如果再過幾週他還是沒起色，我會找一個治療師來這裡。」我沒告訴阿拉傑我內心深處隱藏的恐懼：我不認為戴倫會醒過來了。我認為在他已經受盡折磨之後，頭部那一擊已經超出他能承受的。

我擔心我哥哥已經永遠地離開了。

「我欠妳一份人情，賽拉城的蕾雅。」阿拉傑望向川流不息走向四分之一哩外一條路上的學人，最後算下來，只剩下四百一十二個人。好少。「希望在不久後，我就能在阿迪沙見到妳，妳哥哥也在旁邊。妳的族人需要妳這樣的人。」

他準備離開，呼喚塔斯跟上，塔斯正在向伊里亞斯道別。一個月的飽食、盥洗和乾淨（可惜稍大）的衣服，像變魔法般改變了這個孩子。但他自從殺死典獄長以來便鬱鬱寡歡，我聽到他在睡夢中的呻吟和哭泣。那個老人仍在糾纏著塔斯。

我看到伊里亞斯把他從一個拷夫守衛身上偷來的賽拉鋼刀交給塔斯。塔斯摟住伊里亞斯的脖子，悄聲說了什麼讓他咧嘴而笑，然後他就蹦蹦跳跳地去找其他學人了。

最後幾個人離開時，阿芙雅從木屋裡出來。她也換上了旅行的裝束。

「我已經離開部落太久了，」「札爾達菈」說，「天知道我不在的時候吉布藍會胡搞出什麼名堂，大概已經讓半打女孩懷孕了吧，我得付她們惱火的爹媽遮羞費，付到我破產為止。」

「我有預感吉布藍很安分守己。」我微笑對她說，「妳跟伊里亞斯說再見了嗎？」

她點點頭。「他在隱瞞什麼事。」

我別開視線。我很清楚伊里亞斯在隱瞞什麼。他只向我坦承他跟捕魂者作了什麼交易，而即使其他人注意到他幾乎整個晚上都不在，白天也會一連消失很長時間，他們也沒有提出來。

「最好確定他沒有向妳隱瞞什麼事，」阿芙雅接著說，「這樣對待上床的對象可不應該。」

「天啊，阿芙雅。」我急急地說，並扭頭看伊里亞斯有沒有聽到，幸好他已經又鑽進森林裡去了。「我沒有跟他上床，我也根本不想——」

「女孩，省省吧。」阿芙雅翻了翻白眼，「我簡直聽不下去呢。」她凝視我一會兒，然後擁抱我——很快速卻出奇溫暖的擁抱。

「謝謝妳，阿芙雅。」我嘴巴壓在她的辮子上說，「謝謝妳做的一切。」

她放開我，眉毛抬得老高。「替我把信譽傳出去吧，賽拉城的蕾雅，」她說，「這是妳欠我的。還有，好好照顧妳哥。」

我隔著小木屋的窗戶看著戴倫。他深金色的頭髮已經洗乾淨且剃短了，他的臉龐恢復了年輕和俊俏。我仔細地替他照料了所有傷口，現在多半的傷都只剩疤痕而已了。

可是他仍然動都沒動一下。也許永遠不會動了。

阿芙雅和學人們在地平線消失後幾個鐘頭，伊里亞斯從森林裡現身。因大家都離開而極為寂靜的小木屋，突然間感覺沒那麼孤單了。

他先敲了門才走進來，挾帶著一股寒意。他現在刮掉了鬍子、剪短了頭髮，也增加了一點體重，看起來比較像原本的他了。除了他的眼睛之外。

他的眼睛變得不一樣了。也許多了點深思的情緒。他選擇承接的重擔仍然讓我驚訝。

儘管他已經向我解釋了許多遍——說他是全心全意接受它，甚至想要接受它——我仍然很氣捕魂者。

一定有某種方式能擺脫這項誓約，有某種方式能讓伊里亞斯過正常的生活、去他一心嚮往的南方國度。有某種方式能讓他去找他的部落，和麗拉瑪米團聚。

不過現在森林緊抓著他不放。他從樹林間出來，永遠都不會待太久。有時候鬼魂甚至會跟著他出來。我不止一次聽到他用低沉的音調，對某個受傷的靈魂喃喃說出撫慰的話。他離開森林時經常眉頭緊蹙，心裡仍惦記著某個不安寧的靈體。我知道他對其中一個靈體特別掛心，我想是個女孩，但他不願說她的事。

「我可以用一隻死雞交換妳在想什麼嗎？」

他舉起那隻癱軟的動物，我朝水槽點點頭。「除非你先把毛拔乾淨。」

我滑坐到流理台上看他幹活兒。「我好想塔斯、阿芙雅和阿拉傑，」我說，「他們走了，這裡變得好安靜。」

「塔斯很崇拜妳，」伊里亞斯微笑說道，「其實我覺得他愛上妳了。」

「那只是因為我會說故事給他聽，還有拿東西給他吃，」我說，「要是每個男孩都這麼容易上勾就好了。」我不是有意要說出這麼曖昧的話，話一出口我就忍不住咬著嘴唇。伊里亞斯揚起一道濃眉，好奇地快速瞄了我一眼，然後又繼續盯著還沒拔完毛的雞。

「妳知道他和其他學人到了阿迪沙，一定會一直提到妳的。妳是鏟平黑巖學院、解放拷夫監獄的女孩，賽拉城的蕾雅，等待燒毀帝國的餘火。」

「我有人幫忙啊，」我說，「他們也會提到你。」可是伊里亞斯搖搖頭。

「觀感不同。」他說，「就算他們提到我，我也是個外人。妳是母獅的女兒，我想妳的族人會對妳寄予重望的。蕾雅，妳只要記得：妳不必達成他們所有要求。」

我噗哧一笑。「要是他們知道奇——夜臨者的事，可能就會改變對我的看法了。」

「他騙過我們所有人，蕾雅。」伊里亞斯特別暴力地剁著雞。「他總有一天要付出代價的。」

「也許他已經在付出代價了。」我想起夜臨者內心汪洋般的悲傷，他為了重組「星辰」而愛過又傷過的所有臉孔。

「我信任他到交出我的心、我哥，還有我的——身體。」關於奇楠和我之間的事，我並沒有對伊里亞斯提起太多，因為我們一直沒有私下交談的機會。可是現在我想一吐為快。「他內心有一部分沒有操弄我——沒有利用反抗軍，或是策劃刺殺皇帝，或是幫助司令官破壞試煉——那部分的他是愛我的，伊里亞斯。而至少某部分的我也是愛他的。他背叛我不可能全身而退，他一定感覺到了。」

伊里亞斯盯著窗外迅速染黑的天空。「妳說得對，」他說，「從樹娃告訴我的事判斷，除非他真心愛上妳，否則臂鐲是無法移交給他的。這種魔法不能單向進行。」

「所以有個精靈愛上了我。我寧可選擇十歲男孩。」我用手按著原本戴著臂鐲的位置。即使事隔好幾週，我還是會因為失去它而感到心痛。

「現在會如何？夜臨者拿到臂鐲了，他還需要多少個『星辰』的碎片？萬一他找齊了，放他的族人自由怎麼辦？萬一——」

伊里亞斯用一根手指抵住我的唇。他是不是讓手指停留得比正常時間更久一些？

「我們會弄清楚的，」他說，「我們會找到方法阻止他。但不是今天。今天我們要喝著雞湯，聊一聊我們朋友的故事。我們要討論戴倫醒來後，妳和他要何去何從，還要討論我那瘋老娘發現她沒殺死我之後會有多氣。我們要歡笑、要抱怨天氣太冷，還要享受這爐火的溫暖。今天，我們要慶祝我們還活著。」

❦

不知道半夜幾點的時候，小木屋裡的木地板發出嘎吱響。我從戴倫床邊的椅子裡猛然坐起身，先前我裹著伊里亞斯的舊斗篷在椅子裡睡著了。哥哥依然沉睡著，表情沒有任何變化。我嘆了口氣，第一千次想著他是否還有清醒的一天。

「抱歉，」伊里亞斯在我身後悄聲說，「我不想吵醒妳的。我剛才在森林邊緣，看到屋裡的火熄了，就想說再拿點木柴來。」

我揉掉眼中的睡意，打了個呵欠。「幾點了？」

「再過一兩個鐘頭就天亮了。」

我透過床邊的窗戶望出去，天空漆黑而清澈。一顆流星劃過天際，然後又有兩顆。

「我們可以到外頭看，」伊里亞斯說，「只會持續一小時左右。」

我披上斗篷，跟他一起走到小木屋的門廊上。他站在離我稍遠的位置，兩手插在口袋裡。每隔一兩分鐘就有流星劃過天空，我每次都忍不住屏住呼吸。

「這種現象每年都有，」伊里亞斯定定地望著天空，「不過在賽拉城看不到，空氣裡太多沙塵了。」

我在寒冷的夜色中瑟瑟發抖，他不太滿意地打量我的斗篷。「我們應該給妳弄件新的斗篷，」他說，「那件一定不夠暖。」

「這是你送我的，它是我的幸運斗篷，我才不會拋棄它呢——永遠不會。」我把斗篷裹緊，直視著他的眼睛說。

我想到阿芙雅臨走前揶揄我的話，不禁漲紅了臉。但我對她說的話是真心的。現在伊里亞斯對等候地有責任了，他的人生中再也沒有時間分給別的事。即使他有時間，我也怕會激怒森林。

至少那是此刻之前，我一直灌輸自己的想法。伊里亞斯偏了偏頭，一時之間，他臉上的渴望清晰得就像寫在星空裡的文字一樣。

我應該說點什麼，可是……天啊，我的臉變得這麼燙，我的皮膚被他看得這麼躁動，該說什麼好呢？他看起來也猶豫不決，我們之間緊繃的氣氛滯重得就像飽含雨水的天空。

接著，他的猶豫消失了，取而代之的是赤裸裸的、無拘無束的渴望，這種渴望讓我脈搏狂跳。

他朝我跨近，讓我背靠向木屋光滑而老舊的木頭。他的呼吸變得和我一樣急促，他用指尖輕掠我的手腕，他溫暖的手沿著我的手臂、脖子、嘴唇滑過去，所經之處像爆出陣陣火花。

他用雙手捧住我的臉，等著看我想要什麼，儘管他的淺色眼珠已燃燒著需索。

我揪住他的衣領把他拉向我，狂喜地感覺到和他嘴唇相貼，這種終於向彼此屈服的正確感。我短暫地想起幾個月前我們在他房間裡那一吻——熱烈的，源自於絕望、渴求和困惑。

這一吻不同——我們之間的火焰更熾熱，他的手更有把握，他的唇沒那麼匆忙。我用雙臂勾住他的脖子，踮起腳尖，將身體貼向他。他那股雨水和香料的氣味讓我迷醉，他更深地吻我。我咬嚙他的下唇，品嚐它的飽滿，他從喉間發出低吼。

我們前方的森林深處有什麼東西動了動。他猛然吸了一口氣，離開我的身體，舉起一手扶著頭。

我看向森林。即使天色昏暗，我還是看出樹頂在晃動。「那些靈體，」我低聲說，「他們不喜歡我們這樣？」

「一點都不喜歡。大概是嫉妒吧。」他試圖露出笑容，卻只是皺了一下臉，眼神看來很痛苦。

我嘆了口氣，手指沿著他嘴唇描畫，然後垂落到他的胸前，再握住他的手。我牽著他朝小木屋走。「我們還是別惹他們生氣了。」

我們躡手躡腳地進屋，勾著手臂在火邊窩著。

一開始我以為他一定會離開，會被召喚回去工作。但他沒走，不久後我便靠著他放鬆了，我的眼皮愈來愈重，睡眠在朝我招手。我閉上眼睛，似乎夢見了清澈的天空、自由的空氣、伊薺的笑靨、伊里亞斯的笑聲。

「蕾雅？」有個聲音在我背後說。

我的眼睛啪地睜開。*這是夢，蕾雅。妳在作夢。*一定是夢，因為我已經渴望聽到那聲音好久好久，從他嘶喊著要我快逃的那一天起。我曾在腦中聽到這個聲音，在我最軟弱的時候激勵我前進，在我最低落的時候給予我力量。

伊里亞斯站起身，表情欣喜若狂。我的腿似乎不聽使喚了，因此他牽著我的手拉我站起來。

我轉頭凝視哥哥的眼睛，有好長一段時間，我們就只能望著對方的臉。

「看看妳，小妹。」戴倫終於低聲說。他的笑容像是最漫長、最黑暗的夜晚過後升起的朝陽。「看看妳。」

（灰燼餘火2：血夜　全文完。下集待續。）

誌謝

致各地的「灰燼餘火之友」：為讀者介紹一個個迷人世界的書蟲部落客；耗費無數光陰繪製插圖、讓《灰燼餘火》活起來的藝術家；和蕾雅、伊里亞斯和海琳一同歡笑、尖叫、哭泣的粉絲；以及把他們的故事分享給別人的讀者——要不是有你們，就不會有這個系列。謝謝你們，我全心全意地感謝你們。

感謝Kashi——謝謝你無條件的愛、午夜奉上烤起司、跑腿買冰淇淋，還給我無限的鼓勵。謝謝你每天都逗我笑，還有在我寫作時冷靜地接手掌舵的工作。你是最優秀的噴火龍照護員。

感謝我親愛的兒子——謝謝你們在媽媽工作時耐心等候。你們讓我更勇敢，這些都是為你們而寫的。

超級感謝我父親，在一切都顛三倒四的時候，他穩定的存在是我莫大的安慰；還要感謝我母親，她最近剛爬完自己的山，卻仍然為我爬上我的山而歡呼。妳是我所認識最勇敢的人。

Mer和Boon，謝謝你們打電話來，用英國腔和我對話，給予我建議、開不得體的玩笑，以及在無意之中為我帶來的所有支持。

Ben Schrank，感謝你從一開始就對這本書抱持著（我希望能實現的）期望，而且有智慧與耐心幫助我修正書稿。我有你這個出版者和朋友真的是三生有幸。

Alexandra Machinist——妳的建言、溫柔的幽默感和誠實，讓我保持清醒並走在軌道上。我不知道若沒有妳我該怎麼辦。

Cathy Yardley——妳把我從黑暗中拉出來，傾聽我，陪我一起笑，說出我需要聽的話：「妳做得到的。」謝謝妳。

我要感謝Jen Loja，她優雅地帶領我們大家前進，而她對這個系列的信心真是最好的禮物。大感謝Razorbill出版社的大魔王們：Marissa Grossman、Anthony Elder、Theresa Evangelista、Casey McIntyre和Vivian Kirklin。感謝Felicia Frazier和企鵝集團無與倫比的行銷團隊；感謝Emily Romero、Erin Berger、Rachel Lodi、Rachel Cone-Gorham和銷售團隊；感謝Shanta Newlin、Lindsay Boggs和宣傳團隊；還有Carmela Iaria、Alexis Watts、Venessa Carson和學校及圖書館團隊。我無法形容你們大家有多棒。

Renée Ahdieh，我的心靈姊妹和幸運七同好，願上帝賜福給妳，因為我們一同歡笑、愛、哭泣，以及許多我無以名狀的事，這一切都顯示妳的獨一無二。Adam Silvera，人生的低谷有你為伴而不那麼孤單——謝謝你做的一切。Nicola Yoon——我貼心的朋友，真的很謝謝妳。Lauren DeStefano，謝謝妳和我促膝長談、給我貓的照片、建議和鼓勵。

很感謝Heelah S.美妙的幽默感，感謝Armo和Maani這麼可愛，也感謝嬸嬸和叔叔給予我堅定的支持與信心。

謝謝Abigail Wen（總有一天我們可以共度週日的）、Kathleen Miller、Stacey Lee、Kelly Loy Gilbert、Tala Abbasi、Marie Lu（我們辦到了！）、Margaret Stohl、Angela

Mann、Roxane Edouard、Stephanie Koven、Josie Freedman、Rich Green、Kate Frentzel、Phyllis DeBlanche、Shari Beck和Jonathan Roberts。超級感謝所有國外的出版社、封面設計師、編輯和譯者，謝謝你們美好的成果。

音樂是我的歸屬，我在寫這本書的時候深知這一點。我要向下列音樂人和作品致上我的敬意：路沛・費艾斯可（Lupe Fiasco）的〈囚犯1 & 2〉（Prisoner 1&2）、希雅（Sia）和威肯（The Weeknd）合作的〈勇者之心〉（Elastic Heart）、「飛越地平線」樂團（Bring Me the Horizon）的〈夢遊〉（Sleepwalking）、喬治・艾茲拉（George Ezra）的〈你聽見雨聲了嗎？〉（Did You Hear the Rain?）、「朱利安・卡薩布蘭卡斯與空洞」樂團（Julian Casablancas + the Voidz）的〈沒有鷹飛翔的地方〉（Where No Eagles Fly）、「老婆先生」樂團（Misterwives）的〈漂泊者〉（Vagabond），以及「M83樂團」的〈等待〉（Wait）。沒有這些歌，這本書就不會有現在的模樣。

最後要謝謝自始至終常在我心的祢。這次我漂遠了，但祢知道我的心，也知道我會回來的。

中英名詞對照表

A

Adisa　阿迪沙

Aish　艾許

Amara　阿瑪拉

Araj　阿拉傑

Argent Hills　亞真山丘

Arius Harper　亞瑞厄斯・哈波

Atella's Gap　阿特拉山口

Ayanesc　阿言

Aunt Hira　希拉舅媽

Ayan　阿炎

Ayo　阿尤

B

Bee　小蜜蜂

Black Market　黑市

C

Captain Gallus Sergius
加勒斯・瑟吉亞斯上尉

Cardium Rock　卡第恩巨岩

Cassius Pritorius
卡西亞斯・普利托瑞亞斯

Corporal Cultar　考塔爾下士

Corporal Libran　利伯蘭下士

Corporal Scribor　史奎伯下士

D

Darien　達里恩

Delphinium　戴爾菲尼

Drusius　德魯西亞斯

E

Estium　艾斯蒂恩

F

Forest of Dusk　暮光森林

G

Gens Aroman　阿羅曼家族

Gens Aurelia　歐瑞利亞家族

Gens Serca　瑟卡家族

Gens Sergia　瑟吉亞家族

Gens Sissellia　西賽利亞家族

Gens Rufia　魯菲亞家族

Gentrium　詹崔亞

Gibran　吉布藍

Great Library　大圖書館

H

Horatio Laurentius
何瑞修・羅倫提亞斯

I

Imir　伊米爾

Inah　伊娜

Isle South　南島

J

Jan　將

Jeilum　耶勒姆

Jitan　吉坦

Jutts　岬凸

K

Karkaus　卡喀斯

Kennel Master　犬舍總管

L

Laurent Marianus
羅倫特・馬利亞納斯

Lieutenant Avitas Harper
亞維塔斯・哈波中尉

Lucia　露西亞

M

Melius　梅里亞斯

Miladh　米拉德

Mount Vidienns　維登斯山

N

Nevennes Range　納維內斯山脈

Northern Dancers　北方的舞者

Northman　北方佬

O

Oprian Dominicus
歐皮瑞恩・多明尼卡斯

P

Pater Rufius　魯菲亞斯族長

R

Raider's Roost　突襲者之窟

Rajin　拉金

Rathana　拉塔那

Recollections　《回憶錄》

Renatia Harper　蕾娜緹雅・哈波

River Taius　泰亞斯河

River Dusk　暮河

Riz　里茲

S

Sena　賽娜

Shaeva　榭娃

Shikaat　希凱

Sisellius (Sisselia)
西賽利亞斯（西賽利亞）

Siyyad　席亞德

Skiritae　司科里特

Soul Catcher　捕魂者

Southern Lands　南方國度

Stella Galerius
史黛拉・葛萊瑞亞斯

T

Taib　泰布

Tas　塔斯

The Artist　藝術家

The Screamer　尖叫者

Tibbi bird　提比鳥

Tiberius Antonius
　　提貝瑞斯・安東尼亞斯

Tiborum　提伯昂

Titinius　提提尼亞斯

Trera　特雷拉

Tribe Gula　古拉部落

U

Uncle Akbi　阿克比舅舅

V

Vana　瓦娜

Villa Aquilla　亞奇拉大宅

Villa Veturia　維托瑞亞大宅

W

Waiting Place　等候地

Z

Zaldar　札爾達

Zaldara　札爾達菈

Zehr　齊赫

灰燼餘火2：血夜

原著書名／A TORCH AGAINST THE NIGHT
作　　者／莎芭・塔伊兒（Sabaa Tahir）
譯　　者／聞若婷
企劃選書人／王雪莉
責任編輯／張婉玲
行銷企劃／周丹蘋
業務主任／范光杰
行銷業務經理／李振東
副總編輯／王雪莉
發 行 人／何飛鵬
法律顧問／台英國際商務法律事務所　羅明通律師
出版／奇幻基地出版
城邦文化事業股份有限公司
台北市104民生東路二段141號8樓
電話：(02)25007008　傳真：(02)25027676
網址：www.ffoundation.com.tw
e-mail：ffoundation@cite.com.tw
發行／英屬蓋曼群島商家庭傳媒股份有限公司城邦分公司
台北市104民生東路二段141號11樓
書虫客服服務專線：(02)25007718・(02)25007719
24小時傳真服務：(02)25170999・(02)25001991
服務時間：週一至週五09:30-12:00・13:30-17:00
郵撥帳號：19863813　戶名：書虫股份有限公司
讀者服務信箱 E-mail：service@readingclub.com.tw
歡迎光臨城邦讀書花園　網址：www.cite.com.tw
香港發行所／城邦（香港）出版集團有限公司
香港灣仔駱克道193號東超商業中心1樓
電話：(852)25086231　傳真：(852)25789337
e-mail : hkcite@biznetvigator.com
馬新發行所／城邦（馬新）出版集團
【Cite(M)Sdn. Bhd】
41, Jalan Radin Anum, Bandar Baru Sri Petaling,
57000 Kuala Lumpur, Malaysia.
Tel: (603) 90578822　Fax:(603) 90576622
email:cite@cite.com.my
封面設計／黃聖文
排　　版／極翔企業有限公司
印　　刷／高典印刷有限公司
■2017年（民106）3月28日初版

售價／380元

國家圖書館出版品預行編目資料

灰燼餘火. 2, 血夜 / 莎芭・塔伊兒著；聞若婷譯. -- 臺北市：奇幻基地, 城邦文化出版：家庭傳媒城邦分公司發行, 民106.03
面；　公分. --（幻想藏書閣）
譯自：A torch against the night
ISBN 978-986-94499-0-8（平裝）

874.57　　106002660

ISBN　978-986-94499-0-8

廣　告　回　函
北區郵政管理登記證
台北廣字第000791號
郵資已付，免貼郵票

104台北市民生東路二段141號11樓

英屬蓋曼群島商家庭傳媒股份有限公司城邦分公司 收

請沿虛線對摺，謝謝

每個人都有一本奇幻文學的啓蒙書

奇幻基地官網：http://www.ffoundation.com.tw
奇幻基地粉絲團：http://www.facebook.com/ffoundation

書號：1HI105　　　書名：灰燼餘火2：血夜

奇幻基地15周年龍來瘋慶典

集點好禮獎不完！還可抽未來6個月新書免費看！

活動期間，購買奇幻基地作品，剪下回函卡右下角點數，集滿點數，寄回本公司即可兌換獎品&參加抽獎！

集點兌換辦法

2016年6月起至2017年12月20日前（郵戳為憑），奇幻基地出版之新書，剪下回函卡右下角點數，集滿點數貼至右邊集點處，寄回奇幻基地，即可兌換贈品（兌換完為止），並可參加抽獎。

集點兌換獎品説明

5點：「奇幻龍」書擋一個（寬8x高15cm，壓克力材質）

10點：王者之路T恤一件（可指定尺寸S、M、L）

回函卡抽獎説明

1.寄回集滿5點或10點的回函卡，皆可參加抽獎活動！回函卡可累計，每張尚未被抽中的回函卡皆可參加抽獎。寄越多，中獎機率越高！

2.開獎日：2016年12月31日（限額5人）、2017年5月31日（限額10人）、2017年12月31日（限額10人），共抽三次。

回函卡抽獎贈書説明

中獎後，未來6個月每月免費提供奇幻基地當月新書一本！

(每月1冊，共6冊。不可指定品項。)

特別説明：

1.請以正楷書寫回函卡資料，若字跡潦草無法辨識，視同棄權。

2.本活動限台澎金馬。

【集點處】

1	6
2	7
3	8
4	9
5	10

（點數與回函卡皆影印無效）

個人資料：

姓名：＿＿＿＿＿＿＿＿＿＿＿＿＿＿＿＿ 性別：☐男 ☐女

地址：＿＿＿＿＿＿＿＿＿＿＿＿＿＿＿＿＿＿＿＿＿＿＿＿

電話：＿＿＿＿＿＿＿＿＿＿ email：＿＿＿＿＿＿＿＿＿＿

想對奇幻基地説的話：＿＿＿＿＿＿＿＿＿＿＿＿＿＿＿＿＿

＿＿＿＿＿＿＿＿＿＿＿＿＿＿＿＿＿＿＿＿＿＿＿＿＿＿＿

請剪下右側點數，貼於集點處，集滿5點以上，即可寄回兌換抽獎

1. 倉庫
2. 廚房
3. 武人營房
4. 食堂
5. 單獨監禁區
6. 武人監禁區
7. 部落民／馬林人監禁區
8. 學人監禁區
9. 通往樓上面具武士寢室的樓梯
10. 通往樓下審問牢房的樓梯

拷夫監獄

17

暮河

11. 學人圍欄
12. 馬廄
13. 倉庫
14. 犬舍
15. 附屬建物
16. 船屋
17. 墓場

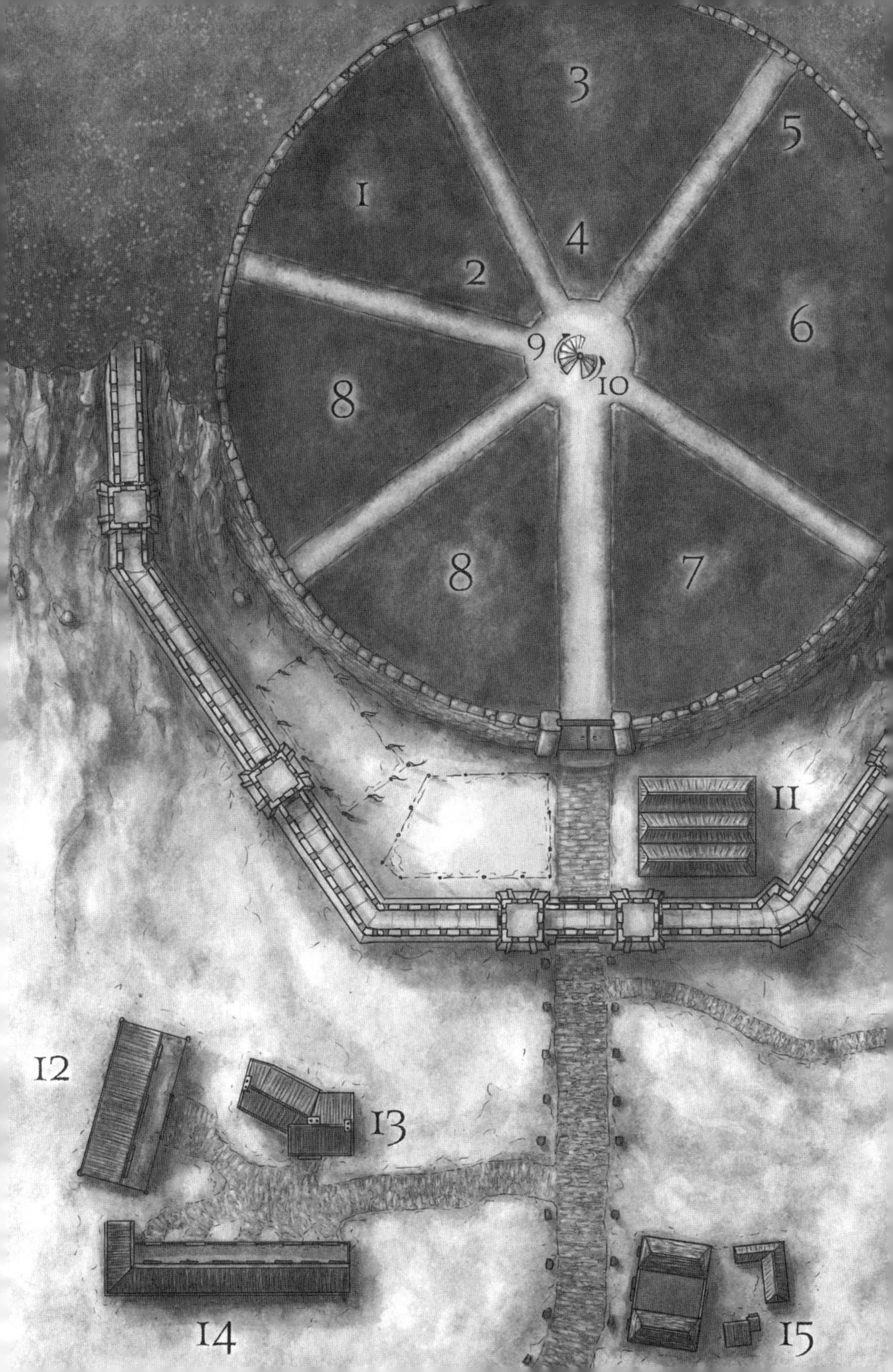

3
5
1
4
2
6
9
10
8
8
7
11
12
13
14
15

An Ember in the Ashes